漠风吟

简暗◇著

SPM 南方传媒　花城出版社

中国·广州

图书在版编目（CIP）数据

漠风吟 / 简暗著. -- 广州 ： 花城出版社，2024.
10. -- ISBN 978-7-5749-0321-0

Ⅰ. Ⅰ247.5

中国国家版本馆CIP数据核字第2024PJ6280号

出 版 人：张　懿
责任编辑：陈诗泳　钟毓斐
责任校对：卢凯婷
技术编辑：凌春梅
装帧设计：姚　敏

书　　名　漠风吟
　　　　　MO FENG YIN
出版发行　花城出版社
　　　　　（广州市环市东路水荫路 11 号）
经　　销　全国新华书店
印　　刷　佛山市浩文彩色印刷有限公司
　　　　　（广东省佛山市南海区狮山科技工业园 A 区）
开　　本　880 毫米 × 1230 毫米　32 开
印　　张　13　1 插页
字　　数　358,000 字
版　　次　2024 年 10 月第 1 版　2024 年 10 月第 1 次印刷
定　　价　52.00 元

如发现印装质量问题，请直接与印刷厂联系调换。
购书热线：020-37604658　37602954
花城出版社网站：http：//www.fcph.com.cn

且先吟

大漠儿女恩仇泯，只叹红尘太短暂，
不见天神谁怜悯，却把酒泪梦中散。
狂沙一阵，风一阵；
奇缘一段，恨一段。
又能怎忘？与你的刹那狂欢！

无畏最是潇洒行，无怨当为知己醉。
谁人不过忘川鬼，奈何相逢两不随。
狂沙无痕，风无痕；
奇缘无悔，恨无悔。
还能怎记？与你的誓言成灰！

目
录

序　幕

　　几十年前，散布在这片无垠大漠上多如繁星的小民族中，有一支叫作铁棘的民族，以铸造兵器著称，闻名遐迩。他们终日与兵器为伍，却从无一丝一毫干戈之气，不染腥欲地锵锵活于这世上。铁棘盛产美女，每一季都要选出几名十分出众的送往四国及各大族，以和亲来维系生存。

　　但这个故事，与他们并无太多干系。这个故事的主角，来自同他们十分相似的另一个民族——厄娜泣，一样在漠北，一样盛产美女，一样被强国规制，不能建立武装，一样只能通过送出和亲的姑娘来维系生存。但不同的是，他们不仅要送出美女，送出的还必须是本族最重要的一位美女。这便是铁棘灭族以后，冥冥之中对厄娜泣造成的影响。

　　不是最重要的一位，不能显示忠诚与智慧；不是最重要的一位，不能承载命运与坎坷，所以，只能是最重要的一位，才能为乱世红颜平添狂放的色彩，才能在这大国争霸的世界里找到生命皈依之处。

　　听闻铁棘是被那名字响彻沙海的大土匪灭族的，不过一霎时而已。

　　也听闻先前铁棘向最强大国云沛送出美女，可那些美女从此便杳无音信。

　　乱世争雄之时，红颜救国犹如螳臂当车，比对天下版图，肉体之欢又算得了什么呢？霸权在手，何愁尝不着美人滋味？

是这么想着，厄娜泣一族只得向大国俯首，也是这么想着，他们送出的美女，须有一颗顽强不折的心。

"说得简单，可嫁人岂是那么容易的事情？"

皇北霜和哥哥一起得到领袖称号的时候，哥哥欢喜得不得了，并且当众宣布自己同祝紫的婚事。和他相反，皇北霜却被告知，成为娜袖就等于成为最重要的和亲者。要嫁人，不，比嫁人糟糕多了，要用卑躬屈膝的方式去侍奉那些高高在上玩弄生命的王者。

"妹妹生气了，谁叫你是女孩子。"哥哥如是说。

皇北霜却在哥哥婚礼上，长鞭一挥，环视八方，一身玄红，厉声质问她的父亲和一干长老："和亲非我不可吗？"

父亲却很干脆地回道："非你不可。"

皇北霜道："男儿能做的事，我亦能做到。请父亲和诸位长老收回成命，我皇北霜发誓，从此以男儿之身活下去。"

虽然是哥哥的婚礼，全场的焦点却是皇北霜。纵是厄娜泣美人无数，此时此刻，此情此景，终究只有她是这片白帐黄沙中的火焰。

长老们听其言、观其行，看着在场众人为她凝结成一的心，低声商量起来。不一会儿，大长老很严肃地回应皇北霜道："有一些事，是无论怎样的男儿都做不到的。"说着，走到她的面前，苍老的手紧紧握住皇北霜持鞭的手，"有一些事，只有女人才能做到。和亲并不是儿戏，是我们全族把希望寄托于你。必须是女人，必须美丽，必须聪明，有博大而温柔的胸襟。所以，娜袖儿，必须是你，我的孩子，明白吗？你要做的是男儿做不到，别的等闲女儿也做不到的事情。"

十八岁的皇北霜，怎样也想不到，长老的这句话包含了怎样凶险的信息。

她回到自己帐下，谁也不见，谁也不理。只是恼怒长老说的话，必须是女人，必须美丽？那么她可以划破这张脸，美丽的女人在厄娜泣可一点也不少见。但是什么叫作必须聪明，人的智慧岂能如此浅薄地妄论。不，长老说的是另外一层含义。

夜里，三姐姐和小妹妹竟来寻她。

"北霜若执意不去，可由我代替。"三姐姐如是说。

小妹妹也不依："还是由我代替吧。"说着面泛红潮，"如果那里的大王喜欢我，也许我可以把我们全族都迁过去，那样，我们就能生活在最美丽的绿洲上。"

三姐姐闻言倒有些不屑："真是天真妄言，妹妹多听听话。爷爷就算说故事，故事里也从来没有这等好梦。你这样即便去了那处，也定无作为。"说着敲一敲她的头，"不仅无作为，也许凶险之中，命也难保。"

小妹妹叫道："何至于呀？"转而向皇北霜道："果真如此，只要北霜姐姐一句话，小妹妹不要命了。"

三姐姐便道："你不要命，我们全族人也能跟着你不要命吗？我还怕你半路后悔，独自离开呢，还是由我代替好了。"

皇北霜看这两个姐妹一唱一和，却甚是感动。她怎会不知"娜袖"二字的分量，岂是想改就改，想代便代的？三姐姐做这一套，无非是想帮她理顺自己心意。

不一会儿，皇北霜苦笑着回道："我去就是。"话毕望向三姐姐："就知道姐姐心眼多，也不必如此试我。我不会把去那宫里和亲当作送死，也不会半路上逃跑。姐姐可放心了？"

三姐姐果然眼一热，含泪回道："不是我们想逼你，"她托起皇北霜的双手，虔诚地亲吻着，"如果姐姐真的可以代替你，无论叫姐姐付出怎样的代价都可以。"

皇北霜轻轻一笑，起身走到帐外，明月高悬在无垠沙海之上，不知沙之彼端是怎样的世界。那一刻，皇北霜绝了爱情的念想。这辈子她还未遇到良人，不管是自己族里的，还是其他族的，未曾有一刻的心动。看来她的运气真是不好，没等遇到，她就该收拾行装，去别人脚下俯首称臣，求一杯羹了。

不觉凄凉中，她看着满天繁星道："姐姐，若我不济，死在他乡，望姐姐惦记着，每年为我祭上一祭吧。"

三姐姐却在她身后如此回道："未必不行，可是北霜妹妹，如你这样的人，生也好，死也好，是绝不会平淡的。"

皇北霜笑而问道："却又如何？"

沙海之上，穹庐之下，芸芸众生，一人坎坷，平淡如何？轰轰烈烈又如何？

祈祷妇人

第一章

黄沙终于掩没了来时留下的行行脚印和车子轧出的两条辙痕。皇北霜的车队被留在了风中，好像预示了这条路的尽头候着无痕的苍茫与绝望。

　　罢了，再不要留下什么证据证明她曾经走过一条这样的路。

　　眸子星动了一下，光芒终于肯蛰伏在珠光华盖之后，嘴角微微牵动，似要狂笑起来——她的名字叫皇北霜，一个住在风里的女孩。

　　生在这片黄壤接天的大漠，人们早已疲于奔命，尽管命运往往不见血泪不停息。于是再也没有人会去考究耻辱究竟是从何时开始的。在很久很久以前，在她的祖母、曾祖母都还未出生的时候，这片大漠就已经形成了今日五国定疆的局面。五个好战的民族牢牢掌握了大片绿洲和水源，建立起军队及政权，自称为"国"。剩下其他三百多个末亡民族，包括厄娜泣族在内，全部沦为"奴隶"。这些奴隶大多以贱民身份散落在漫漫黄沙之中，尽管生活艰难窘迫，却依旧战战兢兢渴望着延续。

　　然而几个春秋过去，还是有一些民族于这片无垠瀚海之中绝迹。这不仅仅是因为大漠环境的恶劣，更令他们害怕的，永远是来自强权民族的肆虐——为此，他们必须贡献自己过冬的粮食、御寒的衣被，贡献抵挡野兽的刀枪、奔走大漠的骆驼和马匹，甚至贡献他们的心肝儿女，即使这样会令他们肝胆俱裂，伤心欲绝。只为了什么？只为了片刻的安定，只为了在这狂沙漫舞的广袤世界里稍做喘息。

在奴隶民族中人丁较多，也较有影响力的是厄娜泣、炙垦、真渠、那阔儿这四个。他们虽同属贫民阶层，却向来水火不容，针锋相对，时常为了土地和骆驼、马匹发生斗争，只不过斗争的结果从来不由他们决定，而是由其各自仰赖的政权民族决定。而所谓的政权民族，自然就是指具有压迫性和扩张性的五大民族，也是五大国——云沛、鸫劾、弥赞、天都、麻随。其中，以云沛最为强大，当然也就最蛮不讲理。

云沛占有这个沙漠几近四分之一的绿洲和水源，历经三百年，久盛不衰，迄今为止共有过三十七个国王，其中两个女王，一脉相承，邦策完整，国泰民安。撇去些许霸道行径不说，云沛倒是一个值得各国各族贾商文要趋之若鹜和治学传说的地方。

只是可悲的是，一个民族的富庶往往建立在数百个民族的贫瘠之上。

"哎呀！"

皇北霜坐在驼车小轿里，外面的一阵颠簸将她的思绪拉回。她有些自嘲地笑了笑，似乎又想到什么，一手掀开窗帘，对着跟在车队旁的老妇人道："朵再，给我唱支歌好不好？"

老妇人转头看着皇北霜，眼神一时暗淡下来，无可奈何道："娜袖儿，不要再听了，那不适合你，嬷嬷知道你还难受，但你是娜袖，不要让自己陷入凄凉。"

老妇人的牙已经掉了许多，说起话来纵然有些口齿不清，但仍是抑扬顿挫、铿锵有力的。这也不奇怪，她到底曾是厄娜泣族专职祭祀的巫师，言语间已然习惯了高亢振奋的腔调。她巫名朵再，曾育有五个儿子和三个女儿。只可惜她一生命运多舛，四个儿子都在奴隶场上被虐至死，两个女儿在宴会上被送给贵族玩乐。如今她只剩一子一女和一身皮包骨，深邃的眼角总似带着泪水般晶莹的悲凉。

皇北霜倚在窗边，伸手勾起她的一缕发丝，柔声问道："朵再，告诉我，你为什么愿意来做我的陪嫁嬷嬷？你不知道我们这是一去不回的路吗？"

朵再没有回答她，只是驼着背一撅一撅地走。风沙已将她的嘴唇吹得乌黑皲裂，满脸皱纹里还淤积着细碎尘土。大概是早就习惯了这种苦楚，她终究只是看着远方，一撅一撅地走着。

飞沙残风中，只听一道沧桑嘹亮的歌声飘扬起来，伴着厄娜泣族的出嫁车队，碾过一坡又一坡黄沙，茫茫然回荡着肝肠寸断……

> 不知夫郎，今夜归不归，今夜星如水，今夜沙如灰。
> 妻在暖帐下，面面落行泪。
> 不知儿郎，今夜归不归，今夜月如弓，今夜风如钟。
> 娘在暖帐下，声声泣诉空。
>
> 上天神！下地鬼！
> 今夜云沛杯酒醉，今夜鸹劼女儿香，
> 今夜弥赞祭往事，今夜天都到远方，
> 今夜麻随金银堆！
>
> 上天神！下地鬼！
> 我夫今夜归，我儿今夜回；
> 此恩我必报，此债我必还。
> 待我孕红妆，待我育美言；
> 送得天地间，还得片刻风雨醉。

这是一首流传于厄娜泣族的祈祷歌，唱的是一个妇人祈祷自己的丈夫与儿子能平安归来，不要遭遇贵族和劫匪。虽然她自己正待在暖和的帐房里，心中却充满了绝望和悲伤。她害怕沙漠里的斗争和掠夺害死她的丈夫和儿子，于是她乞求神鬼实现她的愿望，只要丈夫和儿子平安，待她生了女儿，就把她送到贵族那里，送到敌人那里，送到任何地方，换得短暂的平静，还却天地的恩情。

掩上窗帘，皇北霜闭上眼睛聆听。她的手里还攥着一只锦囊，里面装的正是出嫁前从故乡厄娜泣带出来的黄土。故乡的土，她笑了……

她的哥哥出生是为了继承家族地位，成为下一位厄袖，统领全族；她的弟弟出生是为了抢夺食物和女人、骆驼和马匹，成为厄袖的左膀右臂，护佑族人；而她出生，却成为娜袖，为什么？只是为了成为厄娜泣族献给神鬼的祭品。

皇北霜不想哭，因为这是命运，她的命运！

两手将锦囊攥得更紧，她逐渐沉浸在歌声中。

上天神！下地鬼！
我夫今夜归，我儿今夜回；
此恩我必报，此债我必还。
待我孕红妆，待我育美言；
送得天地间，还得片刻风雨醉。

这世界混沌交融，变化至此。有时候，是因果循环的缘由；有时候，是因缘际会的结果。反正不管是哪种，总有说不尽的无奈，道不完的缠绵。只是情爱常在无意之间，别离常在悱恻之时，余恨常在刻骨之后……

对于这些，皇北霜还不太懂。她才十八岁，发髻还未绾起，稚气尚待退去。她只知道为民族献身，只知道故乡的风香帐暖。可她不知道的还太多，她又能毅然决然到何时？她只是一个十八岁的姑娘罢了，如今却已然如同荒漠孤羚。

"还有半袋水，飞踏！"

黄沙中隐隐听到些沙哑低沉的声音，是个男人在说话，言语间似有些惋惜、哀叹。

"别硬撑着，我没事！"男人笑了一下，有些苦中作乐的意味。

许是遇过风暴，他一身的灰沙，却没顾着自己，只是一个劲儿拨开面前的土堆。终了，一看，原来沙土下掩着一匹白马，像是有段日子没喝水，只留一息尚存。

那马儿很忠心，都已经开始抽搐了，却怎么也不肯喝下主人手里最后半袋水。那男人叹了口气，无可奈何地把水袋凑到它嘴边，如对兄弟般呵斥道："飞踏，瞧你这脾气，犟得像头驴！快些喝水吧，蠢驴！"

飞踏好似听得懂主人的话，眼睛忽地睁开，却只望了主人一眼，随即又闭上，然后彻底地安静下来，四肢也不再抖动……

"飞踏？"

男人心中一悸，赶紧伸手去探它鼻息，感觉到飞踏仍有微弱的吞吐，不禁皱起眉头——还没死，只怕也不远了。他万分难舍，轻轻伸出手抚摸着马儿的鬃鬣。

"它怎么了？死了吗？"

耳边意外地传来一道温婉的声音，带着关切。男人下意识回头一看，那是一个骆驼车队，红色喜庆的装饰，两旁跟了一百四五十人，应是和亲的婚辇。其实他们经过时他就已经听到，只是飞踏快要去了，他也无心在意这些过路的，没想到他们自己反倒靠了上来。

说话的是位姑娘，正坐在轿中，一手拨开垂在额前的坠珠，只见她容颜秀丽，灵气逼人，神色中还带着几分好奇。

他略微沉默了一会儿，才回道："飞踏还没有死，不过快了！它太久没有喝水了。"

这问话的姑娘正是皇北霜，她老远就看到有人影坐在这里，任凭披肩被风沙拽起，却依旧岿然不动，几乎就要被掩埋了。原以为这人定是要寻死或者已经无命可活，待靠近一看，赫然发现是为一匹马儿守候。她心中不免有些惊奇，瞧那人相貌堂堂，也无颠沛流离之相，怎么就肯守着白马不离，皇北霜便问道："天地无情，风沙无眼，纵有不舍，终究也该珍惜生命，公子何苦留此地？"

男人身着黑色锦衣，已不再回头看她，只无意应了一句："飞踏还有气息！"

皇北霜闻言已知他心意，心中感动，没有沉默太久便唤来了朵再，只说："嬷嬷，叫果儿、燕儿拿十袋水给那马儿，看能不能救过来！"

朵再点点头，一拐一拐绕到车辇后面，折腾好半晌才一个人拎着十袋水出来，大概有点重，她走得踉踉跄跄。将水送到白马旁边搁下，她又恭敬地退了回来。

这时飞踏的主人似有些惊讶，直问："姑娘，你可知道，在沙漠里，十袋水可比一千袋金子还珍贵？"

皇北霜只是一笑，放下坠珠半掩住了容颜："我有马儿数十匹，从未给它们起过名字，只是任我差遣。你只有一匹马儿，却愿意为它守候至最终一刻。只为这个，我也愿意拿出十袋水来，五袋救飞踏，五袋赠主人。但愿你一路平安！我们还要赶路，就此别过了！"

皇北霜不愿继续耽搁，毕竟天色已晚，入夜后沙漠地形容易发生变化，所以他们必须在太阳西沉前走完预定行程。再者，现下她已仁至义尽，心中没什么遗憾，便令一行人继续上路。正当朵再重新为她放下车窗锦帘时，那马儿主人却忽然对她道："我是擎云，姑娘的恩，一定还。"声音听来虽是冷漠，却报上了姓名。

皇北霜坐在车里，心里想着擎云说的话，不禁莞尔。还？何时还？应是不会再遇到了。只要那马儿没事便是最好不过，否则浪费十袋可救人性命的水，着实可惜了。

擎云，外表看来如此深沉，名字却是精致里带了几分霸气，不知是哪个族里的掉队者，流浪在这无垠沙海之中。

皇北霜笑了笑，甩头将这个插曲抛在脑后，一想到太阳升起七次后他们就会到达云沛，不由得觉得些许苦涩在胸中蔓延。云沛，或许会是她魂销香断的地方。虽说她是厄娜泣族赠予云沛以表忠诚的和亲娜袖，然而对方却不曾派出一兵一卒前来迎接，皇北霜一行必须靠自己的力量穿越大漠，到达云沛，途中还要小心强盗和人贩，一个杀人越货，一个抢人贩卖。可见他们这些贫瘠民族的子民活在这大漠世界是多么的艰难。

望着外面天色渐晚，落日红云，太美的景色，总显得太过安静。皇北霜依在窗边，忽然想起母亲为她送行时说的话：

"儿啊，嫁到云沛的你，既不是妻，也不是臣，你是那战收藏的艺术品，你是我们平安的音符。你代表我们的忠诚，心怀我们的愿望。儿啊，即使你过得并不幸福，也请不要忘记，厄娜泣的黄沙故土！"

那一日，母亲老泪纵横，悲切万分地送她上路，在她的车辇起程后，母亲还久久伫立在原地，声声叫唤着她："儿！"

其实厄娜泣族正式形成至今仅百余年，以畜牧为生，擅长歌舞技艺。全族仅七千七百余人，历来以和亲寻求庇护。只是谁不悲悯惋惜？在过往和亲之中已有两百多位厄娜泣少女客死他乡，遭受玩弄和抛弃，常在风中捎回尸骨无存的消息。那些悲伤最终化为祈祷的音符，至今还在这荒滩上回荡着。

娜袖，什么是娜袖？在厄娜泣族里地位最高的是厄袖，统领整个部族，其次就是娜袖，具有族长的血统和惊世美貌，以做忠诚的表率与地位最高的云沛贵族和亲。

当然，不是每个和亲的少女都是娜袖，也不是每次都与云沛和亲。只是，越是具有高度的政治代表性，皇北霜便在这和亲路途上越易遇险。

遇的是谁？不得而知。在这沙漠里，埋着欲望与邪恶，疯狂与掠夺，还有贪婪与绝望……

"朵再，你饿不饿？走了这么久，上来和我一起坐会儿吧！"

皇北霜很是心疼这么一个蹒跚的老人，顶着灼人的太阳与刺骨的风沙跟在这支年轻的车队里。他们有一百二十四个侍卫，二十四个婢女，加上和亲的娜袖跟陪嫁嬷嬷合计一百五十人，离了故乡，难得再归家。在厄娜泣，这已经是很壮观的婚队了。但其中，也只朵再一人已人到老年。

"嬷嬷不饿，娜袖饿了吗？"朵再忙着看向轿里。

"朵再你上来吧！"皇北霜拍了拍她瘦骨嶙峋的肩。

"嬷嬷不能上去。"朵再却摇头。

皇北霜一笑："朵再不肯上来，那就为娜袖唱歌吧！唱《祈祷的妇人》，唱得娜袖此生永不忘这大漠的凄凉！"

朵再果然沉默下来，只有这个老迈的嬷嬷心里知道皇北霜的悲伤。一个才十八岁的少女不得不穿越大漠远嫁他方，前途何止未卜，甚至是凶险而艰难的。从厄袖儿收到云沛正式聘书开始，这场和亲便成为定局。十八岁的皇北霜，硬生生藏住自己的不安，不曾让人看出一点惊惶。她总是独自一人驱马离开，待到心情平复后又安静归来，归来时，她脸上挂着淡笑，看不出丁点儿忧愁。朵再也有儿女，可是朵再知道，哪一家的儿女也没有这一个坚强善良、聪明美丽。

想到这儿，朵再终于还是妥协了，拖着沉重的身子爬上车沿。可毕竟年纪大了，她爬得有些吃力。皇北霜会心，伸手一把将她拽了上来，待她坐定后，便为她拂去头发上的黄土，然后执起她的手贴在心窝上，轻声道："朵再，你知道吗？娜袖在这世上最爱你，超过父亲与母亲，兄弟与姊妹。"

朵再胸中一酸，眼泪涌起了又逼退，她重重回握着皇北霜的手，低声道："娜袖儿，嬷嬷信你，你也信嬷嬷。万事皆有尽头，悲苦有，幸福亦有；贫穷有，富裕亦有；尽头一到，不是苦尽甘来，便是生无可恋。可是嬷嬷知道，你一定会苦尽甘来的！"

皇北霜看着朵再，只觉得贴心："朵再，我知你心怀无穷的智慧，若没有你陪我，我早就失去勇气了。"

说完，她轻轻抚开朵再额上的乱发，问道："告诉我，朵再为什么要来做我的陪嫁嬷嬷？"

朵再闻言，不知心头几番滋味，只是垂眼回道："嬷嬷老了，没有用了，儿子女儿都有家了，在家里只是负累。这么个乱世之下，自保性命已经困难，又如何能照顾我这老太婆？已经够了，嬷嬷总算把他们拉扯大了，还求什么？如今放不下的，倒是你这小时候吃过嬷嬷几口奶水的娜袖儿。嬷嬷已经活够了，不怕死，可就是撑着一口气，嬷嬷也要陪你到最后！就像那白马飞踏一般，娜袖也愿意吗？"

朵再正说着，皇北霜却已泣不成声，多少年的辛酸委屈终于肯发泄出来，仿佛这世上只有朵再一个亲人："嬷嬷放心吧，娜袖会等，等到苦尽甘来。"

朵再为皇北霜拭去眼泪，心中无限慈爱。

"嬷嬷还有一句真心话，娜袖听了要当作没有听到，明白了要当作没有明白，知道吗？"

皇北霜点点头，依在朵再怀里，汲取着母亲般的温柔。

"万事皆有尽头，悲苦有，幸福亦有；贫穷有，富裕亦有；唯独天地没有，时间没有，欲望没有，智慧没有……娜袖，你听到了吗？"

皇北霜早已半睡了过去，却如同听了一首歌谣，嘴角边还带着微笑，却咕哝着回道："嗯！就当作没有明白吧！朵再！"

听了她的回答，朵再不由得一笑，望着怀中盛装可爱的少女，娇媚纯真尽显无遗。她竟可做到如此安稳，朵再想，聪明的孩子，你是否知道？命运早已注定，你必走上一条坎坷不凡的道路，纵然曲折辗转，亦会是一生的璀璨。

夜晚的沙漠最是可怕，无穷的黑暗总让人无法集中视线，不少独行旅人都曾因此而疯狂至死。到了这夜幕低垂的时分，车沿上一串串的驼铃早已叮叮当当响得疲惫了。皇北霜看看天色，确定不能继续再前进，于是叫车队停下来，安排侍卫们生了篝火，一百五十人围在一个长满刺花树的大土山后面歇息。

很多年轻的侍卫都不敢把目光放得太远，只是就近靠着伙伴，试图壮胆。因为周围太黑了，黑得让人总觉得会突然从中跳出什么怪物。

"果儿，拿一支木杆和一条白布过来。"

皇北霜的声音仍是清亮的，一点也没有被这种阴森的感觉吓到。她看着天空和远处地面的风痕好一会，直在心中暗自思量：天气有些古怪，看来要多加留心，若是遇上风暴和流沙就完了。

"朵再，你去拿吧！娜袖要木杆和白布！"果儿不耐烦地抬起头，快快的声音打断了皇北霜的思绪。

只见那头朵再被她一叫，倒真惊醒了，连忙起身到车辇里找来木杆和白布。

看着那双干枯的手把东西送到面前，皇北霜眉头皱了一下，十分不悦——早前也是有这种情况，那时叫果儿、燕儿拿水赠白马，都是朵再去做的。

"把白条绑在木杆上，然后插在那边的山头，那里比较显眼，可以做风标！"皇北霜没有接过来，只是看着果儿道。

可是果儿已经侧过身，只挥了挥手，喃喃道："朵再嬷嬷去做吧！"说着就继续睡觉。

朵再抱着木杆和白布条，颠簸地转过身，正准备上土山，皇北霜却一把拉住她，只听得一声比呼啸狂风更大更厉的吼叫——

"全都给我起来！"

所有人都吓醒了，赶忙列站起来。

皇北霜冰冷的目光扫过站在前面的二十四个婢女，最后把木杆和白布交给一个侍卫做成风标，插在了土山头上，回头问朵再："多久了？"

朵再扯了扯皇北霜的衣角，知道这是要追究她们欺负她有多久了。皇北霜却断然甩开："你们欺负朵再有多长时间了？谁先开始的？"

二十四人吓得花容失色，不敢回答。

"我只问这一次！"皇北霜抽下骆驼身上的腰鞭，裂土破风地一甩。

"从……从婚队出发开始的，是果儿带的头。"一个黄衣奴婢终于经不住开口。

皇北霜转过头，看着果儿："是这样吗？"

二十多人皆点头。

"除了果儿，其他人都坐下吧，实在累了想休息，也可以继续睡觉。"

虽然皇北霜这样说了，但大家除了坐下来，没有人敢真的去睡觉。在厄娜泣，皇北霜曾是一位驰骋瀚沙的猎鹰飞骑，她的猎物数量在族里排名第一，不少家庭都受过她的接济，而且她还是娜袖儿，地位十分崇高。

果儿怕得似要哭出来，又不甘心这么被同伴推出来，毕竟也不只是她欺负朵再。她使劲地攥住衣襟，畏畏缩缩地看着皇北霜。

唰！唰！

只听得皇北霜下来就是两鞭子，打得果儿俯倒在地。果儿终于还是忍不住委屈，号啕大哭起来。

"呜呜呜！是族母说的，我们也是被挑选出来的和亲少女，因为厄袖儿担心姐姐到了云沛不能让那战国王满意，届时就由我们来替补。虽说如果连姐姐都不行，我们这些妹妹更加不可能做到，可是，可是总指望着会有个例外的。"

她一边咧咧地哭，一边把话一股脑全说了出来，想必心中也有委屈的吧："姐姐是金贵人，和亲也带着尊严，名正言顺。我们是什么？我们只是奴隶的奴隶！姐姐和亲前只是向周身道个别，便潇洒上路了。苦又如何？我们也苦，可我们和亲前，要学习如何伺候男人，学习如何用你想也想不到的办法去讨好男人，合着是做了个从里到外的贱货。姐姐，我们没怎么欺负朵再嬷嬷，我们只是想在到达云沛之前，尝一尝让人代手代脚的滋味儿。我们没错，族母也说了没有关系。"

唰！

她的话刚说完，皇北霜又是一鞭子下去，毫不留情。

果儿这一下终于再不敢吭声。

皇北霜冷冷一哼，忽然高高执起朵再苍老的手，众人不由得望过去，只听她怒道："看着，这是一双老人的手，抚育过五子三女。如今只剩下这副嶙峋骨肉，来做什么？来陪着我们走一条没法回头的路，她的孩子没有留她，甚至没有来送她。"

众人听着，都觉心中似被刺了一下，不禁带着同情的目光看着朵再。

朵再五味杂陈地看着皇北霜，没料到她连这也注意到了。

然而，皇北霜持鞭的威严并没有因这段辛酸减半。她继续说道："你们是一群为民族忍气吞声的少女，怀着以身体为武器的智慧和我一起走在这条路上，历经身与心交迫刺骨的痛苦，你们没有一个人逃队，还有七个日落日出，我们便要到达云沛。你们会逃队吗？"

二十四人齐摇头。

皇北霜却没有笑，她又是一鞭子向着果儿下去。

"一个心怀民族、生死不计的大漠儿女，挨得过艰难困苦，却挨不过心魔诱惑，拿一个老人欺侮泄愤？要人伺候？想要尝尝被人伺候的滋味？当朵再嬷嬷撑着一把老骨头让你们随意差使的时候，你们也真不怕遭天打雷劈？"

说完，"唰唰"又是两鞭子，打完了，皇北霜把鞭子扔在一边。

"七日之内，想走的只管走，侍卫也一样，只要忘记自己是厄娜泣的子民，娜袖我绝不阻拦；七日之后，没有走的就和我一起进入云沛，从此生死由天！"

众人一片寂静，直到皇北霜领着朵再一起回到车中休息，仍是久久没有动静。

篝火依然旺盛地燃烧，山头的白色风标也在狂乱舞动，好一会儿了，才陆陆续续有人睡去，只留得几个侍卫轮流守备。

风还是很冷，只是没有之前那么刺骨。黑暗还是那么可怕，只是不再让人觉得会有怪物藏匿其中。月亮叼住淡淡薄云，不减明亮地照着这片大地，尽管烙不下自个儿的身影，却温柔了一百多颗彷徨的心。

居住在风中的，是厄娜泣的娜袖儿。

睡吧，过了今天，还会有七个旭日东升。

车里，皇北霜靠着窗边睡着，身旁的朵再盖着她的新婚丝被。

"娜袖，你还没睡吧！嬷嬷知道你在装睡，你一直在看着山上的风标。"

朵再的声音仍然像祭祀典礼的巫师。然而皇北霜却没有睁开眼睛，也没有回答朵再。月光照在她的脸上，神话般朦胧。朵再终于没再说话，侧头睡去，枕巾边上，却让泪水浸湿了一片。又过去了好一会儿，她传出均匀的呼吸，年纪大了，容易疲惫，该是睡着了吧。吐口气，皇北霜睁开眼睛，定定地看着山上的风标。

萧瑟中，还是那样的月光，还是那样的脸庞，只是风更轻了，抚慰着这一片梦中寂寥！

翌日，火渠里只剩下几根焦暗的木炭，一百五十人，一个不少，整装待发。

沙漠里的昼与夜永远是天差地别的，仿佛早已经遗忘黎明前的暴虐寒风，只余个嚣张的太阳，盘伏在九天之上，烧干他们出世即得的血肉之躯！

没人叫苦，他们早已习惯了这挫骨扬灰之痛。

但他们却不知道，另一种危险已经逼近。

"这回的猎物看起来不错！"

说话的是一个身穿土黄色外套，腰间佩着刀、枪、剑三种兵器的魁梧男人，面容比较粗糙，却是剑眉星目，声音带着毫不掩饰的兴奋，边说话，边对着身后一干人弹指。

放眼一望，这哪是一干人，只见得一片潜伏在沙堆后的头颅纷纷抬起，黑压压少说有一千多人。看样子他们从几天前就盯上皇北霜的车队了，现在终于等到车队进入埋伏圈里。

不用说，这是一帮土匪强盗，说话的定是首领。他们穿着与沙漠颜色相近的服装，悄悄潜藏在黄土之后，伺机而动。

"兄弟们，下面的女人，看上的就夺了，看不上的就卖掉，至于男人，只要反抗，立斩不待！"这个年轻的首领显然具有相当的威望，号令之下，兄弟们蠢蠢欲动。

"冲！"只见他抽出腰间的大弯刀，领着众人龇牙咧嘴地向着皇北霜的车队冲过去，其中不少人还发出失控的高声尖叫，像找到食物的秃鹰一样狂啸不止。

"强盗！是强盗！保护娜袖。"正在收拾行李的侍卫首先惊动，赶紧操起弓箭将皇北霜的车驾和二十几个婢女围了起来。

弓箭对准了压面而来的疯狂匪类，却不见对方有一人因此停下奔跑。他们手上拿着大刀，除非要害中箭否则绝不倒下，冲到头的上来就是一阵乱砍，到处都是兵器的碰撞声和割骨的叽叽声，时不时伴着一些极端痛苦的惨叫，只听得有人倒下了。

皇北霜坐在车里，脸色十分忧虑，她稍稍拨开窗帘一看，眼中绝望重重，保护她的侍卫只区区一百多人，其中还有不少侍卫奴婢当真丢下她们，逃窜而去。剩下的似乎只能不顾命地杀敌，奈何血肉模糊也不愿倒下。

皇北霜皱着眉，心中一片混乱，想她这一路而来，时刻注意着风流与气候，生怕一个不小心，一百五十人葬身瀚海，负了乡亲。如今，防得了天，却防不着人；防得了地，却防不着命。

思及此，她决然走出车驾，镇定地站在车驾前板上，高声下令："住手！放下武器，不做顽抗。"

侍卫们立即收手，聚拢在她身边。

"我们是和亲的婚队，属于厄娜泣，路经此地，未想成为诸位的杯中水、盘中餐。如今车上的金银珠宝，水酒残粮，我们愿意双手奉上。只借一条生路，峰回路转的一天，必定不忘相还！"

皇北霜的声音虽然不大，但是清清楚楚传进了每个人的耳朵里。

这帮盗贼估摸着还没有劫过这样胆大包天的女人，反倒有点手足无措，面面相觑，愣了好一会儿才齐刷刷地看向首领。

那首领的弯刀上，还滴着鲜红的血，他站在中间看着皇北霜，沉默了好一会儿，却忽然大笑起来，笑得十分有兴致、狂妄，声声不断。

"真是天下之大，无奇不有！老子奸淫掳掠十余年，还没见过哪个猎物自己走出来谈条件的！"他说到一半又讥笑了一声，"有意思！"

皇北霜抿着双唇，不动声色。

"小姑娘，要知道，从你投降的那一刻起，你他妈就谁也不是了，而是老子我的囊中物。别拿老子的东西跟老子谈条件。"

那首领说话时，眼睛里还带着杀戮后的兴奋血光，看得皇北霜心中一片慌乱。

"不过出了轿子，见着血肉，还能把自个当个人的女人你是第一个！而且……"他走近一看，"啊！还是个绝色美人儿，看这样子，是要送到哪个大国去当玩物吧？哈哈！不如就便宜了大爷我！"说完，他发出一阵不怀好意的笑，引得众兄弟开始起哄。

这时候车里的朵再跑了出来，站在皇北霜旁边，侧身半挡住她，厉声大喊："大爷们！求求你们放了娜袖儿。我们离开了自己的故乡，可不是为了享受荣华富贵。我们的车队和献给国王的礼品花费了厄娜泣族整整五年的积蓄。这些珠宝是刺在我们肉中的荆棘，是搜刮我们骨血的大刀！如今，我们愿意全部舍弃！

"可是，我们无法舍弃生养我们的凄然大地，无法舍弃远在故乡的父母儿女，他们此刻正兢兢业业，时刻忧心，如果我们和亲的车队无法准时到达云沛王宫，等待他们的……将会是血与火的洗礼。那是七千多个无辜族人的劫难！大爷们，我们不是为求自己保命，我们害怕的是不能完成这使命！"

朵再本是巫师，说话字里行间都惯于吟唱押韵。此时她亦十分激动，乱发随风飞散，像一个头上长满白蛇的巫婆，没有牙齿的嘴巴如同一个开合的黑洞，颤抖的声音似是包含了古老可怕的暗示，苍劲而慑人。

此情此景，十分诡异，土匪们都安静下来。

"朵再，你退开吧！纵然你刚才的一番话语打动了千颗冷酷剿骨之心，却仍有一人，依然冷若冰霜，视众人为蝼蚁！"皇北霜从车上纵身跃下，走到侍卫的前面，决然悲愤地直视着站在面前的首领。

"你为何还要笑？你为何还要紧握屠刀？难道你不是父母生养？难道你没有儿女尽孝？你是谁？为何心中没有一点仁义？你是人，还是鬼！"

首领看着皇北霜好一会儿，脸上没有丝毫的动容，他冷冷一笑，收起先前戏谑的态度，只道："瞧你们这一老一少，有点本领啊。三言两语唬得我的兄弟们目瞪口呆。"

说着，他徐徐走到包围圈的中间，顷刻间，风雨欲来。

锵！只见弯刀入土！

"此刀我父赠，我父死我手。"

锵！只见宝剑入土！

"此剑我母藏，我母死我手。"

锵！只见长枪入土！

"此枪我妻铸，我妻死我手。"

烈日当头，他的话犹如地狱之火，皇北霜一行人无比震惊，顿然有种必死无疑的觉悟。

首领转身吼起来，"兄弟们！父母在何方！"

"有人生，没人养！"众人高喊。

"兄弟们！妻儿在何方！"

"走的走，逃的逃！"众人又喊。

随着呼声此起彼伏，土匪们的心中再也无一丝仁慈，他们情绪激昂，蓄势待发。

站在中间的首领对此十分满意，他猛然指着皇北霜等人。

"看着那里，要财的抢财，要妻的抢妻！什么都不要的就去给老子杀个痛快！"

"哦哦哦！"土匪们兴奋地操起手中大刀，狠狠扑了过来。

背后只见那首领转过头来看着绝望的皇北霜。

"我是若问，不属于任何民族。天地早无容身之处，世间早无牵挂之情！"

厄娜泣和亲队一百多人除少数被残忍杀害以外，全数被擒。土匪用粗糙的大绳把他们的脚一个连着一个绑起来，驱赶着往西而去。

漠漠沙土，飒飒北风，吹去了的是一干蹒跚的脚印和伤痕遍布的赤子之心。他们疲惫地低着头，无人再对天许愿，天无悲悯之心；无人再对地祈祷，地无怜子之意！

皇北霜扶着朵再走在俘虏圈的最前列，若问则带领众人肃然前行。他身边的几个兄弟显然十分满意这次的收获，其中两人跟在他后面更是眉飞色舞地讨论接下来的分配。

"首领，一会儿能不能把后面那两个黄衣美人赏给我？"头上有个大疤的瘦个儿有点急不可待，还不时用猥亵的目光瞟了瞟他的战利品。

"我说狼头啊，你他娘的行不行呀，一口气要两个？"一个蓄满络腮胡子的大汉显然有点看不起他，"你的把儿去年给人咬成两截了，还能用？"

"蛮狐，你给我闭嘴！每次都跟老子看上一样的东西，这回绝不让你！"

"哈哈，反正回到寨子里也要比武打擂，胜者先选！咱们就走着瞧，这次的妞儿真是个个貌美如花，还真舍不得卖了。"

"那倒是，这黄衣的绿衣的，看得人心痒痒！"

"到底是要去讨好哪个啊，需要这等架势？"

"啊！说起这个，刚才那老婆子说是去云沛的，看来是要献给国王那战！"

"他娘的，当国王真是艳福不浅啊，一个把儿还不够用来着！"

"哈哈哈，那是，这会儿就当咱帮他用呗！"

"听说那战是私心极重的人，不管什么原因，这个厄娜泣族算是要完蛋了，没有政权大族支持，遇着天灾人祸，不死个几百上千人才怪！"

"那也不关咱的事，这世道，谁不幸就是谁的命。首领说的，活了这个就得死了那个，这是天定的！"

"说得对！"

听着他们的谈话，皇北霜心中觉得十分可笑，早就知道，自己在芸芸众生中，只是尘埃一粒，活此葬彼，这就是天意，连一个土匪都明白的道理。

"最好的都是老子的，剩下的你们爱怎么分就怎么分去！"

若问此时终于打破了久久沉默，恢复了平时说话的口气，狼头和蛮狐闻言不禁相互看了一眼，目光一齐瞟向穿着红色嫁衣的皇北霜。

最好的女人，他们如是想着。

最好的女人就在这里，波澜不惊，风华正茂，美艳无比。站在他们的面前，却令他们胆战心惊。在他们抢夺掳掠的时候，无一人对她下手，末了，也只是把她绑在了俘虏圈的最前列，象征最高的收获。无论她是谁，无论她来自何方，没有人，除了她，敢指着首领的鼻子凌然质问。

那一头若问的人马带着自己的战利品越行越远，断不知这一头的黄土沙丘上，却出现一道翩然身影，正立在丘峰之上，黑色的披风随风起舞，发出"啪嗒啪嗒"的声音。

"飞踏，你看这巧合，是不是有点儿意思啊！"

说话的正是擎云，他拉过披风半遮住自己的脸，防止尘沙吹到嘴里，让人无法看清他的表情，只露着一双高深莫测的眼睛，紧紧盯着远去的人马。

"哈哈！"只听他沉沉笑了两声，随即转身跃上马背，"走吧！去还她十袋水！"

飞踏于是仰天长啸，刚劲的前腿暴躁一蹬，朝着北方狂追而去。

灵性通人的飞踏，

你可知道，

追上的，

是一段旷世奇情，

追上的，

是一句亘古誓约，

追上的，

是一场乱世恩仇！

天知，

地知，

你却不知……

风雨前奏

———

第二章

土匪们没有自己的绿洲，他们的窝藏地经常变动。他们不属于任何民族，除了刀口舔血，烧杀掳掠，他们就只剩下纯然的本能和欲望……

杀人取乐，奸辱淫靡，浴酒狂欢，赌财博金，无所不及。

而今夜，将又是一段兽欲横飞无眠叫嚣之夜。

皇北霜看看周围，这帮土匪虽然鲁蛮，却十分善于观察地形，他们的村寨建在一个死风区，这种地方很少会出现流沙和风暴。在所有衣食消耗都是抢夺而来的前提下，这个既没有水，也没有动物栖息的土壕便成了最为有利的驻扎地。

得胜归来以后，土匪们将公开打擂，最好的猎物永远是强者先得。

若问将皇北霜身边剩下的十几个黄衣和青衣女婢全脱了个精光，让她们赤身裸体地列队站好。正前方，便是沙土垒起的擂台。土匪们神情兴奋，面红目肿地围在擂台周围，野兽一般的气息烧遍了十几个无可奈何凄绝无助的芳华少女。

皇北霜忍下心中绞痛，猜想自己大概会是最后的好戏。她还没有看到被一并抓来的侍卫的身影，不知是被关在哪里，总归不会这么快就被赶尽杀绝。

大抵是准备工作都做好了，若问从后面走出来。他打着赤膊，古铜色的身体显得无比精壮，胸口还佩戴着厄娜泣族献给那战的珠宝。许是洗了把脸出来的，他的面容显得比之前俊美很多，黝黑的短发像利刺般根根竖起，下巴上还挂着水珠。皇北霜琢磨着这人二十四五岁，确有大将魁伟之姿，一双深紫色的眼里尽是锐利的光芒，腰间依旧佩着刀枪剑三把利器。

他在皇北霜右边的毛皮大椅上坐下，满意于热闹的气氛，扭头朝着皇北霜得意一笑，只道："你瞧，有好戏了！"

皇北霜别过脸不予理会。

啪！啪！

若问却不在意，仅击掌两下，狂欢开始。

首先上台的是两个个头瘦小、面目狰狞的人，应该是对双胞胎，两人对着就叽叽怪笑，脚一蹬，冲上去扭打起来，周围的人都开始呐喊助威。

"这两个人是双胞胎，六岁的时候就被卖给人贩子，以前他们的长相十分漂亮，比女人还漂亮，因为个子娇小，就被卖给一些贵族将军玩弄，直到十四岁，才一起逃了出来。"

若问一边看一边说，不时还抓起盘子里的肉丢到嘴里。皇北霜知道他这是在和她说话，但她仍然不想理会。此时此刻，她需要万分冷静，哪怕只有一线生机，也要牢牢抓住。

若问扭头端详她的神情半晌，又道："你不饿吗？吃吧，这餐不吃，下一餐明天晚上才吃得到，我们一天只吃一餐。"

皇北霜的确很饿，折腾到如今，她还没有吃上一口干粮。这下听了若问的话，她什么也不能再想，只当是豁出去了，一手抓起盘子里的食物开始疯狂饕餮，样子看起来十分野蛮。

"哈哈哈！"若问见此，大笑三声，"你真是个有意思的女人！" 说完，他便不再撩拨皇北霜了，摆出一副趣味奕奕的模样看打擂。第一擂打了约有两刻钟，沙漏里的沙流下了一半。若问又笑道："看来这回又是弟弟赢了。"边说边回头看皇北霜："他们会在这里公开享乐，你喜欢看吗？"

皇北霜听到他的话，只觉得一阵寒冷蹿到心底，嘴里的肉也啪地掉下，就在这时，耳边便传来果儿和燕儿的尖叫声，此刻她们的叫声无用，纵然撕心裂肺，也不过是火上浇油，男人们疯了，他们早就疯了。

她别过头不愿看那些秽乱的场面，可呼声仍是此起彼伏，又有人在这嘈嘈杂乱的讥叫声中站上了擂台，又有女人惊恐地被打擂的疯子扔到地上，暴力还有无耻不断地撞击皇北霜的大脑，她猛地一震，开始大口呕吐。她快要受不了了！

"这么快就不行了？"若问笑了笑，得意至极，"那可轮到咱们了！"说着便丢下手里的肉，两手往身上一抹，扛起皇北霜就往自己的屋子走。

皇北霜给这动作吓得脸色惨白。若问进了屋，二话不说，直接将她扔到床上。瞬时，红色嫁衣像蝴蝶的翅膀一样展开，她额头上的一排宝石饰坠闪动着冥冥幽光。

若问的眼神闪过一丝迷惑，他解下腰间的刀枪剑扔到一边，半俯下身来打量着她。"真是美，老子从没觉得会有女人这么美。"他似乎越说越感到高兴，随手摸了摸她脸颊道，"到底是什么地方不一样？眼睛？充满了怒火与骄傲。声音？带着冷漠与讥笑。还有……"他话锋一转，一手按住她的胸口道，"还有你的心，充满了激情与无所畏惧。厄娜泣族？你是北方人。你叫什么名字？告诉我……"

皇北霜咬着嘴唇，双眼凶狠地瞪着他，然后找着空隙便侧身一滚，两手抓起靠在一边的弯刀与宝剑，警戒地对着若问。

却只见若问像是看了场好戏，咯咯直笑，颇为嘲讽。

若问拿起落在一边的长枪步步逼近，像在玩弄猎物一般，问道："很重吧，是不是越来越重？刀，叫弑父；剑，叫葬母。这罪很重的，你拿得起来吗？"说完他长枪一挥，"你该拿这个，这枪，叫夺妻！"

此时此刻，皇北霜的手越来越无力，在他完全靠上她以后，她手里的兵器铿锵落地。

"你对我下了药！"她两手扶着床沿，心中已断定这土匪在刚才的食物中放了东西。

闻言，若问果然极为得意，谑道："哦？看来是发作了，我在你的食物里放了双果树的汁液，住在沙漠里的人都知道，它具有化力催情的作用。"

皇北霜全身乏力，只是骂了句"无赖"。他便以额头重重抵住她，只道："告诉我你的名字！"

"你想怎样？"

"当然是要玩弄你！"

若问将她驱至床上，神色张狂，对她的禁锢仿佛天罗地网难以挣脱。皇北霜无计可施，终于抑制不住内心愤怒，赤颜怒目回道："我永远也不会告诉你我的名字。"

"没关系，总有一天会的！"或许是见惯了俘虏的反抗，若问毫不理会，一手扯下她的嫁衣，放在唇边深深一吻，颇为兴奋地说，"从今以后，你就是我的女人！"

话音刚落，忽然之间房间里便没了声音，只有寂静，寂静中还带着扣人心弦的肃杀之气。若问没有回头，双手还抓着皇北霜，只是他的脖子上，正架着一把剑，剑刃银光撩动，闪过皇北霜的眼。

"你是谁？"若问道。

"先放开她吧！"这回答的声音低沉沙哑，带着潜在的威胁。

若问不由得手一松，皇北霜慢慢爬起，站到来人身边。

"擎云！"她十分意外。

"不错，还记得我的名字！"擎云笑了笑，手中利剑更加用力按住了若问的脖子。若问却已平静下来，他逆剑站起，手握长枪。

"杀了我，你们也跑不掉。"他说。

"我没说要杀你。"擎云不动声色。

若问眯起眼："你要带她走？"

擎云一笑："这是自然！"

"一命换一命，你可以带她走！"若问却意外地爽快。

"那我的族人呢？"皇北霜不由得问道。

若问大笑："刚才已经说了，一命只能换一命，否则同归于尽。"

三人沉默下来，似乎交易正在达成。

最后，擎云先开了口。"这枪叫夺妻？"他问。

乒！下一瞬间，擎云已飞剑断枪，夺妻在若问的手上断成两截。

"交易成立，我们走！"擎云回剑入鞘，没等皇北霜反应过来，扛上她便往窗外一跃，两人的身影消失在凉月白沙之间。

若问愤怒地将手里的两截断枪砸向地面："混账！混账！"连说了两个"混账"，却依然怒火中烧。

擎云扛着皇北霜飞速奔跑，尽管夜晚的沙漠天寒地冻，风暴成刀，但他依旧身形迅捷，跑了大约一个时辰以后，找到了一个小绿洲。

他把皇北霜放在一棵树下，转身将系在旁边的白马飞踏拉了过来。

"今天就在这里休息吧！"他似在对飞踏说话。

此时皇北霜已渐渐清醒，她坐起身，问道："这是哪？"

"一个移动绿洲。"擎云回答。

"哦……"皇北霜灰眸转动，四处探看了一下，发现这里居然有个小沙湖，湖面十分平静，看来绿洲外沿的树木挡住了不少风沙。

"我第一次看到移动绿洲，它真小，真漂亮，是因为不曾有人定居吗？"皇北霜说话的声音十分轻柔，这个时候她真的是没有一点力气了，而且，拜若问的双果树汁所赐，心中却又欲望澎湃难抑。

皇北霜问道："擎云，那土匪给我吃了双果树汁，你有解药吗？"

擎云生了火，又折了几个树枝扔进去。好像思考了一会儿，忽然起身朝她走来。

"有个办法可以解毒。"他在一边坐下，从口袋里掏出一个布囊，"这是永冬草的根，人吃了，将会在三十六个时辰内失去一切官能欲望，它可以解双果树的毒。"

"我不吃！"皇北霜也平静下来，喉咙里还有少许呜咽，但她很肯定地说，"我不吃，吃了永冬草的根，三十六个时辰内，除了性欲全无，还将会失去食欲和睡欲，我自问做不到三天三夜不吃不喝不眠不休。"

擎云十分意外，没料到她明明如此年轻，只十八九岁吧，居然也是一个见多识广的人。于是问："你又不肯让我帮你，那你打算怎么办？"

皇北霜咬牙，勉强站了起来，却一步一步地往湖里面走，直到冰凉的湖水浸到她的胸口，她便褪下了所有衣物，除了额头上的一圈宝石镶嵌的发带。

"这水真冷。"月色中看得出她在苦笑。

擎云握剑的手一紧，一时说不出话来。皇北霜冷得发抖，于是转过身去，背对着擎云。

此情此景，月华水泻，薄风轻寒，岂知道此刻再多的温柔和轻幽，也及不上湖中少女颤抖的双肩，再多的光华和神秘，也比不上湖中少女湿润的双眼。

明明如此美，擎云却忽然有种不敢再看的窘迫和焦躁。

明明她就在眼前！

哐当！

若问像一头发疯的牛，狂暴地冲进此刻到处都淫靡不堪的擂堂。他砸了桌子又砸椅子，整个大厅内只有他四处破坏的声音。兄弟们被他这突如其来的行为惊得停下所有动作，有些不解和惶恐地看着他们的首领。

这确实是一个残酷可怕的夜晚，只有声音，暴躁的声音，哭闹的声音，兴奋的声音，侵略的声音，这里没有心，这里没有灵魂，只有疯狂，寂寞无依的疯狂！

翌日，大堂里的狼藉已经收拾干净，被抓的俘虏包括女婢和侍卫不知还剩多少人，总之一并押在大堂中间等候发落。若问坐在大椅上，两指敲打着光滑的雕镂腾龙扶手，终于阴肃地下令："把那个老妖婆带过来。"

空气中，只余冰冷慑人的威严，仿佛昨晚发生在这里的一切都不曾存在。

朵再蹒跚地被推出来，说她现在是个妖婆确有点儿像，衣装正服的时候已经令人觉得阴森，这会又乱发披头，衣衫褴褛，形销骨立，简直就像是一桩古老诡异的枯木。

"那个女人跑了！"若问冷冷地说。

"娜袖儿跑掉了？"朵再眸子一动，顿时神色飞扬，一如穷途末路之时忽然间豁然开明。她一转身，对着身后剩余的族人高声喊道："大家听到没有，听到没有？我们的娜袖已经逃了，她不在这里，她成功了。我们这一路没有白走，我们也没有白白送了这条命，更没有辜负遥远的厄娜泣同胞，我们没有做错，更没有绝望。狂欢吧！各位，如今我们死而无憾，如今我们再无悔恨！"她一说完，身前众人纷纷大叫相和，决绝声此起彼伏。

"她会回来救你们的！"若问眼一沉，徐徐了开口，一手还拿着昨夜从皇北霜耳朵上取下的一只耳环，反复把玩着，似乎十分期待。

"不！她一定不会！"朵再转身怒斥。

"她是和亲的娜袖儿，她的存在不是为了我们这区区百人，而是为了远在他乡、七千之众的厄娜泣。她不会忘记自己的使命，绝对不会！"

"哼！她叫什么名字？娜袖只是一个称呼吧，本名叫什么？"若问问道。

堂下安静下来，却没有一人回答他。

若问沉默了一会儿，站起身来，抛下手中的耳环，耳环落地后发出刺耳的声音。站在大堂两边的土匪们都兴奋起来，只听若问冷冷说道："杀！"

俘虏即被围困在中间，土匪们或持刀或持剑，只把俘虏当作是血肉人偶，想怎么斩，想怎么砍，全凭兴趣。

日出后，小绿洲没有夜晚那样寒冷，阳光穿过了坚韧的沙漠树落在黄沙上，许多跳鼠和白蝎也从洞穴中钻出来，四处觅食。只见绿林深处飘出袅袅白烟，稀细绵长，应是刚熄灭不久的篝火。

皇北霜裹在厚厚的一层布毯中，皮肤上还有昨夜浸泡过的冰湖寒水，纵然克制了原始本能，同样也将她不盈一握的娇弱彻底击碎。当她醒来时，面泛潮红，手脚无力，整个人都缩成一圈，瑟瑟发抖。

"你发烧了，昨夜太乱来！身体受不住了吧！"早就醒来的擎云正在一边收拾东西，看她可怜的样子，又好气又好笑。

皇北霜转头，见擎云身姿挺拔，站在白马身边，竟如梦如幻，不由得失神了好一会儿，才咬牙颤巍巍地站起来。她缓缓走到他跟前，两眼直勾勾地打量着擎云。他确是个英俊的男人，五官精细，高大挺拔，并且气度非凡，比她在族里见过的任何男人都有魅力。

她心中却不由得生疑，这样的男人，怎会在沙漠中流浪？

擎云瞥了她一眼，不管她心中所思，只猛地把手中的包袱一系，然后一手盖上皇北霜的额头，笑道："还好，烧退了一些！一会儿去找点东西吃吧。"说完便转身，踢散了篝火。

皇北霜忽然有点害羞，飞快别过头去，一手不自在地摸了摸自己的额头，心中却觉得欢喜。生平第一次有这样的感觉，真的是很奇怪，居然会令她眼神闪烁，不敢直视于人。

"啊呀！"她思绪万千，擎云哪管得着，倏地一把搂起她跃上马背，沉声道："走吧！"

"去哪？"皇北霜拉住他的胸口。

擎云低头看着她，咫尺的距离，轻笑道："你该去哪，我就送你去哪。云沛，还是厄娜泣？只要是你决定的。"

"为什么？"

"还你泽马之恩！"

皇北霜闻言沉默了一下，幽幽叹息："飞踏对你来说十分重要呢。”

“是的，它忠于我到生命最后一刻。”擎云的声音非常温和，听来是对这马儿有很深的感情。

“呵！”皇北霜却笑了，像是想到什么，恍惚道，“我也有飞踏的！”

擎云看着她。

“就在那里。”皇北霜目光一定，指着昨晚逃出来的方向道，“就在那里！”

“决定了？”擎云的手一紧。

皇北霜点点头，两人一马又朝土匪的寨子奔了回去。

决定了，无论前途坎坷，心怀多少无奈。
决定了，无论往事忧愁，记忆多少阴霾。
早就决定了，只要你不离我，我不离你，
早就决定了，只要时间还在继续，只要命运生生不息。
我就可以暂时忘记，我就可以暂时抛弃——
曾经在远方，被风沙吹散的歌曲……

此时离若问的营地大约五十里的地方，有一队人马正在靠近，从着装上来看，应该也是帮土匪，只不过这一拨人的装备和气势就完全不能与若问那处相比。

从某种程度上来说，沙漠中的土匪比奴隶民族的生活更加艰难，他们没有自己的绿洲，也无法自营生产，这些落魄的流亡者聚集在一起，唯一的谋生手段便是玩命地掠夺。

“什么人？”

这队伍里忽然冒出一声嘶哑的叫喊。一行土匪嗖地围了上去，被围在中间的两人一马正是连夜回奔的擎云与皇北霜。

“怎么办？”皇北霜低声问道。

“可以杀出去，或者和他们谈判。”擎云无所谓地收了收手中的策马绳。

"这一带怎么这么多土匪？"皇北霜有些意外，不免焦急起来。

"大概是知道若问这回抢了不少好东西，来分一杯羹吧！"擎云一笑。

"你是说，他们是来打若问的主意？"

"是有这可能。"擎云扣着皇北霜的腰，两人都没有下马，反倒悠闲地聊了起来，"土匪也常常同类相食。"

"你们谈够了没？给老子滚下马！快点儿！不然现在就劈了你们。"土匪们的头儿大概是要过来了，这些拿着大刀的小喽啰便骚动起来，面目狰狞地叫嚣。

"别动！"擎云按住正要下马的皇北霜。只见飞踏长腿一踹，后脚一蹬，转着圈把周围的土匪们踢了个遍，似乎还觉得十分得意，它鼻孔里时不时地喷出气来。飞踏果真是匹顽劣的马儿，若是常人怕也不可能令它成为胯下坐骑。

此刻，擎云和皇北霜坐在飞踏的身上，居高临下，威风凛凛。

"干啥！干啥！不是要去找若问那小儿吗？怎么堵着这俩家伙了？"不一会儿，头子冒出来了，目光涣散，乱发竖起，不如若问那样，一见就让人觉得不可大意。

"你们是干吗的？小娘子很俊哪！"他佝着身体走到前面，"坐在上面干吗？还想当大老爷？还不滚下来！"

擎云看着他，忽然"哼哼"笑起来，十分讥讽。

"你笑什么？"那人一抖，许是气着了吧，还猛咳了一下。

"一群无耻无能、酒囊饭袋之徒，也敢拦我擎云的去路？"擎云眼光一扫，这头子便不由得退了一步，可又转念一想，自己人多势众，何必怕他？于是双手一招："兄弟们上！"

还没等众人上前一步，却见擎云不知何时已经下了马，三根指头紧紧掐住了首领的喉咙，稍一用力，便可取人性命。众人一惊，却以蓄势待发之姿定在了原地。

"退后！全都退后！"不用擎云开口，这头子显然也是经过风吹雨打的行家，知道这回遇上的定是久经杀伐的高手，一不小心，便再无回魂之缘。

"嗯，还算是个滑头。"擎云说着就放了手，"你们找若问做什么？"

"唉……说起来惭愧。"

擎云虽然放了手，这头子也不敢再发作，就怕赔了夫人又折兵。他老实答道："若问的人马现在已是北大漠里最厉害的一拨，虽然人数不是最多的，但方圆百里的票子都是他干的，咱们这些人都没法活了，又没人敢去剿他的地儿。这回我也只好带着兄弟们去投奔他，不然都得饿死！"他说得无奈，断不是谎话。

擎云目光闪了闪，问道："你们有多少人？"

"三百左右！"头子回答。

"不对吧！"皇北霜却一口揭了他的底。那头子仰头看过去，皇北霜正巧跳下马背。她不徐不疾走到头子面前，两手一撑，拨开他眼皮看了好一会儿，又笑着回到擎云身旁，似笑非笑地说："五百一十九人却说成是三百左右，你是何居心呀？"

土匪头子眨了眨被她翻腾了老半天的眼皮，有点贼地"嘿嘿"一笑："小娘子，我这不是老糊涂了吗？有多少人哪弄得那么清楚？还是小娘子你的眼睛亮，是人是马的，心里早盘个透！"边说却边在心里骂：今天怎么就出门遇了这些瘟神。

皇北霜见他眼珠子直转，八成是在心里盘算什么，却没和他计较，只说："太阳可是要到正空了，你不去准备准备？"说完还一笑，多少流露些嘲讽。

闻言，一干匪众皆是一愣，全都睁大眼看着她。

"小娘子，哦，不对，大姑娘，你这话是什么意思？"头子这会儿赶紧讨好般往她身边一靠。皇北霜倒像是嫌他脏，一溜转到了擎云左边，方才回道："得了幻症的人都会双眼暴突，眼白发黄，血丝成结，每当日上三竿，便会看到恐怖的幻觉，导致精神错乱整整三个时辰，没错吧！老糊涂，这滋味好受吗？"

皇北霜此刻的神情十分俏皮，连她自己都有点惊讶，似乎在擎云身边令她特别放松，不如这一路上那般压抑。

"姑娘，你既说得出这是什么病，就是有办法帮帮咱不是？"头子异常激动，估摸着已经受尽了幻症的折磨。

皇北霜轻轻一笑："你莫着急。像这种沙漠病，你们常年奔走大漠，只要是身体稍微虚弱一点，或者精神脆弱一些，是很容易招上的，但是它也很好治。"她的话对这头子来说无疑是大大的喜讯。

头子也机灵，赶紧回道："大姑娘，既然开了口，必是有条件的不是？行！你说，只要做得到，我侗巴赫一马当先！更何况我们有这毛病的兄弟真不少。"

"你说的话可信吗？"皇北霜问，心中早已开始盘算着如何利用这一拨人马。

擎云在旁边看了良久，许是明白了皇北霜的算计，不以为意地默笑着。

"姑娘你就信我一次吧！"侗巴赫十分着急。

"你别急，我先问你，后面那一车，是不是炸药？"她老远就看了半天。

"是，要送给若问的，他以前跟我要过，我给藏着，这回投奔他总得表示一下心意。"

皇北霜"扑哧"一笑："瞧你这没出息的，带着五百多人想去若问那里白吃白喝，不是自找死路吗？羊入虎口，愚蠢至极，他扣了你的火药，还留你何用？"

侗巴赫被她一语道破心中惶恐，不免有些呆滞。他看着皇北霜，暗暗思绪万千，想他纵横大漠几十年，从来没见过这样冰雪聪明的少女，更未见过如此绝色容颜，平心而论，这绝对是一个天之骄子。

"那姑娘的意思是？"于是他试探地问。

"我助你一臂之力，去抢若问如何？"她虽说得平淡，其实心中仍有不安，在若问营地的短短一天，就已令她精神上大受打击。

"这不可能，我们只有五百来人，若问已拥众两千，个个如狼似虎，杀戮成狂！那是一群疯子！"侗巴赫惊得赶紧后退。

"侗巴赫！"皇北霜冷笑道，"行！那你就带着这些人去找他吧！看谁死得快！"

她一说完，擎云便很有默契地与她一起跳上白马飞踏似要离开。

"慢着！"侗巴赫没做过久的挣扎，立刻叫住了皇北霜，"姑娘吩咐吧！不到穷途末路，我又怎会生出投奔若问的念头？在这辽辽北漠，谁不知道有了若问便终有末日？不如拿命一搏！"

若问的营寨此刻早是一片萧瑟。从来没有人敢在若问怒气未消的时候上前打扰，兄弟们惴惴不安地列坐在大堂里，不时偷看一眼倚在正中间兽皮大椅上的人。他在想什么？没有人知道，只看见他一会儿阴冷地笑，一会儿又凶狠地皱起了眉。

"来了，首领！来了，来了！"一个头绑黄巾的精瘦少年突然急急冲进来，吓着了坐在旁边的几排人。

"娘的，落鹰！你不想活了，这时候跑来鬼叫什么？想被首领干掉出气么！"蛮狐冲着他叫起来。

"不是！是……"专职守备的落鹰显然有些慌张，他跑进来报信就已经花去了他大半胆量，这会儿见着阴晴不定的若问，余下的胆也没了。

"她来了？"若问没有表情，只是轻轻一问。

"来了，就是那个女的，还……还带了几百个人！"落鹰被若问吓得有点结巴。

"带了人？什么人？"若问终于有些反应。

"两百左右，说是只要放了她的族人，他们就撤回去，否则就炸了咱们！"落鹰回道。

事实上，他这回答压根没吓着旁边几排干将，蛮狐跟狼头更是一唱一和："切！两百个人就想埋了咱们！扯淡！让她炸，炸不死老子，回头老子赏她一把子！"

"这娘们也太天真了吧，去哪搬了几个人来搅和，想玩死人家的命吗？哪一拨的人活腻了敢来给她撑腰，真有意思！"

"就是！这回逮着她，可得好好看着，让咱首领尽兴才行！"

"哟！老子有点同情她了，这下可是真的会没命！"

几个人越说越起劲儿，丝毫不把皇北霜的威胁放在眼里。

"谁的人？"沉默了一会儿，若问道。

"我看清楚了，就是侗巴赫那老不死的，上回抢他的火药给他娘的跑了，这会儿不知怎么又冒了出来，还和那个女人搅和上了，真是奇了怪了！"

"侗巴赫的人？哼！"闻言若问诡异地挑起一眉，"这老东西不能信，他带了两百人就定然不止这个数！"说完顿了一会儿，他立即有了安排："落鹰，你带一队人到寨子周围其他的土丘瞧瞧，重点是粮库附近，这里这么大，算不着他又来阴的，另外叫所有人警觉些，防止突袭。蛮狐、诚象、狼头，你们都跟我一起去外面会会他们！"

"是！"众人齐应，便跟着若问往外面走。

"他出来了！"

看着对面危险的身影越来越近，侗巴赫有点惊恐，转头看着皇北霜。

"箭在弦上，不得不发，你现在怕有什么用？"皇北霜厌恶地说，其实她自己也是有些胆战心惊的，和若问对峙，需要十分大的勇气。更何况，现在擎云不在她身边。

思及此，她微皱眉，何时开始她竟是如此依赖擎云了？可她还来不及深想，对面已经站了一排土匪，以若问居中为首，皇北霜抬头第一眼就看到了他。

"哎呀呀，瞧瞧这是谁？侗老？真是好久不见！跑这儿来干什么了？"蛮狐站在若问旁边和侗巴赫打趣起来。

"我说蛮狐，这还用得着问吗？侗老摆明是活腻了，给咱送命来了。"狼头讥讽相和。

对他们的无礼，若问毫无阻拦之意，只是一脸更加莫测的神情，目光犀利地盯着皇北霜。他不明白，为何只要看见她，他的内心就有一种无法控制的骚动，令他焦急、狂热。

"若问，放人吧！对你来说，这只是多余的劫掠，那些珠宝和食物，我都可以不要！"皇北霜和他对视，说完两人沉默了很久。

"你不会以为这么点人就想逼我退步吧！不要以为只有你有灰炮，我这边的可要大得多！"他退开身，几排炮管对着前方。侗巴赫一行人顿时一震。

"若问，你瞧我现在一个人在这里，你猜擎云会在哪里呢？"皇北霜尽力保持着镇定，不露出一丝惧色。

"什么意思？我知道这老家伙不止这么点人，你们在这吸引我的注意力，莫不是留了一拨人搞伏击吧？"若问虽这样说，却也并无动摇。

正在僵持之时，落鹰的一个手下来给若问报信，若问贴耳一听，面色沉了下来。"果然！"他抬头看着皇北霜，"居然找得到我们的粮仓，还搞了百来个人一人一包炸药坐在里面，当客吗？"

皇北霜咬牙回道："你说得对！你们人多，咱们对轰，怕是搭上我们所有人的命也赢不了。可是，你们总要吃饭吧！你们玩命杀人掳货，不就是为这个吗？我要的不多，你们也犯不着赔本。"

若问看了看皇北霜，嘴角微微扯动一下："诚象，去把还活着的俘虏都带过来。"然后又对旁边的蛮狐点头示意。

闻言，皇北霜稍稍舒了口气，心里暗自给自己压惊，直盼着别再出什么岔子！

"说说看，你怎么知道我们的粮仓在哪？"若问十分悠哉地问道。

"在你的房间里，我看到挂在墙上的地图……"皇北霜说。

"厉害！那种情况下你还注意到这些，表现不错！"若问笑起来。这时候，厄娜泣的俘虏都出来了，一个个已被折磨得瘦削无比，精神萎靡地站在两队人马的中间。

"怎么只剩下这些？"皇北霜勃然大怒，无法控制地对着若问大吼。

"当然只剩这些！"若问狂笑起来，"来得再晚一点，就连这些也不剩！"

皇北霜悲痛无比地看着族人，侍卫还有十人，婢女还有三人，全都被折磨得几乎崩溃。一百五十人！一百五十人！如今，只落得如此地步。

"放人！"她十指紧扣，关节"咔咔"作响。

若问无趣地耸耸肩膀表示同意，十三人步履蹒跚地朝皇北霜走去。

"姑娘，姑娘，你的人回来了，我的人可还在里面！"侗巴赫赶紧推了推皇北霜，这种表面上的平静，他不知还能撑多久。

皇北霜却不理他，只是愤怒地看着若问，两眼迸射出光芒："若问你真不是人！你是疯子！你是一个人人得而诛之的疯子！你丧心病狂！朵嬷嬷在哪？把她交出来！我活要见人，死要见尸！"她压住快要夺眶而出的泪水。

"小姑娘可别得寸进尺，把咱首领惹毛，谁也没有好果子吃！"狼头得意地上前接茬。

这时，蛮狐和落鹰回来了，站到若问旁边点点头。若问一笑，阔步上前。

"兄弟们！今天咱们可让人给看扁了，人家带着区区几百人就敢来挑寨子要人。你们甘不甘心？你们服不服气？"他的声音魄力十足，只见不服的唏嘘声如海似浪，气势汹涌地向侗巴赫一行人压了过来。

"侗巴赫你听着，粮仓里的东西老子不要了，饿不死！我若问不拿真兄弟的命玩，现在我的人已经全移出来了，你们爱炸什么就炸个够，炸完了，晚辈我也会好好孝敬孝敬您！"他威风八面地站在最前面，凶狠无比，像发怒的狮子，两眼炯炯发光。

侗巴赫这边几百人，早吓得快一屁股坐到地上去，没转身就跑已是难得。

"兄弟们，给老子围上去，一粒沙子也别漏了！"若问抽出腰间弯刀，几千人层层呼应。看来先前他的平静只是为了拖延时间调出自己的人马，如今，大有不灭此敌，不收其兵的架势！

然而，这仍旧没有使皇北霜惊慌，她眼中泛着放手一搏的光芒。

"若问，擎云他不在这里，但他也不在你以为的粮仓里，你猜，他现在在哪？"她无所畏惧地开口。

若问闻言惊觉事有蹊跷，大手一挥，众人退后一步。"你的目的原来不是粮仓？"他沉声问道。

"死风区！你们很会选地方扎寨嘛！"皇北霜冷笑一声。

若问的脸色越来越难看。

"松沙面积十里，新月形移动半固定沙丘，乍一看，还以为这峰地只高得三四丈，构不成威胁。"皇北霜往前一步，"当然，那也是在它后面的沙坨还在的情况下，你说，要是我们把它给炸了，会怎么样？"

皇北霜一字一句地说，声音里带着决绝和嘲弄，手上拿着一个约莫是用来打暗号的火箭左右摆弄着。

"这里马上就会变成一个落差高达数百丈的流沙坑，我们会死，你也会！"若问眯起眼看着她，"你想同归于尽？"

他心中十分惊讶于她对沙漠地形的了解，他是用了不少障眼法掩藏了这死风区的秘密，他们在此驻扎了将近三个月，从未有人发现任何破绽，可现在，却叫她三言两语道破。

"可以不同归于尽的！只要你把朵再还给我，还有粮仓里的那些土匪。"

皇北霜看着他。对她而言，这便是最后一搏，是生是死，再不由她。

若问沉默了一会儿，双眼一聚，似乎也有了决定。

"你的名字是……"他问。

"皇北霜！"

"蛮狐，去把那老妖婆子的尸体找出来扔过去，还有把粮仓里那些废物也放了。诚象，安排所有兄弟集合，准备撤离这里。无论他们炸不炸，这个地方都不可以再待下去了。"若问的安排很冷静，兄弟们小心地观察他的脸色，生怕一个不小心，自己会被拿来祭刀。

说起来跟了首领这么多年，这是他们第一次被人威胁成这样，几乎完全不占上风。想以区区几百人压住他们两千悍匪本来就是不可能的事，如今，一个女人却轻易地做到了，他们不免有些惊讶。此刻，无人敢抬头去看若问的脸，但他们都听见，他腰上的刀和剑铿铿锵锵地发出刺耳的声音。

一切，还待继续！

侗巴赫的人驮着大大小小的袋子出来了，这么乍一看去不免有些可笑，本来他们拼个命也不过是为了得到续命之餐，如今捏着机会，一个个如狼似虎，能搬多少就搬了多少出来。而走在最后面的一个人，驮着朵再的尸体。

"侗巴赫！准备好了吗？我们的人一过来就赶快往东回撤，一刻也别停，若问的寨子位置偏西，待会擎云一炸土坷他们就只能朝西跑，和我们相反，就算他们想再折回来追我们也没那么容易。"皇北霜一边催促侗巴赫赶紧后退，一边攥紧了手里的火箭伺机发信号。

她盯着若问，若问也盯着她。

在弥漫硝烟忽然被一阵狂风吹散的瞬间，她点燃了火箭。

轰隆！轰隆！她转身就跑，他也一样！

很快，那种吞噬一切的坍塌，非常快，几乎反应慢一点便要覆身灭亡。一边是五百来人，一边是两千之众，他们谁也不能再看谁一眼。谁多看一眼，谁便会被死亡追上，他们只能拼命地跑，皇北霜要跑，若问也要跑。

他们朝着相反的方向跑着，这仿佛就是他与她注定的命运。

世界上，总有些东西是你十分渴望，却也是你绝对无法得到的，那些莫名其妙的感觉常常会令你发狂，而那种狂热，带来的，不过是一场酷烈的恩仇。

美人恩，无福消受；英雄恨，犹在心头！

皇——北——霜！

漢風吟

毕生一誓

——

第三章

"姑娘！咱们就在这里分手吧！"侗巴赫看着皇北霜，想了很久终于开了口，"和你干了这一票几乎吓破我的胆，姑娘，你绝不是等闲之辈，我侗巴赫也没这福气跟在你身边。就此别过了，还望你一路顺风！"

　　逃出来的第二天，侗巴赫一干逃匪与皇北霜分道扬镳。这是当然的，两边本来就不是一路人，土匪们抢了东西，如今只想怎么躲着别让若问找到，否则，那必是死路一条。

　　"你们也一样。就此别过了！"皇北霜朝他笑了一笑，目送他们渐行渐远，直到再也看不见，她才缓缓回过头，好像利用这沉默的时间想了很多很多。

　　"我们坐下休息一会儿吧！"她没有抬起头，眼睛一直盯着沙土，自顾自地坐下。

　　面前正是厄娜泣和亲婚队剩余的十个侍卫与三个婢女，他们形容枯槁，伤痕累累。

　　大概是早猜到她有什么话要说，擎云跃上飞踏，远远地回避了。

　　"你们走吧！回厄娜泣，或者去投靠其他的民族！"皇北霜定定地说。

　　"娜袖？"十三人唰地又从地上站了起来，震惊地看着她。

　　"你们走吧！"皇北霜又说了一遍。

　　"我已经不想再有人为这场屈辱的和亲而牺牲了，我会自己去云沛，你们就不用跟去了，谁知道到了云沛还会有什么事情发生！"她一边说，一边抓起地上的沙子，在手里荡了荡，又轻轻放开手，任凭它们沙沙滑落。

"保护自己的族人，是我的责任，我没有做好！"

众人闻言，你看我，我看你，谁也没有说什么，好像谁也不知道怎么说。

"娜袖！"过了很久，终于有人开口了，是道秋，厄娜泣的黄衣婢女，只是此刻身上穿着男人的衣服，她靠过去，表情十分坚定，"娜袖愿不愿意听道秋说些知心话？"

皇北霜抬起头看着她。

道秋柔柔一笑："被选出来与娜袖一起上路的那一天，厄袖曾亲自主持祭祀，与我们共同起誓，为了保护厄娜泣，将不惜一切牺牲，无论遇到什么艰辛困难也要咬紧牙关坚持下去，绝不可以退缩。我们全都起誓了，真的，那一天，那种激动的心情至今还在支撑我的身体继续前进。

"可是，遇到若问狗贼的那一刻，我们才真实地体会到坚持的痛苦，生命的脆弱和尊严的渺小。有很多人都逃走了，可我们没有逃，我们跟在你身边，遵守当初许下的誓言，决心为此坚持到最后一刻。

"娜袖，你逃走的时候，我们十分开心，我们都相信即使孤身一人你也会去云沛，与那战联姻。然而，我们的那种开心，那种为厄娜泣而来的开心，永远也比不上您又折回来，以命相救的瞬间。那种感动，我无法表达，那时候我才知道，面对死亡，你可以说'不怕'，但面对拯救，你绝对无法说'不要'。"道秋说到这里，已经开始默默哭泣，其他人见状都拢了过来，拍着她的肩膀表示理解。

皇北霜无言地听着，不由得热泪盈眶。

"娜袖，让我们跟着您吧！从今以后，我们只服从您一个人的命令，是生是死都由您决定！"一个侍卫大喊起来。这声音十分坚定，鼓励了其他人表达自己的心声。

"娜袖，廉幻说得对，今后您就是我们的主人，我们哪也不去，就跟着您。您不要赶我们走！"

"对！我也是！"

"我也是！"

应和声声声不断，皇北霜满脸是泪。她倔强地揉揉眼睛，拳头一握，再也没有说一句话。十四人在这炙热的大漠哭得精疲力竭。

擎云回来的时候，带着一个大包袱，他把包袱一扔，溅起一地的飞沙。"哭够了就换衣服吧！"他笑着说。

"你哪里找来这些好衣服？"皇北霜看着道秋她们打开的裹袋，里面全是一些漂亮的衣服和珠宝，还有刀枪。

"找侗巴赫要了点利息！"擎云坐在飞踏身上，手一伸，把皇北霜扯上马背，对坐在地上换衣服的一干人道，"借你们的娜袖说说话！"两人便奔了去。

"你要说什么？"皇北霜问。

大概有点距离了，擎云停下来，看着皇北霜说："决定吧！如果和我在一起，我就立刻带你走！"他的话非常直接，好像与她早有缠绵一样。

皇北霜反倒一愣，不知怎么回答，于是别过脸不敢看他。

"逃避不是你的性格，回答我吧！"擎云捏住她的下巴，强迫她与他对视。

"我很中意你！天地之间，只有你，注定与我共乘飞踏！"他的气息十分霸道，皇北霜在他的怀中却是坦然安心。她知道他与她是心灵相通的，他们之间的感觉无须多语。

见皇北霜仍是眼神闪烁，擎云双手一紧，将她搂在了怀里。

可是，没有犹豫太久，她很快就给出了答案："厄娜泣若没有那战的支持，很快就会被那阔儿驱离！"

"……"擎云不作声。

皇北霜又道："一旦被驱离，厄娜泣，就完了！"

"所以，你要拒绝我？"见她神色坚定，擎云的声音透着矛盾，似乎对她的选择很理解却又无法不失望。

"厄娜泣……"他反复念着这个名字，若有所思，正在掂量什么。

皇北霜却没有注意这些，只是沉默地点点头，心里一片凌乱。他们不能在一起，对她而言，这大概是最后的温存，她的额头深深地贴着他的胸口摩擦着，汲取最后的痴迷。不料擎云突然抬起她的头，没等她反应过来，便落下炙热的吻。他的力量顿时征服了她。

皇北霜很喜欢他的吻，但在这一刻，她只觉得这一切是那样的失控。明明只是萍水相逢，一日一夜，却为何如此甜蜜？为何如此开心？为何偏要遇到他？

他们的吻激烈而沉醉，久久不愿分开，这样的擎云几乎要夺走她的呼吸。

皇北霜心神一慌，在她快昏厥过去的时候，擎云却忽然放开了她，只见他两手一振，一件红色的华丽嫁衣像盛开的牡丹随风飘舞，徐徐落在她的肩上。

那一瞬间，他们看着对方，眼中再无其他。

"相吻做印记"，擎云用力搂了一下皇北霜，终于放她下马。皇北霜抬头看着他，心中五味杂陈。擎云却一笑："你走吧，我擎云对天起誓，下一次，绝不放手。"

说完，只见飞踏立身而起，带走的，是擎云头也不回的背影。

下一次，绝不放手。

"他走了吗？"道秋换好了衣服站在路口看着独自回来的皇北霜。

皇北霜落寞地一笑："嗯！我们也走吧！"她拉了拉披在身上的红嫁衣。

十四人打点好行装，整齐地上了路。

"走！到云沛去！"

一时之间，黄土飞尘又送走了一干热血儿女。

朵再，我把你葬在这里了，纵然尸骨寒冷，我也知道，你会静静守候，守候着我回来的那一天，你会等我吧？等我们在这条路上，再一次相见！我还会，在你的怀里哭泣，听你唱起伤心的歌曲，还记得，你曾告诉我，那是黄泉的声音，带着隔世的迷离……

悠悠青天连沙疆，
万里华筝竞追长，
曾有姑娘，为我抚伤。
曾有姑娘，与我暖床。
春去冬来，昼短夜长，
两眼一睁，前世沧桑！

——《隔世歌》

阔阔冷风吹断浪，
瀚海新月波涛广，
何处姑娘，为我断肠。
何处姑娘，与我情殇。
春去冬来，昼短夜长，
两眼一闭，今生无望！

神哪！若你真的存在，是否听到这凄然无奈的歌谣？
若你真的听到，是否依旧讥笑生命的渺小？
如果真是这样，
神哪！
我必将你遗忘……

"侗巴赫，你真是老糊涂了，要跑就跑远点嘛！这么快就给抓到，老子可一点也不过瘾哪！"说着，侗巴赫伤痕累累的身体又重重挨上一脚。当然，能毫不在乎、一腿就把人踢成这样的必是若问。只见他甩了甩脚上的血，一屁股坐在侗巴赫的箱子上。跪在地上的还有其他五百逃匪，均是面如死灰，在他阴冷的目光下，一片死气沉沉。

"首领！让我来干掉他吧，别脏了你的鞋！"蛮狐兴奋地插嘴。

"还是我来吧！反正他儿子也是我做的，干脆也由我来一并送他上路。"落鹰也掺和道。

这时，侗巴赫已经快不行了，他又吐出一大口血，半睁开眼看着阴森的若问，许是回光返照，他憋了一口气大声喊道："土匪不是这样的！"一句话尽，便已气绝。

"哼！臭老头！说什么呢？"蛮狐无趣地踹了他一脚。

其实侗巴赫的话也没错，这一路而来，若问一众的追击令他深深体会到他们与其他土匪截然不同。他们对若问的信仰，对若问的服从，已经达到某种微妙的境地，而土匪是不会那样的。可是，如果他们不是土匪，那又是什么呢？他不知道，而他也无命知道了。

若问看着死去的侗巴赫，忽然站起来，冷酷的目光微微一动。

"都杀了！"他说。

话音一落，只听得蛮狐、落鹰一干人等几乎破音的兴奋尖叫，五百多人瞬间成了血肉模糊的玩具。嗜血的恶魔，仿佛冲破了藩篱，来到世间。

腥风血雨的一个时辰过去了，若问只是坐在一边悠闲地欣赏杀戮，他看着这人间地狱般的场景，目光越来越幽暗。

好一会儿了，再听不到有人哭喊和惨叫，只有疲惫的喘息声和满足的咒骂声。

若问站了起来，"杀够了吗？"他问。

"不够！不够！"众兄弟向他高声呐喊。

"呵呵！"若问一笑，右手握拳，高高举起，众人立即安静下来，齐齐看着他。

"从今天起，我们不再是土匪！不再只游荡在这北边大漠，我要建立军队，一路向南！"他威严粗犷的声音穿过每一个人的心，"升起黄色大旗，印上白色皇冠，我将率领你们，占我所想，夺我所需，军队的名字叫——黄天狂兵团，生在这漫天黄沙之下，要疯就疯狂到底，要杀就杀到最后！"

他一说完，底下一片安静，须臾，便是震天动地的欢呼声。

从今以后，若问再不是北漠上偏安一隅的土匪！

"我发誓，将一追到底！"

"娜袖，你当初是怎么治好侗巴赫的幻症的？"

"幻症怎么可能治好？"

"那到底是……"

"我给侗巴赫吃了永冬草根。三十六个时辰内，他们会失去一切官能欲望，没有了欲望，又何来幻觉？"

"可是，他们会三天不能吃不能睡，三天过后，幻症又会再发作吧？"

"没错！"

"娜袖，侗巴赫会恨你吗？"

"会的，因为欲望是没有尽头的！"

如同人的智慧。

云沛都城，宁都。

一望无际的绿树红英与庄严华丽的高大建筑群交错蔓延，规划整齐的街道两边排列着大大小小的店铺。这里的水酒甜美丰润，这里的粮食幽香可口。抬头可望见平静的白云与蓝天，低头可找到热情的姑娘与少年。

在此之前，皇北霜从未见过如此美景，几乎就要为这生机盎然的世界倾倒。而她身后的十三人更是目瞪口呆，仿佛身在梦境。

"这就是云沛！"廉幻闭上几乎流出口水的大嘴，手一抹，转身看着皇北霜。

"嗯！我们到了！"皇北霜笑着走到前面，眉目间的情绪不免有些复杂。为何如此不同？这里的生活竟是如此和平安稳，这里的宫殿竟是如此雄伟壮阔。在厄娜泣，这根本是一个万世也修不来的梦境。

"这就是第一大国的实力吗？拥有最多的绿洲和人民，建有完整的军队和宫廷。走吧！我们就去会上一会，履行最初的使命。"

"进城去！"

"站住！哪来的？"城门口的侍卫拦住了他们。

青衣婢女夜佩上前一步，拿出几串珠宝献上："云沛的官爷，我们来自遥远的厄娜泣，带着族人的祝福到此和亲！"

闻言，侍卫们收起大刀，其中一个大胖子走了出来。

"啐！又来一个和亲的，这几天已经来了几十个吧？把通关文牒和盟约书拿出来！是哪一族的来着？"他语气讥讽，十分瞧不起此刻风尘仆仆的皇北霜一行人，一边说一边挨个瞧着他们，瞧到皇北霜这儿时不禁眼睛一亮，"哎呀！这个漂亮！跟昨天真渠送来的那个可有的一比哟！"说着就要伸手摸上皇北霜的脸。

"铮"的一声，电光石火之下，廉幻的长剑已经抵住大胖子的腋窝，胖子一惊，冷汗直流，连忙缩回手，看着皇北霜不怒而威淡然平和的神情，心中一颤，不禁暗忖，这个女人不简单。

"行了，你们进去吧，到大使府登记，三天后，广寒宫将会举行和亲典礼，所有和亲队伍一同晋见。"胖子很识趣，没有再刁难，心下明白，越是漂亮的女人越得供着，说不定哪天就得了宠。

廉幻恭敬地退到旁边，为皇北霜开路让道。

如今这十将三婢已然把她作为自己唯一的信仰，誓死追随，杀伐不忌！

"将雷、允再，我给你们个艰巨的任务如何？"皇北霜进了城，路上一直在沉思，快到大使府邸的时候，终于开了口。

"但凭娜袖吩咐！"两人侧到皇北霜身边。

皇北霜和他们悄声说了一会儿，才抬头道："凡事小心，多加保重！"

只见两人向她点了点头，转身离去。

"来到这里是为了民族，保住性命则是为了自己。"皇北霜忽然回头一笑，对着剩下的十一人道，"今后危机重重，我们要多加注意，任何行动都必须井然有序。廉幻，侍卫就拜你为将，保护我们周全，夜佩，婢女就以你为首，打点一切！"

"是！"两人齐声回应。

"好了，大使府到了，进去吧！"

皇北霜抬头看着房檐上的牌匾——云沛大使府，手一紧，便领着十一人走了进去。

大使府的大堂里人满为患，看来是有不少奴隶民族都献了自己的姑娘来此，有些羞羞答答地端坐在一边看着往来的人群，有些则十分自信地环视周围，自觉风华绝代，无人能及。每一个和亲少女多少都带着侍卫与婢女，看起来运气比皇北霜好，不曾遭遇劫匪。

"大使到！请肃静！"只听一声叫喊，万籁俱寂！

"都到了？"一个身材还算魁梧的中年男人走了出来，身后跟着几个士兵，他目光扫了扫站在堂前的众人。

"好吧，时辰也到了，三天迎礼时间已过，现在开始点名吧！那些迟到的没来的就从名簿上划掉。"他喝了口水，语气冷漠。大家都明白过来，没到的那些十之八九已在路上丢了性命！

"麻随的雨蔷公主！"

"在这边呢！"一个小奴举了举手。

却听得正在点名的大使一哼："帮着主子回声'在'就行了！"

"鸫劾的正芳郡主！"

"在！"

"弥赞的含玉夫人。"

"在！"

这一声声呼应扰得众人心乱如麻，谁人想到，除了天都，其他四大政权民族竟也都着了人来，云沛实力可见一斑！

此刻，堂下的姑娘们，有的几乎害怕得哭泣起来，有的则开始蹙眉盘算，心下知道自己若是出生卑微又没有太大见识，想在这片森森土地上保住性命还真需要些运气。历来不受重视的和亲红妆，多半连个尸身也不知落在何方。

"厄娜泣的皇北霜小姐！"

"在！"道秋回答得十分利落，声音中不带一点疑惑，这让迎亲大使不由得抬头看了一看。哟，他眼神一动，这一拨绝对是个正主儿！区区八个侍卫，却气势庄严，时刻戒备，而三个婢女个个美貌如花，比得上其他几个小族送来的公主。当然，那也是绝对比不上站在中间，从容万分的娜袖皇北霜。是什么地方不一样？那奇妙的气氛，好似国王亲自驾临！

"厄娜泣的皇北霜！"不知为何，他又点了一次名。

"扑哧！"却听得另一个青衣婢女再萍嫣然一笑，铜铃般的声音响起，"大爷您真是健忘，不是才点了一遍名吗？该不是我道秋姐姐声音悦耳，您听得欲罢不能？"

刹那间，严肃的气氛全无，众人一阵笑。

"哦！瞧我这不是……"大使有点窘，拍拍自己脑袋，威严荡然无存。

不一会儿，他继续点名。

"炙垦的天冠小姐。"

"在！"

"那阔儿的珍碧婷小姐。"

"在！"

…………

此后便是冗长乏味的点名对号，除了贵族的和亲少女有本国的封号外，其他包括厄娜泣在内的所有和亲使者全都以小姐称呼。这就是现实，人与人，永不平等。

"行，点完名了！"大使收了名簿微微笑道，"核实二十一人，请诸位这三天好生歇息，蓄足了精神等待陛下召见！"说完便退了去，不再搭理众人。

大使府大堂里的人群开始散去，奴婢们都为着自己主子忙碌起来，没想到这大使一去，各家姑娘们便开始各找各的碴，各插各的花。

被最多人围住的便是那早早听说过的真渠美女幼佳。皇北霜远远一望，心想，还真是个美人！休说她是如何的粉嫩娇媚，光看着她那双秋波迭起的汪汪大眼，就令人心神一动，不免多行注目之举。

只见这幼佳姑娘在众人的嫉妒和刁难下却是面容坚毅，傲气凌人，她的气势着实让其他粉黛黯然失色，吵也吵不过，比也比不上，各家姑娘莫不是急了心火，一个个在那跺脚捶胸。

这样的美丽是不可以用在这种地方的，皇北霜叹口气，轻笑一声，一行人转身就走。

"皇北霜！你也给我站住！"

没想到她前脚刚踏过门槛，就被人叫住，于是她身子一定，缓缓回过头来。

"雨蔷公主！何事叫我？"皇北霜故意语带惊恐，自然地往身边婢女靠去。

瞧她慌张的样子，这雨蔷公主的心情果然好了很多。

"哼！也不是长得漂亮就了不起嘛！你也不比那个幼佳差，怎么就这么点骨气？躲什么躲，怕我吃了你不成？"她说着就上前拧住皇北霜的手将她使劲儿拽了出来，还很利索地就是一巴掌上去，打得皇北霜微一侧身。这时廉幻一手抚上腰间大刀便要上前斩人，皇北霜却以眼色示意他不要出手。廉幻退到一边。

"哭什么哭？"雨蔷公主似乎十分满意她害怕无助的样子，仿佛刚才在真渠幼佳那里受的气，这会儿都发泄在皇北霜的身上。皇北霜却只是掩面哭泣。

"真没出息，给我滚！"雨蔷这一下，十分得意。当然她得意也是有原因的，毕竟她不是奴隶民族出身，来此和亲也是表示友好而不是忠诚。在某种程度上而言，她是具有政治地位的女人，代表的是麻随，五大政权民族之一。她在入宫晋见之前对其他女人耍场下马威其实也无可厚非。

于是再萍等人赶紧上前，一手抚着皇北霜的脸，一手扶着她离去。

"娜袖何必怕她！"出了大使府，夜佩等人终于忍不住问道。

"女人之间的矛盾无非是争宠斗艳。只要不碍着我们，就尽力避免冲突，何况我们在此尚无根基，鲁莽好胜，不定引来杀身之祸。"皇北霜揉揉自己的脸，"真是疼！等我逮着机会，定要还她十个耳光！"

听了她的话，夜佩扑哧一笑："奴婢们跟着娜袖总觉得十分安心呢！"

其他人闻言不禁都点头附和，这也确是他们的心声。

"娜袖，大使已经给所有人都安排了房间，咱们现在要不要先去休息？"再萍问道。

却见皇北霜顽皮地眨了眨眼，回道："咱们不住大使府，这三天就好生在这天下闻名的云沛宁都游玩一番吧！"

众人一顿，齐齐看着她，将信将疑。

谁知皇北霜没在开玩笑，在其他和亲队伍都忙着贿赂和打点宁都官员的时候，她竟真带着十一个人在外面逛了个遍，将云沛的民俗文化和生活习惯了解了七八分，一路上好不自在，莺声笑语不断。

或许，在他们一生中，这是最轻松快乐的三天吧！

犹记得，无痕只是梦一场。

依稀凭风走，望不断沙丘高耸，挥不去尘世苍茫。

真想与你同在，直到热泪盈眶！

那三天，还依旧逍遥……

那三天，还与你同在！

是夜，巍峨皇宫里，四处金碧辉煌，熠熠生辉，高耸的墙壁上大面积雕刻着乘风的飞马与翱翔的狂鹰，栩栩如生，而中间牢牢镶嵌的一颗巨大宝石，玲珑剔透，妖艳无比，仿佛能照遍世间一切。

这样的华丽，不免震慑人心。

"怎样？派去追查莽流的人马都找到了吗？"说话的人斜躺在精致宽大的床上，让垂垂纱帐遮去了大半，然而声音，却带着无法言语的危险。

"找到了，只是……全都神志不清……无可交代！"回话的人看起来十分精壮，眉宇萧然，想来这人身份不是个将军也是个统领。

能让他下跪的人，可想而知！

那人从床上下来，语气却意外的平和："巫季海，莽流的事，只可低调查办，不许声张！这伙人四处贩卖各国军政机密，无孔不入，却至今行踪成谜，一不小心，可会给云沛造成不小的麻烦！"

"是！"巫季海俯身回道。

"行了，你下去吧！"

巫季海起身退到门边，正要出去，却迎面撞上了进来的人。

"哟！巫将军，您还在陛下这儿呀！快些回家陪陪两位夫人吧！"原来撞上的正是这次的迎亲大使筑俊，只见他老脸一撅道，"您家的夫人好几天没瞧着您了，寂寞得慌，天天到我的大使府找那些和亲的主儿聊天拉关系呀！今天是最后一天了，明儿姑娘们进了宫，您那俩夫人可又得闷着了！"

"哼！管好你自己吧！"

巫季海看样子十分厌恶筑俊，袖子一挥，没多做理会，大步流星地跨了出去。

"陛下万安！"筑俊上前一跪。

"起来吧！"

到此也无须多说，此人当是云沛国广寒宫的主人——国王那战！

筑俊恭敬地站起来，双手奉上一卷厚厚的册子。

那战接过来，一页一页地浏览着，似乎上面没有什么特别吸引他的地方。

"你说吧！"他手一挥。

"书信求婚的民族无论大小共有一百三十个，陛下亲应了三十二个，到今天为止，实际到达的是二十一个，失踪的主要是些弱小的奴隶民族的女孩，无外乎是遭到土匪或流民。召见册上记载着这二十一个和亲使者的名字、年龄、容貌和背景，此外还有他们这段日子住在大使府里的生活记录，最早到的一个月前就到了，最晚的今天点名时才到。附本上还有她们此番带来献给陛下的贡品目录，属下已经由多到少列了排名。"筑俊答得十分利落。

"嗯！就你看来，感觉如何？"那战十分悠哉，拿了块点心吃起来。

"回陛下，"筑俊看来对这个问题期待已久，几乎回答得有些迫不及待，"这次的姑娘个个都很漂亮，小人这几天看得眼都花了……"

"行了，挑几个来说说！"那战有点不耐烦。

"是！"筑俊赶紧收敛形色，正色道，"首先是三个政权贵族代表，麻随雨蔷公主，鸪劲正芳郡主，弥赞含玉夫人都可称人间绝色，各有风骚。"

"天都还是没来凑热闹吗？"那战的声音有点冷，并不把筑俊的溢美之词放在眼里。

"呃……是，天都这回也没派人来……"知道那战有些不高兴，筑俊紧张地看着他。

那战却没再继续追问什么。

"继续说吧！"

"再来是奴隶民族的亲使，总的来说，气质和样貌要差些，毕竟是穷苦地方来的，只不过……"筑俊一顿，似乎心情有点激动，"其中有两个十分出众，一个是真渠的幼佳，一个是厄娜泣的皇北霜。照属下来看，不说贵族的公主们，恐怕就连陛下的几位妃妾也难有匹敌！"

"哦？"这会儿那战的兴趣倒是上来了，随手翻到了真渠幼佳的卷页，上面写着此女个性强烈，凡见不善者，都迎头痛击，毫无惧色，是个有味道的女人。住在大使府的四天里，镇住不少狠毒刻薄的公主，贡品数量排第十位。

"还行！有点意思！"那战却是一笑，此刻撤去了国王的威严，浑身充满着性感的邪恶。这时他手一挥，又翻到皇北霜那页。

"在大使府里待了不到三个时辰，挨过麻随雨蕾公主的打，掩面而逃。三天不见踪影。直到第三晚确认点名时才出现，身边只有八个侍卫和三个侍女，供品数量排在最后一位！说是遇到土匪劫掠，侥幸逃脱。"

那战边看眼神边沉寂了下来，让人无法看透。

"三天不在大使府，干什么去了？"他悠悠问道。

"巡城兵探报说是在宁都城里四处观光游玩！"筑俊如实回答。

"游玩？"那战闻言忽然一展眉宇，"哈哈！"却是干笑两声，听不出他此刻真意。

"筑俊，你对她的印象如何？"那战问道，目光并没离开皇北霜的卷页。

"回陛下，"筑俊稍稍斟酌了一会儿，"这不太好说，小人初见她时，感觉她华态万千，从容自在，是个真主儿！可实际上，又好像不是这么回事儿……这姑娘给麻随的刁蛮公主当众辱打了一番，却只是噙泪而逃，吭都没吭一声，大概知道自己容貌遭人妒忌，三天都不敢回别业里。这后继实在是让人失望了一把，小人本以为此女不逊于真渠幼佳！可惜却是中看不中用。"

"哼！筑俊，你收了真渠多少好处？点到就好，不要太不知分寸！"那战眼光一沉。

筑俊赶紧跪下回话："陛下息怒！小人收了好处是一回事，这幼佳确实不同凡响呀！"

"她都去过哪些地方？"那战又问。

"陛下问的哪个？"筑俊十分小心。

"皇北霜！"

"啊！先在城门口转了一会儿，后来又去了集市场和五谷耕地，第二天去逛了祭庙和通天塔，最后……"说到这里筑俊停了下来，观察那战的表情。

"去哪了？"那战问道，并无不悦。

"最后去了创天建国冢！"筑俊赶紧回道。

"哈哈哈！"那战却大笑起来，声音十分狂妄，"不在别业里和那些公主小姐打架，跑到外面三天就把我宁都风土历史摸了个底，这可不是个简单的女人。历来与我云沛和亲的婚队，途经北漠，遭遇劫匪还能平安抵达的，这还是第一个！"那战的声音听起来十分高兴，像是找着了什么有意思的东西，透着微微的期待。

空气中，回荡着那战令人捉摸不透的轻笑。

此刻大使府里，皇北霜和三个婢女正在收拾东西，准备第二天的和亲大典，而八个侍卫则列成两队轮流守在门口，守备森严。在大使府里，大抵只有这一间房是比较安静的了，其他亲使的房间都十分热闹，甚至有不少姑娘还在排练歌舞以争注目。

"夜佩，明天就看你们的表现了，紧张吗？"皇北霜坐在床上，心情似乎不错。

"我们才不紧张呢！厄娜泣的姑娘哪一个不是能歌善舞？何况我们还是经过特别训练的，怎会害怕？"夜佩有点儿不服气地回答。

"就是呀！要是娜袖儿亲自上阵，还不把那些公主和郡主羞个半死！奴婢倒真想看看呢！"再萍一边端了盆水为皇北霜清洗双脚，一边也掺和着进来。

"对！我也这么想！那个真渠幼佳，浓妆艳抹，根本连娜袖的一根脚指头都比不上，奴婢心里不服气呢！"道秋这会儿吐了吐心中不快。

几个婢女立刻就叽叽喳喳说个不停，惹得皇北霜不禁轻笑出来，心想就算是曾经历生死劫难，依旧前途未卜，这些丫头就是丫头，怎样也脱不了孩子气。

"别闹了，"皇北霜躺了下来说，"都上来吧！咱们今晚一起睡！"她拍了拍床上的被子，表情十分活泼。三人也是毫不顾忌地就跳上了床，一起钻进被子里。

是夜，只听到月光下轻柔的对话。

"玩了三天，你们有什么想法，都说来听听！"

"嗯……我觉得这里很美，生活很有秩序。"

"美是美，不过我觉得这里很拘谨，规矩太多。"

"我倒是觉得吧……这里的集市场好像什么都有！"

几个奴婢一一道出自己的想法，皇北霜闻言一笑。

"夜佩、再萍、道秋，你们知道，为什么贵族的和亲少女都有封号，比如公主啦郡主啦……知道这是为什么吗？"

"因为她们是政权民族！"夜佩答道。

"对！那么，如果厄娜泣也给我封个号，说是和亲'公主'，你们知道会怎样？"皇北霜说得十分平静，却是语带风云。

"那就是叛逆！要杀一儆百！因为我们是奴隶民族，奴隶就要有奴隶的分寸！"

此话一出，其余的人噤声下来，心头纠结万分。

"你们记着，这种真实的体会，到了宫里，将会了解得更深，你们会看到更多这一生从未看过的东西，你们会感觉到一种来自另一个世界的威严和无情，你们确定真的不会紧张和害怕吗？"

三人一听，都沉默下来，这几天游玩宁都，她们已经无数次被云沛的恢宏壮阔所震惊，又无数次因为太过震惊而愣在原地，真的不会害怕吗？她们不知如何回答。

"不要害怕！"却听到皇北霜坚定的声音，"不要害怕，当你们走上大殿载歌载舞敬献忠诚的时刻，我就在你们身边，和你们站在一起，我不害怕，所以，你们也不要害怕！要知道，死过一回，还有何惧？

"我带你们游玩宁都，就是要你们尽快地习惯这个陌生的世界，千万不要再因为任何意外的风景而忘记自己的本质！懂吗？"

皇北霜的声音轻柔有力，一点一滴稳住了众人纷乱的内心。

夜深了！再无人低语。

那是谁的谜题，在夜里，撩拨人心？

那是谁的芳香，在心里，温润甜蜜？

睡了，睡了，我从不知道谜底，我从不沉迷此意！

明明是沙雨，掩盖了我来时的痕迹，

如今却是绿荫，截断了我向往的平静……

叫我如何忘掉？

那谜语，还有那甜蜜……

擎云，还记得吗？

你曾发誓，不再放弃。

擎云，我又怎能将你忘记？

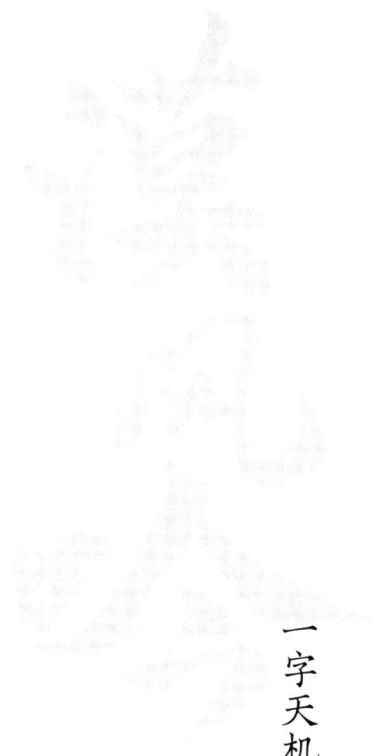

一字天机

第四章

广寒宫召见的那天，从大使府一路出行的和亲少女们一个个花枝招展、雍容华贵，引来不少行人驻足观看，热闹不已。

　　"娜袖，这个国王可真爱招摇！"夜佩等几个婢女此刻也华装裹身，美艳照人，她们第一次参与这等阵势的庆典活动，心中不免有些想法。

　　"傻丫头，这可不是招摇！"皇北霜回头微微一笑，今日刻意装扮过的她特别妩媚娇娆，颠倒众生，这一笑，更是引得围观的人们层层涌动，不住追看。她却若无其事地扭过头，坐在马背上环顾四周，才道："他是想让自己的人民看到这四方来朝的光景。真是个有心机的国王！"

　　"娜袖在想事情？"夜佩观察仔细。

　　"嗯……聪明的国王，通常比较忌讳聪明。"皇北霜道，心中亦在思量。

　　"娜袖的意思是？"夜佩问。

　　"以后要多多小心，比美之心尚可有，妄胜之心必杜绝。"皇北霜回道。

　　夜佩沉默了一晌，露出些迟疑的神色来："娜袖……有件事不知该不该说？"

　　皇北霜一笑："说吧，进宫以后，凡事都要尽力三缄其口。"

　　"娜袖……昨天晚上，你做梦了吧？"夜佩道。

　　"我不知道，怎么了？"皇北霜问。

"你整个晚上都在叫擎爷的名字。"夜佩小心地回道，说完看了看皇北霜的脸色。

"真的？看来我自己的修为亦是不够吧。"不料皇北霜却答得十分洒脱，似乎并不觉得这是一件难以启齿的事。她爽朗地笑起来，夜佩几个见她如此坦荡，也不再有所恻隐。

那是一种怎样的感觉呢？在梦里，只是不停呼唤……

皇北霜实在不敢细想下去，只怕探究太深，她便会生出抛下一切，随擎云到天南地北的冲动。这种冲动或许太愚蠢，事实上，她对擎云根本不了解。

他是什么人？来自何方？去往何处？

她什么也不知道，虽然，他们是那样的默契，却也是同样的陌生！

皇宫殿宇之庄严气势，如同瀚海星月，交辉照人。广寒宫大殿上，文官武将肃然列队站在两旁，中间只余一条华贵的红色地毯顺着层层台阶而上。金碧宝座上，华袍加身的国王那战，威震四座，双目有神，眉宇间，有着说不尽的帝王傲气，道不完的至尊风流。

所有的人都不胜欣喜地看着款款走来的众位和亲少女，各方官员皆不乏得意之态，溢美之词。毕竟在这狂莽大漠上，能受各国朝拜，求好同和的又有几个？

唯有云沛！

只见诸女一同颔首，成列跪在地上，接着便从麻随雨蔷公主开始，和亲使者们按着地位高低逐一晋见。

"妾身雨蔷，来自麻随！受吾兄王与云沛修好之意，向陛下表达真诚的敬仰和友谊。"

见这雨蔷公主声音颤抖，脸色微微泛白，即可了然来自大国的她仍是被这气魄逼人的气氛给吓到了，不过终是有公主的尊严，依旧彬彬有礼地颔首叩见，朗朗表白。说完后，身边几个侍女却是手忙脚乱地上前一步，献上了珠宝金银。就算主子勉强定得住神，这些奴才就不行了，一个个冷汗直冒，生怕自己出了什么纰漏。

听得国王身边一位妃嫔轻轻一笑，掩嘴对他说了什么，那战笑了起来，微一点头，却见那位妃嫔说道："听说你在大使府里过得挺自在，打过不少人吧？如今一见，不如那般跋扈呀！好了，陛下刚才答应把你留在我这儿一段时间，典礼过后就随我去吧，熟悉了广寒宫的规矩后再伺候陛下也不迟。"

雨蔷听了不禁一惊，没想到以她的地位，如今也让人当众羞辱，而且还是一个真正的下马威，这是在警告她这里不是蔴随吗？

雨蔷百感交集地退到一边，见她此刻面色难掩难堪，其他和亲使者心中却觉得十分快活：想来她也有被人踩在脚下的一刻！众人抬头望了望那位轻声厉语的妃嫔，才发现她竟是菁华柔美，我见犹怜，坐在国王身边更是顾盼生姿，不尽尊贵。叹口气，众人刚雀跃起来的心又凉了下来，世间有几人能绝美至此，想当上王妃只怕是难指望了。

那战看着一列美人的脸上遮不住的五味杂陈，却是十分得意，风流如他自然是只爱极致之物，人亦相同，不到绝顶怎有资格与他同床共枕，春宵共度？

再接下来，是鸠劲的正芳郡主，这姑娘表现平稳，算是勉强过关。之后几位大抵也都是心中有惧，战战兢兢地磕了头献了礼，好像能全身退下，已然用尽所有勇气一般，在一旁深深地吸气。却没想到，最后在筑俊引领下走进大殿的两队人影瞬间炸开了所有的空气。

没有人微有一动，甚至连高高挑起的眉毛都久久无法放下，国王身边的四位妃嫔更是满脸震惊，如临大敌……

真渠幼佳、厄娜拉皇北霜，作为特别引荐，跟在筑俊身后莲步踏入。

一个冷艳无双，一个温暖照怀；一个绝代风华，一个国色天香。

筑俊十分得意，这就是他要的效果。

华美至此，总该较个劲不是？那才有看头！

他总有种预感，此二女中必有一人将会登峰造极，声名鹊起！

而这才只是开端，一切的开端！

两边的官员目瞪口呆地看着走进来的两位绝色美人，不自觉深深地吞了吞口水，这等场面绝对可以算是日月交辉，无论看着哪个，都是光彩照人，妖娆媚惑。生平未见有美如此，此刻却风华成双。几个头脑简单一些的武将甚至还直接艳羡地看着国王。

　　"奴婢真渠幼佳，叩见国王陛下，愿春秋万世，四方来朝！"

　　幼佳抢先开了口，此时更是婀娜多姿，眉目生花，她的冷静和气魄一瞬间湮灭了之前一干美人公主的印象，众人难掩倾慕，顿时觉得这美人必将震慑六宫，荣宠加身。

　　"奴婢此番带来了真渠的国宝，琉璃玉盏永明灯，此外还有三箱珠宝、佳酿，请陛下笑纳。"她镇定无比，不论那战身边的几位妃嫔如何怒目相视，她都无一所惧，眼中皆是你奈我何的傲骨和风韵。

　　"你自称奴婢？"那战笑问。确实是个有意思的女人。

　　"是，奴婢是来侍奉陛下的，身份地位只能由陛下赐予。"幼佳仰头与他对视，却不想这国王如此俊美深沉，明明带着一股不容侵犯的威严，却依然散发出谐调的轻薄之气。这必是个阅女无数、肆意狂欢的人吧。虽然心有动摇，幼佳依旧咬牙没有避开眼睛。

　　"嗯！你退下吧！"看不出那战的想法，虽然他脸上曾经确有一丝着迷的神情闪过，但此刻已经不再对真渠幼佳有更多的眷顾。

　　他转头看着最后一个跪地拜见的绝色佳人。"你就是皇北霜？"不待皇北霜开口，那战却是先点了她的名字，引得在场众人心头一乱，何人未语先知名？

　　皇北霜自己也不禁一惊，但依然不显神色地观察那战。少顷，她倒是温润一笑，双眼生辉，温柔优雅地俯下来，身边几个婢女适时开始载歌载舞，只见她们个个双颊丰润，眼眸撩动，整个大殿顿时充满魅惑迷幻之气。歌舞升平中，皇北霜双手托起一个方形的包裹，包裹上有一个小小的绣囊。

　　而她平和带着磁性的声音穿过耳道来："厄娜泣，皇北霜，叩见国王陛下，祝福云沛帝国，受万世景仰，千秋不殆！"她亦无紧张，镇定之色不逊于真渠幼佳。

"献了什么东西，就这么点儿？"却听到一位妃嫔隐忍不住，终于开始发难。

皇北霜一笑，微微向她点个头行了行礼，这么细微的动作，却让那焦急烦躁的美人闭了嘴。她看着皇北霜好一会儿，于是着了旁边的侍女走下去领来了皇北霜手中的供品。

其实这不能怪皇北霜，她们的珠宝早让人抢了，能到达这里已是十分艰辛。

那战看了皇北霜良久，眼光才移到身边妃嫔的身上。那妃嫔先是递过了包裹上的绣囊，那战接过来，放在手里捏了一下才道："土？"

此时几个婢女的歌舞早已结束，她们平静从容地回到皇北霜身后一同跪下，皇北霜微一颔首："献上厄娜泣的故土，以表我族永远的忠诚和服从！"

这话显然让那战十分满意，他笑了一下，又看向那已经打开的金色包裹，里面是一本书，一本包装精美略有残破的书。那妃嫔拿在手上，有些尴尬和恼火，不知该不该递过去。不料那战眼神严厉，"拿来！"他道。

"《大漠集卷》！"

皇北霜看着那战，知道此人定是十分欢喜得到这本漠世奇书，不觉松了口气。

没料那战却眼神一冷，向身边的巫季海挑了挑眉毛。巫季海受了意，忽然一剑出鞘，抵住皇北霜的脖子喝道："拿一本破书来献宝，这算忠诚？"

却见这皇北霜眉也没皱一下，回过头看着他，身边的三个婢女也跪在一边无动于衷，这四个人却是波澜不惊的冷静。而这冷静，竟让巫季海一怔，不禁回头看着那战。

那战没有说话，他仔细盯着跪在下面面带微笑、星眸冰肌、温和娇媚的女人，挥了挥手，巫季海于是退到了一边。

"陛下喜欢这本书吗？"皇北霜笑道。

"喜欢，只是不喜欢献书的人！"那战也笑起来，他的话让在座众人万分惊讶，心想这等气质不凡的美人当前，为何他们的国王会不满意？

"是吗？陛下之语令皇北霜不胜惶恐，这是要说皇北霜已经没有机会服侍陛下了吗？"

那战高高在上，一手敲了敲搁在自己膝盖上的《大漠集卷》，笑道："不，你是有点儿意思的，我倒不会不给你这机会。"

皇北霜垂下头，毕竟于礼仪于身份，她都不可以直视国王。她只得在心中暗忖，这个那战，必是继擎云和若问之后，又一个令她无法看透的男人，他太深沉，太莫测，实在令她有些心惊胆战。

蓦然，皇北霜惊觉自己闪了神，赶忙又低下头去。那战看着周身众人，终不想再做纠缠，身体往宝座上一倚，才道："除了真渠幼佳、厄娜泣皇北霜，其余皆由大使筑俊安排归宿，凡朝堂之上者，皆可提亲。退下吧，准备晚上的册封大典！"

此话一出，站在一边的和亲少女们几乎就要倒下。国王言下之意就是要把她们分给在朝的文武官员，如今他的后宫，只愿意添得那两位极致绝色的美人了。

这是何命运？

那一日，你的眉眼间闪过一丝回忆。

我曾想好好问你，你想起了谁？

是谁可以令你在我的身边，却无心留恋？

可我没有问，问了就想知道，

那个装着你故乡黄土的锦囊里，是否也装有你安定天下的心？

你是谁？想着谁？

而我又是谁？

我是谁！

大漠北向，风沙遍布，这个季节正是沙尘暴的多发期，同时也是众多小民族的迁徙期，就是这会儿往远一看，又可见有一队人影，默默前行，风沙中隐约荡漾着清脆的驼铃声。这许是一队脱离本族的大漠游民吧，还带着不少衣粮和珠宝出来，每个人脸上都不胜疲倦，因为他们必须在日落前找到驻扎之地，以避风暴。

轰隆！轰隆！却听到一阵动天摇地的马蹄声，十分突兀，也无比清晰，然而在这样的深沙漠海中马蹄阵阵，只会有一种情况！想到这里，这族人的首领猛然一惊，赶紧大喊起来：

"放弃所有东西，赶快跑！"

他的声音十分尖颤，必是已经完全陷入了惶恐。这队人合众一千多一点儿，整队一乱，顿时像开锅的沸水般，十分惊慌。他们看着远方越来越近的人马，地狱的战旗昂扬飘动，疯子一般的叫喊如浪拍岸，淹没这上千无路可逃的游民。

那是谁？

四方黄旗，印着白色皇冠，与烈风交错，妖冶舞动！

黄天狂兵团！

"往哪儿逃呢？"

看着这帮俨然已是瓮中之鳖的游民，先锋蛮狐的声音却只是尖锐无情，他"哼哼"笑了两声，转头看着对面也已经围上来的狼头喊道："怎样？又是老子先到的吧！"

狼头嘴一抖，似乎不以为意："哼！打撂的时候再见真章吧！靠着马腿快有个屁用啊！"

说完两人对着就咯咯怪笑起来，这种恶魔一般的残酷和显而易见不会有一丝动摇的无情，令这些被围住的千名游民心跳紊乱，有的想伺机逃跑，有的已经打算干脆投降，还有的不知道作何感想。总之，无论什么样的心思异动都在黄天狂兵团的首领若问出现后归于平静。他们看着他的眼睛，却又不敢仔细看——为何那里只是一片漆黑，没有丁点儿的柔情？

"想活命吗？"若问缓缓问道。

众人一片静寂，没有人觉得这句话里带有任何生机。

唰的一声，若问面无表情地砍下面前一个游民的脑袋，刀刃上，血滴如注。此刻，再如何呼啸的寒风也在若问的周围凝结，那里是一片静止的世界。近身者，杀无赦！

"想活命吗？"若问举起刀对着众人，声音冰冷至极。

"想！我们想活命！"也许是太害怕，所以这回答无比糟乱不安。

"我只要五十人，无论男女，无论年龄，不管是用什么方法，活到最后的就跟我走！"若问看着他们，把手中弯刀在马背上擦了擦，终于将之入鞘。

游民们面面相觑，不知道如何是好，却听落鹰喊道："听着，有娘的可以杀了自己的娘，有老婆的也可以杀了自己的老婆，想儿子活命的，可以杀了别人再杀自己，用什么方法都可以，给你们三个时辰，三个时辰过后若剩下不止五十人，多的就由咱们来劈了！别想逃出来，稍有闪失，就把你们全灭了！"

众人简直不敢相信自己的耳朵，他们呆站在原地，几乎晕厥地看着围住自己的一班疯狂士兵，这是人吗？这些都是沉迷杀戮的魔鬼！

"还愣着做什么？杀呀！"

诚象一喊，这些游民便带着几乎破嗓的哀叫互相残杀起来，明明知道杀人是那么可怕，明明知道流出的血源自同一宗门，却只见血肉横飞，红眼白光，他们要发狂，只为苟活世间。

黄天狂兵团，只要彻底疯狂者！

只是有谁知道，这边血溅马蹄，惨不忍睹，沙漠那头，广寒宫里却是一片春情荡漾。

"陛下，韵妃在门外候着呢！"筑俊看着正在伏案处理公文的那战。见他没有动静，筑俊身子一躬，站在一边等候。

"叫她回去吧！"那战的声音没有感情，过了一会儿，他又抬起头道，"另外召佳嫔和霜妃一齐过来伺候。"

这佳嫔和霜妃自然是今天晚上册封的真渠幼佳和厄娜泣皇北霜。筑俊捱住笑，心想国王特别点了两人同来，定是想看这两个美人今夜如何争宠吧。

筑俊于是抖擞了精神，领着幼佳和皇北霜到了云雨殿。"佳嫔，霜妃，你们先在这候着，别太紧张，陛下一会儿就过来！"嘱咐完后，他也就立刻退了下去，生怕自己多看一眼，不免露出怜爱之色，毕竟世间有几个男人能挡此绝色？他吞了吞口水，片刻不敢再耽搁，一溜烟便不见了踪影。

幼佳此时忐忑不安地坐在床边，她看着皇北霜，也许是想以说话来获得内心的平静，终是突兀地开了口："霜妃有过男人的经验吗？"

皇北霜一愣，思绪有些飘忽，"没有。"她答道。

"是吗？我也没有。"幼佳意外地有些慌乱。

皇北霜见状不禁笑了一笑，心想这女子虽然心性高傲，遇强则强，但也只是一个心无杂思的怀春少女。如今叫她就这般毫无底气地伺候那战这样的男人，不怪她无法镇定。想到这里，皇北霜忽然发现自己此刻也是一样，虽不害怕，但总有股莫名其妙的不甘，似乎总是想起擎云，想起呼啸的黄沙和万里阳光。

没一会儿，那战悠闲地走了进来，身上穿着睡衣，头发还有些湿漉漉的，看起来带着几分慵懒随意。他往床上一坐，幼佳立刻跳了起来，站到皇北霜身边，两人一齐向那战鞠躬行礼。那战一笑，惬意地靠在床边，食指勾上一勾，示意她们上床伺候。只见幼佳抿了抿嘴，碎步走了过去，而皇北霜仍是跪在原地。

"有事？"那战抱起走到身边的幼佳，没有再把眼光放在皇北霜身上。

"贱妾今日忽然来潮，信期不适，无法让陛下近身！"皇北霜跪在地上也没有抬头。

"那就算了，你自己找个位置休息，只要不离开这房间即可。"那战的声音十分浑浊，显然此刻已与幼佳打得火热。皇北霜怔了一怔，没想到那战这么快就放过自己，心想许是他已有一佳人在怀，有些分身乏术吧，不禁一笑。

皇北霜起身在这房间走了一圈，目光最后落在了窗边的一个茶几上，那里摆着一本书，正是她今天献上的《大漠集卷》。她心下一动，就着月光，捧着书看得入迷，好像这一屋子的旖旎春光和幼佳的性感呻吟都不能扰乱她的思绪。

这本书是有来由的，小时候她曾在北漠救下一个路人，那路人年纪很大，身体逐渐衰竭，在厄娜泣仅仅待了三个月就与世长辞，临死前将《大漠集卷》留给了皇北霜。

年幼的皇北霜天资聪颖，立刻就迷上了这本记录着这片大漠从南到北的人文、地理、民族分布以及历史发展的奇书，她的族父与兄长曾经也对它十分感兴趣，但最终还是觉得此书对厄娜泣来说并无太大用处，毕竟他们偏居北漠一隅，生活在一片小小的绿洲上，仅七千余人，对其他的风土无须好奇。况且其中一些关于地形气候的变化原理，描述得十分深奥，不是人人都能明了其中含义。

如今皇北霜已将这本书倒背如流，有些东西却依旧无法全然参透，所以每读一次，她的理解便更深一些，要不是这样，她又如何能拿住若问两千人马，成功到达云沛。

"你要是这么喜欢这本书，就拿去吧！"

不知过了多久，那战的声音忽然响起。皇北霜吓了一跳，她竟然没有发觉这奇特的寂静，眼光一瞥，看到幼佳已疲惫地睡了过去。她低着头，心想不会是要轮到自己吧。

那战看在眼里，却是一阵好笑，他坐下来拿着《大漠集卷》随意翻动。"你喜欢这本书吗？"他看着忐忑不安的皇北霜问道。皇北霜一震，心想撒谎无益，赶紧如实回答："是，很喜欢。"

"你是第一个喜欢这本书的女人！"那战把书扔到一边。

皇北霜猜不出此刻那战的心思，只好保持沉默。

"你知不知道这书是谁写的？"那战问道，他的身影逆着月光，仿佛半身隐入另一个世界。

"不太清楚，这书是一个叫作容若的人在我年幼时赠给我的。"皇北霜道。

"嗯！这是容若偷走的，写这本书的人，是我的曾祖父，云沛第三十三个国王，那启达！"他的话无疑令皇北霜十分震惊，她额头冒出丝丝冷汗。

"这本书你都看完了？"那战问。

"嗯，看完了！"皇北霜回道。

"《大漠集卷》，第三章，第十列，写了什么？"他言语悠闲。

"《大漠集卷》，第三章，第十列，补充说到沙尘暴的活动表现，和风蚀面积最大的一次侵蚀时期。"皇北霜的回答十分精准。

"第五章，第三列！"那战又提问。

"《大漠集卷》第五章，第三列，北漠固定沙丘和半固定沙丘以及移动沙丘的分布和活动规律，并预言将有三次不同的大型流沙活动，穿过北漠的准格达沙漠。第一次是三百一十一年，已经发生，第二次是三百二十年，也已经发生，还有一次，将在三年后发生。"皇北霜的回答依旧凿凿有声。

"第十章，第十三列！"那战兴致盎然。

"《大漠集卷》第十章，第十三列，插叙了五大政权民族及各大奴隶民族、游走民族的形成，并对千年以前的漠上天朝做了比较完整的推断和估测。我记得上面说：'千年之沦落，怎料前世沧桑！天朝大地，纵横百万里，青山环绕，绿水长流，生养人灵数亿，民族仅六一，人间至尊者称帝，操生杀之权，握赏罚之利！'"

皇北霜对这一段特别感兴趣，所以记得尤其深刻。

听到她准确无比的回答，那战不由得一边拍手一边说道："不错！看来你确实读完了，而且还滚瓜烂熟！"此刻他的表情十分明朗，令人有些无法适应。当然，最让皇北霜吃惊的却是那战同样也对《大漠集卷》十分熟悉，字字在心。想必此书在云沛王宫早有副本吧。自己却还忍痛割爱将它献了出来，实在是有些傻气。

"那你能不能告诉我，《大漠集卷》第五百零一页上，写了什么？"那战笑完，忽然又有些孩子气地摇了摇手中的书，问了一个皇北霜怎样也无法回答的问题。

"陛下！从皇北霜接到此书的那一天，这第五百零一页已然被人撕去！而且纵观全书，可见所有重要内容已经在前五百页结束，这最后一页，应是无须挂念！"皇北霜回答得十分镇定。

"呵呵！"那战却是一阵轻笑，随后问道，"皇北霜，你知道我为什么不碰你吗？"

"因为贱妾今日身体不适！"皇北霜回道。

那战闻言，忽然伸出一只手来摸摸她的脸颊。她轻轻一颤。

"与若问一战，你尚且毫无胆怯，为何在我面前，却是如此？"那战收回手，看着不知如何回答的皇北霜，竟说了一句仿佛虚幻的话来，"皇北霜，我需要你这样的女人，所以，我可以不得到你，如果你愿意，我们可做夫妻；如果你不愿意，我们就做知己！"

皇北霜此时心头大乱，显然那战已将她一路经历调查得十分彻底，此时却出此言，她心中不知是吉是凶。

两人就坐在窗边的茶几旁，久久再无交谈。

翌日，皇北霜疲惫地回到了自己的寝宫，三个婢女赶紧上前搀扶。

"娜袖昨晚……"夜佩很是担心，但床笫之事，又不敢妄言。

"昨晚和陛下一直在聊天！没事！"皇北霜答道。她非常累，说着已经躺到了床上，思绪凌乱不已，那战的话究竟是什么意思？她隐隐觉得其中大有文章。

这时门外忽然咚咚作响，再萍碎步而去。开门一看，原来是少在后宫出现的巫季海大将军。只见他面色严肃，眼神纠结，大概是有些不太适应出现在这妃嫔聚集之地，表情难掩狼狈。他递上一个锦盒："陛下命我亲自送来，请霜妃收下！"他的语速十分快，但字字清晰。

皇北霜点了点头，站在门边的廉幻将锦盒接了过来。不知为何，两个彪形大汉在这交接的一瞬间，同时互相仔细打量，两人都刻意散发着阵阵杀气以试对方虚实。

此人定不是普通侍卫，巫季海心中暗忖，在他面前依旧气势与之不分伯仲的实在寥寥可数，没想到这里便有一个。他抬眼又看了一下躺在床边让两名婢女按摩化解疲劳的皇北霜，这个女人真奇妙，明明只是到她这里来赠陛下的礼物，却好像是进了另一个国王的房间，庄严高深之气溢于言表！她是谁？

没有答案，巫季海带着满脑子的疑问缓缓退了出去。

打开锦盒，里面放着一本书，皇北霜心下一定，没做多想便翻到了最后一页。果然，这是一本完整的《大漠集卷》，第五百零一页上赫然写着那战的曾祖父，那启达的一字天机：

雨下寒月，且见马革，只可称王，未能称帝！

皇北霜见字，双手不由得一抖，轻轻地将这本书放回了锦盒，然后却坐在床上深深地叹气。见她眉头深锁，夜佩和廉幻两人面面相觑，不知上面到底写了什么，能令主子陷入如此沉思。

皇北霜抬头看了看夜佩，忽然问道："要你们和那阔儿的族人友好相处，你们做得到吗？"她似乎问得十分认真。

夜佩想了一下才道："如今您是我们的主子，您要我们和他们好好相处，我们自然会照做，但是奴婢说句心里话，即使表面上友好相处，心里也没法估量了，奴婢估摸着对方也一样。我们北漠最大的政权民族是天都，但天都锁国，极少插手其他民族的斗争。而最大的奴隶民族则是我厄娜泣和南边的那阔儿，要说厄娜泣和那阔儿的矛盾，那可不是一天两天说得完的！你抢我，我抢你，你杀我，我杀你……虽然说到底大家都是想活命。只不过，奴婢知道，要不是两边都拉拢着大国的支持，实力相持不下，恐怕不杀个你死我活是不可能平静下来的，毕竟大家都想过得好一点。可土地就那么大，资源也就那么多，能怎么办？这都是老天爷的意思！"

这时廉幻似也想到什么，回道："娜袖，属下一直觉得，沙漠里的绿洲那么分散，有些绿洲甚至还时不时移动位置，如果不是这样，这个族那个族生活在一个地方，大概就不会有那么多的民族，更不会有那么多的争端。"

皇北霜闻言一笑："你们虽然见识不多，但也曾经出生入死，一些本质的东西，原来也是有心留意的。我平时是小看你们了。不过，廉幻、夜佩，你们要记住，只要我还住在这宫里，还是那战的女人，你们就都要改口叫我霜妃，不要再叫娜袖了，知道吗？给爱多嘴的人听了去，会传出些不好的谣言。"

廉幻这才意识到刚才自己的失误，赶紧应"是"！

皇北霜拉了拉身上的衣服，顺着床头的柔软枕头就躺了下去。她的眼睛一直看着床架，那华丽的木雕还有晶莹的宝石吊饰，仿佛幻觉一样，让她有了一种莫名其妙的冲动。她很想就这么躺着，永远都不再起来……

闭上眼，她又有了问题。

"你们觉得那战是一个怎样的人？"她的声音非常轻柔。

夜佩站在一边给皇北霜放下了纱帐，才道："奴婢觉得国王是一个野心十足的人，他霸道而专权，外面的人都说，他想一统大漠！看来此话不假。霜妃觉得呢？"

皇北霜转过头看着在帐子外面忙碌的身影，悠悠地说道："傻呀！我们都好傻！我一直以为到了云沛，会面临空前的灾难，却没想到，这里才是最和平的地方。"

夜佩回头看着貌似沉睡的皇北霜，问道："霜妃睡了吗？"

皇北霜却微微抿嘴一笑："隔纱看人好似雾里看花，美，却不是你以为的那种美！丑，也不是你想象的那般丑！"

夜佩稍稍向床边颔首道："霜妃每次说咱们听不懂的话时，奴婢就知道，又会有什么事了。不过，对奴婢来说，只要跟着您，别的都不重要，您就好好休息一下吧。即便真有事，也总得给您喘气的机会。奴婢就先退下了，再萍和道秋今天会轮流守在房里伺候。"

夜佩话尽，皇北霜倒真是睡了去。怕是太累了，一直以来都提心吊胆，步步为营，如今却觉得这皇宫竟是这样的安稳。闭上眼睛的那一刻，她忽然呢喃出一句话，听来大约是"就做知己吧"！

　　皇北霜这一睡，就睡到了半夜，醒来的时候，不免觉得饥肠辘辘，刚要起床找点东西吃，却见那战非常自然地走了进来，再萍和道秋正跪在一边，没注意到她已经醒了。

　　"醒了？"那战坐在床边，神情温和。

　　"嗯！刚醒！"皇北霜却十分不适应。她心中明白，或许至今，她依旧无法忘记擎云。其实也不是真要忘记，只是觉得，不该让自己如此受到影响，几乎无法再接受别的男人近身，这样下去，或许那战的好脾气也会给她磨光。

　　"饿吗？你叫再萍吧！去给霜妃端些消夜来，睡了一天，定是会饿的！"那战这种反常的体贴让皇北霜心里有些乱。

　　那战转头看她心事重重的样子，却是一问："昨天我叫巫季海送来的书你看了吗？"

　　皇北霜点点头，才道："陛下想要我做什么？"

　　"你先告诉我那一字天机是什么？"

　　"不是很明显了吗？这一字天机是曰'霸'。后面的两句是对它的阐释，意思是说，虽然确是有人能在这广漠大地上雄霸一方，但却无人能将之统一。只可以成为国王，却不能成为皇帝！"

　　那战闻言满意一笑："你认为我不能成为皇帝吗？"

　　"皇北霜不敢妄言！但是既然陛下给我看了那一字天机，大概是对它十分认同吧！"

　　那战看着皇北霜，好像这一次，两个人非得说定些什么一样不可。

　　那宫里，从来不曾有雪花飘落，
　　深深庭院，来人总是匆匆！

纵然往事如风，
却依然如蚁蚀骨！
我早知，我早知，
一字可探天命，
我不知，我不知，
顺天逆己，怎一番惘然无情！

喋血骑兵

第五章

狂莽大漠上，人心惶惶，只见飞沙横断，处处寂寥。或许谁会在这一片黄沙上看到对面的那一边是何等的风光，可若真到了那一边，又偏偏觉得，原来还是一样，人间终是没有乐土。不如就吃吃这黄沙，喝喝那狂风！又怎知不是另一般英雄气概？五百年前，这里曾是什么样的？都是水？抑或都是山？反正，曾经有人说过，它不是一片瀚海！

　　当然，这些浪漫又无奈的心思，现下必是不会体现在云沛国民身上的，因为他们可以夜夜笙歌，朝朝沐水，他们仿佛生活在一个沙漠里的海市蜃楼中，在记忆里，都是奇鸟高唱，月夜昙花！

　　"首领！那里就是云沛。"

　　蛮狐宽厚的背雄雄挺立，好像到了云沛边境，那样文明生机的光景也镇住了他些许杀戮的疯狂。

　　"哼！大国就是不一样，连最外线的守备也很森严，看来不若其他地方容易给咱们占便宜！"若问用危险的目光眺望着远方的云沛边城广平，神情自若。他骑的马比起其他人的要高大许多，若不是身材魁伟、身手矫健，想要如此英姿飒爽地坐在上面谈何容易。只见他收了收手中的马绳，转头离去。

　　"首领？"蛮狐在后面，表情十分疑惑。

　　"先去西边的麻随。那里比较容易下手，而且，如果莽流的消息没有错，现在的麻随对咱们而言，就是一顿现成的大餐！"若问说话时，嘴边还带着高深的笑意。

蛮狐倒是无所谓，只是他有些奇怪，像莽流这种间谍组织，首领怎么就愿意相信？毕竟他们也有可能提供虚假消息。

还记得那日，他们刚从一座落城离开，半路却被一个黑衣人拦下。兄弟们刚屠过那城，还兴奋着，嚷嚷着要砍了那胆大包天的家伙，却没想到，那人一开口竟是要做买卖，称愿意以五十金的价格卖出一条首领会很感兴趣的消息。

首领一直没作声，忽然大笑好久，挥刀就斩了那人一条手臂，说："敢拦我就是这下场，如果你的消息让我满意，我就给你一千金，当作是你手臂的补偿；如果我不满意，就把你剁碎！没有人可以跟我做交易！"

那人眼神一凛，必是曾经过严格训练，在首领面前竟也毫无惧色，一边麻利地给自己的废臂紧急包扎止血，一边一字一句回道："麻随，奴隶贸易过剩，国王不做节制，致其奴隶人丁过多，此国暴动，一触即发。若阁下一路往南，取麻随以建据点，当是轻而易举之事。"

首领听后，瞧了那人好久，问了一句："你是哪来的？"

那人回答："莽流，通各路消息，以此为商。"

首领笑了笑，扔下一袋金子，竟没有再说什么。

没有任何凭证，但若问信了。

也许这就是若问的直觉。毕竟很多时候，很多事情，就算全都知道了，也不一定就能做出正确的判断，但直觉就不同，虽然它有可能是错的，却也一定是最快速的。而若问，十分相信自己的直觉。

事实上，黄天狂兵团一路南下，洗劫和屠杀过不少小绿洲和一些落城，除了得到难以计数的财富及武器外，他们的人数也由原来的两千发展到现在的四千。虽不算多，但个个都是疯子，全都能以一当十。他们抓一百留十个，抓一千留五十，逃跑的杀，背叛的杀，后退的杀，抗命的杀，留情的杀……只要不是能一路跟上的，皆是没有后命可续。

可想而知，这所谓的四千众兵，所到之处又会是怎样的干戈遍野，尸骨成堆。

若问！你如今坐在彪悍的野马身上，还依旧是那样的心潮澎湃，狂动不止吗？你如今深深凝望的那处巍峨宫殿，真的就是你欲望发泄的终点吗？那里有谁，能抚平你焦躁的内心？

若问！孽缘本是天注定。

杀伐无忌，随心所欲，你可知，终有一天，还是要还个一干二净？

你不知，你不知呀！

天边泛起一阵艳红的亮云，看起来有些奇异，透着氤氲妖光，好像要带出什么惊天异兽一般，间或地，金色的闪电一道一道割裂穹庐，仿佛道道白澜！那里会有谁呢？睁眼看着这漠世惊变的轮回，黄沙儿女的爱恨，只是，这世界偏不是凡人能够看清的，因为它是那么堕落，那么萧条，仿佛一个弥留的老人，只剩下微弱的气息，绽放最后的光彩！那里没有人，只有记忆的呢喃和咏唱！

"官爷！让我们进城吧！我们不会闹事，就让我们进城吧！求求您了，官爷！"

"我们要进城，让我们进去！"

"官大爷，这是一点小意思，麻烦您通融一下，让我们一家进城吧！"

这里是鸪劾边城麦卡的关口，大批外境难民蜂拥而来，全都是想进城。如今，鸪劾皇宫里的大小官员无一不忧心忡忡——

现下鸪劾的三个边城（包括麦卡在内），已经有很多外境难民强行涌入，并且入境后多次发生暴动和劫掠，逼得鸪劾只好封关，只是这封关政策坚持不了多久。边境之乱一日不解，鸪劾便是岌岌可危。

"陛下！麻随已经第三次修书求援，我们如何回应？"

鸬劾光殿宫，大殿之上，邻国麻随陷入空前危机，朝臣们已是心急如焚，在五国政权拉锯中，鸬劾与麻随这两个实力相对较弱的国家一直唇齿相依，一方若然不保，另一方也必遭重创。

只见这鸬劾国王古查只是沉默，许久才问一句："列位臣工有何意见？上次援救边塞落城已经令我鸬劾损失惨重，这一次……"

听话便可知古查是一个胸无城府、没有主见的人，然而，他的臣工们此刻也多是六神无主的，怎么办？能怎么办？

黄天狂兵团。

一想起这名字，他们就觉得胸口一阵紧，也不知北边的天都是怎么回事，让这么危险的军队一路杀到南边来。如今，麻随都城已经被黄天狂兵团围了个水泄不通，所有暗流水源也被其支配，麻随边关十五个城镇更是全部沦陷，而这一切，竟然是区区四千人所为。

根据探报的消息，这黄天狂兵团以前只不过是北漠的一群土匪，可是现在，谁能说那只是土匪？土匪能围城？土匪能将麻随两万军队打个落花流水？不，那绝不只是土匪！

"陛下，依臣看来，我们应赶紧跟云沛取得联系。只要能联合那战的红衣骑兵，剿灭这四千浪匪必不成问题。"一个年迈的老臣提了个中肯的意见。

另一人却道："办法是可以，问题是传信使必须在三天之内到达云沛，若不然，麻随必灭，我鸬劾危在旦夕。而且，让谁去才好？一旦出城，便生死由天。"

话毕，众人又是一片沉寂，起码不会有人主动揽下这烫手的差事吧。这么想着，个个都暗自祈祷，千万别被推出来上这火山，却忽然听到一个豪气干云的声音："我去！"

众人循声一望，原来是宫廷侍卫长占别。只见他虎背熊腰，阔步而入，目光坚定，走到国王面前，咚地跪在地上："陛下！占别虽一介武夫，但也知为国效力何惧艰险！请派我去云沛吧！"

占别这一番话显然成了其他官员的救命稻草，一干人赶紧应和，就连古查也松了一口气，总算是迈出了第一步，没多做讨论，就这么草草率率地安排了占别出使云沛。

鸪劾，虽列五国，却并不强于军事，一直以来，都是以商为本，与各大国、独立洲、落城保持着紧密的贸易往来。在五大国中，鸪劾与麻随一样，富裕却不重民族意识，贵族与贱民之间划分十分清楚，导致国基衰弱，因此凡遇外政问题皆是两国联手，也总算能在五国中立个不败之地。

可是……

鸪劾呀鸪劾！

一国之君，无以镇国，何以称王？
一朝之臣，无以辅政，何以为臣？
谁道是天下能人出无名，
谁道是战地英雄石碑记。
唉……
终不过一腔热血两种疲惫，
终不过一场烽火两番滋味！

占别回到家里，看着年迈的母亲正在生火做饭，单薄的身影一直忙里忙外。他心中一酸，也不知道这一出城，还能不能再回到家中，但他相信这是他建功立业、出人头地的第一步。乱世虽险，却机遇重重，他必须把握。

想到这里，心下一定，他走到母亲身边说道："娘！我要出城了！"

占别的老母亲身子一震，眼角皱纹里陡然蓄满了痛苦的泪水，她干枯苍老的手颤抖地抓住占别的衣袖道："儿啊！你这是……你这是要把娘这老不死的丢下吗？你可知道现在外面有多乱？儿啊！你又想要做什么大事？"听这话，看来这占别平时也是雄心勃勃，希望能闯出一片天地。

占别一笑，扶着母亲坐在桌子边，方才回道："娘！孩儿会回来的，您放心，回来以后，孩儿就立大功了！咱们就不用再受人歧视，过这么贫苦的生活了。"

占别的母亲无奈地看着儿子，心中知晓儿子一旦下定决心就决不回头。叹口气，老人喉间还有断续的抽噎："娘去做饭！起码要吃了这顿饭再走吧！"她摇晃的身影又开始在灶炉边忙碌，此刻与土黄墙壁相映成一幅教人心中呜咽的场景。

自古英雄儿女皆不孝。做母亲的，还不是无奈徒留哀伤！

是夜。

星如雪染，在漆黑的穹庐下，仿佛摇摇欲坠。大街上行人稀少，好似鬼魅间或经过，无人出声。此刻，麦卡的城关悄然走出一个人影，身形宽阔，背上扛着一把长且大的玄弓，麻布袋里装满了羽翼丰满的利箭。此人步履平稳，到了关外，才缓缓回头望了麦卡城一眼，目光里隐约透着火光。"娘！等我回来！"他嘴里似是喃喃梦呓般，片刻便飞身而去，笔直出关。没错，这便是刚与母亲道别，胸揣古查亲笔信的鸪劲大使占别。

他一路飞奔，不敢稍有停息。在这旱漠之夜，凉月当空，深蓝如渊，照得一坡又一坡的沙丘像是一波又一波的海浪，此起彼伏，逐渐吞噬一切。此时稍有不慎，就很可能产生幻觉，将夜路行人牢牢困住！

他一直奔一直奔，忽然，眼眸溜过点点闪烁的星火，心里一惊，不会是被若问的人马发现了吧？速度放慢一些，占别仔细观察那处烟火撩动的人影，似乎还有轻柔的歌声，应该不是若问。正这么想着，却见火光中高高升起的黄色大旗，上面赫然印着白色的皇冠。不好，占别身体不由得一震，赶紧撩起一支箭搭在长弓上，整个人嗖地俯地刺探，精神高度紧张。

若问的黄天狂兵团在鸪劲人的心中是可怕且神秘的，他们可以泰然自若地在夜深之时踏漠狂欢，却丝毫不受这片寂寥土地上魍魉般的蛊惑。也或许，他们本身就已经是一群孤魂冤鬼吧，又怎会害怕那些异界阴风？

占别目不转睛地盯着那一拨人，只见火把的中间，红蓝衣两个妖艳的美姬正在扭身摆舞。他隐约见得那蓝衣舞姬仿佛一条觅食的水蛇般，身段极其柔软。而红衣舞姬则露出两条白嫩的细腿缠着台上一柄巨大的旗杆，身姿婀娜。两人仿佛天地之间的精灵，在瀚海星空下，摄走了台下匪众的三魂七魄。

占别忍不住喉咙一抖，意识到自己有些着魔般的涣散，豆大的汗珠从额头一路滑到唇边，他赶紧甩甩脑袋，使自己冷静下来。看这样子，大概是若问军旅的一支分队，该是在进行什么庆功活动，那一群人正沉迷在魔幻般的妖冶中。他若是此刻逃开，应是十分容易。

想到这儿，占别缓缓起身，深吸一口气，又如飞鸟掠水般，快速地跃过坨坨黄丘。

"首领来了！"

占别的离去的确没有引起这干人的注意，倒是约莫半刻时光后，若问的到来，令这一片斑驳的火把顿时变成一望无际的焚天之火。天地之间，红光一片，若问高大的野骑踏断黄土而来，只见他此刻神明一般的脸上分明显示着血腥的残酷。

众人眼神充满敬畏，一片一片匍匐在他脚下，甚至有种任其践踏的渴望。

黄土展台上，两位舞姬的额头上都有一颗仿佛嵌入肉里的宝石，一红一蓝，与舞衣的颜色相呼应。两人一见到首领，顿时笑逐颜开，一前一后扑向若问胸前。若问狂笑，与她们激吻不断，引起身下一阵戏谑的喧哗。

是的，夜越见深，他越需要女人。兄弟们都知道，若问的欲望永远是暗夜的鬼河，里面流淌着他齐天的贪婪——女人、钱财、美食，还有一时性起的杀戮！若问总是比常人更加深入，更加炙热，因为他要得更多，也要得更狠。

"首领！若岚等你好久了！"蓝衣舞姬大胆地将腿勾住若问的

腰，眼神里全是热烈的邀请和魅惑。若问只是笑着，表情不无轻佻，一手点了点她的下巴，一手提起奴隶端上来的烈酒，豪迈无畏地仰头痛饮。

这时红衣舞姬也攀了上来，在他的脖子上深深浅浅地舔舐，玉手如蛇，游走他的胸膛："首领！绯问好想你……真的好想……这里没有一个男人比得上你！"

说着，这三人大大方方于众目睽睽之下寻欢，行径狂野放浪至极。

这就是若问。

然而，若岚、绯问两个女人从何而来？北漠横行之时，从未得见！

事实上，她们以前是两个漠中地区游走民族的巫女，曾经白璧无瑕，天真烂漫。然而，她们的族人被黄天狂兵团无情屠杀，暴尸荒野。若问踏空而来，仿佛圣魔降临，他的眼神里燃烧着黄泉的火焰，瞬间收服了她们的心，他看着这两个惶恐的女人，面无表情，除了记忆中的那一道嫣红身影，从未有女人在他面前也能把持自我。

"叫什么名字？"他看着她们，沙哑的声音冰冷刺骨。

"娇婷……"

"华羽……"

两声回应带着无法形容的颤抖。

两名少女隔着自己浓密修长的睫毛看着面前宛如沙虎一般的男人。

只见噌地一下，若问两只大手握住她们的半个脑袋，拇指狠狠地压着两人光滑的额头。

撕裂灵魂般的刺痛向着冲门而倾！

"啊！"两名少女瘫倒在地上，两手盖住头顶，却见鲜红的血液沁掌而出，从鼻子两旁淌下，她们痛得连眉毛都不敢皱，因为那痛楚的源流正是额心深处。

摊开手，两女互看一眼，惊愕地发现原来若问分别将两颗红蓝宝石硬生生地嵌进了她们的额骨，宝石和着腥气，绽放着妖冶的光芒。

"从今以后，你，叫若岚；你，叫绯问，只陪我睡！"

若问说着，一手习惯性地抚上腰间的刀枪剑，尤其是枪上那道被人修补过的，他的手指缠绵地在那处流连着，片刻，身影却已没入黑暗。

诚象作为生计司安排了若岚、绯问二女，无人对她们的存在有任何非议。

从那一天起，红蓝舞姬交错的身影成了他们凯旋的华夜精灵，一次又一次追逐着若问跋扈震地的背影，一次又一次不能自拔地深陷魅魔。

麻随皇宫。

"鸪劾还没有消息吗？"

焦急的声音，透着紧张。说话的是麻随国王格尔劲勤，此人看似五十来岁，胡须见花，面容难掩憔悴，细长的眼睛不时眯一眯，大概正疑心邻国此刻意图何为。他双手握拳，关节处咯咯作响，鸪劾此时按兵不动，对麻随来说无疑是天大的伤害。

"愚蠢！愚蠢！古查没脑袋吗？麻随灭国，土匪夺政，鸪劾必是下一顿佳肴！此时若不快速联手，剿灭黄天狂兵团，日后怎会安宁？"他兀自发泄，坐在宝座上烦躁不堪。

"陛下！我们目前最多只能守住关口三日！天都的救援最快也要七天，云沛是否会出手还是个未知数，雨蓍公主入宫后也再无消息，如果鸪劾不派兵支援，臣等只有掩护您逃出生天，再图他日复国！"几个老臣跪在地上，估摸着最后的形势。

此言一出，却是一片安静，没有人想到别的出路，就像没有人想到他们居然被区区四千匪类围困一样，他们的城关在十日之内纷纷陷落，如今只剩下这中心政区——都城"和烟"。

麻随的国民按照层级，围绕和烟呈环状分布，最中间的是最高政权，最外面的是低等贫民，共有四层，层层递进，却没想如今这最高地位的象征和烟已然位于四面受敌的位置，仿佛旋涡的中心。

黄天狂兵团从最外一层开始，以无数金银珠宝蛊惑人心，吸收低层民众反攻高层阶级，十天之内，如暴风骤雨，此刻更是兵临城关，万众压境。

麻随，处漠中之地，据守绿洲七处，其中以和烟最大，资源最为丰富。麻随的七大绿洲互相临近，明水暗流交错盘绕。民族合计四十有三，其以雨族为王，尤以埭族为卑，共有人民五十余万，贫富悬殊，奴隶交易十分兴盛。麻随贵族更是贪得无厌，不见武装逐步提升，却见骄奢日益膨胀，现在反被奴隶及贫民压倒，倒也是自作孽不可活。

但是，只见堂下众人眉头纠结，目光飞散，个个都一副随时会晕倒的样子，国王格尔劲勤更是不做他想，兀自消沉！

只是奴隶围城，又有何惊？

只是贫民造反，又有何惧？

可如今，眺看关外一眼，都能感觉到那无法挥去的腥风血气！

河水嫣红，无人敢饮，百花竞艳，无人敢摘！

关外群众不知是受了什么妖术，反投若问者，皆是性情大变，抢杀成狂。据探子回报，若问之旅驻扎在最外层，凡有后退者杀无赦，每日烈阳高照时，晒干的尸体一具压着一具，无人在意，城里的民众更是日夜闭门，街道上孤寂萧条，生机黯然。

"陛下！恕臣直言，臣认为，天都一定不会派兵救援，如今我麻随已然摇摇欲坠，即使勉强过了这一关，也是元气大伤，内乱难平，天都与我们的协议已成一纸无用盟书！"这位说话的将领看来还算清醒，知晓在当前形势下必须做出将损失降至最小的决定。

"陛下！麻随有今天，归根结底是我们自身的分裂造成的。左大辅亲云派，主张与云沛修好；右大辅盟天派，主张与天都合作。两派也都有其道理。云沛、麻随、鸪劲、弥赞彼此临近，只有天都远在北漠之巅，而云沛资源丰富，国力强盛，若与云沛修好，可为麻随带来很多好处，此为亲云。然而云沛日益壮大不见衰败，终有一天会占领其他国地绿洲，这又令人忧虑不安，不如同意天都的结盟政策，形成与云沛抗衡之势，那必能维持现状而活。于是陛下派雨蔷公主与云沛和亲，假意修好，同时又派人与天都联系，秘密结盟，此为盟天……"

他说到这里，稍微抬头看了看格尔劲勤的脸色，大约他是说到了众人心中的结上，只觉这气氛顿时又寂静不少。

格尔劲勤缓缓地闭上眼，也许是意识到自己的决策太过天真，嘴角不自觉地泛起丝丝嘲讽。

"你的意思是，如今云沛早已知晓我们的心思，根本不会派兵救援；而鸹劲兵弱，为自保定然不会在没把握的情况下出兵；至于我们自己，现下对天都而言失去了合作价值，彻底成了若问的盘中餐？"

是的，无论求谁也没用，谁也帮不了，若问之毒已然入骨，就算有援兵来救，他们仍旧可以先消灭和烟政权再图抵抗。反正，和烟就在中心。

唉……

叹口气，格尔劲勤痛苦地说道："投降吧！修书若问，和烟王宫愿意臣服，恭迎黄天狂兵团入关，条件只有一个，放我王族一千七百人之性命，留我和烟山后贵族陵墓群为残喘之地，吾等将永不再踏出陵界之外半步。国乱之事，不与之干！"

"陛下！陛下呀！"一干将领轰然跪地，齐声道，"我等武夫，不知乱政背后多少心思，但起码都知道战场上弃国投降，是何等的耻辱！您是一国之王，却主动放弃国家，只求自保，这，这如何能令众人臣服，如何能受万民景仰呀？"

听到这话，格尔劲勤一阵怒，一掌劈在宝座的扶手上："闭嘴！如今还能怎样？无我雨族，何来麻随！无王之国，怎能称国！如我覆灭，国何必存，民何必有！保我王族一脉，还可谋划未来！"

他言辞激动，面红耳赤，想必压抑已久，此刻猛然爆发。众将众臣看着国王失心的样子，却是一片沉默。

终于，右大辅开口了，声音苍白无力："投降吧！至少能保住不少人的性命！留得青山有柴烧，求得喘息谋后继！"

话已至此，无人再有非议。

无云的天空，蔚蓝一望无际，由夜入昼，却已无人欢欣耕作。这里是和烟，麻随都城，也是麻随国如今唯一没有陷落的地方。然而，当太阳的箭光一道道射进和烟宫殿时，只听到一道撕裂人心的门轴转动的声音。

嘎吱！

正宫大门打开了，一点一点将这古老王廷的景象向世间展现。

开这扇门仿佛用去了一千年那么悠长的时间。

众人匍匐，地砖上落叶飘零，一眼看去，跪在最前面，手托锦盘的，竟是麻随国王格尔劲勤。

门外，黄天狂兵团大旗翻动，气势汹涌的士兵目光带血，连呼吸都散发出浓重的躁动和暴戾。他们看着跪在面前的国王及群臣，皆是嗤之以鼻，戏谑不已。

大门正前，黄天狂兵团首领若问此刻嘴角带着嘲讽的微笑，从马上跃下，黑色的身影每向前一步，便如魔神一般震动万颗惧骇之心，横风交错中，带起了众人额际的汗水，迎着阳光，仿佛千钻飞空，一片神话般的奇幻。

然而，这不是和平盛世的良辰美景，而是大难临头无处可逃的绝境。

若问走到格尔劲勤面前，一手握着粗大的黑色马鞭，一手随意地拿起锦盘里的玉玺和象征国王地位的红玉扳指，却是一笑。"绯问。"他叫住身后的红衣舞姬，把扳指顺手一扔。绯问接在手里，高兴地戴在了拇指上："谢首领赏赐！"说完，绯问回头向右边的蓝衣舞姬挑挑眉头示威。蓝衣舞姬眼一凛，却是有些不甘心的样子。

若问再没有理会跪在面前的降众，径直进入大殿，自然而然地坐在了国王的宝座上，瞬间那宫殿就像找到了新的主人一样金光闪烁，蛮狐、落鹰、狼头、诚象等人也跟了进去，分两队列站左右，好像回到了北漠的寨子。

"叫他们滚！"

若问斜倚在宽大的宝座上，表情十分阴戾。

蛮狐闻言，转身走到宫殿门口，吼道："都滚吧！还跪在那做什么？"

格尔劲勤头冒冷汗，缓缓放下手中的托盘，壮胆道："这……这国王玉玺还请收下！"

蛮狐却是一声奸笑，吓得这一干跪在院子里的人个个胆战心惊。

"叫你们滚没听到啊！兄弟们！那破玩意儿谁要是喜欢谁就拿去吧！"他对着门边站成几排的守备士兵说道。闻言，格尔劲勤和几位大臣心头一震，若问此人竟然已嚣狂至此，连玉玺都视若凡石。这可是多少人拼得头破血流都想得到的东西呀。

然而，只听一片肃然安静，无人上前拿这玉玺。

"没人要啊！那算了！"蛮狐不耐地挥挥手，又看向格尔劲勤道，"你也滚吧！"

格尔劲勤一冷，立身看向若问，当他抬起头的时候，若问身边蓝衣舞姬表情一亮。

格尔劲勤道："吾等将遵降书所约，退居贵族陵墓群，今生再无回此宫殿之想，当此之时，应为新王咏唱，颂其万世景仰！"

他一说完，却只听得若问忽然一声轻笑，很淡，很快，却也很毒的一声笑，就像平静的湖面忽然落下了一滴豆大的雨珠，而雨珠之后，将是一片滂沱倾泻。

若问什么也没有说，更没有正眼看着格尔劲勤。

这时，蓝衣舞姬靠了过去，声音娇哆，道："首领！若岚也要打赏！"她跪在若问膝前，一只玉手暧昧地抚摩着若问放在宝座边的大手。

"哦？看上什么了？"若问瞥了她一眼。

"我要那对蓝宝石！"说着，这若岚便妖惑万分地一手指向格尔劲勤——那里确有一对蓝如天空的宝石。

格尔劲勤一震，吓得跌倒在地上。

"你……你……"他脸色煞白，语无伦次。

只有那对宝蓝色的眼睛惊恐地盯着若问。

却听若问冰冷地应道："剜掉！"

顷刻间，大殿上只听得一声嘶竭的惨叫，少顷，穆然寂静。

死寂中……

麻随权贵将近三千人，迁进了和烟山后的贵族陵墓群。

一时，林间无鸟飞越，溪中无鱼畅游。

几位大臣扶着双眼被剜的国王住进了中间最大的王陵。只见格尔劲勤躺在床上，气若游丝，嘴唇泛黑，身体止不住地颤抖着，手里却死死抱着国王玉玺，梦呓不断。

"无贵甚于雨族……玉玺……在手，天下大……顺，以……此……为鉴，吾……吾必为王！"他反复念叨的这几句话，应是登基之日的诏文！

众臣叹口气，在一边心酸无比，旦夕之间，改朝换代，虽是历史上屡见不鲜的事情，却有几个如今日麻随这般，遇此天魔大劫，十日之间，王宫易主？

说出去，谁人能信？偏又是无法否认的事实。

这夜，和烟山后出现少有的灯火通明之景。陵墓周围遍地跪着白色人影。还能是什么？麻随贵族将相，曾经何等风光无限，然而却落个扰乱祖先魂灵，竟与祖先同寝而息，这是怎样的罪孽。

三千众人，披麻戴孝，跪在自家陵墓前三叩九拜，哭求先祖原谅。

冷彻心扉，最是一番号啕此起彼伏，招魂归天。

"火！不好了！火！"

正是伤心深处，却听得林边一声尖叫。

白影纷纷站起身来，四处惊看，赫然发现陵墓群已经被围，围者皆手持火把、火箭，眼神凶煞！白衣们慌乱地聚在一起。千双眼睛看着来人，蛮狐坐在马上，脸上闪动着狂跳的火光！

"烧了！"他一声令下，顷刻间万箭齐发，火海滔天。

被围在火圈中的白衣众人惨叫连连。

"若问！若问！你违反约定，你不得好死！"

烈火上身的麻随老臣们已经彻底绝望，他们对着蛮狐厉声高喊。

"若问！你这无义之徒！终将天诛地灭，尸骨无存！"

"土匪小儿！即使到了阴间，我也要睁眼看着，看着你的血肉成浆，白骨成灰！今日你灭我族，他日别族灭你！世间轮回，岂能容你狂诡！"

"哈哈哈！若问无问！若问无回！我等着……"

他们喊着，却见蛮狐一冷，眼光狠毒。

"射死他们！"他令道。

瞬间，只见火葬之时，凡高喊赌咒之人无不万箭穿心，死状凄惨。

火与血的洗礼仿如前世硝烟，借着若问之狠重回人间！

蛮狐看着这片悲惨景况，却是表情兴奋，显然十分满意。

见这一片焦林已成灰烬，无人再哀号，他才语带随意地说道："有本事做了鬼再来！老子要是怕你，就把裤子倒过来穿！上至天神，下至地鬼，有谁能够奈何首领？世间本无约定，何须遵守！想要的就抢，要你娘的玉玺有屁用！玉玺能挡我喋血骑兵？玉玺能拦我破关入殿？哼！不自量力！"

翌日，和烟王宫。

此刻坐在王位之上的，已然换人。

若问神情讥诮，看着堂下跪拜的众人，不禁冷笑，随后双目一凝，示意诚象宣读敕文。

诚象稍咳几下，权当润声，而后朗朗道来。

"麻随今灭，新王入主！定黄天狂兵团为国军，国号汾天，和烟王宫为政殿，颁布九赦一斩是为国义——

一、杀人无罪，二、斗殴无罪，

三、暗算无罪，四、抢劫无罪，

五、欺诈无罪，六、强奸无罪，

七、敛财无罪，八、陷害无罪，

九、偷盗无罪，此为九赦！

十、无欲者斩！此为一斩！

"其后之定，唯新王若问是瞻！众人此听，如有不满，即刻上前挑战！"

语毕，朝堂一片欢呼，何人敢与之战？

若问嗖然起身，风姿已是说不出的霸道潇洒，续道："汾天之定，不与周协，自转自息，和烟之义堕成欲望之都，从今百无禁忌！"

广袤天空之下，是一阵冲天狂气。

繁华宫殿，如今人声鼎沸，呼应着兵荒马乱之后无可阻挡的霸势。

汾天。苍然独立，于暗漠中心，傲然而据！

鸪刭皇宫……

已然只剩无日无夜的焦急，麻随覆灭，若问亦无修好之意，大敌当前，人心无安。

就在这时，边城守将罗积克达翩然回报，看上去兴奋不已。

"陛下，臣已经派人去弥赞求援，此外我国边守已经安排妥当，七万大军必阻狂人于关外。刚才又接到消息，天都援兵已到，概数五万，鸪刭此劫必度。陛下大可安心就寝！"

他此言一出，众人一片感叹，多是松了口气。尤其是国王古查，更是情不自禁地抚上胸口，嘴里喃喃自语："哎……天助我也……天助我也，还有一天，想必占别也要到达云沛了吧！我鸹劾终是有惊无险。只可惜了麻随，没能挨到最后。"

是夜，宫阙悄然，静静等待着天降怜悯。

狂莽之心

———

第六章

沙，如一层层丝绸般被轻风撩起，好像还带着点破碎的思念，温柔地落在孤独的大漠旅人脸上。占别裹着布满灰尘的头巾，弓着身体前行，太阳晒着他干枯分叉的头发，看起来有些凌乱，又有些孤单。可以想见，走了一天两夜，再怎么健壮的莽汉此刻也必得口唇干裂，气喘吁吁。

占别一手甩去额间浑浊的积汗，抬起头看着前面远处隐约可见的绿洲，脸上幽幽浮现出欣慰的笑……

终于到雪原了，他想，过了雪原，离云沛就只有半天的路程。三天之期，他定能完成。

雪原，位于云沛之北，鸰劾之南，为其间要塞，共计四千七百坪，混族杂居。本地民众仅四百户，户户为商，旅店、酒馆、商铺、妓院、拍卖所等不一而足，奴隶贸易昌盛。游记人那启达描述其无民族之义，无政治之定，就地交易，生活自理。筑城格局简单，一巷贯穿，望之左边为货，右边为人。贸易无须纳税，入关无须文书，往来自由。建成约为两百年，民风淳朴，约定俗成，相互制衡，故少有偷盗抢劫发生。

雪原广眺茶楼边，一个衣衫褴褛的干瘦老人单薄地站在门槛处，满脸深浅不一的皱纹好像地图一般，给人感觉这人老得有些糊涂了，却见其一双眼睛炯炯有神，清澈地映着世间一切。他靠在门边，声音洪亮地喊道："各位大爷，今儿老爷子要讲的东西可绝对是天机呀！

要听不？不听是损失哟，只要赏壶茶就够了，划算得很！"

他这一喊，确实引了不少人向他看过来。不过，都只是看着而已，没有人出声应他。

一会儿，茶楼的小二出来了，好像有些忙，但表情看着还和气，他一笑："老家伙，你又来啦！这几天天天都来说这事儿，可没见多少人给你捧场嘞！你还是去别的店子说吧！"

这老人却是赖皮地抓着小二的袖子道："小哥，你不知道，我这走了一辈子的路，到哪都只喝一种茶，苦香茶，雪原这么小，只有你这儿才有哇。不然我何苦每日说事儿说上几个小时，只为讨你这儿一壶茶！"

"那何必呀，您老再走半天路，到了云沛不就有的喝啦！在那边，这种茶便宜得很，几乎家家都有。"小二热心地提醒。

"哈哈！我才不会进云沛，你瞅着吧，不出两个月，云沛必然封关。"

没料老人此言一出，茶楼里上百双眼睛唰地就看了过来。这些都是商贾之徒，周围几个大国的行关趋势必在他们关心范围，这些信息更是攸关物价的浮动。

却不知这老人所说有何根据，看样子也只是随口胡诌引人入瓮。

"哦？老人家何出此言？"

众人正猜疑不定的时候，忽闻一声低沉的询问。来人不知何时已站在门口，相貌十分出众，眉宇间透着一点玩世不恭，他牵着一匹壮硕的白马，有些神圣不可侵犯的威严。小二也愣了一下，好一会儿才回神，赶紧屁颠儿地小跑过去："哟！公子这边请！"他接过马绳，将白马拴在了门口，就为这黑衣公子开了一桌席。

黑衣公子朝门边的老人深深看了一眼，转而对店小二说："给我一坛酒中霸，几道你们这儿的招牌菜，另外再来一壶苦香茶。"

小二点头，道："公子，霸酒太烈，您这要是喝一坛，不死也得住店了。要不我再给您安排个房间？"他这问话确实也带着些关心，毕竟霸酒的浓度相当高，从来都是调和着饮用，少有人一点就要一坛的。

这黑衣公子却皱眉瞥了小二一眼，没再说什么。小二一悚，顿然发觉这人十分贵气，使人莫测。他点点头，赶紧退了下去，在酒店里干活，见惯各色人等，知道有些是非同一般的，想必这就是一例吧。

黑衣公子抬头看着门边的老人，戏弄似的一笑，颇有深意地对他勾了勾手指。然而，老人却只是站在门口看了良久，似乎不打算过去，正要转身离开，小二却端着一壶茶一坛酒上来了。老人扭头看了看桌上的茶，挣扎了好一会儿，终于还是忍不住嘴馋，赴死般跑到黑衣公子的桌边坐下。

黑衣公子一笑，为他倒了一杯茶，自己倒了一杯酒。

两人就这么沉默地啜茗品酒许久，却没做交谈。

店里的客人都时不时看他们一眼，闹不清这是哪出戏。

丁零！过了一会儿，店门上的风铃响了，进来的客官身形高大，五尺有余，不然怎会碰到那串铃？小二往门口一看，那人满脸是灰，神情疲惫，略微带点兴奋。

"大哥，这边请！"小二给他安排了黑衣公子后边的桌子，那位子靠着墙角，很是偏。

来人正是占别，他一坐下就道："给我一碗面，一壶沙酒！上快点，赶时间。"

"您稍等。"小二应着就下去了。

占别摸了摸怀里的信，小小舒了口气，心里依旧十分警戒，没到达云沛，他始终是不能安心的，想着，便四处张望了一下，这店十分嘈杂，各路商旅齐聚，不少人身着奇装异服，喝多了的，还少不了一场闹腾。不过，最吸引占别视线的，还是旁边这桌，那气质凛然的黑衣公子和衣衫破烂的古稀老人。

只见这公子一口接一口地喝酒，动作看来刚中带柔，气息吞吐均匀，散发着淡淡的令占别不是太确定的杀气。而那老人，只顾着品茗，对身边的一切疑惑眼光不予理会。

"老家伙，都有茶喝了，就说说吧！你所谓的天机？"

"就是！这光喝茶，别喝多了连那点小秘密都尿出来咯！"

"人家公子都请你喝茶了，你还装孙子！快说事儿吧！"

"就是！快说事儿让爷们下酒！"

这会，却是店里几个嘴快的人先吱声儿撩拨起这老人，少时，应和的人越来越多。占别不禁好奇地看着，不知这老人是何来历。

"好吧！老爷子今儿就说说，就说说吧！搞不好，这将是咱的最后一说了。"

须臾，老人喝足了茶，一拐一拐地走到茶楼靠南墙的台子上，身体看来有些颤，面容却一反先前讨茶时的狼狈，此刻倒红光焕发，神采奕奕。

众人顿时安静下来，看着这奇怪的老人。

老人右手一振，左手徐徐捋动胡须，双目炯炯看着台下，声音抑扬开去：

"咱要说的是，谁是这乱世霸主！要知道，大漠离离，分布民族三百有余，合计人口约九千九百万，一族最多人数不过一千万，最少只有千百来人。五大政权民族，呈王字形分别占据漠北、漠中、漠南。其中云沛、天都分列两头，鸪劾、麻随、弥赞成横断排在中间。"

"废话！老头子，这谁不知道啊？"

众人听到这里一阵喧哗，似不满意这老人的演说，唏嘘声此起彼伏。却见这老人也没在意，又捋了捋胡须问道："好吧！我就来问问，五大政权民族，何方最为强大？"

"废话！当然是云沛！"

"何方最为保守？"

"这个……应该是弥赞吧。他们毕竟是宗教国家。"

"嗯……那么，谁最荒诞？"老人身子朝台下一探，差点摔下台，众人一惊。

"老爷子，你悠着点儿，别摔死咯。"小二不由得念叨着。

"哪有最荒诞一说呀？"众人思吟片刻，才恍然大悟，以为这老叟一句话，不过是骗吃骗喝，个个都摆摆手表示乏味。

老人却一声干笑："哈哈，傻小子哎，你小子怕是有几个月没离过这雪原了吧，外面的事能知道多少？"老人精神抖擞地数落怨声最大的一个年轻人，然后眼珠一转，看向坐在墙角的占别："那位汉子，别只顾着吃面，你刚进城吧？来给咱这傻小子说说，现在这外面是个啥样？"

占别一愣，才发现众人都看向自己，不得已抹了抹嘴角，才站起来道："这……现在不太安宁，北边的强盗军团已经杀到漠中，前几日已将麻随团团围住，如果这里有麻随来的官爷，这会儿也就别回去了，那边乱得很。"

他一说完，众人一片沉寂，老人却在台上一跳："汉子，你这消息也过时了。"

占别闻言一惊，口里的面也掉了下来，他看着老人。老人依旧一阵笑："天下荒唐之事莫过于此，老爷子我生平从未见此，这店子里也有个别人是知晓的吧。如今……麻随已灭！"

寂静，无人出声的寂静，众人无论如何醉酒，也在这晴天霹雳一般的消息下，猝然呆住。当然，其中最震惊的当数占别，他万万没有想到自己才出城一天两夜，那个本该至少撑过六天的邻国竟然已经覆灭。不知为何，他脑海里瞬间闪过黄天狂兵团诡异的锦旗和红蓝舞姬的身影。太可怕了，他头冒冷汗，忽然觉得有些呼吸困难。

"黄天狂兵团，这名字应该不少人听过吧！信也好，不信也好，建朝两百年的大国麻随已经改朝换代，匪王获政，国号改为汾天！"老人看着台下安静的人群，徐徐道来，"其首领若问，发迹于北漠，猖獗三千里，为土匪中的霸王，每月劫掠的物资数量可以供一个小民族十年的生计，后来逐渐南至，沿途壮大，因为走直线过来，遇到的第一个政权民族便是麻随，此次竟能以四千人马驰骋麻随边境，十日即令和烟沦落，邻国连救援的时间都没有。"

老人说到这里，顿下来咳嗽了几下，看下边也没人再吱声，才缓缓地叹了口气："唉……如今到汾天去，就像到这雪原一样，不需要什么通行证，也不管你打哪儿来、要干吗，只要够胆，豁出了命就行。从汾天建立到今天不过一天时光，已经有不少人辗转入关，想去淘金哪。在那里，看上的就可以抢，要是打不过还可以偷，就算害死人也不犯法。"老人说着，接过一边小二递上的茶。嘬了几口，才接着道："别问老爷子是怎么知道这些的，天下之事，与我何干？我不过是个旁观客，看得尽兴，说得高兴就成。天地不仁，以万物为刍狗；圣人不仁，以百姓为刍狗。这是先贤的话，老爷子我今儿就把自个儿当半个圣人，要是你们有问题，别问天神，别问地鬼，往这儿一坐，端上一壶热苦香，我史记叟必会知无不言，言无不尽！"老人说完，又悠闲地喝起茶，好似方才讲的灭国惨案不过清风一阵。

"您就是史记叟？"

"史记叟容豁？"

几个有见识的客人发出讶异询问。

而这广眺的老板也是个广交天下的豪客，见着容豁这样无人不知的人物竟是连续七天在门前乞茶之人，心头一震，赶紧亲自端了壶好茶出来供着。

"早就听过您的大名了，只知您四处游历，没想您这等奇人也会光临小店！这是极品苦香茶，您好生品足！"

容豁与容若系出同门，都曾效力于云沛第三十三代国王那启达，从那启达开始云游大漠到其回到云沛皇宫，历时二十余年，此三人足迹踏遍天下，著成奇书《大漠集卷》，记载天下大成，论尽乱世烽火，并另以五万字概书一千年前存在于这片大地上的王朝历史，因为千年以后，大地演变成旱沙一片，故称其为漠上天朝。

那启达死后，容若、容豁两兄弟相继离开云沛，云游四方，不到两年，容若离世，于是能胸藏天下历史的只剩容豁。估其已年过古稀，故称"史记叟"。

容骷站在台子上，表面看起来十分自在，眼睛却不时瞟了瞟坐在中间的黑衣公子，那公子依旧面带讥笑，目光清冷，只是有一下没一下地喝着霸酒，那等烈酒两杯已可放倒一名大汉，如今约已酒过十盏，黑衣公子的脸上却没一点醉红，他依然身稳气沉，如泰山在前。

容骷眼帘稍稍垂下一点，不一会儿，又提气说起事来。

"咱这就继续说吧。各位现在也知道荒唐至极者是为汾天，名为若问者，又岂可看作一般匪类？没有邪魔般的狠毒，如何能镇住自家麾下如狼似虎的猛将？你们说是不是？"

众人看着容骷，不少人赞同地点了点头。

容骷满意地笑了笑，又习惯性地捋着胡须："那我就要问了，各位说不说得出何人能与之敌？"

众人闻言，皆眉头一皱："云沛国王那战？"他们只想得到这一个答案。

"扑哧！"容骷却是夸张地笑起来，险些没喷出先前喝的苦香茶，"所以说商人都没啥新鲜见识，光知道看短期内的力量对比，要老家伙我说，能敌最狂之人者，必是最霸之人！"

此言一出，众人好一阵喧哗，那战还不是最霸之人？

而占别在角落里听着这老人说事儿，心里却是一惊盖过一惊，少年轻狂者如他，怎么会知道天下之乱，其后多少阴谋诡计和复杂联系？他同其他客人一样，此时不无严肃地听着史记叟的话，生怕落下一言半字。

容骷吸了吸鼻子，眼睛直直看着坐在大堂中间的黑衣公子，像是对着他说话一般。

"客官们，天乱不过风雨一场，人乱却是醉权成痴，利益也好，霸权也好，终是有人得有人失。容骷今天是说不了太多了，就只提醒一句，莽流之心起于北漠，天都之兵绝无正义！"

说完这句，容骷就下了台子，不顾人声抱怨，却是再无多言。他一拐一拐又回到了黑衣公子身边坐下！

然而，对他这说辞最无法接受的却是占别。他激动不已，猛地冲过去抓起老叟，怒道："你胡说。天都派兵来救援鸬劾，灭若问之乱，怎会是不义之师？"

容豁虽被捏住肩膀，神情却是镇定无比，他只是看着黑衣公子。

好一会儿了，没人再说什么，占别心里一凉，思绪忽而茫然起来，发觉自己竟是在此地浪费时间。他突兀地放开容豁，赶紧扔下几锭银子，"小二，结账！"说着，人就飞奔了出去。

他得快点到达云沛，漠中之乱超出了国王古查的想象，如果能早点见到那战，或许平乱机会更大。母亲还在鸬劾，如今麻随灭了，鸬劾果真万分危险，想着，他跑得更快，恨不能立刻现身在云沛广寒宫。

"傻孩子！"容豁看着已无占别身影的门口，嘴里却自嘲般地喃喃起来，"傻孩子，若不是天都放任不管，黄天狂兵团怎么可能一路杀到麻随？"说完又回头看着黑衣公子，他嗤笑两声，才又道："你说是不是，北靖天王——霍擎云？"

天都。

天都之建距今三百余年，是唯一与云沛历史相当的政权民族，由于领土位于比较贫瘠的北方，其整体实力较弱，同时也是五大国中王位交替最快的一个国家，至今已经有过七十多个国王及代政王。至三百二十年，第七十四个国王北靖天王霍擎云继位以来，逐渐开始了闭关政策，除了每年派出代表参与政权民族议会以外，少有外交安排，更是拒绝所有奴隶民族的和亲请求，十年来，俨然已成为大漠里最为神秘的一个国家。

擎云转头看着身边枯槁的老叟，却是又一杯酒尽。

"莽流的人果然不同凡响，居然才两天就找到我，还劳您这样的人物亲自驾临！老头子我也算够脸面。"容豁看着擎云，将杯中苦香茶一饮而尽。

"你想说什么？"擎云终于应了声，嘴角依旧带着淡淡的讪笑。

"公子呀，天都与莽流的关系，世上总有聪明人看得见！"容豁道。

"又如何？"孰料擎云不怒反笑，眼神散发着清冷的讥讽，"先生也是聪明人，又见如何了？"

容豁被他这一问，方才一股挑唆之劲顿时萎靡下来。的确，知道如何，不知道又如何。

对他这把老骨头而言，敌者擎云，胜者亦擎云。

"先生如此排斥我，因为认定我是反派，是吗？"擎云看着沉默的容豁，轻轻抿上一口酒，"先生觉得我到漠中来必然搅乱云沛定疆三百年来的格局，战乱将起，民生将乱，对吗？"

容豁闻言不由得一震，听他一语道破心中所想，目光确有些难言的惧怕。他悠悠叹了口气，好像感觉口中苦涩的茶香正一点一点叫醒他的灵魂，叫醒他尽览漠世变迁，豪记天下春秋的灵魂。

"公子，世人只道那战之强无人能敌，若问之狠望风披靡，却不知道这强这狠都在你的掌心上转悠，容豁尽知这大漠离国七八分，却偏不解十年来的北领天都……你一手创建间谍组织莽流，玩弄诸国于股掌之间，容豁知道，公子必将称霸四方。但容豁也知道，漠南也因为公子陷入了前所未有的黑暗。黄天狂兵团杀了多少人，公子是否知道？鸩劾活埋多少难民，公子又是否知道？难道这些无辜百姓，活该成为公子的牺牲品吗？"

容豁说着，眼角难忍地蓄起了泪水，他干瘪的身体也因思及数日所见的人间地狱而轻轻颤抖。那根本是一片痛彻心扉的悲哀！莫怪人人都想功成名就，区区平民百姓，常是死了也不知为何！

听了容豁的话，擎云却不见一点儿动摇，只是把酒一杯，放在唇边轻嗅，好一会儿，才徐徐道："容先生说自己是半个圣人，那容先生可知道什么才是天道？"

容豁回道："茫茫大地，本就无人能将之统一，生养之地有限，在上者占优渥之地，在下者退寂寥之处，无可均分，虽战无成！所以天道，在于不战！"

闻言，擎云竟是一阵狂笑，声音之大引得酒店过客纷纷侧目。

"先生呀，如您所说，云沛镇住南漠三百年，占据最为优渥的绿洲资源，生养人民一千七百万，补给邻近国民一千多万，同时为了保证自己的资源储备，频频以军事支持为交换条件要求其他奴隶民族、游走民族定期向自己送出贡品以及和亲使团，在您看来，这就是天道吗？像个吸血水蛭一样，吸取了大漠里最好的资源养着自己就是天道？"

"最起码，这能令三千万人过上和平的生活！"容豁回道。

擎云一笑："那么，另外的六千万呢？我们北漠的人民呢？活该生活在贫瘠的北方？活该任人宰割？容老先生，您说的不是天道，天道是冷酷的，它不会管谁死谁活。今生为人，能做的不过是拼死争取。世间风水轮流转，现在，已轮到我天都称霸！"

说完，他仰头再饮一口，好似啖尽心中万丈豪情。

此时容豁却是哑口无言，记忆中，兄长容若也曾对他说过，天道是无情的，只会任这红尘辗转，人世沧桑。而所谓圣人，常是看透了这一点，才会懂得历史上的任何一次变迁，都是由人决定，战可行，不战亦可行，胜者未必正，败者未必邪。所以，容若撕去了那启达写在《大漠集卷》最后一页上的一字天机。

他认为那不是天机，因为天机是公平的。

咚咚！

擎云敲了敲桌上的黑色酒坛，声音听起来十分清脆。

"喝完了！"他说，"先生，走吧！"

擎云放下一片金叶子，在小二得意得差点昏过去的时候，容豁和擎云离开了酒店。

擎云拍了拍守在门口的飞踏，忽地跃了上去，然后居高临下地看着容豁，嘴角边又散开先前那种清冷的笑："先生，就委屈你徒步走一段了！"

容豁仰头看着擎云倨傲的身影，果真就一步一蹒跚地跟在了白马飞踏后面，他边走边捶着自己的腰杆，怕是因为方才在台上说事儿，惹得身子很乏。他捶了好一会儿，才又看着擎云的背影道："公子，你抓我也没用，你想知道的事，就是死，我也不会说的！"

然而，擎云并没有回头，他只是看着雪原蜿蜒大路的尽头，像是已然忘记容黯的存在那般的孑然。

斜阳下，两抹身影缓缓前行着，天边残阳似血，奇云滚动，就像在恭迎新的世纪一般，那么恢宏，又那么哀伤……

若说人间离别恨，不如当初不相逢，
若说尘世血肉苦，不如当初不出生。

烽火溅天天不应，干戈涂地地不理，
不知生前在何方，欠得人家拿命偿。
苦茶香，香茶苦，
是冤枉，不冤枉。

还望生灵几世回，
轮度天涯追一追。

若冤枉，怎冤枉，
前人扁担后人扛，
前生宿债今生偿。

是冤枉，不冤枉！

大漠风光总是难以捉摸的迷幻，尤其当风不莽、日不烈的时候，层层霞云与赤红浪沙在地平线处纠缠而去，而形状精奇的旱地植物也在黄土上投下诡异的暗影，像是跪了一地的妖怪，等待着圣魔降临。此刻轻轻的季风却是少有的温柔，似已当真厌倦了孤独的漂泊，非要撺起地面上最松软的一层薄纱与自己旖旎缠绵，映着红色的阳光，在空中厮磨闪烁不可，却是越看越教人寂寞的晶莹……

大漠里常有诗人将这种景象叫作"魔神泪"。当然，这也不过是自我安慰罢了。面对芸芸众生，神也好，魔也好，是不会流泪的，决然不会。

离开雪原往北七千里，此时正是一片红色漠海，层层月浪一望无垠，没有绿洲，只在天际处隐约看到一排黄土垒起的城堡，似条休憩的大蛇，纵然安静，也依旧透着狂莽气息。

城堡的门口看得见一片一片黑色俯地的身影。近了一瞧，竟果真是跪了一地的"妖怪"，概数五千，个个身形壮硕，气息森冷，戴着令人毛骨悚然的妖怪面具，穿着黑色的夜行服。他们跪在地上，为了显示自己的忠诚，几乎将整个上半身贴在沙土里，然后，就听到一阵如浪似海的呼喊："恭迎陛下回城！"

连续三次，浩瀚的声浪再一次震撼了容豁疲乏的神经，他满头乱发，浑身酸疼地站在飞踏旁边，只看得擎云大手一提，飞踏立身嘶鸣起来。"驾！"然后这驰马潇影便如雷鸣飞进了城堡里。只留下容豁呆滞地面对这一群异样的黑色妖魔。

北靖天王霍擎云！

靖者，安也，无治亦无安。靖天者，王也，定天之轨。

三百二十年，天都皇姓霍氏，第七子擎云，年十四，继先王之位，于首都怀柔冰刺宫登基，万人朝拜，亲启霸酒一坛，一饮而尽，普天狂欢。

巫祭师魂冉称其天降大任，孤星入命，预言其终生无妻。

新王定北塞宗室之乱，此后再无皇族死于毒杀，亲政之日订立锁国政策，天都瞬隐。

王母授其尊号，靖天王。

三天了，沙从红到蓝，从热到冷，反复着，煎熬着。

容齨被关在城堡门口的兽笼里，未进粒米，只是每日月上凉空时，会有人送上苦香茶一壶，慰藉饥肠。昏厥般的饥饿折磨着老迈的容齨，终于在第三天，他连同兽笼一起被抬到了城堡的大堂上。

简单朴素的内堂尽管少了华丽贵气，却依然弥漫着一种不容忽视的庄严肃杀。正前方，是一把象征无上地位的大椅，擎云，正不无慵懒地坐在上面，像一只乖戾的雄狮，目光幽暗。

"容先生，这几日可好？"他笑道。

容齨靠在笼子的围栏上，奄奄一息。他抬起一只手轻轻一挥，才艰难地说道："托你的福，老骨头我从没像现在这般痛恨自己的耐力，早死早投胎怕是更好！"

擎云咯咯笑起来，华冷的嗓音，凝结了堂里的空气。容齨终是清醒了一些，缓缓抬头看着他。

啪啪，只见擎云击掌两下，两名素衣少女抬出了一桌佳肴放在中间。

容齨闻着那诱人的油米酥香，顿时觉得腹腔翻腾，脑海一片轰鸣。只消一眼就知道，那桌子上的三碟菜——凤凰血鸡、白露鳕鱼、花田百合，全都是容齨亡妻的拿手好菜。

"公子不是这样残忍吧！难不成要在我这饿成白骨的老叟面前吃下这大餐？老爷子宁可撞笼自尽也不受这般折腾！"

擎云闻言却是一声闷哼，拿起手边的一把匕首把玩起来。"先生太让人失望了，一个想守住秘密的人，却连这点折腾都接不下，居然也好意思开口闭口妄言生死！"说着，他双目一聚，手中飞刀瞬间冲向兽笼。锵的一声，短刀断开了笼上的锁链，然后掉在土地上，只听到闷响三下。

"出来吧！这桌佳肴是为先生洗尘准备的！"擎云笑看着从笼子里爬出来的容齨，"不过，前提是先喝了那三杯接风酒！"

容齨站在桌边，狼狈不堪。他低头看着面前的三小杯酒，晕光之下，杯口闪动着莫测的光芒。他舔了舔干燥的唇，心想如今已是饥饿至极，还管他酒里有毒没毒，于是嗖地就是一口下去。

坐在一边的擎云看着他那速饮的样子，却是冷笑起来。

呜！只是一杯酒，不像有毒，却令容豁顿然愣住。少顷，他已然满脸通红，浑身抖动不止，终于不支倒地。

"酒中霸？纯酿？"他不可思议地问道。

"对！就是我每天喝的！"擎云道。

"还剩下两杯，先生！"

容豁惊惧地看着第二杯酒，眼神已十分涣散。他从没喝过纯的霸酒，霸酒之烈，无人能抵，所以向来都是调和饮用。

容豁呼吸困难，他撑起身子，望着桌上的菜肴好一会儿，终于勉强拿起了第二杯酒，咕噜一下，酒入咽喉。扑通！只见他再度坠地，双手使劲捂鼻，却依旧见着鲜红的血液流了一地。他一边咳嗽，一边看着冷漠的擎云。

"还有一杯，先生！"擎云笑着。

容豁止不住鼻血污流，手上的皮肤开始泛出青色的死光，他满头大汗，在地上痛苦地滚动。好一会儿，听到他断断续续的碎语："我……认了！"

擎云闻言大笑："容老先生，你果真只是个酸酸的文人呀，两杯酒就能让你认输，你还有何资格同我耍脾气？"说着，挥手招来几个婢女，给容豁喂下解酒药。容豁晕沉沉地醒来，一脸伤痛。

坐定后，他边流泪边大口吃着桌上的菜肴，滑进枯肠带着他咸涩的哽咽。三十年了，从亡妻离开至今，他再没好生吃过这三道菜。他吃不下，因为吃一口，就听到亡妻一声娇吟，吃两口，就见到亡妻一脸痴笑，吃三口，却再也不见亡妻音容笑貌，那般苦他不想再承受。然而今天，仿佛荏苒时光已然带走那刻骨的忧伤，只剩些破碎的思念缭绕身旁，如今，吃几口都无所谓了，吃几口都可以了。

人的感情如同某一个秘密，有一天会突然转变，虽然，你依旧无法否认它的重要，却也同样无法决然坚持。所以，如果爱可以变成怀念，那么，秘密同样也可以变成交易。

擎云悠闲地踱到容豁身旁，拍了拍他的肩膀，然后拿起剩下的那杯酒一饮而尽。容豁呆滞地看着他。

"先生知道为什么它叫霸酒吗?"擎云问。

"因为霸酒极烈,它的辛辣不仅可以杀死嗜酒之人,还可以迫散一切入酒毒素,不与任何毒品相融。"容豁看着那空荡的酒杯道,"一百一十四年到三百二十年,天都冰刺宫因酒中毒的国王超过三十个,直到公子继位,才止住那惯例一样的毒杀! 全因为公子素饮霸酒,下毒无用。"在容豁看来,天都许多历史都从靖天王开始改写。

"史记叟果然名副其实。"擎云坐下来,也看着空空的酒杯,闲聊一般说道,"在北漠,酒是友善的东西,因为它可以帮助无数人抵御北方的酷寒,所以,在天都,无论是何缘由,饮酒而死都是耻辱的,国王尤甚!"他说着,撩起酒杯放在嘴边一点,一滴霸酒余露落下,滑进了他的咽喉。看上去好不风流。

"十四岁时,我对自己说,宁可被饭菜毒死,也绝不被酒毒死,然后,我做到了,酒乱消弭,再无耻事!"

容豁听到这里却是一问:"但是果真有人转而在饭菜里下毒吧?"

"对,却没有成功,连我自己都不知道,常饮霸酒者,可以百毒不侵!"擎云站起来,俯视着依旧狼吞虎咽的容豁,转身离去,就在身影即将消失在转角时,又听得他道,"然而如今,霸酒的辛烈早已在我心中烧成了一片火光,每喝一口,那火就更炙、更狂。先生,如果你不想也被烧成灰烬,最好乖乖听话,那战的秘密,并不是什么天大的责任,你不说,只能代表你愚蠢。我不会每次都这么好心对你,还望珍重。"

说完,擎云魁梧的身影没入黑暗。容豁惊恐回看的时候,已经悄无声息!

只余半分残阳霞光射进。

红莲之火,早已烧遍五脏六腑,
我还如何能够回避?
乱世枭雄,谁人知晓天意?

我命由我，众生之命亦由我。

天不仁，我亦可不仁。

天不易，我心亦不易。

有剑在手，何须迷离？

长啸一声，只待人间一记。

　　容豁呆坐在桌前，吃饱了，思绪终于逐渐清晰。他摇摇头叹道："公子，你操纵莽流玩弄大漠各国，难道只是想燃尽胸中那口苦闷的烈酒吗？"

　　是夜，残影斜射，黄窗微断，容豁坐在擎云给他安排的房间里，望着夜空白月，不住声声叹息。

广寒箫音

———

第七章

三百三十一年，云沛宁都。

冬至，祭酉节。

斜阳未泯，广寒宫像沐浴在火光中的凤凰，华丽的建筑群傲然栖息在嫦娥山上，有些奇幻朦胧，而那灰色的雕着复杂花纹的台阶，每踏上一步就让人更觉自身卑微，站在高大雄伟的宫殿圆柱边，往里一看，恐怕是谁也免不了一阵心潮澎湃，只为了这无法言语的恢宏和庄严。五国分疆以来，只有云沛真正达到了人文艺术上的顶峰，从雕刻、绘画、歌舞等各方面来说，都展现着繁盛景象。而这一切，在那战亲政后只进不退。十四年来，对于南漠民众而言，那战已如一帝。

占别心急如焚地站在广寒宫大殿的堂前，虎背熊腰的身形令同样站在他一左一右等候召见的两人不时侧目。不知过了多久，一名女婢小跑出来，对着三人挨个点头行礼。

三人赶紧窝身问道："陛下呢？"竟是异口同声。

孰料此女一震，表情十分慌张，哽了好一会儿才支吾道："回三位爷，陛下正在华玉宫与佳嫔娘娘欣赏落霞！"

按照云沛传统，国王后宫中凡是赐了宫号的妃嫔都将列入史册，作为正记。由此可见，真渠幼佳的地位已是今非昔比。

然而，这并没有吓阻求见国王陛下的三人，尤其是其中一位半老大汉，胡须虽已花白，但体态四平八稳，一看就是习武之人。这人声带愠怒地吼道："什么女人天天都要陛下陪着赏落日！再去传一次，老朽今日不见陛下决不罢休。"

占别两人见此附议。

女婢闻言赶紧退了回去。

没一会儿，那女婢又出来了，这回面带少许蔑视，定了身子站在三人面前才道："桦老将军，佳嫔娘娘着我传话如下，您年纪不小了，退役多年，就该享享清福，还望不要倚老卖老，动辄到宫里来扰人清梦，终有一日会坏了您拿命打下的名声！"

她一说完，这桦老将军面色猛沉，雪眉纠结，为这毫不掩饰的羞辱气得有点站不住。

占别两人还来不及看他，就闻这女婢又道："常王爷，佳嫔娘娘说了，您是皇姓贵族，时不时到后宫溜达终究不大好，流言蜚语惹得陛下不说，对您的前途也有影响，还请谨言慎行！"同样她一话尽，那位看上去风流倜傥的常王爷也不由得往后一退，面泛菜色！

此时，占别焦急地看着那女婢："那我呢？陛下看了我的信吗？"

女婢这才回望向他，微一鞠躬："佳嫔娘娘说，您的信陛下会看的，大使远道而来，大可好生歇息，陛下看够了落霞，总会有见你的时日，不必焦急！"

听着这番戏谑言辞，占别如同五雷轰顶，神色亦如前两位那般窘迫。稍后，只是灵魂脱壳一般任凭那女婢领去休息，好像脑子里还没完全反应过来。

从那日起，广寒华玉宫的佳嫔成了民间争相闲谈的对象，"华宫三谴"也成了宁都王城附近各茶楼酒馆说事人的热门话题。

其后不见多久，华玉宫开始门庭若市，来访者络绎不绝。国王那战连日独宠的消息更是不胫而走，终于众人皆知。而一个女人的风光，很快，就为她的娘家带来了无上的好处，漠南真渠民族仗着云沛支持，一举驱离炙垦，夺得垂涎已久的一块小小绿洲。尽管，在那战眼中，那不过是指甲缝里一点泥土的价值。

那战宠爱这个女人，因为她的身心都为他而来，她的纯洁、傲慢，她的别样风情都配得上与他风流一世。于是他夜夜钦点，与她缠绵不休。这么说来，在广寒宫里，她应是傲视三千粉黛，人人望而生畏吧！然而全不是这样，因为她心中有一根刺，那刺的名字叫皇北霜。

风，一直在吹，却吹不走飘荡在嫦娥山上悠然的箫声，那么清澈，那么平静，连花草都沙沙作响，相和起舞。

怀月阁，位于嫦娥山顶，只是一个小小的四角凉亭，无墙隔风，然而每当天苍穹暗之时，却有美月相邀，星光抚慰。逢这干冷季节，只消冰酒一盏，高歌一段，就可以惹得忧伤哭尽天下悲欢。

"让开！"这声音带着冷酷的警告意味，说话的人显然怒气难抑。

然而，跪在地上的以廉幻为首的八个侍卫，雷打不动。三个婢女不刻闻声而至，生怕这边的闹腾搅了自家主子的雅兴。夜佩好声回道："参见佳嫔！"三人朝前一跪，毫不在意石阶上的碎石乱渣刺破薄纱轻衣后的膝盖。

真渠幼佳秀眉微拧，不无厌烦，站在她身旁的几位贵妇赶紧抓着机会讨好地斥道："娘娘今日要在怀月阁请客赏月，你们这帮奴才借了狗胆？竟敢拦娘娘在此！"

却见夜佩依旧跪地未起，平和地回道："请娘娘恕罪，我家霜妃正在怀月阁吹箫，还望佳嫔体谅思乡之情，换个地方赏月吧！"

此言一出，幼佳身后几位贵妇不禁大笑，一脚踢倒夜佩，还好廉幻手快，大手一拉，没让她滚到小路边的草丛里去。夜佩在廉幻怀里擦了擦唇边流出的一点血，又好生跪在一边，神情冷漠，"还请娘娘转道！"她说。

幼佳沉默地看着跪在地上既不反抗也不多语的八将三婢，心中意难平，三宫六院中，不管哪一个妃嫔的奴才也不会像这十一人一般，恭谦有礼，却又气势迫人。

"哎呀！还铁了心不让路是不？真是命贱，区区霜妃，连宫号都没有，竟敢不自量力阻挡华宫贵驾！"狐假虎威大约就是这样，幼佳身边出头的贵妇说着就要再踢一脚。廉幻警戒，嗖地拽起夜佩，让那凶妇踢了个空。

"你还敢躲？没教养的东西！"那贵妇怒道。

"谁没教养？"却听见一道清冷的声音传来，瞬间令这半山众人噤声。皇北霜拉了拉衣襟，好像有些着凉，单薄的身影莲步而至，站在幼佳面前。她刚要说话，却忍不住打了个喷嚏，婢女再萍赶紧接过她手中的玉箫，让道秋为她披上一件狐裘。

"见过佳嫔姐姐！"皇北霜盈盈一笑，好似月上眉梢，温和的气息洗去了一干俗妇的珠光宝气。好一会儿，才有人回神，正要开口发难，却见皇北霜身后徐徐走出一人。定睛一看，众人猛地跪地，包括真渠幼佳。

"陛下万安！"声之凿凿，回荡在嫦娥山上。

那战看着皇北霜道："歇着吧！改日再与你说话！"

皇北霜点点头，径直离了去，十一人紧随其后。

是夜，一片悄然，无人言语，直到皇北霜走远了，那战转而扶起地上的幼佳，笑道："月儿正在等你呢！爱妃！"说着，就牵起她的手，一干人影上了方才曾经凉箫奏鸣的四角方亭，没一会儿，就可听见莺声燕语，好不欢欣……

红颜常是神韵美！
月上苍天那时，
见你与箫相吻，孤影欲飞，
我才发现，
人海茫茫，却没有一处是天堂。
而寂寞，早已至高无上！

在云沛绿洲上看见的月亮是那么柔和，在大漠离原上看见的月亮却被凉云遮住。

二十日前，这里还是一片寂寥，二十日内，莽流以其迅速的行动力，竟建了这么一个纵横近两里的低矮城堡。它蛰伏在沙丘与沙丘之间，不常有人发现。入夜，更加鬼魅森森。

"陛下，暗探消息，鸪劾大使已在三天前到达云沛，目前那战还没有正式接见！"一位黑衣干将恭敬地半跪于前，向着坐在桌边正浏览地图的擎云汇报。

"哼！那战十之八九不会出兵！"擎云道。

"陛下何出此言！"

擎云一笑："若问根本就不会攻打鸪劾！"

黑衣人起疑，沉声问道："不攻打鸪劾，难道攻打云沛？也太大胆了吧，云沛可不是麻随，那战的红衣骑兵也不是纸娃娃一群！"

擎云放下手中的兽皮地图，起身道："机华将军，事不宜迟。今夜你就以天都援兵为由，率军进驻鸪劾，如能兵不血刃，那是最好！"

机华闻言身形一正，回道："请陛下放心！"说完，起身就要离去。

"慢着！"擎云却叫住了他，机华又回地跪下。

"广寒宫……最近有没有什么动静？"擎云说着，又拿起那地图来佯阅一番，这动作看上去竟有些孩子气。

机华蓦然一怔，回道："没有，就听说那战专宠一个女人，闹了场华宫三谴。"

擎云闻言眉毛一挑，又问："哪族的女人？"

机华暗忖，陛下怎么关心起那战的床事，心中虽觉蹊跷，但他依旧如实回话："说是真渠送去的！"

"独宠？"擎云竟是有些似笑不笑地追问。

"啊！是这么说的！"机华惊讶不已，以为国王还要说什么。

擎云却手一挥："行了，下去吧！"

机华退下，房间里只剩下擎云深思的暗影，黑色的眼眸中映着桌上跳动的灯火。

不一会儿，擎云又看向桌子上的地图，仔细一瞧，竟然就是广寒宫的建筑全貌详图，上面布满了密密麻麻的批注和旁记。

这恐怕就是容豁降服后所泄露的有关那战的第一个秘密。

那战其人。

三百一十八年，云沛第三十四代国王那景猝死，其父太上王那启达弥留病榻，望尽跪地送行之十七孙，钦点那战为王，密授锦卷，委以重任。那战继位，冲龄践祚广治天下。宁都智叟名其尊号——展王，赠偈言两句，是为"血不拦命，民不顺亡"！

展王亲政十三年，云沛显盛世之象。展王承诺立后，举国注目，和亲之约倍增。

皇北霜那夜回宫后果真着了凉，却依旧不肯好好休养，天天跑到院子里翻土种树，弄得身体更加虚弱。三个奴婢着急不已，然而甚知主子脾气，也只好帮着一并折腾。

皇北霜在自己的寝宫后面种上了二十一棵解马树，按五叶花的形状排布。夜佩三人曾问什么是解马树，她只是嫣然一笑："待到花开时节，卿等自会知道。"

这日，她倚在床前，被再萍逼着灌下一碗苦药，摇头笑道："这般折磨主子？"

夜佩看着她微白的脸，心疼地回道："主子身体好了，怎么报复奴婢都可以！"边说着边坐在床边为她反复拭汗。

皇北霜舒服地靠在枕上，闭目问道："夜佩，有话想问吗？"

夜佩知道主子细心，从不把她们当外人，于是直言回道："霜妃与陛下现在到底是什么关系？初夜以后，陛下再也没有点召霜妃。"那日皇北霜以来潮为由，婉言拒绝了国王的临幸，本只是想拖延些时间收拾心情，却没想到那战此后再无求欢举动。

皇北霜悠然睁开眼睛，看着头顶上的床架，道："陛下这人心高气傲，恐怕在我主动投怀送抱之前，不会再有逾越之举。比对红粉美人花前月下，他大概是更需要一个托心的知己吧！"

夜佩听了她这么说，才点点头："是了，那'华宫三谴'还不是您出的主意？这几日，老将军终是服老，没再大闹三军；常王爷也没到宫里到处借花献佛，结党营私。就是不知那鸩劾大使，霜妃为何要将他软禁？"

皇北霜叹了口气："不软禁他，他无功回国只有死路一条，还不如让他连陛下的面都见不到。"

夜佩问道："陛下为什么不出兵？"

皇北霜思索许久，才幽然回道："我也不知道，陛下好像有事瞒我。在这宫里，消息来源甚少，我猜想应是五国有变。不过咱们厄娜泣族远在北边，应是不会被搅进去。"

次晚，依旧是云沛宫。寒风徘徊在金石门外，赫赫呼啸。

那战没有点召任何妃嫔，只在寝宫召见了大将军巫季海，两人清酒相敬，乘兴对弈。

只见巫季海在棋盘上一点："陛下，您今天可慢了一步，臣将夺你大盘！"耿直的巫季海与国王下棋从不讨好相让，事实上，像今天这样抓到机会赢棋实是万中存一，他抬头看着那战，"陛下，您在想什么？"

那战此时表情有些恍惚，唯将清酒入肠，少时，才笑着叹口气道："唉，的确是晚了一步，这结局终会怎样？"

听着他语带双关的话，掌管十七万卫国军的巫季海沉默下来。

窗外，是一片巍峨山峦，隐约还能看到那最高一处露出的凉亭尖角，风一吹，更冷了，巫季海起身关窗。

此时的凉月阁里，又见玉箫冻手，身影单薄。

皇北霜独坐其中，沿路纵排的八将三婢在离亭数十丈外守候，留她一片清幽。

身体见好一些的皇北霜，面容逐渐红润，她望着皎洁的月亮，忽然又想起那日，红色的嫁衣如飞舞的蝴蝶，那双漆黑的眼睛，将她的心深深震动，何时再想起，她都有种心潮澎湃、压抑不住的悸痛。皇北霜不禁自嘲地笑笑，都什么时候了，还在想这些……

皇北霜所在的凉月阁与广寒宫的一条暗道近得很，她也并不知道，当她独自一人靠着朱红的木柱，乘月色起箫音时，擎云其实就站在她背后，无声无息，双眼复杂地看着她。

"喀！"毕竟是玉箫，在这季节更加冰冷，皇北霜便受不住地咳了出来。箫音戛然而止，她皱起眉，心中懊恼不已，干脆靠在柱上，低声自语："唉，擎云……"却只是一个名字，一声叹息。

擎云站在矮木丛后，本来还犹豫着要不要在这个时候与她见上一面，没有想到，她却忽然叫了他的名字。他嘴角撩起一抹浅笑，忽然想使些坏心，于是悄悄地走到她背后，附她耳边低声问道："你这是叫我吗？"

皇北霜一惊，玉箫脱了手，却被他接住。她心悸不已，回头只想看个究竟，却被猛力一抱，伏在他胸口与之深深相吻。湿热的唇舌纠缠不休，待皇北霜看清来人容颜，更是跌进了一场午夜梦回的思念。

许久，擎云才放开了她。

这一下子皇北霜受惊不少，以为自己入了梦，可左看看右看看，这里明明就是广寒宫，寒风还依旧吹动，月儿依旧明亮，她摸了摸唇，终于回过神来，压低了声音道："天哪，你怎么会在这儿？"

擎云只笑，转身拿起石桌上的糕点咬上一口，答非所问："嗯，还不错！"

皇北霜哪有他这么悠哉，赶紧四下里望一望，生怕让人看到，转而又问："你不是广寒宫的人，你怎么上来的？"

"哦？"擎云一手依旧揽着她的腰，一手在她脸颊上流连，眼神充满了兴趣，"你怎么判定我不是广寒宫的人？"他的声音中带着某种蠢蠢欲动的诱惑。

"那战不是瞎子，你若是广寒宫的人，必是个万人景仰的人物！"她说。

闻言，他果然很高兴，干脆将她搂在怀里："你这么肯定？"

皇北霜脸上一热，好似这几日的思念和压抑都是春水一汪，全被他乱了平静。

"你让我脑海里一片空白。"皇北霜伏在他胸口汲取着他身上那股奇特的酒香，情不自禁道，"和你在一起，我好像不是我了，我无法冷静，更无法漠然。"

擎云听她此话，亦发动心，不由得收紧双手，再次与她激吻。他进，她就退；她逃，他就追。无论皇北霜怎样回避，似乎都无法离开他的怀抱半分，只能由他肆意而为。她闭上眼，仿佛看到更加朦胧的月。

"那……让我把你拐走吧！"唇齿纠缠中，擎云的声音竟似忽远忽近。

两人这么抱着，时光仿佛已经停止流逝，拥抱，渐渐成为永恒。

好久以后，皇北霜才想起问他："你还没说你怎么来这里的？你来做什么？"她心里本来想着有几分可能是来寻她的，但直觉告诉她这个人不是那样简单的。

擎云拉她一起坐在横栏上，笑道："这世界上任何地方，对我来说都是无人之境，若问的营寨如此，广寒宫如此，你的心亦如此！"他说得理所当然，霸道又不讲理。

可皇北霜听在心中却更是动情。痴恋一个人，真的能带走她一生的尊严和骄傲。她的心，在他面前，真的只是一片朝圣般的虔诚！

那夜，皇北霜与擎云抚箫相对，笑论天下风云。夜深虽冷，可他一直搂着她，以外衣将她裹在怀中，所以她从未感到一丝一毫的寒意。就连那支玉箫，也开始有了慰藉的温暖。直到天边破晓，旭日出梢，擎云才悄悄离开，皇北霜便回到了自己的寝宫。

皇北霜还是没有问出擎云为什么会到这里。似乎在她的印象中，他原本就是一个神出鬼没的人，踪迹难寻。皇北霜靠在床边，虽然望着窗外，心却飘到了远处……

"三天后，我再来看你！"

忽然想起，他离开时说的话，她不由自主地笑了起来。

三天很快就会过去。三天，他会再来看她。

夜佩三人正在给她整理床铺，抬头一见她竟又在偷笑，不由得打趣起来："霜妃，你要笑就笑吧，可偷笑就不好了，要是给国王看到，刨根问底的，看你怎么办！"

皇北霜收住笑，一头钻到被子里，闷声回道："你们这些丫头，越来越不像话了！我累了，一夜没睡，你们都出去吧，都不许来吵我！"

三个丫头捂嘴笑了笑，便轻轻退出了房间。

三人守在门口，心中却充满了讶异。昨晚，她们几个一直守在路边，见娜袖儿久不离亭，便惊警地跑去看了看，却不期然见到一幕让人脸红心跳的画面。那是她们的主子，平日里总是谨言慎行，竟然满心欢喜地靠在男人的怀里，煮酒问月，鸣箫论剑，教她们好不诧异。

可是，对于擎云的出现，她们偏又如期待已久般，只是对看一眼，就识趣地退开。

这世上总有些等待是不由自主的，
它可以让你的理智与情感各站一边，
它可以让你的聪明与迟钝交错混乱，
终于，在那个等待中，
你想不起一切……

一千个凡人就有一千种活法，如果他们犯了一千个错，也有一千种挽回的方法，就这点而言，他们是幸运的，即使不是每次都能成功，最起码，他们不用错得万众瞩目，不用错得像是历史白墙上的一枚钉子，无论钉进去还是拔出来，都得留下苍蝇一样的伤，毕生也抹不去！

在这方面，已经泯灭的麻随便是一例，国王格尔劲勤自视甚高，轻待外域来兵，终究让出自己的领土与人民，他的愚蠢是钉子。而已如惊弓之鸟的鸪劲，国王古查懦弱无为，为巩固国防，毫不戒备地引入天都五万精骑。如今，天兵霸市，一夜之间扼住鸪劾城都所有要塞，他的狭隘是钉子。本来这两人，一个怕死，轻易投降；一个怕输，四下求援，都是一个普通人很正常的反应。但是，偏偏老天给了他们当国王的命，所以，当他们享尽荣华富贵后，连带着毁了自家基业，即使悔恨，也无法重来。史书会狠狠地记上一笔，让他们落得一个万世耻笑、责骂三生的下场。因为国王，是无法为自己遮羞的。

那夜，鸪劾没有等到英雄占别的归来，也没有等到云沛闻名天下的红衣骑兵，只是安静地，无声地，在皇宫殿顶，升起了天都大旗。

演了一场国王向国王下跪的戏！

云沛，天越来越冷。

三天已过，入夜时，皇北霜正侧坐在床边，手里拿着一个黄绿色的玉环，时不时透着桌边烛光看了又看，嘴里还低喃道："再萍，你瞧里面有云絮呀，实在太漂亮了！"说着便将它贴在唇上，"很冰，像霜雪一样！"她一个人在那喃喃自语，却是笑着了正给她洗脚的再萍和道秋。

"奴婢少见霜妃这样的表情哩！"再萍笑道。

"擎爷今天真的会到寝宫来吗？是不是太大胆了！"不如再萍的轻松，道秋却满脸愁云。娜袖向来严以律己，却没想到如今会做出这等暗度陈仓的事情来，虽说没有实际关系，但那战始终是她的夫，若是被人知道霜妃在自己寝宫私会情郎，那结果真是不堪设想。

皇北霜知道道秋的心思，其实她自己心里也十分忐忑，明知这是不对的，却偏偏一想起那人，就再也无法控制自己。她垂下眼睑，更加用力地将唇贴在玉环上，好久，好久……

看看窗外月正当空，再萍、道秋端着水盆徐徐退了出去，轻手轻脚地掩上了大门。

守在门外的侍卫廉幻一见她们出来，赶紧上前一拦，怪怪地问："来了吗？"

道秋一笑，知道他有些窘迫和紧张，回道："还没！霜妃正等着，你千万别进去讨没趣！"

廉幻却一手紧紧扣着腰间长剑，眉目纠结地说道："擎爷到底是什么人？那晚，我们都守在去怀月阁唯一的一条路上，都没见一个人影，他怎么上去的？而且这里是云沛皇宫，守备森严，他如何可以来去自如？难道霜妃都不奇怪吗？"

他这一说显然和道秋有某种程度上的一致，却只见道秋无奈地一笑："世界上最奇怪的事莫过情爱，不要忘了，霜妃再聪明，也还是女人！"

廉幻听着半懂半不懂，这人虽是武将奇才，却也同样是一个不解风情的憨夫。见他困惑的模样，道秋摇了摇头，侧身离去，并嘱咐："好生守着吧，别让陛下闯了！我们会在宫门口应着！"

廉幻闻言赶紧站直了身体，和其他几个侍卫齐声道："誓死保护娜袖！"

道秋终于忍不住扑哧一笑，眼角掉了两滴泪，男人也真是很奇妙呀！她想。

华玉宫。

幼佳依在那战怀里，"陛下，您两天没来看我了！"这柔情似水的呢喃终于唤回了云沛国王的思绪。那战抚了抚她的秀发，宠溺地说："你有孕在身，常来这里怕伤着你！"闻言，幼佳万分感动，埋首在他胸口道："陛下放心吧！佳儿心中有底，请不要有所顾虑！"那战笑了笑，轻轻地揽她回床榻，旖旎中，却隐约听到那战嘶哑的声音，淡淡地说了一句："今夜也无箫音哪……"

咚！咚！咚！

清脆的脚步声敲醒了昏昏欲睡的幽长走道，徐徐回荡在华丽的柱梁之间，廉幻喉头一紧，立即警戒起来，看向走廊尽头。只见黑色的身影一步一显，终于划破昏暗，宛如神灵一般出现在廉幻面前。他眼神漆黑，幽暗不见底，长长的头发狂野地披在肩上，凌乱的刘海下一张性感刚毅的轮廓，随着一声低笑，令这夜更加昏黄。

"擎爷！"上一次见他，只是匆匆一瞥，这次见面，廉幻才看清他相貌，扶在长剑上的手不由得一抖，竟发现自己有些失态。

擎云看了他一眼，没有搭理，大手毫无忌讳地推了面前紧闭的宫门，挺拔的身影就这么走了进去。直至听到空洞的关门声，廉幻才猛然回神，不由得在心中忖了一句：这就是娜袖的心上人。

彼时皇北霜一手拿着玉环，已经倒在床上半睡了过去，擎云好笑地看着她，这女人实在毫无防范。他俯身轻轻一吻，然后顺手抽出了她手中的宝贝。皇北霜徐徐睁开眼睛，看到坐在身边的擎云。

"送给我的？"他把玩着那玉环。

皇北霜靠上他的背，回道："嗯！"

擎云颇觉高兴，便执起她的手细碎地亲吻，皇北霜将额头抵住他的，双眸一瞬不眨直直看着擎云。"我来了！"说着，他扯下她的衣，空气中只有裂帛一声，他没有脱靴，就这么跨上床榻在她的胸口烙下一片樱红的吻。皇北霜没有一点抗拒，双手只是迷恋地游走在他肩头，他的长发散在她的身上，像蛛网那么轻，那么痒。

擎云一手撑住身体，一手拿着那玉环在她胸口滑动，"你一直在等我吗？"他笑问。

皇北霜忍不住低吟一声，才道："以为你会从窗户进来，害我一直吹着冷风！"

没料，她此话一出，擎云的脸色却沉了下来，他侧身坐起，有点愠怒："差点忘了，你是霜妃，说起来，我这算是在偷香吧。"

皇北霜没想到他会生气，整了整衣衫，也坐了起来看着他，想说什么却又无从说起。

擎云闷坐在一边，起伏的胸口荡漾着无言的怒气。许久，感觉到她身上若有若无的香气，他才终于平静，转过身，伸手抬起她的脸，正欲予吻。

却在这时，门外传来一声高喊："陛下！霜妃已经睡下了！"

急速的脚步声听上去不止一人，道秋小跑般跟在快步而来的那战后面，廉幻一见，其已不到十步距离，赶紧高声示警。

这一声回话拿住了擎云与皇北霜只差寸厘的一吻，擎云一笑，拉起床被盖住她的身体，冷冷地下了床，一边将那云玉环以绳绕上右腕——那是他持剑的手，一边道："那战能给你的，我同样可以给你。明晚，你就跟我走！"说完，他纵身一跃，当真像个采花贼般飞窗而去，留下裹在棉被里有些怔然的皇北霜。

皇北霜还没来得及去思考那句突兀的话，转过头，那战已经站在门口。

"陛下！"她拉高丝被，不愿意露出一点春光。

"吵醒你了？"那战似乎没有识破，闲步走到床边，"身体好些了吧？"

"谢陛下关心，已无大碍！"皇北霜警戒地看着他。

那战看了看正寒风萧瑟的大窗，只见冬月出云，枯枝成冰，于是皱眉道："怎么不关窗？"

皇北霜柔柔一笑："这么晚了，陛下怎么会来？"

那战坐到床边，道："两天没听到你的箫声了，有些不习惯。"

皇北霜有些惊讶地看着那战，却读不出他一点的心思，不像是迷恋，也不像是算计，似乎真的只是一种听不到凉箫夜曲般的寂寞。

见她不说话，那战起了身。"明早到我的书房来，我有话想同你说。"说完，就像来时一般地离开，很快，也很突然。门开了又关上，脚步声起了又消失。

这一夜，仿佛雨中水潭那么深，那么暗……

只有涟漪与涟漪交错酝酿出一朵莲花般的波澜。

翌日，天破晓，一夜无眠的皇北霜坐在窗前，夜佩三人端了盆水，为她梳妆打扮。这时金色的阳光徐徐染上了冰凉的窗叶，透过枯木横梁，徐徐在房间里投下斑斓婆娑的影子。

"什么人？"忽见黑影一闪而过，夜佩高声厉斥。探身一看，院子里的树影还留着一番摇曳，窗前的茶几上，落着一团纸。夜佩拾起，递给皇北霜。

皇北霜不假思索，打开一看，上面只有草草十字："麻随灭，汾天建，若问为王！"

见字，皇北霜身后的道秋和再萍惊恐出声，为她梳头的手，颤抖难抑。皇北霜叹口气，知道曾经被若问俘房的她们，对他会是多么害怕！

"别怕！这里是云沛！"她安慰道，其实自己心里亦是十分不安。她根本就不敢去回忆若问那双紫色深沉的眼睛。

站起身，她笑道："我去见陛下，你们各自用早餐去吧！"

那战也一夜没睡，从皇北霜房里出来后，就一直坐在书房里，等着天亮，她来见他。这时的那战，看上去有些疲惫，听到门口传话："陛下，霜妃求见！"他竟然舒了口气："传！"声音听来十分高兴。

皇北霜信步而来，看着坐在桌边的那战："陛下！何事？"

那战有些惊讶于她的直接，却是一笑，才道："过来坐！"

两人像初夜那日，坐在长几边，同样一夜无眠。

"有两件事要说，本来只有一件和你有关，一件和你没关，不过，现在两件都和你有关了！"那战道，神情微冷。

皇北霜想了一下，回道："其中一件有关汾天？"

那战微微一惊，笑道："你知道了？看来你的人不止那八将三婢！汾天的消息我一直封锁，不让宫中议论。"

"陛下认为汾天和我有关？"皇北霜问道。

"若问已经整兵十万，屯集于汾天南边城，颇有犯我云沛之意！你觉得，云沛有什么东西，可以让他一路南下，只进不退？"那战道，"不过这也没什么，云沛不是麻随，想踏平我宁广四十二洲，就凭他是做不到的！"

皇北霜闻言，悄悄舒了口气，才道："第二件事呢？"

那战听她一问，却是好一阵沉默，最后，他冷冷说道："北靖天王霍擎云！"

皇北霜听到这七个字，差点跌倒在地，她不可置信地看着那战，下意识地摇摇头。

　　那战一笑道："看你这表情，看来不知道他的身份哪。生活在北漠的你都不知道，可见他这闭关锁国多么成功！"

　　皇北霜眼一紧，一手不由自主地抚上自己的胸口，但她依旧无法平静下来，只能坐在一边深深地呼吸。擎云的身份是一惊，那战的话更是一惊。果然，昨晚他还是看到了。

　　那战扭过头，看着外面冉冉阳光，七彩如梦，稍久，才道："皇北霜，我能给你的，他未必能给，看看桌上！"

　　皇北霜转过头，看了看那战，才把目光移向桌上那张兽皮地图，是云沛的地图，上面有一处，用红色的樱血笔圈了起来。

　　"割地两百六十万坪，占云沛南省优渥之地，水源丰富，植被肥沃，我将其赠卿，以养厄娜泣七千七百子民！"

　　厄娜泣，四大奴隶民族之一，合计七千七百人，定居于北漠古尔哈奇绿洲，历史悠久，以歌舞闻名，常年受游走民族那阔儿骚扰，生活贫苦。

　　那战开出的条件对厄娜泣来说无疑是天降洪福，如真能迁移到这里，就等于拥有了国籍和梦寐以求的沃土，再也不会有人唱起《祈祷的妇人》，再也不会有人葬命乱沙狂流。这令皇北霜思绪一空，什么判断也做不出来。

　　"陛下不顾一切留我下来，究竟为什么？"

　　许久，她只有此一问。

　　那战讪笑起来，知道这美丽的女人已经开始考虑他的条件，才欣然回道："我是个信天命的人，按照惯例，你本该与离族最近的天都和亲，却因为擎云锁国，拒绝所有和亲请求，所以才选择了云沛，一路上，就连若问这样的虎狼之师都拦不住你到我身边，这难道不是天意？而我，需要你的襄助！"

　　皇北霜闻言，心里不禁莞尔，越广大的国家，越悠久的历史，那人民，便越相信天神命定之说，这是为何？回过头，她终于恢复往日的淡然，平静地说道：“陛下，即使我留下，也不可能阻止他引兵南下，更何况，我也有可能会背叛你！这个赌，是否太危险？”

那战苦笑：“如果我有那么多时间，当然不会下这赌注。”

皇北霜一凝：“陛下？”

那战看着她，一手轻轻摸上她的脸。她本能地一颤。“你爱他吗？”他问。

“我的爱会影响您的赌注吗？”

那战唇一冰，嘶哑道：“不会！”

皇北霜轻轻一退，让他的手落在了空中，道：“爱！”

那战嗖地起身，“那么，我永远也不会碰你！”说完，转身离去。

身后，只有一句皇北霜平静的回话：“谢陛下！”

冬天果真是来了，那么酷寒，好像霜雪生在了骨头上，无论穿上多少衣，喝下多少酒，却依旧是那么那么冰，那么那么冷。皇北霜看着手里的地图，那殷血红圈好像捉鸡的笼子，将她牢牢困在了里面，令她不得不想起她为何会到云沛，令她不得不想起她那来得又快又突然的爱……

那一天，难得在清晨，冬日无眠，阳光尽洒大地的时候，传来一阵阵悲哀无奈的箫声，而那箫声叫醒了贪睡的幼佳美人，叫醒了院子里二十一棵开始发芽的奇树解马，独独叫不醒吹箫人痴缠的心。

广寒箫音愁人曲，
几回风雨美人吟；
却不道多情刻骨是何必，
却不道冷暖花开两不离。
声渐消，梦渐醒，
倚望凉夜影长席。

广寒风，箫声起，
几回相逢都别离；
愁人曲，愁人唱，
轮番咽泪难相忘。

天苍茫，地空旷，
唯有箫声解惆怅，
唇落空，情难偿。
……

——《落箫》

擎云，你是否会伤心……
即使你不会，我也会的……

酒醒人醉

———

第八章

贪恋一个人是没有错的，只可惜情欲并不是人生的全部，身处政治旋涡的擎云、皇北霜、那战，都深谙其中道理，也因为这样，这三人都做不到若问那般的嚣狂自在。

　　此时再看汾天，已然政权大定，若问手握狂兵四千，建军十万，意气风发地站在和烟皇宫眺望着根本就看不到的云沛，谁也不知道他在想什么。

　　"陛下，蛮狐大将求见！"一名清瘦的婢女向他躬身道。还没见若问回答，蛮狐粗犷的声音已经破殿而入："首领！首领！"听来好不鲁蛮。

　　若问挥了挥手，那婢女赶紧退下。

　　在汾天，只有黄天狂兵团的人依旧称呼他为首领，这是特许的，虽不知意欲为何，但却让那四千追随他的死士十分受用。也为了这些特殊的待遇，在这个能者居上、强者夺位的汾天，进入黄天狂兵团成了至高无上的荣誉。

　　"首领，咱们给你弄了一个好东西，保证你喜欢！"蛮狐高兴得不行，一脸拿定了领赏的兴奋。这么一看，他的身材与占别有一比，都是背宽肩厚，有双善弓远射之臂。

　　"什么鬼东西？"若问懒懒地问道。

　　"女人！很不错的女人！"蛮狐的声音几乎尖得有点拉不上去。

　　若问闻言大笑，这时他身后走出两个赤裸的妖艳美人，浑身青紫一片，可见一番怎样的蹂躏。然而蛮狐见了却一点也不惊讶，更不避嫌，只是干笑两声。

那两个美人当然就是一冷一热的若岚和绯问，她们慵懒地拾起散在地上的衣衫。绯问戏谑地问道："蛮狐大哥！什么女人这么好，让你激动成这样？比我们还好吗？"

蛮狐讥笑起来，大手一拍："带进来！"

不一会儿，四个侍卫推着三个衣衫褴褛的女人走进来，看上去很脏，满脸是灰，身上到处是结痂的黑色伤疤。若问挑眉一看，倒真是一惊，他猛地一步上前，挑起中间那女的下巴，才沉声问道："哪来的？"

蛮狐见他的反应，兴奋不已："今早跟狼头到和烟山后的陵墓群挖宝贝，没想到找着这三个火葬后幸存下来的女人，如何，是不是很像？像那个皇北霜！"

若问一笑，又扔下了手中的少女，问："你叫什么名字？"

那少女看起来十八九岁，与皇北霜年龄相仿，一双灰蓝清澄的眼睛毫无畏惧地看着若问，回答的声音坚定清晰："我是格心薇！"

前麻随王国，雨族王姓格，第四十一代国王格尔劲勤膝下无子，无奈顺列其十三个兄妹为王位继承人，其中第九公主格心薇，继承权顺排最后。年十九，庶出，常受姊妹轻视，兄弟虐待。三百三十一年，秋深，若问来袭，雨族灭门，大火烧尽贵族陵寝十三日，生灵涂炭，汾天陆建。又一月，唯一大难不死的九公主及其两名婢女被捕，献于汾天狂血王若问帐下。未斩，缘由成谜。

莽莽大漠的世界是红色的，沙也好，云也好，只要烈日出迎，就会红得像烧着的木头，散发着扭曲空间的无法看见的热气，在那里，人不能呼吸。然而世界也是蓝色的，沙也好，云也好，只要凉月上天，就会蓝得像冰冻的利剑，映照着冷彻心扉的岁月离恨，在那里，人依旧不能呼吸。

是夜，广寒宫，越见清冷。

那战躺在真渠幼佳的怀里，任凭她用温柔的锦绸包住他疲惫的身躯，感受着她母亲一般的温暖，终于不再惦着怀月阁中，没有答案的别离。幼佳微笑地看着睡着的国王，神情无比温润，即使理智如那战，也不会知道，如果一个女人爱你，她可以成为你的妻；如果一个女人爱你，她还可以成为你的母亲，给你要的，想你想的。

虽然他不知道，但他还是会很珍惜。

怀月阁上，没有箫声，皇北霜坐在亭边，看着正为她戴上一对珍珠耳环的擎云。他的手很轻，而她的心却很沉。

"雪的颜色，果然很适合你！"擎云道。

皇北霜一笑，转身坐在一边。

"沉默代表什么？"擎云没有得到预期的热情回应，果然冷了下来，抱剑靠在亭柱上，沉声一问。

"我不走！"皇北霜艰难地答道。

"再说一遍？"擎云不掩愠怒。

"不说！"她回道。她根本说不出第二遍，因为第一遍，他们都已经清楚地听见。

"你知道我是谁？"他看着她。

"刚知道！"

"为什么不走？"擎云问。

"离开那战，他会出兵讨伐厄娜泣！"她想了一下，才回他的话。

擎云嘴角一挑。"笑话，北漠是我的天下，云沛再强，也别想在太岁头上动土。何况……"说到这里，他顿了一下，才继续道，"他早慢了我一步，鸪劾已向天都称臣。在这种情况下，出兵横渡大漠，只为讨伐一个七千多人的奴隶民族，这不可能。"

皇北霜一惊，随后才道："就算有你保护，厄娜泣也会不得安宁，我不能走！"

擎云一冷，他的自尊不容许她一再拒绝。"你发誓，不走就是因为这个。"他定定看着她的眼睛，然而那里果真没有半分慌乱。"我发誓！"她说。

短短三个字，带来了长达一个时辰的沉默。"你伤了我！"许久，擎云站了起来，他看着这个已经不愿回视她的女人，"你伤了我！我以为我们的感情是最直接的，但我错了，女人是这样的吗？我用温柔，却只能得到你视若草履的回应？"

说完，他没有再问什么，一把搂起她，逼她看向自己："看着我，别想忘了这张脸，皇北霜，对你，我从不吝啬温柔，但如果武力可以征服你，我也会毫不犹豫！"话尽，他大手用力捧起皇北霜的脸，拇指与食指掐住为她戴上的珍珠耳环，微一用力，只听她吃痛地叫出声，耳垂上，幽冥的银色珠光染上了暗红的鲜血，与月色争艳。

擎云复落一吻，却觉得难舍难分，将她紧紧搂在怀中，只道："上一次我放了你，这一次绝不。"擎云是有些懊恼的，儿女之事向来不在他顾虑的范围内。纵然在他们最初相识的那一刻，他也未曾想过就这么带她走。一来是不愿打草惊蛇，引来那战注意；二来，或许那时的心情，并不如现在这般渴望，渴望一个能够站在自己身边的女人。

那夜，怀月阁的月亮躲进了云里，昏暗的四角亭，两人久久不再说话，只是僵持着，直到该走的不得不走，该留的还是留下。

那之后，过了一个月。

很平静，什么也没有发生，天都没有兵临城下，事实上，那也不可能。云沛作为大漠上最大的国家，拥有四十二个大型绿洲，呈鱼形相扣，间距不过十里，卫国兵众十七万，据守要塞三处，坚如铜墙铁壁。

那战履行承诺，派兵三千，至北漠接厄娜泣族入关。已十七日，尚无消息。

广寒宫里，依旧常有箫声起，只是稍一有人出现叨扰，便会戛然而止，那吹箫的单薄身影总在院子里徘徊，似笑似哭地看着一排排逐渐长起的解马树。

这一天，如常，又不如常。

那战站在皇北霜寝宫窗前，面带犹豫地说：“天都扣下了我派去的兵马，以及你所有的族人，修书要求你亲自求和！”

皇北霜蹲在一棵解马树旁，平静地一笑：“陛下，这是对您的直接挑衅，却为何还不见您还击？”

那战烦恼地叹口气：“如果你有办法弄来你的族人，我一定会实现承诺。”

这是麻烦的事，天都太远，在中漠还有一个臣国鸹劾，要云沛为了北漠自身的纷争介入战争，那是不可能的。不到迫不得已，那战不会出兵。从一开始就该知道是这结果！

皇北霜没再说什么，只是低头看着今早由暗人丢进来的白纸团，上面依旧字迹潦草，排成四列：天都缴粮，同洲十四族，独圈厄娜泣，九日内饿死四百人。

擎云，你未免太狠心。

折下一片解马树芽幼嫩的黄叶，皇北霜神目清冷。

“陛下，明天请派出两千人马随我一道，迎接我的族人入关！”

“迎接？”

“是的！”

“从靖天王手上？”

“是的！”

“如果你投降，我会不惜出兵宣战！”那战沉声。

皇北霜闻言一笑：“如果不是这样，我怎么会留在这里？”无奈叹息一声，见那战离去，皇北霜伸手摸了摸依旧刺痛不止的耳垂，那伤，还在。

　　酒醒了，人醉了……

　　酒厌了，人困了……

　　酒淡了，人倦了……

知否？知否？

三千离人泪，相思不相随！

知否，知否……

　　田地里的蔬菜上还有冷冷的寒露，已是黄昏时刻，农场边一排排木屋相继亮起幽暗的橙黄灯光，几抹疲惫的身影在窗纸上晃动。农家人过冬，无非靠着勤耕实作，祖祖辈辈传下的地，不就是为了活下子孙后代？如果知道先人苦心，也就自当兢兢业业过下去吧！对他们来说，一块地就跟一个国家一样宝贵。

　　翌日，皇北霜穿上了红色的嫁衣，华丽的金线刺绣布满袖口和裙摆，风花雪珠沿着领口排开，微光闪动。这裙衣的剪裁十分精致，紧紧收起的腰带，显出她匀称的玲珑曲线，胸口的似水肌肤在红纱下像在流动般暧昧，再配上一枚灰亮的乌晶翡翠，出落得绝色倾城。

　　最后，夜佩为她戴上了红色霞冠，额前，坠着一排晶莹的宝石。

　　"走吧！"皇北霜对着镜子看了良久，然后，三名婢女为她拉开了寝宫的大门。门外，八将肃然，装兵着甲，见了主子出来，随即为其开道。

　　广寒宫外阅兵场上，两千精兵整装以待，皇北霜一行步伐铿锵地穿过三宫六院，毫不在意无数投向他们的惊叹不解的目光，霜妃入宫三月，从未见其艳比今朝。只见她往令军台上一站，廉幻随即喊道："友兵双千，分列两队，击鼓出行！"

　　随着震天动地、越来越快的擂鼓声，两千人随着皇北霜出城，万人侧目，叹声似海。

　　雪原以北，鸪劾以南，北靖天王霍擎云，身着黑色锦衣，腹背雕龙，率众一万，马蹄跺跺地站在沙丘之上。少顷，他看着那个越来越近的红色身影，目光一沉。

　　她令他生气，她的轻易放手，以及当莽流的人截住那战派出的三千骑兵，他知道了她不离开那战的原因。的确，那是天都所做不到的事情，所以，他更不甘心，更咽不下这口气。可当他收到了她的信："明见，如初！"只有短短四字，他却又忍不住地慰笑，右手背上，还绕着那块曾与她痴缠的冰玉环。他无法不想着她。

皇北霜一行到了对面的沙丘上，两千人的阵势，没有辱没她高傲的自尊。只见她柔柔一笑，果真如初，赠予他十袋水那日，她穿着红色的嫁衣，他穿着黑色的战袍。

"来接我吗？"她的声音依旧清灵。

擎云不由得一笑，腿一蹬，"驾！"只见白马飞踏瞬间直奔而去，站到了皇北霜面前。众目睽睽之下，他搂她同骑。

擎云身后率兵一万的左将军辽震见此心中大奇，从没见过有其他的人能骑坐在王的白马上。这女子是何人？

皇北霜靠在他怀里，眼里雾气丛丛，擎云低头一看，"怎么哭了？"他道，一手为她拭泪。就在这时，廉幻当弓一箭，射向擎云，似乎有意射偏，仅仅迫得他下马。擎云避箭着地，手一挥，辽震列兵，万箭待发。

"住手！"却在这时，皇北霜驰马离开擎云一百步。"放下箭！"她对着辽震下令。

擎云扶剑，不解地看着她。

皇北霜一咬牙，一手拿着一把白光闪闪的匕首，对他道："放我厄娜泣族人民及那战友兵，否则我会杀了飞踏！"说着，匕首立在飞踏额上，随时可以狠心锥刺。而那白马却像是知道还她泽命之恩，竟是一反常态地不见动弹。皇北霜一手摸着马鬃，悄声道："好马儿，对不起！"然后，她抬起头看着擎云。

他站在那里，愤怒，已经成了他眼里唯一的信息。

人是不可以太孤独的，所以总是交朋友。

人又是不可以太愚蠢的，所以总是求一颗真心。

然而，真心在何处，各人不相仿，有时，甚至会出人意料……

例如现在，在众人心里，以马换人，根本是场儿戏。

却偏偏，它扎上了那人孤独的心头。

"放人！"一声令下，辽震领命，一万士兵分道两边，从后面，蟋蚁般走出厄娜泣的族人，以及那战的迎兵。

擎云阴森地看着皇北霜，此时她给他的伤，已经不只是自尊与骄傲的挫败，还有她那明知不可行而行的冷酷。皇北霜何尝不知道，无论是否以马易人，他都不可能平白屠杀一个奴隶大族，更不可能长久扣押那战红衣骑兵，提前造成云沛与天都背水一战。他只是想给她一个来到他身边的理由。可是，皇北霜今天的一切，他都将永远牢记，她穿着他们邂逅时的衣裳，她笑着对他承诺如初，竟然都是为了让他毫无戒备任凭自己玩弄。江山皆在英雄手，偏偏难过美人关。

皇北霜看着他，当真忍住了眼中几乎夺眶的泪水。她不哭，起码现在不哭。

擎云怒吼一声，左手抽剑，右手当空，只见白光一闪，冰玉环断成两段，落在了黄土上。他的右手背，淌下殷红的血，如同那夜她的耳垂。

皇北霜看着逐渐被风沙掩埋的玉环，面色惨白，却是沉默地带着七千多族人、五千多士兵不徐不疾、步步为营地撤退。

留下背对一万人，伤怒难平的公子擎云……

一直到深夜，皇北霜一行人才穿过雪原，到达云沛边城广平。皇北霜让廉幻、夜佩安排众人歇息，没有见她那厄袖兄长，就独自一人驱马到关口。她忧伤地摸着飞踏，"对不起！"然后撒缰放马，任它飞身而去。

飞踏一直飞奔着，奔向那个依旧独自站在大漠里，无比孤独的身影。

白马易人七千三，一剑反日斩玉环。

从今以后，谁也不欠谁。

皇北霜自那日一回就常昏昏沉沉地睡着，醒又不醒，膳食也进得少，总是一副涣散神情，似乎谁也不想搭理。第三天，他们十一人及五千短兵先行回到了广寒宫。厄娜泣七千族人暂时驻扎在广平城。

她的凯旋，早已在王宫里传成一片，回宫后更是常有妃子聚首闲谈，讪笑天都君主居然为马所困，个个猜想着那北靖天王定是人头猪脑，奇丑无比的怪胎。

想来这一次，当真折了擎云的名声，不几日，已然贻笑天下，尽人皆知。

然而这天，广寒宫议政殿，一等大臣二十七人，与国王那战共同商定了一件整个云沛国人民都想不到的决定。

"陛下，霜妃睡了！"再萍跪在门边，拦住了那战。

"胡说，我听到她的箫声了！"那战微有不悦，"让开！"

皇北霜此时正坐在床头，听到门外声响，立刻收起玉箫。那战大步而来，坐在床边。"自从那天回来，你就天天这么睡着，会生病的！"他看着她消瘦的脸。

"陛下费心了！"皇北霜的回话带着些感动，从入广寒宫的那天，他就一直善待她。她嫣然一笑，说道："陛下是否该履行当初的承诺了？"

"当然，不过，有件事要先告诉你！"

皇北霜平淡地问："何事？"

那战定定看着她："立你为后！"

此话一出，站在床边伺候的再萍、夜佩猛惊，差点弄翻端上来的消夜。

"陛下在开玩笑？"皇北霜没有什么反应。

那战一哼："没有！"

"太子生母好妃，以及身怀六甲的佳嫔都不会同意。"

"你同意就可以了。"

皇北霜闻言一笑："凭什么您认为我会同意？"

那战拿起一道点心，甜滋滋吃了两口。"你是个有权力欲的女人，而且你的权力欲包含着你对自己人民的责任和怜悯，你有资格做王后。"他又吃了一口，继续道，"此外，现在这大漠，即将硝烟四起，其中两股势力都和你有瓜葛，你觉得你的人民还躲避得了吗？"

知皇北霜者莫过那战，这胸怀天下的国王，深深了解那种为政为民，可以不顾一切的感觉。

"你爱我？"皇北霜问。

"不爱！你不是我的女人！"那战答道，声音毫不犹豫。

"你不会碰我？"她又问。

"不会，除非你主动。"他笑。

"……"她沉默下来。

"行？"

"行！"

没有温存，却有种知己相逢一言解的默契。求婚，竟可以这样平淡，是因为没有爱吗？有爱，人才会痴狂难解。皇北霜看着那战，莞尔一笑，在他的面前，她从未脑海一片空白。

醒了，那么多天，没有见到你，所以我醒了，因为梦里没有你。
醉了，那么多夜，没有见到你，所以我醉了，因为身边没有你。
冷酒欺唇，我知你的伤痛还在，
所以，我连想你，都不敢了……

皇北霜，族姓厄娜泣，位称娜袖。三百三十一年，秋至，入云沛和亲，展王初见，喜其貌，即封嫔妃。其后不足四月，赞其贤，终至广寒立后，赐号关影。于三百三十一年深冬，断亥日，正式册封，诏告天下，大赦三洲。又七日，展王为悦其心，俱收北漠厄娜泣族七千余人入关，另辟疆土，破田建居，至此，博得关后一笑。

浩大的册封典礼，预示着皇北霜正式站上大漠历史的舞台。
予我长袖，我必善舞！

要说一个人如果伤害了另一个人后，就非要用伤害自己来获得平静不可，那只能说明这两个人之间有一种情感上的依赖，而为了保持这种依赖不被淡化，人就会做出一些连自己都无法理解的事情，比如现在的皇北霜。

"关后，真要这样吗？"夜佩忧心地说，"万一让人看见了，不成了天下的笑柄？"

皇北霜一笑："那就让人笑呗！"声音里不无寂寞。

"那我真点了！"夜佩紧张地确认道。

"点吧！"

"我点了！"说着，夜佩拿起一支毫笔，往茶几上的一个小贝盒里蘸了许久，笔头染上了朱红浓稠的液体，看上去有一种说不出的诡异。她对着皇北霜藕白纤细的臂膀犹豫再三，终于在上面点下了一朵三瓣芙蓉。

"好了，什么感觉？"点完了，她忍不住问。

皇北霜小心地放下衣袖，才轻道："傻丫头，又不是毒药，能有什么感觉？"

夜佩舒了口气，道："世界上竟然有这种东西！奴婢真是惊讶！"

皇北霜道："除了弥赞，生活在黄沙乱土中的女人，一女多夫，兄妻弟占都很正常，贞洁并不是十分重要，所以没有人会点守宫砂！"

"陛下知道了会不高兴吧？"夜佩十分担心，"王后是处子，被人发现了可不得了。"

"我会小心不被人发现的，别多心了！再说，并不是人人都知道守宫砂。"皇北霜讪笑起来，扭头看着窗外的解马树，又长高一些了，开春以后，就会开满白色的花儿吧。

点上了守宫砂，莫非她想证明什么吗？她不知道，只觉得心里有一种难以形容的虚伪和贪婪，她从来没有这样讨厌过自己。

"再萍，把我的箫拿来吧！"皇北霜走到窗边，若有所思。

"凉箫伤神，您今天就好好休息一晚吧！"再萍回道。

皇北霜却叹口气："不行呀！我平静不下来！"

"怎么平静不下来了？"孰料，那战不知道什么时候已经站在了门口，手里拿着一个棋盘，"睡不着的话，下盘棋如何？"说着，将棋盘摆上了茶几。

皇北霜微怔："陛下，我并不善弈！"立后之日起，她与他以你我相称。

那战一笑，"别太好胜！只是放松一下，让你三子。"说着，已然摆好了棋，待她坐下。

皇北霜无奈坐下，一手持棋先下："陛下是否太自信，让我三子可不是轻松的事！"

说着，两人都沉默了下来，一心投到了棋盘上。

房间里很安静，过了两个时辰。

"如何？"那战问。

"甘拜下风！"皇北霜回答得很艰难，她输得很惨，从未这么惨，"陛下棋艺超群，怕是从未输过棋吧！"

那战笑起来："输过，输给一个小我八岁的少年！"说完，他开始收拾棋子，忽而轻道："想知道靖天王的事吗？想知道的话，就再下一盘吧，你能坚持多久，我就说多少。"

乍听这个梦里呢喃无数次的名字，皇北霜不由得心一跳。她犹豫了一下，在棋盘上轻轻放下三子。

"不知道他是谁，却喜欢他，为什么？"那战落下一子。

"有的人，处了一辈子也不能令你动心；有的人，只消一眼，就能将你尽收掌间。"皇北霜落子。

那战看着棋面，目光悠然。"我最后一次见到他，是在东漠要塞准城召开的四国分疆议会上，那时他十八岁，怎么看都是一个冷淡的少年，那一年也是他最后一次出席诸王议会，最令人注目的，就是他带了两位王后同行。"说到这里，那战又落下一子。

皇北霜持棋的手微微抖了一下，铿锵落子。

"十五岁就立下两位倾国倾城的王后，没收侧室，却有很多女人无名无分也甘愿为他侍寝！"那战夹起一子，在棋盘上一点，"擎云就是这样的男人！"

皇北霜定了一定，感觉手臂上的莲花像烧开的水一样滚烫。稍久，她勉强落子。

那战一笑："那天我与他下棋，输得比今天的你还惨！"话毕，那战落子，死死杀掉皇北霜糟糕的棋面布局。

皇北霜停了下来："您恼了吗，输棋？"

那战看着她："恼了，把棋子都扔到他脸上了。"说着，还轻轻笑了两声，想他那时已经二十六岁，有五位王子和两位公主，从小善棋的他，第一次中盘认输，输得彻头彻尾。

皇北霜闻言一惊："后来呢？"

那战却是不紧不慢地喝了口茶："该你了！"

皇北霜落子。

"后来他一剑斩了棋盘。从那以后，我再也没有见过他。关于他的消息，多是从莽流那里得到的。"那战再落子。

"莽流？"皇北霜在棋盘上找了半天，急急又下一子。

那战看着她落子的地方，"你这样乱，可会坚持不下去的！"说着，他下了一手杀棋，"莽流是一个间谍组织，常年贩卖各国政治机密。谁也不知道他们的消息是怎么来的，但确实很准。"

"和天都有关？"皇北霜又乱下一子。

"我一直都在怀疑，莽流就是天都的影子，自若问建立汾天打乱大漠格局以来，这已经昭然若揭。"说完，那战落子，"你要输了。"

皇北霜闻言，干脆胡乱下子："最后，陛下要告诉我什么？"

那战一笑："男人有男人的尊严，你该明白，以后广寒宫再不会是他能来去自如的地方。"说完，落子收棋。

他是她的夫，却从未听过她落在枕边的耳语，
她是他的妻，却从未见过他烙在胸口的伤痕，
他知她的意，她了他的心，
他们是向着南北绽开的两片花瓣，
开在同一朵花上，却尝着不同的露滴。

　　广寒宫建筑复杂庞大，除大堂正殿、妃宫庭院外，还有不少密道隐宫，可以想象，一个历史悠久的王族能有多少舍不下的秘密，藏不完的把柄。所谓谋者多虑，思者多心，在那些阴冷的宫道上，又必是留下过怎样的苦恼和惆怅。当权者最奇怪的地方，莫过于永远都放不下担忧的心。然而，事实上，也正是那些为了保护自己秘密而存在的地方，成了窥探者理所当然的目标，就好像是放在桌子上，一杯清清楚楚的美酒。

　　如果那战会为了这杯酒而烦恼，那么擎云则是那个神出鬼没的饮酒人。

　　三百三十二年，子鉴日，那战亲自封死广寒宫密道隐宫七十八处，增建哨岗廷卫十七处，让秘密永远成了他心中将随时间流逝的一点尘沙。那段时日，广寒宫里夜夜回荡着毁墙填道的声音，像是预警一般，封死了每个人动荡的心。

　　在关影宫院子里的解马树已经长到超过膝盖的时候，云沛封关。

　　无人可以进城，亦无人可以出境。

　　风很冷，吹秃了摇曳生姿的树儿，却吹不干覆在树干上冰冷的寒雨。是夜，却可以清楚地看到从鸹劾出来，一路往北的长长驼队。队伍的正前方，是天都有名的大将军机华，他粗糙的脸上，还落着几滴雨水，却依旧目光深沉地看着前方，在漫漫长路的那一头，就是他情人一般的故乡。

　　鸹劾边城麦卡，这几天就像是云沛的广寒宫一样嘈杂，靖天王软禁国王古查以后，开始向天都输入鸹劾的物资，一点一点掏空了这座有着一百七十年历史的政权大国。

天都的镇南军每天都在麦卡城的大街上往来，持刀铠衣，神情肃穆，铿锵凿凿的步伐深深地凝结了这个冬季里最残酷的一阵北风。天兵入城军令第一条，不准对无反抗的贫民下手，违反者死。然而，在旁人看来，这也不过是世上存在的另一种虚伪，既然是贫民，你收了他的财产，又如何叫他不反抗？天底下染血的鞋子，都穿在拼了命想活下来的人脚上。

每当鸪刎一个无辜的百姓哭丧，天都就会多一个同样无辜的百姓谢恩。

此时，擎云坐在麦卡行宫的大殿上，依旧穿着黑色的锦袍，深灰色的眼睛里，全是轻浮迷离。酒宴上，还坐着史记叟容豁及辽震等几位大将军。他们却是毫无欣赏面前轻歌艳舞的心思，只见辽震豪饮一杯，干燥的声音混着焦急："陛下，为何还要给鸪刎留这么多东西！"

这一问，却没有坏了擎云的雅兴，他笑道："容先生，您说呢？"

容豁看着面前的酒菜，点点头，神情凄伤："全都拿走，鸪刎人就会彻底造反。留下半口残粮，就等于压住了这根求生线。"

擎云闷哼一声，喝下一口酒："知天下者莫过先生！"

容豁却一阵怪笑："公子请放心，容豁若能活到最后，必将把公子白马易人这等奇事好好记上一笔，保证即使过了一千年，也不会有人遗忘。"容豁言辞不无讥讽，靖天王风流一世，如今却在这儿女之事上栽下如此跟头，倒让人出气。想到这里，他举茶将饮。

"大胆！"却见辽震怒发冲冠，一把大刀，削下他头顶花髻。瞬间，一撮撮银丝落在了菜肴里。容豁呆住，还未回过头，另一位前锋大将索匦拿也上前一枪，缴下容豁披身华衣。这两人对付容豁这样的酸叟自然是像老鹰捉小鸡一般，玩弄得他全没了力气，一身狼狈地坐在堂下。

"嘻！"忽闻一声沉笑，一直坐在大椅上看好戏的擎云终于开了口，"退下！"说着，小抿一口霸酒，唇边沁着冰冷的水光。"先生真是很喜欢自讨没趣，怕死又为何频频挑衅呢？"他那持杯的右手背上，还深深印着一道快剑红疤。

容豁爬起来，披头散发。没了外衣，更是抵不住这寒宵凉风，他不由得一阵抖，坐在桌边猛打喷嚏："公子若是受不得挑衅的人，容豁早就没命了！"想来还是知道要说些好话讨好面前的主子，这叟低着头没再敢看擎云一眼。

"先生放心吧！某种程度上来说，留一个先生这样的人在身边，我的头脑会更清醒一些！"擎云没做计较，只是轻笑，"再说，我也想看看，最后在史记上，先生会如何记上我这一笔！"说完，便起身。他一站起来，在座其他将领都赶紧起身，齐齐看着他，可见训练有素。擎云回头看了一眼："你们自便！"旋即转身。

"陛下！"却见坐在他桌边的一位美姬叫住他，"今晚……"

擎云眼光一冷："不必了！"

这般森冷吓得众人一怔，陛下已经很久没有宠幸任何女人了。

其实，擎云不是不想要女人，只是起码现在不愿意要，他不想在忘不了她的时候要女人，因为那只会让他更加愤怒，更加乖戾，更加忘不了她的羞辱和无情。她并不是葡萄架上摘不下来的那一挂，不是吗？他又何必拿别的女人代替，这样无聊的自欺欺人向来不在他行事的准则当中。

那战也好，皇北霜也好，都不可能拦下他踏平宁广四十二洲、一统天下的铁骑。

终有一天，在那广寒宫中，他会还给她十倍。

人醒不醒，酒醉不醉，早就都无所谓，只要那口烈酒还烧在胸口，他就不会回头。

我有白马名飞踏，乘风来相伴；
你有蓄云冰玉环，对月照酒盏。

犹记嫦娥玲珑身，夜夜梦中缠，

如今花痕伤在手，次次握拳难。

醉后已无愁，酒中再无欢，
赔尽心中一池春，尝尽霜冷一点半！

终一日，此将还！
终一日，此将还！

万劫之劫

第九章

冬季，在各大国与大国之间的小绿洲上，挤满了来自各方的难民，鸹劾的、汾天的和其他游走民族的，多数都是老弱病残。他们没有防寒的衣服，露在寒风中的肌肤到处都是紫疮青斑，人人都有一双凹陷下去的眼睛，透着凄凉绝望，在风中奄奄一息。

他们二十个人围成一圈坐着，中间架着篝火，只见一人拿起手中大饼咬了一口，末了，忍不住还闻几下，才依依不舍地递给旁边的人，那人拿饼也只咬了一口，便又传给了下一个人。这些人就这么一人一口传着一块沾满了灰与口水的饼，是何滋味，无人在意，为的什么，无非一条小命。

一开始这些难民都各吃各的，其他人饿急了也只好抢，但这么反复抢来抢去，时间一长多数粮食都糟蹋了，还害死了不少人。直到最后，也不知谁先开始的，他们将粮食集中起来，每天一人一口，不准抢，不准偷，更不准多吃，嘴巴大的咬一口算是占了便宜，嘴巴小的那就活该。这么一次两次下来，这帮难民总算是没再闹腾起来。人是一种坚韧的动物，只要有一点喘息，就可以忍下去。

"臭小子，你竟敢吃两口。"随着一声凶狠的叫喊，那多吃了一口的孩子脸上便挨了一巴掌，打他的是个汉子，"把他丢出去！"在这些圈子里，谁要是贪心多咬一口，就得驱逐出去，那等待他的就是饿死。那孩子被打得眼冒金星，却死死跪在圈子里不愿意离开，虽然年幼，目光却执着。

"别打了，我这口不吃了！"这声音听来熟悉，一看，原来就是占别的老母亲，"我的就让给他了，还是个孩子，原谅他吧！"

老人把孩子抱在怀里，两人都是一身的伤。

孩子在她怀中依旧倔强地不肯哭泣："婆婆！我会报答你的！"

汾天。

于三百三十二年，子鉴日，封关。

汾天都城和烟的大街上，最多的不是茶楼酒馆，而是比武的擂台和药铺。自狂血王若问征兵以来，跃跃欲试的人一拨接着一拨。在这个国家，只有最强的人才有资格当兵，某方面来说，若问的九赦一斩为这块单薄的土地带来的不仅仅是一场稠血动乱，同时也带来了急速的敛财和垄断。无论有多少逞匹夫之勇、恃计谋之毒的人如何拼个鱼死网破，最后获胜的，永远都是国军——黄天狂兵团。

此时和烟王宫校场上，正在举行点将擂。狂血王若问嚣张地坐在宝座上，目光犀利地看着台下入围的百名枭将。这些都是三十日来，从全国脱颖而出的猛士，每人斩杀对手的时间都不超过一杯茶由热至温的时间，手下亡灵的数目全不少于五十人。他们此刻犹如饥饿的野兽，双眼绽着不祥的红光，狂躁地看着台上的若问。

若问讥讽地一笑，看来这帮人颇有向他挑战的意思。

"诚象！"若问道，"开始吧，让我瞧瞧你都找了些什么种来。"

诚象躬了躬身，站到百人面前："汾天充军，凡能者不拒，点将开始，首选前锋！"

说着，百人退到候选席上，只听"喀"一声，台上冲进十个士兵。"前锋者须以一敌十！有意者上前挑战！"诚象一说完，立即有几十个人站了起来，他一笑，"好！一个一个来！"

日上正空，斗台上的血泽越来越稠、越来越深，大约过了一个半时辰，一对十的战局最后剩下了九人。九人都气喘吁吁，浑身是血。

"就这么点儿？"若问显然有些不满意，无趣地喝了口酒。他身旁一边坐着若岚和绯问，一边则坐着那麻随王室唯一一滴血脉——雨九公主格心薇。她看着若问，眼神充满疑惑。被捕五十天了，若问从不正眼看她，连她一根寒毛都没碰，却奇怪地老喜欢将她带在身边，只给她穿红色的衣服，不许她四处走动，更不许她说话，他们一日只吃一餐。

刚开始格心薇已经做好了必死的准备，却没想到自己会因为容貌保住了性命。她看着这个浑身散发着戾气的男人，他的阴鸷和嚣冷一直挑拨着她深埋在心中那团愤怒的火焰。

"副将须以一敌十五！勇者上前！"诚象没稍等，立刻宣布下一战。

剩下的四十人中又站出来不少，台上冲上十五人，再见血肉横飞。

这一天的点将似乎没有中途休息的意思，一直持续到深夜，才终于到了大将战。诚象站在台上，叫人扫下了一波又一波污血，接着厉声喊道："大将须以一敌二十！勇者上前！"这一次叫喊，站出来的只有七人。然而这七人个个身形威猛，杀气腾腾，全都没有看着擂台，反倒是盯着观台上的若问发出磨牙的声音。

已经是深夜了，若问总在夜里更加躁动，看着台下双双挑衅的兽眼，他阴冷一笑，嗖地褪下黑色披肩，纵身一跃就跳了下去，朝着擂台每进一步，那七人便徐徐跟上一步。

诚象一见首领这模样，就知道他起了杀意，刀不见血必难平静，于是赶紧退了下去。

若问跳上擂台，看着围在台下的七个人，讥笑道："上来吧！能活着的就是大将！"说着，已然抽出腰间宝刀，刀刃上，是饥渴的光芒！

七人彼此互看一眼，瞬间全冲了上去："杀死若问！"

一时间，只见红光闪烁，若问唇角勾起冰冷的笑，他纵身一跃，冲到了七人中间就是一阵狂斩！他的身影快如闪电，没有一丝犹豫，银色的刀锋毫不留情地割裂面前不知是谁的血肉。他的眼眸由深紫转为暗红，他冷峻的五官反复溅上猩红的热血。这个时候，怕是无论谁站在他的面前，都避免不了被一刀砍下吧！

上台的七个人，武功皆不是泛泛之辈，也正是这样，终是彻底成了若问发泄狂躁的工具。

许久，擂台又成了泣血的鬼潭，若问陡然停下瞬动的身影，站在中间，胸口起伏，口里吐着强烈的热气。而他的脚下，是面目全非、支离破碎的尸体。他站在那里，舔着唇边的血滴，暗红的眼眸终于转为深紫，黑色的短发贴着汗水令那寒风怎样也无法吹动。

"诚象，重新点将吧！"他忽悠一笑，十字挥刀两下，将附刀的鲜血甩下。

安静，星空下只是一片安静，先前点出的十四名前锋和副将站在一边瞪着眼，大气也不敢喘一下。"看到了吧！在至强者面前，一切都是无效的！"诚象站在台上，看着吓得有些怔然的众人，似笑非笑地说着。除了黄天狂兵团的人，其他士兵很少亲眼见过首领的身手。

然而，对于这一幕，情绪最为震动的当数格心薇，她陡然明白了这就是若问能独霸狂兵、令麻随瞬毁的原因。格心薇从小生活在王宫中，熟读千书百家，知晓天下格局，却从未受到父兄的半分重视，不仅这样，还因为她出生卑微、母亲懦弱，受尽了王宫大殿里令人发指的虐待，她甚至想过要逃走，却偏在那日遭逢若问灭族，狂火焚尸。十三天后，当她终于从一堆焦尸中死里逃生，却发现那些曾经自以为是的贵族侯将，竟已死得那般毫无尊严。他们不配，他们根本不配与她相提并论！从那一刻起，格心薇心中好像凉泉流过那么通畅，奇异的通畅！她对力量的崇拜，也在那一刻觉醒。

"陛下！"万众瞩目之下，格心薇叫住怀抱若岚、绯问浑身是血的男人。

若问一沉，回头森然低吼："我好像说过了，开口说话便杀死你！"

格心薇听他这话，不禁颤抖了一下，但从刚才开始，她就下了一个决定。

"陛下！我要说话，我要脱下这身红衣，我不是幻影，我是格心薇。"说着，她果真脱下了身上的红衣。

看着她逐渐赤裸的身体，若问的眼神幽暗下来，从一开始，她最像皇北霜的，就是那双尽管颜色不同，却有着同样气魄的眼睛。

格心薇脱光了身上的衣服，站在若问面前："陛下，我不是任何人的替代品！"

这时寒风一吹，她浑身泛起一层鸡皮疙瘩，却见若问一笑："你想当我的女人？"

格心薇目光微沉，肯定地回道："我想！"

寒风中，听得若问一阵嚣狂大笑，许久，他才道："那么，舔干净我身上每一滴血！"

那一夜，汾天王宫，躺在若问床上无休欢好的女人又多了一个，但不同的是，这个女人的心头，有一股火一般的欲望。

我愿意匍匐在你脚下，舔干净你身上每一滴鲜血，
我愿意恭候在你身旁，爱着你掌心上坚硬的黄茧；
那一刻，我愿意给你所有慰藉。
为了你那双有影无人的眼，
为了你手中那把弑神灭圣的剑，
我等你将一切踏碎，我等你将万物销毁，
一直到劫灰落地，众生平等的那一天！

翌日，若问坐在和烟宝座上，两边是蛮狐、狼头、诚象、落鹰等人。他们都看着跪在大殿中间，昨夜大胆不已，向首领月下献身的女人。

只见格心薇跪在地上，身穿黄色锦衣，神情孑然。不一会儿，她玉一般的声音抑扬开来：

"乱世将起，枭雄割据，但我格心薇知道，为王者必属狂血。所以，为了尽快让陛下登上苍茫大漠的顶峰，妾，斗胆提出建议，汾天不能长久无治，无册，无章，否则必难敌北领天都，南域云沛。因此建议，战前建立三军两府。三军是镇远军，此五万，留守汾天；

南伐军，十三万，讨伐云沛；持国军，即黄天狂兵团，为国王亲兵，进退唯王。这三军各司其职，定国者镇国之乱，国安，则兵强，南伐者缴敌之狼，战胜，则国强，此为军部。一国之立，一则以军，一则以政，因此再设两府，一是布库府，管理钱粮；二是兵丁府，分配兵员。此三军两府必可安国镇兵，襄助陛下夺得天下大统！"

格心薇说着声音便更加洪朗，跪在地上，她的身体还记得昨夜狂放的疼痛，记得若问毫无柔情的占有，更记得与其他两个女人同榻共事的羞辱。

然而，对她来说，映在她冰蓝眼瞳中的若问便是神，是能毁灭一切不公平的神。

若问看着跪在下面的女人，为了保住性命，她从来不敢违背他丁点儿，一个多月来，半句话都不敢讲。如今，竟然敢在众目睽睽之下，用那般青涩的身体勾引他，而且，她成功了，昨夜至今令他回味，令他彻底想起抓到皇北霜的那个瞬间。

然而，她的确不是皇北霜，因为她的眼睛里多了一股野心勃勃的光芒。

哼！女人，真像花蛇一般，什么种都有。

"哦！不愧是王室出身！"若问冷道，"不鸣则已，一鸣惊人！"他的声音听来有些嘲讽，却不知讽刺的是谁。

"娘的！这妞儿还真有意思！"狼头忍不住一叹，"比那个皇北霜更有意思！"

旁边的蛮狐似乎老喜欢跟他一唱一和，于是接道："那是！皇北霜是奴隶民族出身，这个可是政权民族出身，虽然瞬间就给咱捏了，不过终究是个公主！"

诚象也搅和道："这种敢脱光衣服给人看的公主，老子可听都没听过！"

"首领的滋味怎么样呀？"年纪最小的落鹰更是在一边下流地看着格心薇，讥笑道，"可别上瘾。"

这一帮全然土匪本色的粗野男人站在大殿里，在若问面前对着她口无遮拦地嘲笑，格心薇却没有丝毫动摇，她看着若问，冷道："陛下对前麻随王室有何评价？"

众人见她忽然问了这么个问题，不由得噤了声，只见若问笑道："垃圾！"

听到他的回答，格心薇竟露出讪笑："格心薇出生于这一堆垃圾当中，十九年饱受羞辱和虐待，虽名义上是九公主，实际上比一个奴婢还不如，被人随便拿来撒气，随便拿来辱打。世界上最大的不公平，就是强者反被弱者统治，无能者反倒压迫怀才者。"说到这里，她抬头看着若问，"然而，陛下，你却可以令强者至上这条真理重来。格心薇对此坚信不已。"

她的话说完了，久久无人搭腔，列站两边的人不可思议地看着她，几乎全被这种澎湃的情感淹没。若问坐在殿上，俯视着格心薇，脑海里却忽然闪过一个念头……等他抓到了皇北霜，定要将她们两个好生比一比，那会是多么有趣！

没一会儿，若问开口道："诚象，按她说的，建立三军两府之事着你去办，此外，落鹰，联络好你手上的暗人，现在开始，我要随时掌握各国动向！至于格心薇……"说到这里，他看着她："你就跟着我吧！我倒要看看你玩什么把戏！"

三百三十二年，冠丑，雨九公主格心薇，位列汾天第一谋士，独掌若问后宫，十日内，建立三军两府，重整国之栋梁，至此，汾天逐渐由匪入正，形成了一个真正的统治圈。又七日，南伐军逆向东横，占领汾天与弥赞间、汾天与云沛间两大要塞准城及雨果。与据守鸪劲的天都大军对云沛形成夹攻之势。

"风暴，快跑！"

大漠南边的一块小绿洲上，一片嘈杂叫喊，只见千颗头颅攒动。看来是遇到了少见的风暴，众人乱作一团，全都涌向西边。这不是一场普通的风暴，而这个小小又贫瘠的绿洲根本不可能承受得住，如果不能及时逃离，那么结局只有一个，就是同这小绿洲一起，被狂沙淹没，在不久的将来，成为被人踏在脚下的黄土。

"婆婆，婆婆，快点！"瘦小的男孩子拖着半晕厥的老妇。那老妇早已被人踏伤，踝骨全碎，她用力地抓下男孩扣在她肩膀上的小手："好孩子，你走吧！婆婆要在这里等！"

男孩子满脸是泪，依旧紧紧抓着老妇的破衣衫："婆婆，我带你走！"

老妇却闭上了眼，双唇发黑，断断续续地说："我要在这里等……我的儿子会来接我，我儿子……会回来的，这里离鸪劾最近，他……一定会来找我！"

男孩子拖着老妇在人群里艰难地前进，旁边奔走的难民没有一个停下来帮忙，这样的情况他们早就屡见不鲜了，谁又还会落下同情？

老妇的脸贴着土地滑动，被剐得皮开肉绽："好孩子，婆婆等得好累，你帮婆婆去找他，然后带他来接我，行不？"

听她这样一说，男孩子才低头看她，手一摸，全是鲜血："婆婆？"

老妇倒在地上，反复被人踩踏，男孩瘦小的身体根本挡不住那些奔命的大脚。"别踩了！别踩了！"他凄厉稚嫩的哭声无力地回荡在人群里。

"孩子，你叫什么名字？"老妇闭着眼问。

"我叫飒满！"

"飒满，婆婆的儿子出使云沛，是一个大英雄，他叫占别，你去帮婆婆把他带来好不好？"老妇说完这话，便没再吭声，只有枯萎的花发随着飞沙舞动。

飒满一愣，轻轻地将手放到她的鼻息旁。许久，这男孩满眼是泪，猛地起身拔腿就跑。他跑得很快，瞬间便消失在奔走的人群里，身后，只剩这被人踩来踩去，却像是睡着了一样的老妇。

那一天，狂沙怒吼，淹没这个寂寞萧条的小小绿洲，带走了不知多少思念的魂魄，那一坡黄土，好似山一般的坟冢，静静筑起在苍茫大漠上。

什么是劫？轮回是劫。

这个红尘受着谁的玩弄，走了多远，又得从头开始，那血，那泪，那祈祷，还有那疲惫，都要卷土重来，是为了什么？谁人知晓？

少年飒满，或许因为他年少，所以他单纯；或许因为他单纯，所以他知恩。他怀里揣着婆婆留给他的信物，决然离开了游走难民群，向着南边走去。

飒满走了很久，全身都是越来越深的冻疮，如今，连他的容貌都被风沙吹得模糊，只剩那双清澈的眼睛，带着不容置疑的坚定。他在沙漠里走了三天，终于到达了云沛边城。

"我要见国王！"他对着站在门口的守兵狠狠地说。

守兵见多了这样的难民，全是一阵大笑，只道："走走走！国王没空见你！什么东西。"

飒满被他们猛地踢了出去，他躺在地上，眼睛直直地看着天上的太阳。"好孩子……"他想起了婆婆的话，从来没有人夸过他，也没有人抱过他，他甚至不记得自己是从何时开始流浪，他也不知道自己多少岁，也许八岁，也许九岁，没有人在意他，更别提夸他是好孩子。想到这里，飒满眼里不禁又蓄满眼泪，一滴一滴落入了干涸的黄土中。

"让我进去！"他跳起来大吼，病弱的身体只能发出嘶哑的声音。

他这一吼，守兵们倒是吓了一跳："这小子是不是疯了？"

十个守卫就这么围了上去，看着面前矮小病弱的身体，似要再补上好一阵踢。

"你们干吗？"这时一个束着长辫的男人走了过来，看来职位较这些守兵要高一些。他拨开众人一看，"这小孩儿哪来的？"声音听来平和，既无讥讽也无惊讶。

"允再兄弟，这小子说要见国王！"一个肥兵回道，"八成是有病，正要打发他滚蛋。"

"我没病！我要见占别！"飒满大叫。

"占别？谁是占别？"肥兵狂笑起来，"你们听过没？"

其他的守兵也笑起来："听过才有鬼！"

却见这个名叫允再的人眼光一冷。"哪个占别？"他问。

飒满抹了抹嘴，大声回道："出使云沛的大英雄！"

他这一说，守兵们更是笑得没谱："爷们都是英雄，可就没听过什么大使占别！小子快滚，不然抓你当箭靶儿。"

这男孩子一愣，半天也回不过神，谁是英雄，英雄无名。他又怎么知道，那个婆婆口中的英雄儿子早已被软禁在广寒宫中，连国王的面都没有见到，徒留一个英雄梦！

嗖的一下，却见允再扛起这孩子，几个守兵一惊："允再兄弟，你这是……"

允再丢下一小袋黄金："只是个小孩子，通融一下吧，我会看好他的！"说着，便扛着飒满进了城。

也正是在那一天，云沛布防，扩大边境线，悄然无声地开始准备战场，不出三天已将雪原、弱水、瓜洲纳入战争圈内，形成了一条与汾天、鸪劾隔离的警戒线。从那战的角度来说，他绝不允许战争打在云沛领土上。

四天后，关影王后皇北霜再次收到了暗人密信：鸪劾有人来寻占别，来人年仅九岁，询问后只为报其母死讯。如见，则三日入宁；如不见，则即刻遣返。

皇北霜思索再三，着令晋见。

送飒满进宁都广寒宫的不是允再，中途似乎也换下几人，一路却没停。只三天，到了殿上，这孩子却是一脸震惊，皇北霜坐在那战旁边，看着这个瘦小的孩子，知道无论是谁从外面那个地狱进入云沛，都会和他一样被这种梦一般的瑰丽和平吓住。

孩子一屁股坐在地上，呆呆地看着宝座上的国王。

"带占别出来！"那战靠在椅子上，令道。

那孩子赶忙抬头四处看，没过一会儿，占别出来了，虽然面容有些焦虑憔悴，但身体却养得肥肥胖胖。在广寒宫关了这么久，除了没有自由外，一直是好吃好睡。后面的士兵将他一推，他站到飒满面前，疑惑地看着这孩子。

飒满往地上一跪："哥哥！婆婆死了！"说着，一手拿出占别母亲留下的酱紫色腰带，带子上赫然绣着"天神降子，取名占别"八个字。这确实是母亲的，占别一见，激动不已，两手拎起飒满："胡说！我娘怎么会死？她说了等我回去！"

飒满大哭起来："婆婆还在等你！婆婆在黄土下等你！"

一听这话，占别勃然大怒，转身指着那战："都是你，软禁我！如果你出兵，鸪劾就不会有今天！"

那战却一笑："哼！如果天都的大军可以轻易拿下鸪劾，我云沛天兵同样可以！靠别人才能活下去，不如一开始就死掉！"他这一说，泼了占别一身冷水。占别愤怒得发抖，却无从发泄。那战悠闲地往后一靠："你不该怪我，软禁你是救了你的命，别忘了，占领鸪劾的，可是天都！"

那战这话一出，竟是令两个人同时心生一颤。一个是鸪劾大使占别，他如梦初醒，双手握拳，眼中绽放出仇恨的烈焰。另一个却是关影王后皇北霜，她忧心地回过头看着国王，忽然有种不祥的感觉。

"我要走！"占别一声吼。

那战轻轻一笑："巫季海，将他的玄弓还给他，再配战马一匹，命令所有城关不得阻拦！"

占别看着那战，竟是深深行了一礼，拿起飒满手中的腰带就踏出了宝殿。

飒满呆呆站在堂上，不知如何是好。

皇北霜这时向旁边的夜佩点点头，夜佩便过去将飒满牵了来。

"好孩子！家在哪？"皇北霜心疼地看着他。

"没家！"飒满回答。

"也没有亲人？"皇北霜毫无意外地问。

"没有！"

"你愿意跟着我吗？"

"跟着你是不是可以住在这个漂亮的地方？"飒满呆呆地问。

"这就要问陛下了！"皇北霜一笑。

那战回头看着，笑道："你会做什么？我不要没用的人！"他显然心情不错，竟逗起这孩子。飒满一听，以为自己表现好，就可以住在这个神仙住的地方，赶紧跪下来说："陛下，我叫飒满，我会唱歌！"这几天他一直受到完善的照顾，声音已经恢复了从前的清亢。

"哦？"那战大笑，堂下各文武将领也笑起来，"那唱一首来听听！"

于是，少年飒满在广寒大殿上大声吟唱起婆婆教给他的《劫歌》。虽然他并不懂其中含义，却依旧用那稚嫩的童音深深打动了皇北霜的心。

天神！天神！
问你为何笑不停？
黄沙走，血泪流，
白发苍苍红尘狗，
入梦依旧寻米粥。

地鬼！地鬼！
问你为何哭不停？
寒风侵，血雨淋，
瘦骨嶙峋人间景，
醒来不忘缝单襟。

是劫儿将行，
是命儿已定！

抱着贱命一条，
等着神鬼来取！

神鬼是何人，
且问宝殿侯将行！
谁人无三跪，
便是谁人为！

这孩子陶醉地高声唱着，却见堂上众人的脸色越来越难看，他们都不敢出声阻拦，只是一个个低着头，恨不得马上挖个洞钻进去。只有皇北霜，扭过头，深深地看着那战。

谁人无三跪？当然是国王！这歌唱到了最后，竟是言之凿凿地将国王比成神鬼！

出兵的是王，上阵的是兵，牺牲的是民。无辜的又是谁？

少年的歌声，在那战的沉默和皇北霜的凝视中，整整回荡了一个下午，直至嘶竭。

入夜，夜佩为飒满安排了关影宫中侍卫的房间，让他日后跟着廉幻习武。对飒满来说，这大概就是知恩图报最好的奖赏吧！起码他在难民群中艰难求生的时候，从未想过有今天。

命运的转向，往往在你不解之处。

这时的皇北霜站在窗边，一脸愁绪。许久，窗边飞来一抹人影，靠在树影下，屏息沉气："娜袖！何事唤我？"

皇北霜皱着眉头似乎挣扎良久，才轻轻说道："将雷！拦下占别，不要让他出关！"

将雷没多问，瞬间不见踪影。

"王后！"忽然，夜佩出现在她身后，皇北霜吓了一跳。

夜佩走过来轻关上窗，道："天冷，别着凉。"

皇北霜跑到床边坐下，一手拉起被子包住自己，看起来有些无助。夜佩招手让再萍、道秋端进热水来为她清洗。

三人没再问什么，只是皇北霜自己却像是惊慌的小鸟，身体缩在被子里，只露出一双冰冷的脚。许久，她才说出心中不安："陛下故意挑唆占别，一旦出关，占别肯定会去刺杀擎云！"

三人一听，表情无比复杂，夜佩道："王后，你这样做，既破坏了与陛下的默契，也绝不可能讨好到擎爷，何苦呢？"

皇北霜烦恼地将头埋进被子里，道："在可以的情况下，我还是不能顺着自己的心吗？"

夜佩一笑，道："王后，你跟擎爷，那不是爱，你们相处的时间太短，彼此甚至全不了解，在奴婢看来，那只不过是一场短暂的激情。"

皇北霜听了这话，不禁抬头："不是爱？"

夜佩道："爱一个人却离开他，那是一种罪，会让你永远都不开心，你看你，纵然有千万个理由，却不是离开得十分洒脱吗？即使忘不了，事实上也并没有让你过得生不如死不是？这也能叫爱？"

皇北霜被她说得哑口无言，她看着白色的被褥，忽然想起那个短暂甜蜜的夜晚。那不是爱吗？她摸着手臂上绽开的莲花，那里依旧像火一般燃烧，那不是爱吗？

"奴婢们退下了，王后好好休息吧！"为她清洗完毕，夜佩一行退了下去。

"夜佩！"这时皇北霜抬起头，叫住了她，眼神再无先前那般迷惑，"不是爱也没关系，无论你怎么说都可以，但只有一件事是无法改变的。擎云，是这个世界上我唯一可以与之共枕的男人！"

如果对你不是爱，那我一生也无爱！

擎云！我的矛盾，你可知道？

早听说世间劫难无数，都是命轮旋转的结果。

如果和你这一段，终会将我毁灭，

真希望那一天早点到来，我才不会想你想得这般慌乱。

汾天和云沛都有了动静，天都自然不会无动于衷，靖天王此时已配备出目前装备最为精锐的大军，吃下鸩劲后，天都国库日益丰盈。

　　擎云站在校场上练功，他出手凌厉，剑光瞬闪，也不知是练了多久，满额头都是积汗。校场一边，跪着几个文臣打扮的人，见他依旧只顾练剑，对他们不予理会，其中一个年纪大一些的老臣咬咬牙，霍然抬头。

　　"陛下！请您听老臣一言，退下前线，回天都冰刺宫坐镇！"他的声音尽力拉开，为了穿越擎云撕裂狂风的剑鸣。

　　过了好一会儿，擎云依旧不予理会。这老臣倒也拧，再度谏言。

　　"陛下！您后宫无妃，尚无子嗣，如何能只身犯险，亲率大军于阵前？万一有个三长两短，天都诸臣如何是好？还请您务必移驾，回宫坐镇！"说着，这老臣和其他几个大臣一起，在地上磕下几个响亮的头。

　　"哼！"这下擎云倒真是停了下来，拿起场边架盆里的毛巾，擦拭利剑，眼睛稍微斜睨了一眼满地老臣，"还没打起来就咒我死吗？"声音十分不满。

　　老臣们大惊，赶紧呼天抢地地喊道："臣只是为陛下安危担忧，绝无二心哪！"

　　"没有就好！大战在即，别再跟我搅和这些废话！"擎云坐到一边，婢女赶紧端上一杯茶，供他漱口。

　　那些老臣头一低，忧心忡忡齐道："如果陛下坚持不愿意回宫，请容老臣们为陛下安排妃嫔伺候，以求尽早怀上陛下龙种，安定人心。"

　　在这方面，不怪这些老臣这样顽固，擎云并不是不近女色之人，却不愿意册立任何妃嫔，跟在他身边伺候的女人，也无一个有正式名分。其实这倒也无妨，陛下哪天心情好了，册封谁都可以。最大的问题就在于，这靖天王从不愿意让沾过的女人怀上他的种，乱花丛中过，倒真是不留半滴雨露。如今他已二十五岁，除了已故南宫王后曾怀上一子，后因意外胎死腹中，就再也不曾有其他的女人怀上擎云的种。

云沛展王那战，今年三十六岁，已经有十六个王子和三个公主，已被软禁的原鸪劾国王古查也有十三个孩子，就连那宗教国家弥赞的忧广王，都已经立了太子。再看看天都，靖天王何等俊杰，却是膝下无子，枕边无妻。若是平日，倒也可以慢慢规劝，可如今战事将起，谁也说不着将来会是怎样，身为国王，留下王子当数急中之急，重中之重。

"陛下……"这帮人不见答复，又再进言。却在同一时刻，莽流二号人物淼景跑了进来，他那一声"陛下"，狠狠盖过了这帮老臣的声音。

擎云抬头仰视半晌，冷道："抓到了吗？"

淼景一笑道："陛下交办的事属下怎会失手？已经找容齾确认过了！"

擎云笑起来："人呢？"

淼景道："在地牢里！这家伙也是个人物，整个莽流出动三个月，才捏着他尾巴。"

擎云站起来，笑道："关好他，这可是将那战打入地狱的一张王牌！"说着，又看向旁边一排老臣："上了年纪就该退下了！"

这帮老臣往地上一趴，高呼："陛下！"

擎云皱了皱眉，忽然冷笑："你们找了几个女人来？"

老臣们闻言大喜，赶紧回答："二十个！全都美貌如花，家世颇有渊源。"

"哈哈！"不料擎云却是狂笑起来，"二十个！我看你们想让我死在床上吧！"

他这一说，诸大臣面色顿青，淼景在旁边更是忍不住笑得五体投地。

擎云看着这些老臣，顿道："一群废物，正事不做，专门搞这些名堂。又收了那些女人家里多少钱？吃得不饱是不是？以后谁敢再管我床事，谁就准备卷铺盖滚蛋，别成天忠孝在口中，淫贱在心头！下去！"他一说完，这帮老臣赶紧一溜烟滚了个遍。

"哈哈哈！"淼景这会儿已经笑得前仰后合、眼泪涟涟。

擎云却没在意，只是又坐下，看着天空飘落的枯叶。

淼景笑完了，才站到他身边实事求是地说道："陛下，其实他们也没错，堂堂国王不要孩子，这怎么也说不过去！"

擎云闭上眼："你不懂，在那寒冷的冰刺宫，王侯兄弟之间，只有篡杀，没有亲情。"

淼景一沉："陛下！"

擎云这时却笑起来，眼神迷离，道："只有我爱的女人，才有资格生我的孩子！"

淼景闻言疑道："陛下也会爱人吗？"

"这个问题……"擎云思索片刻，才悠然道，"谁知道呢！"

瀚海硝烟

第十章

皇北霜的解马树长高了，待到三月，便会开出白色如雪一般的花儿。现在的她每天都抽出一些时间，在书房里教导少年飒满道德文治。这孩子是自力更生活下来的典型，年纪不到十岁，却能独自来到云沛。夜佩曾问他一路吃什么，那孩子却笑着说："抓跳鼠吃，跳鼠很可爱，喜欢在沙丘上到处挖洞，而且十分敏捷，要抓住一只可麻烦了，不过，我肚子饿，什么也不顾不上，每次生吃都恶心得很。"

飒满每天都要给皇北霜讲一段自己的往事，即使是为了活下去而做出的不光彩的事，也要一字不漏地说出来。孩子是最直接、最单纯的，每当讲到自己偷蒙拐骗的时候，都会有些不好意思。毕竟环境不同，以前在难民群里，谁没有做过这种事，一点也不稀奇，可现在，他生活在这金碧辉煌的王宫里，感受到文化给人带来的尊严，便常常感到难以启齿。每到这个时候，皇北霜就会摸着他的小脑袋，对他说："满儿，人是知耻的，因为人天生就有良心。如果你要好好活下去，就要给自己立一个明确的准则，让那个准则告诉你，你是谁，你要怎么走完这条路！"

这句话似乎是说给这对人生感到迷茫的孩子听的，也似乎是对她自己不安的心说的。因为她的准则，就好像逐渐脱离了轨道一般，变得那么遥远又那么迷离。

在这美丽的宫殿里，她越来越觉得无力。

"王后，"不一会儿，夜佩进来了，"陛下召见！"

"哦！你照顾一下满儿！别让他偷懒！"说着，皇北霜起了身，再萍、道秋便跟着一并离了去。走到那战寝室门口，两婢女侧身到一边，皇北霜独自推门而入。

那战此时正坐桌边，目光深沉地看着面前一盘没有下完的棋。听到有声响，才抬头看着皇北霜，一笑，轻道："你来了！坐。"

皇北霜坐下。那战没再看着她，只是兀自沉浸在棋局上。许久，他才开口："我想让你出使弥赞！"这个决定似乎是考虑了很久。

皇北霜看着他，什么也没说。

那战仰头靠在大椅上，面容有些疲惫，断是这些时日里，操劳备战，安排离民，花去了不少精力。"我需要一个能代表我的人去弥赞，说服忧广王和云沛站在同一阵线上，或者最少，只要他承诺不主动参战也行！"他说着，眼睛始终没有看皇北霜。

却听皇北霜一声轻笑，隐约有些苦涩。"陛下是想用我引开若问吗？"她看着那战，"引开若问，您就可以先解决天都大军了。"

那战回过头："……我会派巫季海跟着你！不要怕！"

皇北霜却无动于衷："您当然会派一位大将跟着我，并且让他带着一队大军，无比招摇地陪我出使弥赞。"她看着那战的棋盘，玉指夹起一颗黑子，在上面一点，只听"噔"的一声，"可是问题是，我真有那么大的吸引力吗？如果若问不上当呢？而陛下自己真这么有自信吗？自信可以击退天都？"

那战闻言一阵苦笑："你愿意吗？"

皇北霜却没做丝毫挣扎："为什么不愿意？在您的面前，我也只有这个价值，不是吗？"

"我从没这么想过。"那战看着她。

皇北霜一笑："可您这么衡量过！陛下，没关系，我也是这么衡量您的！"

听她这么一说，那战冷了下来，他看着棋盘，震声问道："如果有一天，在擎云和若问之间你必须选择一个做对手，你会选谁？擎云还是若问？"

"还用问吗？当然是擎云！"皇北霜毫不犹豫地回答。

"为什么？"那战问。

皇北霜扭头看着窗外道："想他……想看着他呀，陛下！"

"哈哈哈！"那战大笑起来，"照这么说来，你要真倒戈了我可就赔了夫人又折兵。"

皇北霜回头打趣道："所以陛下可要小心些！"

她只是开个玩笑，缓和一下气氛，却不知这话打上了那战的痛穴。他猛地起身将她一搂，粗大的手紧紧扎住她的肩膀，才冷冷说道："或许，我可以先下手为强，本来，你就是我的王后！"说着，又将她抱得更紧，几乎挤出她胸口所有的空气。这是那战第一次抱着她，强烈的心跳压着皇北霜，焦躁的热气狠狠吹在她的脸上，而他的表情，却是那样的孤单。

"陛下，您失态了。"一时间，皇北霜不知如何是好，一来根本抵不过他的力气，再来，他们本是夫妻，这样的亲昵就该是很正常的行为。

那战看着她，一手摸上她樱红的唇，缓缓低下头，眼神全是忍无可忍的寂寞。他很想尝尝，面前这个属于别人的女人，究竟是什么滋味。

皇北霜在他怀里避无可避，慌得出了一身的汗。不料，那战的唇却在离她薄薄一层纸的距离处停了下来。瞬间，他恢复了从前的风流，与刚才失控的模样判若两人。

"跟你开玩笑的，你的族人都在云沛，我知道你不会背叛我！"边说着，边放开了她。

皇北霜沉默许久，问道："陛下，是什么令你这样寂寞？"

"难得你关心我！"那战讪笑起来，又坐在桌边兀自下棋。

皇北霜看着他，轻道："我一直是敬仰您的，从没有哪个国家能如您治下的云沛一样丰饶富庶，和平安定！"

听她说完，那战抬起头，道："我的王后，你知不知道，一旦两国开战，这一切都将灰飞烟灭。所有的努力，这么多年来的辛苦，那些美丽的绿洲，都会消失。就算霍擎云真能打进广寒宫，得到的也是一个面目全非的云沛。那时候，他又要走我走过的路，花上我花过的时间，重新建立这原本就有的一切！"

闻言，皇北霜却愣住了，树欲静而风不止，这就是现在那战的处境。自从收养了飒满，她才真正知道，天都给大半个沙漠世界带来的是怎样的动荡。

"云沛三百三十年前建国时，拥有大型绿洲四十二座，在册面积合计一亿六千九百万坪，到我展王亲政至今，在册面积增加到两亿三千五百四百二十二万坪。知道我扛着多少人在生活吗？近三千万！皇北霜，我的目标，就是让这个国家发展下去，总有一天重现漠上天朝的繁荣景象！"那战像自言自语一样说了起来。

"我舍不得让你出使弥赞，也担心巫季海不敌若问，你会被捕。即使你不是我的女人，我也不想失去你，不要问我原因！可是，你一定要出使弥赞，引开若问。我会等你的，在你的解马树下等你！"

皇北霜看着那战："陛下……"

迷离的沙漠苍茫万里，而那些散落在沙漠里的绿洲，仿如星星一般，时而充满生命力，时而又无力地掩没于昏天暗穹之下。

云沛大将军巫季海率领一万精骑，随行皇北霜出使弥赞。一队人马如同蚂蚁般行进。皇北霜这次离开云沛并没有带上飒满，除了巫季海，便是廉幻、夜佩等八将三婢守护左右。

走在列队中间的巫季海时不时回头看着坐在车辇里的王后，强烈的好奇全然摆在脸上。国王对她的信任似乎毫无根据，在这重要时刻，竟点名委任他亲自护送，又可见她的重要。这一行，最大的敌人莫过于狂血王若问。对于此人，巫季海是早有耳闻，据说十分骁勇，论及武力之强，恐怕可称漠世第一。想到这里，巫季海不由得握了握手中的大刀，为云沛出生入死这么多年，他从未遇过敌手，上阵单挑不计其数，唯一确定的是他未尝一败。

"巫将军！"打断他的漫想，皇北霜停下了车辇。

巫季海走马一问："王后娘娘！有何吩咐？"

皇北霜微微一笑："叫士兵们走慢点，每隔半个时辰换一次队形，隔三个时辰吹一次号角，时刻摇动手中大旗！"

巫季海一愣："娘娘？"

皇北霜折回身子，"照着办吧！"说着，便靠在车沿上，闭眼假寐。

巫季海回过头，对着士兵大喊："缓步慢行！摇旗，号角吹起，间隔三个时辰！"

只听一片浩瀚的回应声，人人抬头高呼，步伐铿锵，可见这巫将军平日治军如何严谨。

弥赞距云沛算远，基本上这五大国地理格局是天都在北之巅，云沛处南之境，鸩劾至西，离云沛及天都是同样的距离，而与其较近的是现在的汾天，至于那宗教大国弥赞，则远远地稳守东方，离其他四国全都很远。从云沛到弥赞，需要步行九日，行军快则五日。

蛮狐站在沙丘上，宽厚的肩上下起伏，牛一般的眼睛瞪得无比大，他死死盯着远处细细的一条人马黑影。不久，一个士兵骑马奔了过来。

"怎样？怎样？"蛮狐激动地问，"看清楚了没？"

"看清楚了！"那士兵表情也很激动，"真是她！"

"他们有多少人马？"蛮狐压制了一下自己的兴奋，细问起来，"谁带的兵？"

却见那小兵一呆："大……大将，我数不好，好像有一两万人吧！"

蛮狐砰的一鞭子打过去："浑蛋，是一万还是两万？连人都不会数了？"

那兵委屈回道："大将，他们的队形有些怪，真数不好！"

"哼！看来果真是那女人不会错了，真是老天爷的意思！在首领亲自到淮城的时候，这女人居然送上门来了。"说着，蛮狐猛一踢马肚子，"走！"

西漠。

天边，只听轰的一声，一块广袤的新月沙丘上炸起一阵昏黄的浓烟，当这烟雾逐渐散去，赫然可见相隔不到五里距离的两排大军，天都与云沛大旗在空中疯狂舞动，分庭抗礼。

北靖天王麾下第一武将机华与展王麾下文武双全的广照韵各自坐镇于最高处，灰冷的眼睛穿越了飘荡在空中的仇恨和愤怒，已然斗个不相上下。

这时，只见两边大将手在空中一划，两军先锋便冲了上去，应是单挑，两人打得难分胜负。机华一笑，对着广照韵喊道："贵国最强的士兵都在这里了吧！怎就不见最强的将军来压阵？与我机华一敌，你照韵小儿还不够资格！"

这话当然暗指巫季海，机华在十年前是与他有一战之缘的，却然不敌，留下人生中唯一一次败笔。广照韵听他狂言，心中暗忖：巫将军曾提过此人，论及武力，我实难与之相敌。此次迎战，只是想拖延一些时间，吸引天都的注意力罢了。

想着，他挥手示意击鼓三声，兵涌而上，想来是打算先打上一打，再行缓退。

他的身后，可还有那战十万红衣骑兵等着。

准城。

若问正在逐一擦拭佩在腰上与他共闯天下的刀枪剑，尽管他现在已是万人之上，奴仆无以计数，却从不将这三把利器交给别人打理。此时，格心薇坐在一边，一声不响地看着他，除了冷酷和风流，她从没见过若问这样的眼神，好像看着很远很远的地方，抚摸着很远很远的回忆，谁也不在他身边，谁也不在他心里，而那片遥远，却只是一片深暗荒凉。

"陛下……我帮你擦！"说着，她就要伸手拿起桌上的枪，却被若岚、绯问拦了下来。"不要碰首领的东西！"两人异口同声。

三个女人，死死互看着，顿时火药味十足。

"首领！"这时蛮狐跑了进来，他何时都是这样的鲁莽，甚至多次闯见若问床事，却从未受到责罚。在黄天狂兵团里，他是最贴首领心思的一个，不仅若问对他十分放任，就连其他的兄弟对他也是非常纵容。"首领，我又来讨赏了！嘿嘿！"说着，就一屁股坐在了桌边，他看着那把有断痕的枪，嬉笑的声音几乎尖得扎耳，"你的女人，我找到了！"

他这话一出，若岚、绯问、格心薇陡然呆住，齐刷刷地看了过来。

若问没吱声，开始擦枪，好一会儿，才道："在哪儿？"

"离准城很近，像是要去弥赞！"蛮狐道。

"有多少人？"

"不清楚，两万左右！那女人不知搞什么把戏，咱们这边的人数不准。"说完，他小心地看着若问，首领似乎并没有他想象中激动，"去……去吗？"

若问却只是一直擦枪，什么也没说，旁边的格心薇却大惊："还用问，当然不去，西边天都和云沛一交火，我们就要出兵，这时候去什么弥赞？那么远，就算他们是去和谈也没用。"

尽管她很激动，蛮狐却全不理会，只是看着首领，待他发话。

"拨五万军队去抓！"若问擦完枪，露出一抹异样的笑。

"陛下！"格心薇见状，玉手紧紧抓上若问粗糙黝黑的拳头，"陛下，只要赢了那战，一切都将是你的，不要急！"

若问猛地抽出手，抬起她的下巴，看着她的脸，笑道："叫我忍耐？格心薇，你变蠢了！"

闻言，格心薇心一顿，目光嗖地呆滞下来，与他同床共枕，夜夜云雨，却从来不知他究竟是一个怎样的男人。

四天了，皇北霜一行越过了与准城平行的位置，只需再快马一天，即可到达弥赞边城。

"将军！西面有军队过来了！"一个哨兵急忙冲了过来，"对方举汾天大旗！"

巫季海一惊，终于来了，"加快速度！到弥赞求援！"他赶紧下令，保护王后是他这次的首要任务。

"慢着。"却见正坐在车辇里的皇北霜往后一靠，大概是有些冷，一手拉了拉披在身上的毛裘，问，"来了多少人？"

这哨兵赶紧回道："五万人，速度很快！太阳落山前就能追上来。"

"只有五万？"皇北霜看着远方，"巫将军，叫士兵们东移，在对面那个沙丘扎营！"

巫季海闻言一愣："王后娘娘？"

皇北霜走下车，抓起一把黄沙一边放在手里玩，一边回道："巫将军，来人只有五万，就是说还不是汾天的主力军，我们必须把主力军引过来，才算是完成任务，至于去不去弥赞，根本不是关键！"

巫季海听了这话，心中不禁讶异，原来她什么都知道，所以才故意不时吹号引人发现。

"可是，娘娘，我们只有一万人，做做样子就好了，怎么能挡五万敌兵？若是引主力军过来，那可就是十几万人。"巫季海提醒道。

皇北霜一笑："巫将军！你知若问是个什么样的人吗？"她忽然问了个意外的问题。

巫季海怔住："听说十分野蛮，武力奇强！"

皇北霜大笑："奇强？巫将军，我曾亲眼见他徒手斩下一匹野马的头！你可以做到吗？听闻你也是少见的习武高人！"

巫季海闻言大惊："不可能！"他见过不少凌厉奇才，要说空手斩马，根本无法想象。

皇北霜冷道："这世上要说有谁能让我做噩梦，必非若问莫属！巫将军，从一开始，你就该知道，陛下已打算牺牲这一万人马。"

巫季海看着她："王后娘娘！"他自己倒不怕死，将士为国捐躯那是何等荣幸，如今，却要搭上这样一位如花似玉正当风华的娘娘，他心中怜惜不已。

却见皇北霜独自朝着对面的沙丘走去，身后决然跟着八将三婢，"你是陛下的人，我欠他的，就从你这里还。不管怎样，我也要保你性命。"她头也没回，这话却是说给呆在一边的巫季海听的。

陛下，你可知道……
那一片寂寞的解马树下，
有你等待的心，却没有你等待的位置。
你给我的，从来就不属于我，
而我却要将属于你的，一点一点还去！

话说这头，云沛大将军广照韵迁回再三，终于引得对手机华全军压线，一步一步走进了那战的包围圈，仅一天时间，便令天都损兵折将。机华根本想不到这敌国堂堂国王会亲自上阵，且用兵之准不在靖天王之下，仗着一身技艺，机华负伤带着两万人冲了出去。这一次短兵相接本该只是试探，却没想削去了天都四千兵将，决战未始已然让云沛先拔头筹，士气大振。

机华带着狼狈和不甘回到了鸪劲营帐，连伤也没做处理，直接觐见靖天王擎云。

擎云正在猎场狩猎，骑在飞踏身上，见了机华回来，只是眼神一凝，一箭射下一只黑鸪，才策马回营。他看着沉默的机华良久，冷道："先去处理伤口！"

机华闻言，两眼尽是不甘："陛下！"

擎云拍了拍他的肩膀："不全是你的错，去休息！"

机华退了下去。擎云坐在椅子上，开始有一口没一口地喝茶，站在他身边的淼景终于忍不住问道："陛下！那战似乎打算速战速决！"

"嗯！"擎云继续喝茶，"汾天那边有没有消息？"

淼景答道："暗人还没有联络。最后一次探报是说若问已经到了准城，似乎只要我们一动他就会动！”

"哼！学聪明了，知道不是什么地方都可以让他直捣黄龙。"擎云笑起来，"叫莽流的人把准城东边的水道封住，然后在广水下毒，想捡现成的可不是那么容易！"

淼景点点头，又问："万一被发现了怎么办？"

"不怎么办，喝水就毒死他，不喝就渴死他，到时他就只有两条路走，要么前进，要么后退，想坐山观虎斗都不行！"说着，擎云又换了个姿势道，"不过，记得只在广水下毒，别的水道绝对不准动，违令者九族连诛！"

淼景赶紧跪应："属下这就去办！"

为将善兵者总是比常人更加阴狠一些，虽说这样太过残酷，却也正是这种残酷将战争的伤亡减到了最小。这是何道理，无人说得清！擎云和那战某方面来说是同一种人，他们都有自己的一套国策和兵策，并依靠这些，逐渐在心里建立起一套冷酷的准则，然后让这准则引导自己走一条绝不后悔的路。

但是若问就不同了，从一个土匪群里毫无地位的少年逐渐变成匪首，再从一个匪首成为汾天国王，他的内心从头至尾就没有什么多余的套路，要的就拿，拿不到就抢，腻了就扔，厌了就踩，物是如此，人亦相同。他才是最自由也最冷酷的那一个，他的狠毫无治国的含义，而他的渴望却无止无境。即使他真是神，也是一个只属于自己的神。

蛮狐这辈子最丢人的大概就是带着五万骑兵，却拿不下一个女人这件事了。若问从南伐军里拨出的五万人虽然不像黄天狂兵团那么骁勇、疯狂，应该说这些都是原麻随国军的一部分，但是要说五万人拿不下一万人，这怎么也不可能！

皇北霜一人站在两军中间，那距离近得蛮狐只要策马二十来下就可以掳到这首领垂涎已久的美人。只见她高抬右手，在空中猛力一划，身后一万兵众便唰地万箭齐发，多数都准确无比地射中了汾天敌兵。然而，寂静中，却不见汾天有半支箭飞出来回应。

蛮狐坐在马背上看着第二排倒下的人，头疼不已，这个女人来真的！

——六个时辰前，蛮狐带着五万人围上了这一伙正扎营休息的使团，兴奋得差点没从马背上摔下来。他赶紧下令搜查，却见营帐里空无一人。再一看，离他们只有数里，一万士兵已然列阵站好，拉弓待射，而他的最终目标——皇北霜，独自一人碎步上前，站到两军中间，那义无反顾的模样弄得蛮狐呆了好一阵，似乎每次见到她都有一股无法预知的感觉。

"是来抓我的吗？"她笑问。

蛮狐一怔，大喊道："知道就好，你就这么点人，别白费力气了！就算你长了翅膀也飞不出去！"

皇北霜大笑："谁说我要走！我要杀死你！"

蛮狐闻言狂笑起来："哈哈！你要怎么杀老子呀？就这种情况下？"

皇北霜讽道："是呀！若问给了你这么多人来抓我，你说你要是抓不到，他会怎样处置你？"

蛮狐一惊："别说你要自杀？"

皇北霜伸出手，当真拿着一把银色匕首，似乎正是曾与擎云白马易人那把。这会儿，像是报应一样，抵在了自己的胸口上，她一笑，又对天伸出另一只手，一字一字说道："我的手一放下，巫将军就会下令放箭！你带多少人来，他就射死多少人！"

蛮狐朝她后面一看，却是一阵讥笑道："行啊，咱们就比比看谁死得快，架弓！"一声令下，阵前先锋排士兵迅速拉弓上箭，气势狠狠盖过巫季海这边的人马。这是当然的，五倍之强，如何匹敌呢？

却见皇北霜一笑，唰的一下一刀刺进胸口，顿时鲜血如泉涌，在场的蛮狐还有巫季海都大惊，眼睛一眨不眨地看着她。

"听着，只要有一支箭射中我的人，我就在身上扎一刀，看看你能不能抱着一具烂尸体回去复命！"皇北霜疼得身体微微蜷起，却依旧目光讥讽地看着蛮狐。这帮土匪她是知道的，首领想要的就是一切，即使首领总有一天会厌倦，但那也不是现在。

蛮狐气得狠抓着马绳，不知如何是好，却见皇北霜嗖地放下对天的手，巫季海得令，命军发箭，只听嗖嗖杂乱的飞箭带起一大片惨叫，汾天这边第一排士兵全部倒下。蛮狐大惊，又不敢贸然还手，于是点个头，示意旁边的一个小前锋出箭。嚕！射中了一名云沛小兵。

皇北霜头也没回，抽出扎在胸口的刀，应着喷出的血，又是一刺，刀刃半身没入了她的身体。她嘴角流出一缕血，喘着气，又举起手示意放箭。巫季海心悸不已，生怕这一番下来，对方不会再手下留情，王后性命不保。见他犹豫，廉幻猛地代其大喊："放箭！"只见万箭离弦，再一次放倒对面一排敌军。

这一次，蛮狐还真不敢还手，他烦躁地看着皇北霜，那不是一双要自杀的眼睛，那是一双将人看穿的眼睛，并且充满了讥讽。

皇北霜见他果真不敢动，擦了擦唇边的血，笑道："来呀！来抓我呀！"说完，又一次举起手，身后兵将再度取箭上弓，她手一落下，蛮狐这边又倒下一排。这一回士兵们都惊慌地看着蛮狐，不由自主地开始往后退。这不还手的仗，要怎么打？摆明让人当靶子射。

蛮狐看着皇北霜良久，心中思绪万千，这娘们快不行了，万一真死了，且不管首领怎么处置他，就他自己的心里，也不免觉得可惜。他真的很想知道这种女人如果让首领占有了，会变成什么样！

"撤退！"没做挣扎，蛮狐下令，总不能就这么让她把首领拨给他的人杀光吧！一声令下，汾天这边剩下四万来人赶紧回撤。蛮狐对着传令兵道："去跟首领汇报！据实交代！"虽然觉得丢人，但他们从不对若问有半点隐瞒。

生命里，
总有些恐惧是因为珍惜，
总有些不忍是因为好奇。

也总有些际遇，

是因为那不得而知的自己。

见蛮狐彻底退了去，皇北霜才松懈下来，倒地的一瞬间，廉幻抱起她，一路飞奔回了营地。巫季海看着嘴唇泛白、呼吸凌乱的王后，慌乱不已。廉幻等八将却一个网阵将他挡在了皇北霜的营帐门口。

"巫将军！你不可以进去，请放心，军医会照顾好娘娘！"廉幻粗大的手臂稳稳挡下了巫季海高大的身躯，"男人都不可以进去！我也不例外，还请将军自重！"

他这一说，倒是让巫季海冷静下来，王后娘娘的伤在胸口，确实不方便让他进去。

这时夜佩走了出来，眉目无比忧心："巫将军，王后娘娘叫您立刻拔营，连夜赶到弥赞！"

巫季海一愣："王后有伤在身，怎么赶路？"

夜佩道："王后说，下一次来的肯定是若问，不赶紧到弥赞，大家就都活不下去！"

巫季海这才回神，转身命令所有将领拔营。

廉幻回头看着夜佩，问："王后怎样？"

夜佩摇摇头："失血过多，不太好！"

廉幻伸出一手，拭去她满额头的汗，轻声道："好好照顾王后，自己也要注意身体。"

说着，两人手紧紧握了一下，便各做各的事去了。

这会儿，若问闭着眼靠在床边，悠哉地听着蛮狐派人回报的消息。那传令兵一脸惊骇，没完成任务，随时都有可能让陛下劈了。

"她的伤重吗？"不一会儿，若问睁开眼，似笑非笑地问。

传令兵不由得一抖。"看……看起来似乎很重！"他结巴地回道，"自己捅了两刀，位置都挺邪门，恐……恐怕不太好！"

"哦！"若问坐了起来，半天没再说话。那传令兵跪在地上抖得像八九十岁的老人，低着头，不敢偷看一眼。许久，却听见空气中，若问一声低笑。

"她美吗？"若问道。

"美，属下从没见过这么美的！"传令兵赶紧回答，心里却不由得思忖道，美人果然都很毒，眉毛也不皱一下射死他们好多士兵！

"传令！"若问忽然站起来，厉声道，"全军拔营，连夜离开淮城！"

循声进来的狼头、诚象等人全往地上一跪："属下领命！"全无异议。

若问气焰嚣张地拿起挂在墙上的刀、枪、剑，一一将之佩带。

"诚象，你带五万人马回汾天备战，落鹰也留下来帮你，他手上的暗人你都可以调用。其他的人全跟我杀到弥赞！"

格心薇跪在一边，心中无比震动，当前形势，云沛已如探囊取物，却偏要在这时离开，实在不智。她抬头看着若问，想要劝服他，却发现这跪了一地的人，只有她一人反对。

这些人，似乎并不在乎能不能夺得天下。他们所关心的，他们所在意的，竟然只是对若问的满足，只要是若问要的，若问想的，都在他们势在必得的范围内，好像满足了若问，就等于满足了自己一般。

格心薇被这决然的气氛压倒，又低下了头，生生将不满吞了回去。这一刻，她也真想见上一见，那个引若问狂兵南下的女人究竟什么样。

天黑了，擎云营帐里，史记叟容豁和大将军辽震同时都在跟国王下棋。两人眉毛都几乎拧成麻花。不一会儿，辽震干脆中盘认输，反正也不羞耻，和陛下对弈的人，还没见过能获胜的。于是，只剩容豁苦苦坚持着。

"先生性子酸，已经输掉的棋，为何还不放弃？"擎云笑起来，看着皱眉苦思的老家伙，从不给他让子，也从没输得精彩，一手烂棋却打死不愿意认输。有时候，他甚至觉得这老叟还蛮可爱。

"公子才思非凡，容豁就算嘴巴上不认输，心里也早就服了！"

容嵇盯着棋盘道。

听他这么一说，辽震在旁边讥讽起来："老不死的，什么德行！"

容嵇扭头回瞪一眼："辽将军说得是，我还真得活个上百岁才甘心！"

辽震笑道："没脸当然活得久，出卖了那战，你还有什么不甘心的？"

他这话显然踢到了容嵇痛处。容嵇愤恨地看着辽震，却又无力还击，只好对着棋面半天，才愤然道："不下了！"

擎云拿起一颗棋子，嗖一下打到辽震额头上："不许这样和先生说话！"

辽震赶紧跪应。

"陛下！"却没等他开口，淼景冲了进来，这人行事一向稳妥，少有这般急躁。

淼景一冲进来，就往地上跪："陛下，探子来报，汾天拔营了。准城现在几乎成了空城！"

这话倒引起擎云兴趣："下毒也不会这么快有反应吧！往哪边去了？"

淼景神色一凝："很奇怪，往弥赞去了！"

"弥赞？"

"是。"

"去干吗？"

"这……目前还不太清楚！"

擎云沉默下来，把玩手中的棋子好一会儿，又看着容嵇："先生觉得呢？若问去弥赞做什么？"

容嵇抬起头："公子呀，你都不知道的事，我又怎会知道？"

擎云沉默下来，若问的行动太出乎他的意料。

这时知道利害关系的辽震赶紧说道："陛下，那战现在肯定也知道若问去了东边，这下必然会集中兵力与我军一战，明日出迎不可大意呀！"

"哼！"却听擎云一声闷笑，"我本来就没打算靠汾天击败那战！只是……"他说着，扔下了手中的棋子，"我总觉得若问去弥赞是那战布的局，这事有些蹊跷。"

淼景点点头："陛下放心，我已经加派暗人查探，很快就会有消息了。"

沉默了好一会儿，擎云烦躁地挥了挥手："你们都下去，我要静一静。"众人赶紧退下。

这一干人离开后，房间顿时安静下来，擎云皱着眉头看着自己的右手背，那伤隐约刺痛起来，像被蚁虫噬咬一般，疼得发痒，疼得发烫……

硝烟凭空起，人世何茫然，
红尘发如雪，轻伤一指间。

还曾瀚海许誓言，
怎料花楼空余烟。

等不及，时光荏苒。
等不及，逐鹿青山。

火入云涧不相待，
剑顶苍天怒海乖。

此意气，
任谁不怠。
此嚣狂，
任谁不改。

镇天飞雪

——

第十一章

这是一个漫长的夜晚，只有漆黑和寒冷相伴，难民衣着单薄地聚在小绿洲上，即使彼此互不相识，也会紧紧靠在一起，只要能获得少许微温，那便足够了。

然而，也不全是这样，就像现在的皇北霜，坐在车辇里，让温暖的毛裘裹着身体，三个婢女紧紧抱着她，却依旧冷得发抖，别人身上的温度无法分给她丁点儿！

夜佩三人急得满脸是泪，巫季海头也不敢回，恨不得马儿飞起来，瞬间就能到弥赞。终于，夜奔四个多时辰，他们到了弥赞边城——浮萍。

浮萍，弥赞最大的边城要塞，形似新月，钩下弦，纵长百里，一百零一年，划入弥赞版图，方见平静。水资源缺乏，人口稀少，为传教士聚集之地，城关建筑呈方阵格局。曾有教徒在此地诵经十三日，超度战争亡灵："身似浮萍心如海，怜我人间冤魂在！"浮萍之名由此而来。

"开门！我们是云沛使团！"巫季海急躁地在浮萍城门下大喊，却见城关上一排士兵无动于衷。少顷，才见一名官爷模样的人出来，对着巫季海回道："哎哟！这位将军，还请您今晚先在城外驻扎，陛下的通关令得到明早才到！"

"浑蛋！都到门口了，你们竟敢拦我关影王后贵驾！我云沛国王陛下与贵国忧广王向来交好，如今你厮这话，就不怕破坏两国情谊！还请速开城门！"巫季海气得青筋暴起，这个节骨眼竟然被拦在门外。

"将军哪！您就别为难小的了，这陛下的通关令没到，我怎么也做不了主呀。"那官爷看上去软硬不吃，打定了主意不让入关。

"你……"巫季海闻言怒火冲天，可转念一想，起码也得让王后娘娘入关休养才行，正要开口谈条件。

"巫将军！"坐在车辇里的皇北霜却探出了头。

巫季海赶紧策马靠过去："娘娘，要不您先进城吧，养伤要紧！"

皇北霜伸手拍了拍他肩上的铠甲，轻道："列阵，闯进去！"

"娘娘？"巫季海猛怔。

"陛下十日前就已修书相告，忱广王却偏在这时不让入关，大概也是不想蹚若问这浑水！"皇北霜靠在夜佩身上，脸色青灰，"闯进去吧，逼他下水！"

巫季海这才会意，转身对着一干将领喊道："列阵！闯关！"只见不到一炷香时间，这一万人已然以鹰阵排开，火箭入弓，飞矛待投，最前面一排，哐地落下漆黑的铁盾，将士吼声如雷。"上前！"巫季海一声令下，万人一齐上前三步，声势之浩大吓得浮萍城关上的守备不由得一抖，赶紧排箭备战。那官爷一见苗头不对，立刻讨好道："这……这位将军，请不要激动，还不到几个时辰就天亮了，何苦打这一仗伤和气？"

巫季海这一路本来就憋了不少气没发，这会儿更加无法克制："少废话！我巫季海铠甲生涯十五年未尝一败，今天要是叫你等鼠辈拦住，还有何脸面带兵打仗？你开门还是不开，速速决定！"

那官爷一听巫季海大名，几乎吓得跪在地上，展王麾下第一大将竟然不在西边的战场上，反而不声不响护送王后出使弥赞，见下面这势头，十之八九是那战红衣骑兵的一部分。弥赞少有战事，更不要说士兵如何比得上这般骁勇。这一打起来，浮萍定沉！

却在这时，城头上跑来一位哨兵，慌慌张张对他说了什么，那官爷立刻舒了口气，堆上一脸笑，站在城头上大喊："开门，恭迎来使！"

"啊？"巫季海一怔，刚才以为定要打个痛快，这会儿怎么就通关了？"王后娘娘！这……"闹不清对方唱那出戏，他探到皇北霜身边。

皇北霜这时已经烧得有些昏迷，只见夜佩在一边焦急地回道："别管了！进城！"

说着，一万人鱼贯入关。

身后，不到八百里，若问十三万大军踏漠而飞，蝼蚁般密密麻麻的人马和久久不见落下的尘灰，带着无法言语的不祥和危险，逐渐逼近。

"哟！看得见城关了，蛮狐！这回咱得好生比一比，你要砍了十个人，老子就砍他娘二十个！"黄天狂兵团，冲在汾天大军的最前面，先锋狼头和蛮狐两人更是赛马如风。蛮狐听了狼头挑衅，大声回道："你小子不怕咬舌头！废话这么多！"上次他丢了不小的脸，这回斗嘴似乎乖了不少。狼头大笑起来："你他妈跟阉了似的，没把儿啦！说话像娘们儿！小心被首领点去伺候！哈哈哈。"说着，他猛甩马鞭一路飘了上去。

任前面这两小子无法无天地瞎闹，若问目光闪动着红色，他死死盯着越来越近的弥赞城关，呼吸越来越急速。在夜晚，在他心中欲望汹涌澎湃的时候，她已近在咫尺。

人和人的区别，是有很多说法的。有的人可以像狗一样，只要活下去，甚至可以比狗都不如，所以他一路下来，脚印全是凌乱的。还有的人则像凤凰一样，可以将尊严化作火焰，涅槃之后依旧留一个神话在人间，所以他的脚印常常形成一条笔直大道，深深印在人世上。

要说起这两种人之间却是存在着一种十分有趣的思考，那就是狗会瞧不起凤凰，会觉得凤凰是愚蠢的，都要没命了，还有什么是值得坚持的？而凤凰更加瞧不起狗，若要每一天都只为活着而活着，抛弃自己内心里天生就有的某种信念，那样的生命又是多么乏味，乏味得不如死去。

然而，这个世界的奇妙之处就在于，它十分善于分配这两种人的命运。如果天神许命三生，人间有了一万只狗，那么就必然会放一只凤凰下去，这样一来，贫贱的狗会无比敬佩凤凰的尊严，有尊严的那一方，才会有承诺；而凤凰也会在这一群狗里面更加坚信自己的价值，它是一枝独秀，最终义无反顾地成为狗的领导者和保护者。

于是，狗景仰着凤凰，而凤凰爱护着狗。

然后，凤凰的思考，便成了造化万物的契机，人性的复杂，也由这里开始。

在云沛的广寒宫里，最复杂的那颗心，大概就是那战的吧。他究竟爱不爱皇北霜？用皇北霜引开若问，绝对不后悔？这些为君治国以外的问题，他开始越来越难以回答。前不久，探子回报，若问拔营，他舒了口气，皇北霜没有令他失望。可是，若问真的拔营了，他又有种十分不甘的感觉，他每天都到关影宫的解马树下，想象她会遇到怎样的凶险，想象着一个男人可以夺走她的心，一个男人可以抢走她的人，为什么只有他堂堂展王，只能在这寂寞的解马树下理不清心中所想！

他把国家永远都放在第一位，而他的心却被死死踩在自己脚下，谈何自由潇洒。

如果他天生就是一只凤凰，那么，他也天生就不是自己。

弥赞，怀历两百九十年，据守大漠以东，绿洲十四座，民众一千万，信仰太阳神，国教名为火旦。至今已修庙宇一千六百七十七座，呈环形排列。其以忧洲为都城，理政宫曰还愿。还愿政权大统，忧广王敖桂，同时兼任国教教主，国民九成以上入教，敬称忧广王为火王。弥赞少有战事，多以广传教义，普度众生为己任。

黄色大旗，白色皇冠！

风吼震耳，却扰乱不了浮萍城关这百年少见的景象。

狂血王若问，怒火难抑，十三万大军及四千狂兵，竟然在城关外两千里处止步。挡住他们的，是不知何时已经全部调来的弥赞三十万火亘护教军，火亘军气势坦荡，将这小小的浮萍城关紧紧堵住，漏不进半粒沙。

城门上，一位将军打扮的人，对着下面的汾天军朗声道："我乃弥赞火亘教护法佑醪，奉国王之命把守城关，凡不善者，拒不得入。"说完，他手一挥，城下守兵第一排弓箭手发箭，未中一人，似乎仅仅是震慑。末了，佑醪凝神一看，好家伙，竟无一人后退，站在最前面的黄天狂兵团，围在若问身边，个个神情奇异，像是为了能大开杀戒而兴奋。佑醪见此心中不由得大惊，虽少战事，但像这样疯狂的敌人，怕是谁也无法兵不血刃地守好自己领土的吧！难怪陛下急召，速令所有火亘军聚集在浮萍。这帮虎狼之师，一旦入关，必是人间地狱。

若问抬头看着佑醪，却是轻轻皱起了眉头，三十万人，他们不可能闯进去，看来这弥赞的国王也不是软柿子，头脑很清楚，只要守住了浮萍，汾天便无发力之机。更何况……

想到这里，若问无聊地甩了甩手中的鞭子，他对弥赞并不感兴趣，弥赞不仅领土偏远，资源稀薄，连女人都很丑。由于信仰太阳神，这国家的人个个都晒得跟焦炭一样，虽然生活在大漠里，多数人都是肌肤黝黑的，但也绝对没有这弥赞的人黑。

又穷又丑又清心寡欲，他才懒得去跟这种人拼命。

但是，他要的人，正在这里，不是吗？

一想起那绯红色的身影，若问眼神一冷："给我炸！"

命令一下，蛮狐、狼头蠢蠢欲动。

"慢着！"这时格心薇策马一跃，来到若问面前，"陛下！我有办法！"

若问手一招，正在命人搬火药的蛮狐等人又退了回来。

格心薇心定了一定，才道："陛下！请派我出使弥赞，既然云沛使团可以和谈，我汾天又有何不可？"

若问眯起眼睛看着她："和谈？真是个新鲜词儿！"

格心薇道："陛下！薇儿知道您根本提不起劲打这一仗，请让我出使弥赞吧！我一定会把您要的带到您的身边。"她眼神坚定。

若问笑起来："就凭你？"语带讥讽。

格心薇目光微暗，道："还是，您认为我不是她的对手？"

若问收起马鞭："蛮狐，带一千人跟她一起去！给你三个时辰！"

格心薇点头，转身跟蛮狐一起往城关奔去。

女人哪，为何你离不开男人？

女人哪，为何你伤了心伤了神，却还是爱着那个男人？

是因为他宽大的胸膛，容下了你柔软的魂魄？

还是因为他粗糙的手掌，抓住了你爱情的执着？

女人哪，如果你得不到，也离不开；

如果你哭不出，也笑不来……

那到了最后，还会是怎样的存在？是否存在？

浮萍城主府。

巫季海坐在大堂里，接待他的是一位纤瘦的花甲老人。老人坐在主人席上，手里还拿着一本文牒，道："巫将军！今天的事，还请见谅，陛下明确下令火亘军未到，就不能让贵国使团入关。好在方才千钧一发。"

巫季海现下哪有心思生气，他自己也当真吓出一身汗，前脚进城，后脚汾天军至，若晚一步，后果真是无法想象。想了一下，他才说道："拿克先生，谢谢您的款待，我国关影王后有伤在身，暂时不能离开浮萍。到忧洲的日子恐怕要推迟。"

拿克一笑："就在这儿歇息吧！不过身为浮萍的城主，我得事先声明，任何时候我必须以弥赞的利益为先决条件，如果狂血王硬攻，我们断是不会当真赔上这全国三十万精兵的。到时还请谅解。"

巫季海再怎么粗枝大叶，又怎会听不出此话意思，不由得紧紧握拳，却只好隐忍。

"报告城主！汾天使者求见！"一声急促的叫喊，打破了大堂里两人的沉默。

"什么？"两人同时一惊。

"汾天使者，格心薇求见！"那小兵赶紧又说了一遍。

稍稍思索了一下，拿克点了点头道："两军交战，不斩来使，接见！巫将军，您也不必回避，恐怕……这使者真正要见的是你家主子。"

巫季海坐在一边，目光狠毒地盯着门口。出发前，陛下曾与他评价过若问其人，说他除了武力高强，便只是一个有勇无谋的莽夫。怎么今天的表现这般迥异？

不一会儿，格心薇玉足越槛而入，她穿着一袭绿色长裙，披着毛裘，高高绾起的发髻上，只是简单地插着两支宝钗，却依旧显得高贵华丽，使得这深沉的大堂立刻蓬荜生辉。

"王后？"巫季海一见她模样，惊讶得撞翻手边茶水。却再仔细一看，不对，眼睛的颜色不一样，关影王后的眼睛是浅灰色的，这位女子却是宝蓝色。只是，天下竟有这么相似的容貌。他忽然觉得有些可怕："你是？"

格心薇没有理会巫季海，只是对着拿克躬了躬身，身后的蛮狐则一脸不屑地看着，鼻子里不时发出哼哼声。这截然不同的态度令拿克愣了一下，才点头回敬。

格心薇坦荡无比地坐在巫季海旁边，才笑道："拿克城主，不记得薇儿了吗？上一次准城议会上，薇儿可是对城主的印象很深哪！"

拿克这才惊觉熟悉："雨九公主格心薇？女大十八变！真是认不出来了！"

这雨九公主的才华韬略曾令拿克深深折服，那时她还只是一个十五岁的小女孩，如今更加出落得亭亭玉立，气质非凡。年前初闻麻随覆灭，雨族灭门时，他还为这无辜的少女好生遗憾了一把，没想到，今天居然会在自己城里见到她。

"很高兴您还记得我，那我就长话短说吧！"格心薇微微一笑，"我要见关影王后！"

拿克一怔，虽然早有预料，但这般直接，恐怕不会发展出什么好的结果。

见他只是沉默，巫季海倒是大怒："有什么事就跟我说，王后不会见你！"

格心薇这才看着巫季海："巫将军是吧？早就听过您的大名，如今一见，却是不如传闻哪！您去汇报，若您家主子真不见我，那我们掉头就走。我只等一刻钟，您自己斟酌吧！"她说得铿锵有力，全然不被巫季海的怒气所影响。

巫季海坐在那里，久久不肯起身禀报，却不知一直守在大堂侧面的廉幻，已经着人见了皇北霜，一五一十地说了个清楚。

这头，格心薇不徐不疾地喝口茶，目光幽暗："巫将军，一刻钟时间快到了，您考虑得怎样？"巫季海踌躇良久，终是猛地起身，看来是打算禀报了。

却见他还没走到门口，廉幻等八人鱼贯跑了进来，在大堂开了条道，远远就听见几声咳嗽。巫季海等人循声一看，夜佩三人已经扶着皇北霜往这边来。

格心薇看着那抹越来越近的身影，心跳加快，玉手不由得握紧茶杯。不一会儿，皇北霜进来了，面色惨淡，却带着梨花一般的微笑，见到堂内这么多人向她行礼，也没有立刻回应，只是一步一步走到格心薇对面，坐好了，才轻道："各位不必多礼了！"温和的感觉，淡开了这大堂里压迫人心的气氛。

所有人的目光都流转于这两个容貌如此相似的女人身上。

"看你的样子，似乎还在发烧！"格心薇开口了。

皇北霜一笑："确实不太舒服！"

这时，感受到站在身后的蛮狐情绪骚动，格心薇眼神一冷，笑道："你那么害怕他吗？怕得连刺自己两刀都压抑不了？"

皇北霜咳了一下，回道："我很害怕，可我必须保护我的人。"

"哼！"格心薇讥笑一声，"故意这么说，就代表有的谈？"

皇北霜看着她，轻轻笑起来："你很聪明。"

格心薇往后一靠，道："彼此彼此。那我就不绕圈子了，他只是要你而已，跟我走，就可以无血停战。我保证！"

"你凭什么保证？"

"凭我是若问的枕边人！"格心薇忍不住挑衅道。

皇北霜也往后靠下，淡淡地说："可是，你的眼神告诉我，你也害怕他！"说着，她禁不住咳出一口血，才抬头看着格心薇，"你根本控制不了他！"

格心薇脸色稍微变了一点，吸了吸鼻子道："如果你还有别的选择，也可以提出来！"

皇北霜垂下眼，斟酌了好一会儿，才道："如果有，我又何必这么做？条件当然就是你只可以带我一个人走！"

"娜袖！"她这话一出，廉幻夜佩等人大惊，瞬间长剑出鞘，堵在皇北霜前面。"谁也不准靠近一步！"廉幻怒喊。他们都曾被若问俘虏过，知道一旦投降，会是怎样的下场。

"巫将军！"皇北霜坐在后面，对着同样持刀挡驾的巫季海道，"我走了以后，你就赶快回去！把他们也带走。告诉陛下，我能做的，全都做了，他也……不用等我了。"

说着，她站了起来，有些凄惨地朝格心薇走去。

"娜袖！"八将三婢全跪了下来，"我们跟你去！"

"巫季海，将他们拿下！"皇北霜走到格心薇跟前，忽然大声下令，吓得众人一怔。不待巫季海下令，拿克已经唤人进来，拿下这跪地十一人。

皇北霜拉起身上的狐裘："我的解马树，就要开花了吧！可惜看不到了。"说着，就同格心薇一道走了出去。

"娜袖！"大堂只剩下些声声破嗓的叫喊。

两个时辰了，浮萍没有硝烟飞起。破晓的时候，鱼白的冷光逐渐拉长了依旧威风凛凛、狂莽不减丝毫的狂兵身影，倒是对面这里三层外三层的弥赞士兵，有不少居然打起了哈欠。

"出来了！"狼头一见对面徐徐出来的身影，激动得大喊起来。

那一队人影，最前面的是蛮狐，他还时不时地回头看，再后面便是格心薇，手边扶着一个披着黑色外套的娇小身影。若问眼一冷，策马奔了过去。到了面前，居高临下地大手一挥，拉下那黑色的外套，露出的，是那张魂牵梦萦的容颜。

到手了！

"陛下！"格心薇看着站在面前，呼吸越见急促的若问，他冰冷的眼里已无其他。

露在寒风下的皇北霜，一点也不美，苍白的脸色，乌青的双唇，无力的气息。她并非如他想象中，依旧穿着那红色的华衣，也不再有一双火一般的眼睛。她看起来那么可怜、单薄、绝望欲哭。她只是低着头，看着骏马的黑蹄在黄土上踩出的小坑。

"抬起头！"若问盯着她，神情有些奇怪。

皇北霜凄惨地一笑，缓缓地抬起头。

若问看着这张和记忆里相差十万八千里的脸，看了很久很久。终于，他狂笑起来，一手将她捞起，拉过自己的披风将她裹在怀里。然后，在咫尺的距离，深深吻上她惨白无助的唇，太过暴躁的撞击，只在她的唇舌间留下伤害，血，一点一点流出，孤单地滞在她的嘴角边，令她看上去更加悲哀。

血吻方休，若问一手紧紧扎住她的肩膀，令她深深嵌在他的怀中，一手收起马绳："走！回准城！"

狼头、蛮狐对看一眼，赶紧收兵跟进。

首领，会怎样待她？

霸占一个女人，那再简单不过。

然而，当那个女人毫无气焰，落在你眼睛里的，是一览无遗的脆弱，那该怎么办？

甚至，那脆弱，让你觉得心疼；那脆弱，让你更加控制不住欲火。

那时候，又该如何将她强占？

破晓了，云沛主力军阅军完毕，只待陛下亲征。迎着阳光，身着红衣战袍的那战，提着剑来到了已经无人吹箫的关影宫。这个时候，只有飒满在那萧条的院子里看书，见国王来到，赶紧跪下，"满儿见过陛下！"稚嫩的声音，迎来的是那战略有憔悴的身影。

"嗯！还挺用功！"那战笑了起来。正在这时，清晨第一股凉风猛吹起来，少年飒满站在院子里大喊："雪！雪！"

只见院子里二十一棵解马树一夜盛开，棕黄的枝干上没有一片绿叶，只有白色如雪一般的花儿，经风一吹，瓣瓣飞上天空缠绵许久不见落地，整个院子似下雪了一样，那么美！那么纯洁！

那战站在解马树下，伸手接住一瓣瓣飘落的碎花，深深地叹了口气，竟是露出一瞬黯然欲哭的神情。他仰头看着天空，蔚蓝无际，飞雪镇天，好像隐约能听到来自嫦娥山上清冷的箫声。

"陛下！"正沉浸在思绪中的那战，忽然听到一声清甜的呼喊。他惊喜地回头一看，却在一瞬间，神色暗了下来，原来，是刚刚为他诞下一子的红颜美人，真渠幼佳。

"陛下！"幼佳苦苦一笑，走到他的面前，温柔地为他除去落在头发上的花瓣。

"在等谁呢？"

那战听她这样一问，却是许久的沉默，轻轻握住她的手："等你呀！"

幼佳笑起来："那么，陛下，以后请在我的院子里等我好吗？"

那战一怔，将她抱得更紧。这一片寂寞的解马树下，却显得那么孤单无助。

有的人一生，会有许多的爱人，

却没有一个是他最爱的，

而有的人一生，

只爱上一个人，

便再也无法为其他的邂逅动心！

然而最无奈的是，这种选择……

一生只有一次！

雪原北边，天都大旗迎风狂摆，身穿黑色战甲的北靖天王此时已整兵待发。

这是第一次，与那战正面交锋，他的心中激情难抑，早就想知道，他与那战，孰能称霸！将军机华，这回更是蠢蠢欲动，急待一雪前耻，他与辽震各自领兵七万，分列陛下左右。少顷，对面的沙丘终于开始如墨染一般，层层迫近一大片黑压压的人影，红衣骑兵在列阵中间，最高处，展王那战威风四方地对上相隔数十里的擎云。

他们狠狠地看着对方，穿越了风与沙，穿越了兵与将，那是国王与国王的较量，赌上了尊严、血泪还有理想。

云沛的兵力是不可以小觑的，他们拥有大漠里最多的人口，最大的绿洲，最完整的兵策。从那战支开若问之始，他就已经在兵力、战场以及心理上占据了绝对的优势。他要的是完胜，要的是彻底击垮对手，要让他短时间内再也不能兴风作浪，他要的是——让那靖天王霍擎云再去乖乖地锁国数十年，不能出现在他眼前。

"陛下，他们人多，我们得打迂回战。"淼景站在擎云身边，大概估计了一下形势，"雪原那边，已经准备好了！"

擎云目光微微一动，"莽流……还是没有消息吗？"却是不动声色地一问。

淼景向来善于察言观色，自上次得知若问拔营，陛下就一直心神不宁，三番五次地追问。他低下头，回道："还没有，不过应该快了。"

"不管什么情况下，只要一有消息，就立刻禀报！"看着对面云沛大军先锋队已有出战之意，擎云握了握拳，"叫索匝拿准备，我要把他们的战线往里压！"

燊景点头。

此时准城。

如果皇北霜当真是欠了擎云那潇洒的爱，那么这下也真是还了个干净。

一入准城，汾天军营弱兵寻水，不到三个时辰，死伤近千人。只有狂兵团的人毫发无伤，首领都没喝水，他们怎会先喝。却没料这一迟缓，才发现准城的水不知何时已被下毒。

"首领！"蛮狐看着怀里还抱着皇北霜的若问，"水里有毒！"

若问收紧大手，低头看了看这已经气若游丝的女人，跑了一夜，她根本再受不得半点颠簸，胸口的伤也有恶化的趋势："传令！集合士兵水壶里的干净水！给我送过来！"

蛮狐却低下头回道："首领，已经搜过了，一点都没有了！"

若问眉头一皱："这里离汾天还有多远？"

蛮狐回道："快马跑也要三天！"

"休息两个时辰，然后日夜赶路，三天之内一定要回汾天！"若问抱着皇北霜跳下马，她干燥枯白的唇贴在他胸口上，任他的心跳如何猛烈，依旧叫不醒她紧闭的双眼。

若问飞快地将她抱到屋里，两人靠在床上，蛮狐等人赶紧站在一边。

"水……"皇北霜已经开始梦呓。

若问眉毛一挑，二话没说将腰上的剑抽出一半，左手嗖地一蹭，掌心上瞬间划开一道深深的口子，热血，汩汩流下。

他把手放在皇北霜嘴边："喝！"

或许是血的腥气刺醒了她，她恶心地扭动头。若问有些烦躁，干脆用蛮力盖上她的嘴。大概真是渴极了，她没有挣扎太久，没一会儿便大口大口地吸入唇边的血水。

"咝……"若问被她吸得有点疼，低头看了半天，一手拨开她贴在额头上汗湿的头发，居然低笑了起来，"我的血味道好吗？"

蛮狐、狼头几人站在旁边，看着这一幕却是陡然有些不好意思。这是一种奇怪的感觉，首领常常当众与女人寻欢的，为何这回什么也没做，却让他们觉得有种不可再看的尴尬？

"看什么看？出去！"若问似乎也有些厌烦，目光瞥了一下待在一边的手下，然后又看着格心薇和若岚、绯问，"你们也出去！"

格心薇悲伤地看着他，最后一个踏出了房间，玉手轻轻关上大门，好像那里面，是见不得人的秘密一般。

"我和她有什么不同？"她有些发怔地站在门口，傻傻自说自话。

"眼睛颜色不一样吧！"若岚、绯问笑了起来，"以后床上又要多一个人了！"

格心薇听了这话，却是一声讥笑："愚蠢！"

站在门口无所适从的，当然不止这三个女人，还有眼睛瞪得牛大的狼头和蛮狐几个。

"怎么办？好想瞧瞧，首领会做什么！"蛮狐有点抓狂般地猛挠自己的头。

狼头却是一叹："不想活了就进去，保证你这回死无全尸！"其实，他自己也挺想看看的。看看与平时有些不一样的首领，看看他真正兴奋起来会是什么样子。

"我和她有什么不同？"格心薇靠在门柱上，依旧喃喃自语。

蛮狐扭头看了看她，爱上首领的女人，要么绝对顺从，要么疯狂入骨，看来这个格心薇属于后者。他摇了摇头，忽然有些同情她，因为首领心里是不会有爱的。

"让老子告诉你吧！你和她有什么不同！"蛮狐看着她那双冰蓝色的眼睛。不可否认，她也是美女。瞧了许久，他才冷冷说道："你，豁出去了！而她，从来不！"

雪原。

擎云坐在营帐里，正在和辽震等大将讨论军情，淼景也候在一边，营帐中间是一个两米长半米宽的南大漠模型，里头雪原等几个要塞城市上，有的插着云沛的旗帜，有的插着天都的旗帜。机华站在模型一边道："陛下，先锋战我们推进得很慢，没有达到预期效果！那战似乎和我们想的一样，都想把对方的战线往里压。"

辽震也附和道："的确，我们占领了雪原，他们就占领瓜洲，两军像齿轮一样互相克制，都没讨到太多便宜！"

擎云坐在椅子上，盯着那沙地模型，一直沉默。

不一会儿，一个劲装黑衣人进来了。淼景见此人，赶紧点点头。那人便单膝一跪："启禀陛下，汾天的消息，若问十三万主力军拔营，从弥赞截了云沛使团，现在应是已回到准城。"

擎云眉毛一挑："什么使团？这时候那战不可能安排使者出境！"

那黑衣人回道："回陛下，好像是关影王后出使弥赞，目的似乎是和谈，不过现在人还没有进忧洲，就已经被若问截走了！"

"什么？"擎云闻言，嗖的一掌劈在旁边的桌子上，手背上青筋凸起，"那战……"他怒气难平地叫出那战的名字。

淼景和辽震在一边猛愣住，他们两一个掌握莽流，对擎云与皇北霜的事略知一二，一个目睹曾经贻笑天下的白马易人，所以一听到关影王后的名字，便觉得有些不妥。

"那战……"擎云气得面色难掩愠怒，"打仗就打仗，竟然拿女人布局！那是我的女人。"

机华在旁边有些蒙，憨实地回道："陛……陛下，那可不是您的女人，是那战的女人！是他老婆！"

擎云狠瞪了他一眼，忽然站了起来："淼景，把他带出来！我现在就要用！"

淼景大惊："陛下，按计划应是破关以后才……"话还没说完，已经被擎云的眼光刹住。

擎云大步走到沙地模型边，一个一个拔起了插在上面的云沛小旗子。"修书展王，三天后，双方议和会谈，第三方主持人名叫那延兴，只要他拒绝会谈，立斩主持人！"说完，他转身坐在椅子上，"淼景，把莽流所有的人往东边派，虽然概率不大，不过只要有机会，就想办法给我把人弄出来！"

"属下遵命！"淼景眼神一凝，转身就跑出营帐。

只剩机华和辽震面面相觑。

我想要的，一件也不放弃，
我想要的，一次也不委屈！

三百三十二年初，天都与云沛开战，纵穿大漠南北，参战军队近四十万，首战打平，造成弱水踏动，瀚海流沙淹没小型绿洲七座，奔命难民七百万，多数东逃。弥赞忧广王坐山观虎斗，概不参战，且于还愿宫预言此战必争千日不得果。然，此误。

不十日，两国会谈，大军各退十里。缘由不详，探报消息唯一相同之处，仅系一人，名曰关影！

奈何桥边

———

第十二章

雪原与瓜洲中间，黄土枯沙已将时光遗忘，层层卷起，然后层层落下，悄然在人们苍凉的目光中，刻下大漠丘壑里一片又一片的新月，一眼望去，就像海那般壮阔，就像海那般恢宏。不过，任凭大自然如何造化万千，这世界上最能教天地动容的，却永远都是人，是那密密麻麻如蝼蚁一般的人，更遑论那些人中龙凤，又会是怎样的愁鬼乱神。

　　"交换国旗！"听得一道高亢的声音。

　　两军阵前，不知何时已经搭起了令人惊叹的华丽篷帐，两个身材魁梧的大兵，带着一脸敌意，扛着少说几十公斤重的大旗，目光凶狠地走到一起，互相算是勉强行了个礼，交换了手中旗帜——天都旗与云沛旗。

　　司仪是一位中年人，来自弱水，见两边完成了交旗仪式，便再度大声喊道："毁旗则崩，归旗则顺！有请第三方见证人那延兴先生！"他一说完，只见从天都军阃处，约三十来人，推着一名清瘦的少年走出来，那少年五官端正，有种儒雅之气，表情仍十分局促，基本上是被人推着往前走，一直走到了那华丽的棚帐下。他一直低着头，既没有看着左边的天都，也没有看着右边的云沛，只是孤单无力地站在那里，与军队，与怒发，毫不协调。

　　见他站定了，那司仪又大喊："鼓声三响而息，恭请两国国王陛下入席！"

　　然后，黄沙之下，狂风之中，咚——！咚——！咚——！三声闷躁的鼓鸣，带出了从南北而来，威震四方的展王那战与靖天王霍擎云。一个红装鲜衣，一个黑袍劲履，他们踩在地上的脚印深而狠，他们看着彼此的目光怒而沉。

"请坐！"见这两个如此出色的人站在面前，那延兴不由得缩了缩身子。

那战半侧过头，若有若无地看着这消瘦的少年，而擎云却是一笑，先行坐下。

"我可不认为他是第三方！"那战随即坐下，看着擎云。

"要这么说也行，毕竟他也是在广寒宫出生！"擎云靠下身体，两手交握。

那战眼一冷："我很好奇，你还知道些什么？"

擎云看着他："我希望我们可以尽快进入主题！"

那战眉毛一挑："说来听听！"

"我要求你让出瓜洲，以及云沛边塞十二城作为停战条件！"擎云道。

那战大笑："那不可能！"

闻言，擎云却也冷笑起来："的确，他的命还不够这价值！"说着，机华的大刀便配合地架上了那延兴的脖子。"要不我帮你杀了他？"

那战见这势头，已然沉默半晌，叹了口气，才道："很意外你居然抓到他，我找他七年了，一点消息都没有！不过，如果我是你，不会这么早就打出这张牌！"

擎云听了这话脸色微冷："如果我是你，也不会在这个时候派什么使团去弥赞！你不是也很让人意外吗！"

这话弦外音那战倒是听出来了，他就像陡然间找回了自己的优势一样，笑着往椅子上一靠，两手交握，姿态和擎云相仿。

"我的关影王后，是个十分有魅力的女人，倒是没想到，连靖天王这样的俊杰，也对她如此上心！"那战笑道。

擎云眉头皱得更深："哦？你倒是轻松，把妻子送到土匪手里是你的兴趣吗？"

那战眼神凝了凝，淡道："真有意思，让她去弥赞，仅仅是为了引开若问，不过，现在好像有了额外的效果。你这么喜欢她吗？喜欢到在大战正酣之时，还要跟我见面谈判？把你当对手似乎高估了你。"他言语间丝毫不掩饰讽刺，一双鹰眼森然地盯着擎云。

"你们相处过多久？一天？两天？还没一个月吧！和她睡过吗？几次？我真是惊讶于你能这么理直气壮地来跟我对质，你忘了她是我的妻子吗？她的名字，这一世都将刻在我云沛的创天建国碑上！"说着，那战喝了一口茶，动作不徐不疾。

机华听了这话，嗖地将抵在那延兴脖子上的大刀转而指向那战，目露凶光。站在那战身后的广照韵又怎会隐忍，同样长剑出鞘，狠狠对上机华。

"你似乎忘了……"剑拔弩张中，擎云一声低笑，打破了沉默，"你似乎忘了，开条件的是我！"

面对那战的冷嘲热讽，擎云一脸自得，他也喝了口茶，笑道："没错，我就是喜欢她，得不到更让我想要，如何？哪个男人不曾爱美人？一点也不可耻。反倒是你，利用一个臣服于自己的女人来布兵，该失望的那个人应是我才对吧！"

那战被他这一暗讥，顿然觉得有些烦躁："说吧！想怎样？"

擎云一笑："我刚才已经说了！"

那战也一笑："我也说了，那不可能！不想浪费时间的话，就开个大家都能接受的条件，否则玉石俱焚，成王败寇兵上见分晓！"

擎云看着那战，心里早知道他不可能答应那条件，狗急跳墙，鱼死翻生，区区一个那景遗子，还不至于能毁了他一手建立的盛世江山。

斟酌了一小会儿，擎云才冷道："雪原、瓜洲、弱水、尖都，这四个落城，都归天都！并且，三十天内，两国休战！我的条件就这么简单！"

那战闻言，嗤笑一声："拿走四个落城，离我云沛边境不过三百里，却不肯承诺彻底停战，这也算是简单的条件？三十天后，你照样可以兵临城下，而且还占据了最好的位置，可以直接把炮弹打在云沛土地上，是不是太自私了？"

擎云哼笑起来："若真那么怕我，现在投降也可以！"

那战斜着眼看了看旁边被人死死架住的那延兴，才转头道："事实上，我还有别的选择不是吗？比如毁旗拒谈，咱们打上个三年两载？云沛这点能力还是有的！"

擎云喝口茶，看着杯子里自己的倒影："不要浪费时间，我不介意在这里杀人！"

那战一冷，终于沉默下来。

三百一十八年，云沛三十四代国王那景崩，身后九妃十七子，仅十七王子那延兴为其亲生，时年不到四岁，目不识丁，孤立无援。太上王那启达，以国本为先，毅然抉选那战为王，授其建国方略一卷，遂崩。

这一个惊天大秘密，也随着那启达的离世逐渐被黄土掩埋。从此，坐在广寒殿受人三叩九拜的，再也不是云沛的真龙王脉，而是太上王游历大漠时捡回来的那战。那战天生英才，亲政十三年，已令云沛独霸天下，所建功勋超过历史上任何一代国王，民众对他的崇拜和维护也空前高涨。但是，至今也无人知道，这位完美无缺的国王陛下，根本就没有王族血统。确是应了智叟容若的那句偈语：血不拦命，民不顺亡！

那战对太上王是崇敬和感激的，为了完成太上王的愿望，他殚精竭虑，日理万机，没有一天不为国事操劳。时至今日，他的所作所为可以说是无愧天地。然而，只有一件事，令他不能安心——先王唯一的儿子，那延兴，下落不明，寻访七年未果。

敌人，如果不能洞悉你心里最脆弱的那块伤口，便无法成为你真正的敌人。

在没有破坏云沛疆土的前提下，用这位无辜避世的王子小命，换下四座落城，停战三十天，这样的条件就算那战再如何不甘心，也必会点头答应。事实上，他们都知道，为了一个美人，吃亏的那个反而是靖天王。

那战调整了一下坐姿，看着擎云眼中明显的愤怒，苦笑道："签协议吧！你必须把人交给我，我才答应！"

擎云坐起身，淡道："人三十天后才放！协议上会写清楚！"

那战看着他："我怎么知道你三十天后会不会反悔，又来这招？"

擎云大笑起来："如果三十天后，我这招还依旧能奏效，那你也真是个废物！"

说着，天都文官巫祭师魂冉从外面走了进来，托着一个圆盘，上面放着一叠锦卷。

那战看着魂冉将锦卷在他面前打开，已经撰写好的休战协议，字字清晰地映在他的眼里。那战叹口气，终于还是拔下了拇指上的碧玉扳指，在上面盖下云沛国王印章。他又输了这盘棋。

擎云见那战盖了章，起身就要走，那战却叫住了他："最后一个问题，你如何这么肯定我会答应你的条件，就为了他？"

擎云回头朝他一声轻笑："如果那样，一开始你就不会答应和谈。这是报应，那战，是你利用了皇北霜的报应！"

"报应？"那战抬头看着他，"若不是关影王后这一道钉子钉住你的心，等你入关了才打出那延兴这张牌，我岂不是叫天天不应，叫地地不灵？"

"哼！"擎云恨恨看了他一眼，不再理会，只是大步走了出去，洪朗的声音里带着无言的急躁，"机华，留你七万人在这里驻守，监视云沛！辽震，立刻整兵，去汾天！一刻也不许停！"说着，他们已经身影渐小。

而那战，依旧坐在篷帐里，看着远处，靖天王一跃骑上白马飞踏，头也不回带了大军奔走。那战倚下身子，仰头看着篷顶，不知在看什么，也不知在想什么。

水之曲隅，凉月入镜；棋之善行，无我自兴！

冰刺宫究竟是一个怎样的地方，怎会雕琢出这样一个国君？要天下，要美人，弹指间就能够做出取舍，在他心里，到底有一个怎样的天平？而爱情，又从何而来？

南漠，一场乱世大仗意外地偃旗息鼓，两军各退一百里。旁人看在眼里却是心惊肉跳，因为空气中还依旧飘浮着无法言语的火焰般的燥热。

此时东漠，飞尘如雾，看不清那马背上是谁的脸。汾天近十二万人分成两股正拼了命地回奔。若问与皇北霜共乘一骑，疯狂的颠簸，令她白皙的肌肤在他粗糙的甲衣上擦出瘀痕。但她的眼睛，依旧紧紧闭着。其实，在准城的时候她就醒了，发现自己竟然睡在若问怀里，一嘴的血腥味，顿时一阵呕，却勉强忍了下来，心想不如先继续装作昏迷，能拖多久是多久。却没想到，若问竟然就这么带着她一路狂奔，不见停下片刻。她胸口的伤反复扯动着，和着难以忍受的饥饿反复折磨她的神经。

正策马飞奔的若问，低头看了看，忽然，将抱着她腰的那只手狠狠一收，一阵痛楚袭来。然后，他笑道："你可以装睡！不过饿了不说，吃亏的是自己！"

皇北霜被他扎得一阵咳嗽，猝然睁开眼睛。稍微恢复些元气的她，此刻散发出淡淡的怒气，灰色的瞳孔，映着蔑视的光芒，和那一天她从他面前溜走时一样，看着他的眼睛，带着他一生也忘不了的讥讽。她瞧不起他，她看不上他，而这一切，都让他激动。

若问拉过披风将她裹得紧紧的，抬头不再看着她。汾天，他要快点回去，然后，狠狠抱着她，直到完全厌倦！直到再不激动！直到心跳平静！直到欲火凝结！他要狠狠地，狠狠地，满足内心里那一股狂动难挨的饥渴！

大漠里，朝着汾天猛奔的当然不只这狂血王若问，还有从南边而来的靖天王。

论及行军布阵，擎云相对要冷静许多，他并没有直接把所有的兵将一股脑全塞到汾天，而是调了一半兵力绕走淮城，不声不响地快速形成一个包围圈。大概衡量再三，最终还是没有与若问硬碰硬的打算，一来，那黄天狂兵团个个起码以一当十，这一点，无论那战还是擎云都自叹不如；二来，他们若真打起来，渔翁得利的还不是云沛？从天都的角度来说，是不可能默许他这么做的。

只不过，捉一条鱼，也用不着抽干大海。擎云紧紧握着策马绳，胯下飞踏似知晓主人情感一般，铆足了力气飞奔，这一人一马跑在队伍的最前面。因为根本没有别的马儿追得上飞踏的脚力，辽震跟在国王后面十来丈，硬是追不上去。

策马狂奔，因为你，
漫天飞沙，因为你，
鸣金收兵，因为你，
情潮澎湃，还是因为你！
如果找到你，真想知道，
你还能拿什么，与我交换。

守在汾天的是诚象，头一晚狼头手上的暗人就已经报信说首领快到了，这会儿，他已经守在汾天至东的一个边城里恭候着。老远，灰尘滚滚，狂兵团的大旗劈空而来，显现在地平线处。狼头一看，赶紧大叫："回来了！快开城门！"

只听"嘎吱"一声，城门大开，飞尘入闸，连续奔波了好几天的汾天大军如黑龙归巢，一时间，只有乱蹄频动，呼声震耳。

过了好一会儿，这些进城的士兵终于卸下战甲，疲惫不堪地下马寻粮，他们又渴又饿，连日来只是没命地奔跑，虽说后面也没谁在追赶，但若问的命令就像是夺命的刀，谁要是停下一步，无须若问亲自动手，护国军里任一个人都会冲出来将那人斩成几段。

而此刻，在这遍地狼藉中，只有若问的黑色野马笔直冲进了内府。他头也不回，更没有稍停片刻听诚象的汇报，直接带着怀里奄奄一息的皇北霜，一脚踹开一间内屋的门，就将她放在了床上，转过头对着跟在后面而来的诚象吼道："去端水！"诚象赶紧点点头，转身就去安排。

若问坐在床边，看着这个脸色惨白的女人，看来这一路连奔伤了她不少元气，这回怕是想装昏迷都装不出来了。

"首领！水放这了！"端水进来的是蛮狐，他这人有些歪，但也最懂拿捏首领心思。这会儿，他命人抬进来的，根本就是一桶可以放进两个人的清净温暖的水。

若问看了一笑，手一挥："去跟诚象要赏，出去吧！没我应声，谁也不准进来！"

蛮狐这会儿贼贼一笑，搓着手，将门嗖地扣上，屁颠儿跑了出去。

若问回过头，大手抱起皇北霜就往水里扔！

"喀喀！"皇北霜给呛醒了，怒睁开眼，一看自己竟然泡在水里，哪还管旁边有没有人，双手捧起水就往嘴里送。她喝水的样子真是十分野性，不时还自己拨开身上碍事的衣服，露出同样干渴的肌肤，整个人像条鱼一样在水里玩了起来。

若问站在一边看了好半天，拈起桌上的一块点心放在嘴里嚼起来。吃完了，他抹了抹嘴，解下腰上的刀枪剑，竟也脱了衣服坐到水桶里泡着。他的身体魁伟雄壮，跳进去的一刹，就让桶里的水漫出不少。被他这么一挤，皇北霜顿时清醒过来，靠在桶边，瞠目结舌地看着他。

若问轻笑起来："怎么？不玩了？"

他的手摸上她呆住的脸，摸上她弯月一样的蛾眉，灰色冰冷的眼睛，线条优美的鼻梁，还有……那鲜红的、甜美的、呼唤他的唇。

吻！仅仅是开端，若问给她的吻，永远都是疼痛的、掠夺的、任凭她如何挣扎，他依旧可以紧紧咬住她，深深困住她，让她害怕，让她心跳如雷。这当然不是爱，但这也是任何人都做不到的捕获，真实，而无法抗拒。

"你不是怕我吗？不乖一点儿，我可会控制不住！"激烈的唇舌纠缠终于结束，若问稍微松开她一点儿，让她可以呼吸。两人胸口间的水，逐渐被染成红色。她的伤，大概是裂开了，而且有些严重，但是她完全感觉不到。她的大脑里只有一片空白，想不出来该怎么办，也想不出来该怎么做。

若问看着她胸前的伤，皱起了眉，没一会儿，抱她起身。他什么逾矩的事也没做，只是替她擦干身体，重新包扎好伤口，便让她在床上歇着，就这么看了她好一会儿。"从哪里开始比较好呢？"说出来的话，竟有些蒙然。

"哪里开始比较好？"皇北霜终于回了神，目光冷下来，"从这里开始最好！"她拍了拍自己的伤口，刺痛，令她逐渐恢复冷静。

若问还赤着上身坐在床边，在这种天气里，这么待上一刻钟，都会冷得让人发紫，但他似乎毫无感觉，急促的呼吸伴着深沉的眼，悠然一声笑："别说你还想用对付蛮狐的那一套来对付我！"

皇北霜紧紧裹上被子，警戒地看着他："那种蠢事我怎会做第二次？"

若问笑起来："知道就好！"说着，又伸出手往面前的被子里伸。

皇北霜忽然被他冰冷的手抓住了小腿，整个人不禁一震，讥道："道秋曾跟我说，你玩死不少女人？"

若问的手还在她的腿上摩挲，却是漫不经心地回道："放心吧！不到腻了，我还不会弄死你！"声音听起来沙哑而无情。

皇北霜腿一缩，勉强甩开了他的手，故作镇定地笑道："看你这样穷追不舍，连攻打云沛的大好时机都不要，我还以为你爱上我了！"

闻言，若问抽出手，哈哈大笑起来："我爱你？笑话！皇北霜，原来你也是这种爱做梦的女人！"说完，他大掌箍上她的肩，神情无比嘲讽地盯着她的眼，低声笑起来，"这个世界没有爱，只有'要'和'不要'，我要，就拿！我不要，就扔！爱是个屁，开口谈爱的人全都死得快！"

听他这冷酷的话，皇北霜彻底冷静下来。若问是个很简单的人，他要的只是顺从，想到这，她心一凝，抬头笑起来："那你现在想怎样？"

若问看着她，就是这个眼神，那么骄傲，那么自信，像是洞悉着世间一切。"衣服都脱了，你说我想怎样？"若问意外地很有心情调戏她，他期待着再次看到那一瞬间的慌乱。

"我有伤！不能等我养好伤吗？"皇北霜看着他。她并不是期待着谁会来救她，更不会傻傻地以为凭她一个人能逃出若问的手心，说这话，当真只是因为现在这身体太虚弱，无论精神上还是身体上都不可能受得了若问的折磨。

"等你养好伤对我有什么好处？"若问看着她胸口的伤，不可否认，对一个女人而言，那伤确实很重。

皇北霜一笑："起码在你寻欢作乐的时候，我还不至于会一命呜呼扫你兴吧！"

若问闻言，倒真有些担心会出现那种情况，斟酌了一会儿，才道："我不知道你又想搞什么把戏，但是最好别是算计着逃出去，如果跟了我你会没命，那也得是在满足我以后！今天就算了，明晚，像这样的废话就少说几句！"说完，他站起身，穿上落在木桶边的衣服，头也不回就走了出去。

皇北霜紧紧揪住胸口的衣服，像个被遗弃的小孩一样，孤单地缩在被子里。为何那样冷？走到今天这一步，她真的没力气了，厄娜泣也好，云沛也好，她是不是可以就这么远离了？再也不要为那些理不清的责任，说不完的道理去费心。想着，她靠着床沿躺了下来，为何这样冷？冷得刺骨！

夜，漫长，漫长得有些诡异。

若问这一夜，坐在自己房间里，反复擦拭着曾经被擎云斩断的长枪，久久无法入睡，这种奇妙的失眠，令他忽然间有些后悔今晚放过了那美丽的女人。他说不好是什么感觉，有些愤恨，又有些怜惜，但又不那么后悔。这么混乱的思绪，让他无法思考。

欲望难挨，欲望是爱，难得寂寞，难得糊涂。

人这一生，会有多少就算到死，也无法弄清楚的感觉？

而那感觉，常常在一瞬间，照亮了天空。

到最后，还让你沉迷其中，永不释怀！

火烧得很快，擎云麾下大军意外地力压汾天东境，很快，便引出了汾天刚做少许休息的主力军。在红光烧成一片的城墙下，与星云比辉的无数火把，衬托出天都大军的霸气。然而，汾天的人还不知道，事实上，面前这天都的人马不过五万来人，只是擎云让他们每人拿上两个火把叫阵，在这暗穹之下，便也难辨多少。擎云站在阵前，着令辽震佯攻，终于引出了久久无法入睡的狂血王若问。

此时若问站在城头，居高临下地看着擎云。"又是你！"若问不掩饰杀气地怒吼，他怎么也不会忘记这张脸，他怎么也不会忘记那个唯一敢将剑抵住他脖子的男人。

"又见面了！"擎云站在下面，却是笑着说话，"吵你好梦了吧！"

若问眼一冷，招招手，整个城墙上挥舞起黄天狂兵团的大旗，怒涛一般的将士吼声惊天动地。擎云坐在飞踏上看着，心中却暗忖：此人虽是匪类，但论战力，恐怕连那战也不是对手。

尽管心里有些佩服这人，但擎云依旧一脸淡笑，对着他大喊道："别激动，我这也是没办法！本来是在南边跟那战搅和的，结果不知什么原因，他忽然停战，以十二个边城为交换条件要求我出兵到汾天来。这种好事，换了你也会接受吧。就配合一下如何？也不是真的要打！"说着，还玩笑似的对若问挥了挥手。

若问闻言，陡然觉得蹊跷，侧头看了眼落鹰，落鹰赶紧点头道："据探报，云沛和天都确实有和谈，内容不清楚，好像跟那个女人有关！"

若问回过头，冷眼看着擎云："什么意思？说清楚！"

擎云笑起来："没什么意思，只要你在这儿陪我玩上一会儿就可以了。真有什么意思的是那战才对！"

若问一脚踩上城墙垒，大吼道："别给我绕圈子，说清楚！"

擎云大笑，示意身后的将领放下手中弓箭，才道："你抢了人家老婆，人家当然不会甘心，这还用怎么说？"

一听这话，若问便觉得心中一冷，好像有什么不祥的感觉。这时，诚象急急忙忙跑了过来："首领！东边也有大军压境，而且已经有不少间谍跑进来到处放火。"

"哪里的？"若问道。

"像是那战的红衣骑兵，虽然没举旗，不过一看就知道！"诚象回答。

若问这下才会意过来，估摸着是那战来救人，以十二城为条件，要求天都协助，在前面拖住自己，然后那战从后面偷袭，找着人就走。

这么想着，若问赶紧令道："落鹰，你现在就去内府把皇北霜带来，别让她跑了！"

落鹰点点头。

若问看着站在下面毫无进攻之意的擎云，淡道："不想和我较量较量吗？"

擎云闷笑："你果然很记仇！"

若问沉默地看着他，正要发作，却没一会儿，落鹰回来了："首……首领！屋里没人！"看样子是无功而返。

"你说什么？"若问猛吼起来，"该死的！怎么这么快？那战的人呢？"

"已经撤退了！"落鹰低下头。

"追!"若问想也没想，目光瞥了一眼下面的擎云，转身就走。一时间，城头上昂扬的狂旗也随之消失，擎云站在下面，不动声色地看着，心中估算着这会儿该是准备撤退！他想着，嘴边幽然讪笑起来，道："不是正在较量吗，若问？"

此刻的若问哪里知道，擎云安排暗人找到皇北霜，就把她藏在了房间里，然后让另一半天都军装成云沛的红衣骑兵，造成皇北霜被那战救走的假象。

现下，皇北霜便是躲在房间里，等擎云的暗人来接她。听到外面杂乱的搜查声，她神色却不见慌张，有的，只是难以形容的……意外。没一会儿，一个黑衣人悄悄跑了进来，"娘娘？"他压低声音叫人。皇北霜从床后面爬出来，那黑衣人点点头："走吧！若问追出去了，陛下现在就压在城门口上，只要出了这个府宅，就算那土匪再回来也不怕！"

说着，两人赶紧往外跑，因为莽流的人到处放火，他们目前还算顺利。一直跑到了内府最外面的大门处，却见到一抹橙黄色的身影拦住去路。黑衣人一见来人，首先是猛怔了好一会儿，然后本能地回头看了看身后的皇北霜，不知自己是否认错人。

"格心薇！"皇北霜拉下蒙面的黑布，看着她。

格心薇嗤笑一声："陛下太天真了，以为每个男人都和他一样，对自己看上的女人绝不放手。展王本来就是用你来引开他的，又怎可能来救你？"

皇北霜沉默地看着她，身边的黑衣人倒是紧张无比，如果她在这里大叫，那就完蛋了。他想着，正要出剑杀人灭口，却被拦下，皇北霜信步走过去："那你呢？什么都看穿了，为何不说？"

格心薇笑起来："让你走对我来说是最好的，如果陛下当真进了这圈套，跑去攻打云沛，那才正合我心意！我干吗要说出来？"

皇北霜看着她，忽然觉得这个人不仅外表和她相似，就连脾性也有几分雷同，她走过去，对格心薇苦笑："你来看我最后一眼？"

格心薇回视着面前这个能让天都停战，能让靖天王打到汾天，能让若问一追到底的女人。"你也不是什么了不起的东西！为何能抓住他的心？"她幽叹一问。

皇北霜淡笑："我抓住谁的心了？那战，还是若问？一个想都不想就可以把我当棋子用的男人，还是一个眉毛也不皱就可以为了满足自己欲望杀人放火的男人？还是……现在站在外面佯装攻城的擎云？他更狠，不也一样利用我陷害那战吗？你告诉我，我抓住谁的心了？"

格心薇看着她："你走吧！我不想再看到你！"

皇北霜拉起黑布蒙上脸，不再看她一眼，和擎云的暗人就这么跑出了内府。

格心薇看着她跑得有些踉跄的身影，嘲笑地喃喃道："说那个人更狠！你还不是一样选择了他？跑得毫不犹豫，我该是感激你呢，还是该同情陛下？"

皇北霜就这么一直跑，还哪里会有心思去思考若问的女人到底是何感想？她只知道，远处，那黑色的身影，硕壮的白马，那里是一片没有水的海，她跑得越近就淹得越深。

直到，她站在他的面前，与他一步之遥。

"见到我没什么话说吗？"擎云坐在马上，低头看着她，"看样子，你跟那战似乎也没讨到多少好处嘛！"讥笑，毫不留情，好像过去的记忆全都一闪而过。

皇北霜看着他，他一点也没有变，还是那样俊美、傲慢，说话的嗓音威严迷人。她就这么呆呆地看着，似乎仍是无法相信这一切都是真的。

见她不说话，擎云收起手中的鞭子，干脆揽她上马，然后吼道："撤！"

瞬间，天都军队放下所有火把，似是着了火的凤凰忽然消失一般。

擎云紧紧抓着怀里的人，嘴角挑起一抹轻笑，他不打算撤回臣国鸷劲，他要把她直接带到北边的天都，从今以后便是谁也染指不得。

皇北霜让他这么抱着，此情此景几乎和若问抓到她的时候一样，在他的怀里，她的伤还在撕扯，只要抬起头，就可以看到他的眼睛，冰火一般的妖娆！

"见到你，我很高兴！"许久，她埋头悄悄地说。

擎云当然听见了，但他也同样只是拉过披风将她裹住。

虽然她的呼吸那么弱，那么轻，但他并不知道她的胸口有伤，而现在，那伤口流出的血，早已染下他怀里一大片。他怎会知道？被他抱起来的一瞬间，她什么愿望都实现了，她什么遗憾也没有了。即使这一生的决定都是错误的，但是爱他，绝不后悔。

擎云的怀抱很温暖，温暖得让皇北霜再也听不到外面呼啸的北风。他们坐在飞踏的身上，在冰蓝的夜里飞奔，好像这世界再也没有别人，好像狂风再也吹不开这拥抱。

奈何桥，如果这一辈子总要有一次经过这地方，她希望，能像现在这样，在他的怀里，带着点儿柔情走过。那样，她便不至于太过凄惨。

"如果我死了，你还会不会怪我当初没有跟你走？"皇北霜闭着眼，呼吸着他身上淡淡的酒香，气若游丝地问。

擎云目光微冷，手搂得更紧，过了很久，他才回道："下一次再离开我，我一定会恨你！"

爱情这个东西，永远是在思念中铸成，痛苦中生根。一旦生发，便难以摆脱。而人与人之间最强的依恋，便由此而来，在一起是寂寞，害怕时光短暂，不在一起还是寂寞，埋怨青春虚度！或许，做人最害怕的，最终也只是那些说不清道不明的孤独……无奈的孤独……

奈何浮云难碎，
奈何凉风难追，
奈何七情难背，
奈何爱欲难退。

奈何冰肌似水，
奈何傲骨一堆，
奈何忘川是泪，
奈何六道轮回。

奈何，奈何。

北宫冰刺

————

第十三章

沙漠，是个寂寞的地方，因为一眼望去再如何美丽壮阔，它也永远都是冷酷的，它死寂着，不爱任何人，也不爱任何生物。它炙热、严寒、孤单、绝望！没有人会爱它，但是，却有很多很多人生活在它的心里，生活在它的血里，生活在与它怎样也分不开的零零散散的绿洲上。直到连绿洲也枯萎的那一天，生与死，才会互相缠绕，而人，到了那一刻，才会真正甘心。

　　天都的大军，离开故乡很久了，却意外地在这个时候归来，既不是凯旋，也不是战败，什么也不是，好像就是回来休息一下，喝口故乡的水，看看故乡的天空而已。士兵的心思很单纯，在他们看来，不管什么原因，不打仗永远都是一种幸运，何况这戛然而止的，是一场打起来极有可能毁掉半个沙漠的仗。解甲以后，这些士兵都迫不及待地回到家中报平安，谁也没有再把注意力放在那个靖天王用尽一切办法带回来的女人身上。

　　"太医！怎样？"擎云坐在床边，面色十分憔悴。床上躺着的，便是那个受了重伤也不说，巴不得死在他怀里的女人。他目光带着难以捉摸的怒气，看着站在一边忙活了一整晚的几个太医，冷道："一路上军医给止过几次血，说不至于没命！"

　　太医皱着眉头向他躬了躬身，才回道："回陛下，这姑娘的身体虚弱，受了重伤却没有好生医治，反复折腾太久，这……恐怕难以痊愈！"

　　闻言，擎云手紧紧握拳："什么意思？"

一见气氛不太对，太医们赶紧跪了下来："陛下！这姑娘的伤口太深，而且失血过多，定会终生留下疤痕！"

听了这回答，擎云才松开了手，不动声色地问："有性命之忧吗？"

太医们闻言猛摇头，回道："请陛下放心，这位姑娘已度过危险期，只是需要好生休养，不日即可见好。只是，这以后她的身体会不如从前那么健康，血虚之症，恐怕会终生相伴！"

擎云转过头，看着躺在床上安静得不能再安静的皇北霜，伸手揉了揉她的额头，心里直是怜惜，全然忘了还有几个太医在场，便轻轻柔柔吻着她的脸颊，感受着她鼻息处淡淡的呼吸。

几个太医跪在地上偷偷地看着擎云，觉得无比尴尬，既不敢开口打断，又不敢就这么贸然退开，一个个你看我我看你，不知如何是好。

"淼景！"没一会儿，擎云站了起来，坐到桌边唤了宫廷侍卫长淼景，"安排莽流的人来照顾她，以后太医的定时诊视都要在我面前进行。"

淼景点点头。擎云一笑，便大步走了出去。

太医一见北靖天王离开，终于松了口气，无力地站起来，从回宫到现在，陛下一天一夜都没合过眼，就这么坐在一边盯着他们救治那床上的姑娘。

"淼大人！"其中最老的一个太医疑道，"这姑娘是什么人？以后……如何称呼是好？"

淼景回头看着床上的皇北霜，想了半天，回道："呃……就叫娘娘吧！其他的，不是你们该问的可千万别问！"

汾天。

若问追出去一天，无功而返！此刻，只是一脸阴肃地坐在内府那间关了美人仅仅半日的房间里。他的怒，无人可抚，亦无人敢抚。若问一手抓起皇北霜盖过的被子，上面已经没有半点余温，好像那一夜她戏水如鱼的娇憨只是春梦一场。又是这样，明明只是一个女人，又不是一阵炊烟，为何如此难以捕捉？即使已在五指之间，也能悄然溜走。

蛮狐几人站在外面，全都不敢进去看个究竟。没一会儿，格心薇和若岚、绯问端了酒水过来。她们在门上敲了三下，里面传出若问冰冷的声音："谁！"

若岚回道："首领！是我们，您不是要酒吗？给您送来了。"

"进来吧！"若问道。

三个女人就这么推门进去，嘎吱一声，门又关上了。

"首领会不会弄死她们呀！"蛮狐站在外面呆呆说道，似乎觉得这三个女人大有进得去出不来的架势。

"这种时候老子还真是庆幸自己不是女人！"狼头贼贼一笑，拍了拍屁股上的灰站了起来，"走吧！等首领气消了，肯定又得有大动作。还管她们做什么，不过陪着吃吃喝喝睡睡觉！"

"哦！那皇北霜就不是啦？"蛮狐有些不甘心。

狼头看看他那憋得慌的胖脸笑道："等首领真睡了她再说吧。一提她我就有些厌，好像专来坏咱们好事一样！"

蛮狐听了这话也点点头，两人回头看着身后大门紧闭的房间，良久，转身离去。

天都，冰刺宫。夜已深沉，北风呼啸。

皇北霜醒了，眼睛还没有完全睁开，秀眉就先皱了起来，看样子伤口还是挺疼。她本能地扭头瞧了瞧四周，就见到坐在一边看书的擎云。夜深了，不知是几更，他坐在桌边，屋子里灯火通明，大概是看得十分入迷，没发现她醒了。

皇北霜就这么侧着头看着他，静静地看着，他真的很俊，长长的黑发垂在肩上，发梢略微凌乱，剑眉星目，五官虽然精致，却依然掩饰不了那种无法言说的狷狂之气，紧闭的双唇好像随时能喝令天下。就是这样的一个男人，只用短短几天的相处，便让她在那战面前没有半点动心。

"看够了吗？"擎云的目光还在书上，嘴角却扯起一抹淡笑，大约早早就感觉到她的视线了，见她醒来，着实十分高兴，"有没有什么话想说？"

皇北霜坐了起来："很饿！"

擎云放下书，拍拍手，门外便立刻有宫女端着膳食进来，似乎恭候已久。

皇北霜看着面前香喷喷的佳肴，不由得猛吞口水，抓起筷子就准备大吃，却被擎云拦住。只见他一道一道各尝了好几口，才放下筷子："吃吧！"

这是试毒，一看就知道。没想到在自己的地方，擎云还要小心成这样。

"吃吧！不是饿了吗？"擎云知道她在想什么，却只是一笑。

"以后都要这样吗？"皇北霜边吃边问。

擎云听了一哼，"以后都要这样。"说完，起身走到床边，自己放下幕帐便躺下了，"守了你一天一夜，我也该睡了，这是我的寝宫，以后你就住这里！"

皇北霜看着那厚厚的墨绿色帐子，疑道："床……只有一张？"

"和我睡。"却听到擎云简短的回答。

皇北霜闻言，脸上一阵绯红，感觉自己的心绪有些紊乱，便只低头吃东西。

待她吃完了，也不知过了多久，一个人在屋子里瞎转了半天，看看月亮，又看看地毯上的花纹，终于是冷静了几分，吸了口气，钻到床帐里。皇北霜一爬上床，擎云就睁开了眼，她愣在一边，见他醒着，反而不敢往被子里钻了。

擎云只是笑，掀开被子抱她一起躺下，两人闭着眼，炙热的呼吸渐渐纠缠在一起。

"仔细想想，我们之间似乎没有太多回忆。"皇北霜埋头在他胸口，淡淡地说。

"想要什么回忆？想要回忆多久？一天？两天？还是一月？一年？或者，一生？"擎云笑道，"从现在开始，要多少有多少！"

皇北霜也笑了，只道："其实你从不跟我绕圈子，三言两语，全是真心。"

听她这知心的话，擎云睁开了眼睛，低头看着这个依旧闭着眼，笑得像个孩子一样的女人，她的唇，近在咫尺，那么丰满迷人。他缓缓靠近，待她睁开眼睛的时候，他已经轻轻地吻住这曾经午夜梦回的甜美。

和他在一起，皇北霜从没半点抵抗。她的观念很简单，如果碰触你的是你的心上人，那么一切的推让和拒绝都是虚伪的。时光本是无情，既短暂又无法追悔，所以她不要去做那些忸忸怩怩的事情。就算激情总是转眼即逝，也依旧是无法否认的真实。

"睡吧！"许久，擎云放开了她，"明天让淼景带你参观一下冰刺宫！"

冰刺宫，天都理政宫，历史悠久，格局复杂，虽不比云沛广寒宫亭阁殿宇华丽，但其威严浩然之气绝不逊色。合宫两百四十七殿，婢女四千二百人，朝政殿位前，后妃殿位中，王寝殿位尾，两边对称分列庭院、宝塔不计其数，从山上眺望，全宫看似冰锥，故名冰刺。

三百二十二年，冰刺宫立后，二女登峰，天下大同。三百二十四年，一后亡故，一后罢黜，靖天王再未纳一嫔一妃，后宫萧条至今！

"娘娘的身体状况很好，参观冰刺宫应无大碍！"

一大早，太医就被传召，给皇北霜诊视半晌，总算给了擎云一个满意的答案。擎云让皇北霜披上一件厚厚的毛裘，才着了淼景来交代。

"你呢？"皇北霜看着依旧躺在床上的人。

"睡觉，昨夜没睡好！"擎云侧过头，没再看她，一晚上闻着她的香味，心里总有些按捺不住，难以入睡。

淼景在旁边听得憋不住笑，赶紧捂上嘴，对皇北霜行了个礼："娘娘，走吧！"说着，就领她走了出去，关上门，让这自作孽的国王好好睡上一觉。

　　"这里是陛下的寝室，也是这冰刺宫最深的地方。"淼景领着皇北霜走出来，两人才回头看了好一会儿。

　　皇北霜一笑："所以不管什么人来过陛下寝室，都一目了然！是吧？"

　　淼景点点头："娘娘很聪明！"边说，边带她往东边走，"冰刺宫是一个十分无情的地方，它从不眷恋任何一位国王，所以，就算是陛下，住在这里也是很辛苦的！"

　　"可以想象！连吃饭都那么小心！"皇北霜看着面前这些朴素但不失别致的小桥，跟在淼景后面四处看——这就是擎云生活的地方。

　　"擎……陛下什么时候开始喝霸酒的？"她边走边问。

　　淼景苦笑："十岁！陛下的母亲地位很高，是相辅的女儿，所以……生活要比其他的王子公主危险得多，我也不怕告诉娘娘，冰刺宫最司空见惯的事情就是毒杀！这一点，天下皆知，皇室尊严也曾因此一落千丈！"

　　皇北霜眼光沉下来："那么小！怎么受得了霸酒？"

　　淼景领着她往南边逛了一会儿，才回道："陛下第一次喝的时候，吐血吐到昏迷！王妃便不让他再继续喝，可陛下不听，每天都坚持喝，从一日一杯，到现在一日一坛，从吐血昏迷到现在如饮清水，您无法想象他吃了怎样的苦！"

　　听了这话，皇北霜点点头："他天生就有君王的脾气。"

　　淼景一笑，又开始往北走。大约走了半个时辰，落在皇北霜眼里的是一座十分华丽的宫殿，从整个冰刺宫的感觉来说，这一处显得非常不同。宫殿柱梁的颜色红白相间，艳丽无比，四面屏墙上都雕刻着栩栩如生的天朝飞仙，门口还有一片美丽的淡黄色水树花。这种花四季常开，芬芳淡雅，常受贵族青睐，由于稀有，市场价格很高。

　　"这里……住的是女性吧？"皇北霜站在门口定了定，"母妃，还是……王后？"

　　淼景闻言躬了躬身，叹口气道："娘娘真是很细心的人！这里从前住的是母妃，母妃辞世后，北宫王后住了进来！"

　　"北宫王后？"皇北霜听了一愣，转身就要走，"你带我来见她干吗？"瞬间，她这神态真有些说不出的烦躁。

　　淼景一见赶紧上前，解释道："娘娘！这里住的是一位废后！您还不知道吗？如今，陛下根本没有正妻。"

　　听他这么慌张地解释，皇北霜一呆，顿时觉得自己十分失态，尴尬地点点头，随淼景走了进去。这宫殿真是很漂亮，人工堆起的山石峭壁，姿态各异，修整精细的花草树木也别样照人。地上很干净，没有一块扎脚的碎石，小路上间隔一段距离便有两位婢女恭候在一边，整个内院就是一片说不出的祥和，很难想象，一个被废掉的王后，依然能受到如此厚待。

　　"娘娘！"忽然一声清脆的叫唤，皇北霜探头一看，不是在叫自己，而是不远处，坐在亭阁里这宫殿真正的主人。那小婢女提着裙子跑过去，还喘着几口气，急道："娘娘，陛下在发脾气，说您再不好好休息，以后便不来看您了。"这话说得很清楚，声音也很大，听在皇北霜耳里，显然就是谎话连篇。却见那坐在亭阁里不知是在写字还是画画的女人抬起头，居然满脸是黑色的墨水，两眼无神地问："陛下为什么不来看我？陛下为什么不来看我？"

　　那婢女赶紧为她擦干净脸，像哄小孩一样道："陛下说，您染了风寒，会传染给他，等您病好了，就来看您！"说着，还拍了拍她的背，催促这年纪看上去与擎云相仿的北宫王后赶快回屋。那女人依旧呆呆的，像是看着什么别人看不到的东西，傻傻地念道："陛下为什么不来看我？陛下为什么不来看我？……"她就这么反复叨念着这句话，让几个婢女搀扶着离开凉亭，走的时候，还经过了淼景和皇北霜身边。

　　一直到她走远了，什么声音也听不到了，皇北霜不由得一冷，漫步走到那寂寞的亭阁里坐下。上面还放着那女人写的字，谁也看不懂的不知是什么意思的字。

森景在一边沉默半晌，才缓缓道来："陛下……曾经娶过两位王后，那时他十五岁。从水火不容的将党和相党里各挑了一位候选王后册封，这位已经痴傻的北宫王后便是那时当朝第一相的三女儿，她的闺名叫水兰；另一位则来自大将军府，名叫辽夜，是南宫王后。"

"辽夜？"皇北霜眉目一凝，"和现在的辽震大将军是否有血缘关系？"

森景点点头："将军的表妹！"

皇北霜淡淡一笑，对着森景道："坐吧！看来你得说很长时间了！"

森景看着面前这位温如春雨、凉如雪月的女人，愣了好一会儿，才呆呆坐下。

复杂的冰刺宫，危险的冰刺宫，他该从哪里说起呢？

擎云十五岁时，年少轻狂，已有许多事是人所不能的，且不说他文韬武略皆无可出其右者，仅是他俊逸不凡的外表，便让各家名媛芳心暗许。然而，满街王侯贵族却无一家愿意主动结亲，原因很简单，不论是哪家的女儿，就算真能嫁给冰刺宫，就算真当了王后，不出几年，就得守寡，靖天王的母亲就是一例。

年纪太小的靖天王亲政仅一年，尚无能力剿灭恶党，于是决意从两派中各择一女为后，互相牵制。从此，两名与他同龄的少女入宫，与他日夜相伴。

人哪！无论出生在什么样的情况下，当他还只是个半大不小的孩子，他就怎么也不会冷漠到可以抗拒寂寞。随着时间的推移，他们朝夕相处，同床共枕，渐渐地，这位年轻的国王开始偏宠出自将军世家的南宫王后辽夜。原因很简单，北宫王后水兰喜欢话中带话，字字玄机，是一个工于心计的女人，而辽夜则爽朗大方，与擎云以武相识，给他的感觉，便单纯得多。这就是那个时候，擎云选择女人的标准，无关爱与不爱，反正这两个女人都不是他自愿册封的，但他起码还有选择偏爱哪一个的权利。也当然，辽夜先于水兰怀下龙种。

三个人都年纪尚轻，一个要面对来自各方的危险和暗算，另两个则受各自党派支持，在宫中水火不容，结果不出四个月，身怀六甲的辽夜被人下毒，胎死腹中。肇事者竟然就是水兰，在冰刺宫，这早就是一出老掉牙的戏，而真正的演员，就是那些为了保持自己的地位玩弄权术的侯门将相。

于是，靖天王为了平复将党的怒火，罢黜了北宫王后，并趁机削夺相辅地位，联合大将军辽震逐一集权。十五岁的他，丝毫不为那两位曾是他枕边人的豆蔻美人惋惜。虽然，她们都是身不由己的……

皇北霜坐在亭阁里听淼景说到这里，却抬起头看着天空，哀伤地叹了口气。淼景循声停下："娘娘？"

皇北霜目光很游离，几乎有些像那位已经痴傻的水兰："陛下……为什么对一个犯下如此大错的女人这么好？"

淼景愣在一边，许久没回答。

皇北霜苦笑起来："权术面前，没有人是正义的！陛下明明知道水兰受相党摆布，有意加害辽夜，却偏要装作不知！待他终于抓到机会好整这一帮贼党以后，水兰……便更加孤立无援。她应该是爱着陛下的吧，爱着一个如此出类拔萃的人，嫁给他，却不知道他的眼里所看见的，只是她那结党乱朝的父亲。"

淼景听到这话，大惊失色，赶紧跪在一边："娘娘，您和陛下是同一种人，权术面前，都有一颗属于自己的心，不善，亦不是恶呀！"

皇北霜俯身看着跪地磕头的淼景："现在她思念成疾，青春年华都这样神志不清地糟蹋掉了，陛下才觉得她可怜吗？因为，他们毕竟曾有夫妻之礼？"

淼景抬起头，发现皇北霜的脸近在咫尺，妖娆的神情带着如寒雪一般的冰冷，橘色的红唇边，透着一种神秘莫测的讪笑，像是嘲讽，又像是认同。淼景看得一怔，忽然间发现自己失礼了，又赶紧低下头："娘娘，陛下有意让我带您来的，他想让您知道这些事！"

皇北霜一笑，站起来理了理裹在身上的毛裘，对淼景道："我明白，说到这里就够了！我们回去吧！"

淼景这才站起来，跟在皇北霜身后亦步亦趋地往回走。一边走，他还一边暗自惊叹，这个女人真的和陛下很像，冰刺宫地形复杂，大道小路交错，她只是让他领路走了一次，回头，却已能自己走得丝毫不差。

皇北霜走在前面好一会儿，哪知道淼景在后面思绪万千，一路一直沉默，也不知在想什么。直到快回到擎云寝宫的时候，她才忽然转头对淼景笑道："你知道为什么水兰和辽夜都没有好结果吗？因为她们都失去了方向，在陛下和亲党之间，只能选择一个！两个都选，或者两个都不选，那才是致命的！谢谢你今天跟我说了这些事。今后，无论我选了哪一个，都不会后悔了。"

淼景闻言呆在门口，只是看着她转身入宫，好半天，也说不出什么话来。

选择什么，失去什么，从来都是平等的，如果你觉得不平等，那便是因为你贪心。

一个人一生，起码得有一件事是要从一而终、坚持到底的，那样，他才会令人信服，才会令人倾慕。霍擎云所坚持的，是身为国王的尊严，而她所坚持的，又是什么呢？七千多个已在云沛落地生根的厄娜泣人？还是展王那战的一字天机？还是这如暴风骤雨一般又快又狠的爱情？就算这选择再如何艰难，她也一定不会回避！

推开门，擎云已经起床了，还是坐在桌边看书，见她回来，只是淡淡一笑。皇北霜站在门边良久，就这么深深地看着他。

"站那么远！看得清楚吗？"擎云放下书，却是面无表情地回视着她，"或者说，开始害怕看清楚了！"他的语气，冷，而且紧张。

皇北霜站在门口脱下了毛裘，一步一步走到了擎云面前，同样是面无表情："那你呢？看清楚我了吗？"

擎云抬头看着她，她眉宇间还带着游离的冷淡，灰色清澄的眼神还有些许傲慢，她总是可以让他看得入迷，却又无法看穿。这么想着，擎云站了起来，与她极近的距离，令她显得甚为娇小。

"我不知道！或许真如你所说的，我们之间的回忆少得可怜！"擎云伸手摸着她如玉雕琢的脸，真的很短暂，他们在一起的次数，用十个指头都数得出来。

"连我自己都很惊讶，为何对你这样在乎，打仗都只打了一半，我是昏君吗？"他一伸手将她抱起，使她两脚都离了地面。

"谁敢说你是昏君……"皇北霜轻轻一笑，"若问也好，那战也好，谁在你手上占过便宜了？说这样的话，倒不像你！"

擎云大笑起来，抱住她腰的手稍微用了点力，惹她低呼，瞬间，他的额头便抵住她的。"我会了解你的，你的一切……"他说。

皇北霜听了这话心里一酸，她是一个很容易被看穿的人，就怕他真的了解了以后会生气，生很久很久的气，气得再也不会想着她了。

想了一会儿，她闭上眼睛回道："我有个东西想送给你，现在就给你！"

"什么东西？"擎云笑道，"又是冰玉环？"

皇北霜呵呵笑起来，嗓音极其迷人："我想，送你一朵莲花！"

擎云一愣："莲花？"

皇北霜忽然妖娆一笑，好似夏天白荷盛开。她看着犹自不解的擎云，徐徐靠了上去，伸出火红的舌舔吻着他的眼睛，令他半天都不能睁眼。被她这么撩拨好一会儿，擎云终于忍不住两手抓住她，想要斥责她，"你还有伤在……"可惜话还没有说完，出现在他面前的，是脱去衣衫，只剩一件底衣合裙的皇北霜，尽管胸口还有两道深深的伤，却依旧折损不了她浑身散发出来的魅惑，雪白的肌肤，明显的锁骨，隐约可见的完美曲线，还有……右手臂上，一朵幽然绽放的三瓣莲花。

似着了魔般，擎云盯着那朵莲花，手不由自主地轻轻抚摩上去，碰到她的一瞬间，她轻轻一颤。擎云已是忍无可忍，带着她便往床上去，大手放下厚厚的墨绿色帘帐，陡然遮了一室春光。

"你想好了？"他俯在她身上，屏息问。

"除非你不想！"皇北霜一笑，伸手紧紧抱住他。

"我爱你！"这一刻，她说出来的话，几乎梦呓，"全天下的人都可以说这不是爱，但我不说！全天下的人都可以当这只是一夜春宵，但我不会！都说男人一生曾爱许多女人，都说女人一生可钟情男人无数，但我皇北霜不屑此中滋味，今生所爱，唯有擎云。"

她的话缓慢、简单，但是字字真心，字字敲在擎云的胸口上，催促着他的心狂跳不止，撑在她两边的手，用力得几乎颤抖起来，他的呼吸那么乱，那么重，重得好像在说，我也爱你……

擎云的喉咙不住吞咽，微微张开的唇一点一点带着不明所以的虚汗靠近她的唇。咫尺的距离，令他饥渴至死。见他就这么僵硬地停下，皇北霜笑了一笑，其实她亦很紧张，谁会知道原来与心爱的人结合是这么紧张的事情……

可是，感觉到他的汗水一滴一滴落在她的胸口，她忽然觉得他好可爱，可爱得像个孩子，可爱得好像那个十五岁的孤独的擎云。

"我是你的……永远都是！"

闻言，擎云吸了口气，再也没有半分犹豫，他深深地吻着她，却在那一瞬间，他猝然呆住了："怎么会这样？"

皇北霜皱着眉忍着疼痛，半天说不出话来。

如此美丽的王后，这世上恐怕再不会有第二个了。以那战和若问的性情，他难以想象皇北霜竟然依旧是处子之身。他伤害了她，以欲望，在她的默许下伤害了她。

"傻女人，你怎么不早说？"擎云紧紧抱着她，没再动一下，"好些了吗？"问得简单。皇北霜一愣，额上尽是汗水，嘴里却回他说："我很好……"

擎云心中甚是感动，双手再度徐徐地抚摩着她，在那厚厚的墨绿色帘帐下，他真实地，彻底地，摘下了这朵举世无双的莲花！

记忆，是一段风中传奇，千回百转……

爱情，是一个万古的谜，世代相传……

可曾有人知道，与情人缠绵，便是这世上另一种永恒，即使激情退去，那一刻无法形容的幸福和甜蜜，也将永远留在心田，至死不渝。

只有那一刻，孤单才变得不值一提！

淼景和太医站在门口徘徊半天。不一会儿，一个婢女出来了，对着淼景点点头："陛下说，史太医一个人进去就行了。"

淼景呆呆地往里偷瞄一眼，才笑道："呃……萍儿，膳食方面你要好生伺候，别饿着陛下！"说完，又转身对后面的几个太医道："史太医，进去吧！记得眼睛别到处看，复诊完了就赶紧出来！"

那史太医赶紧点点头，蹒跚地走了进去。

这是第三天了，天天都这样。

淼景守在门口想着，看来陛下这回真是有些失常了。不过，他却觉得有一种轻松感，说不上来，就好像该感谢老天爷，终于肯眷恋一下这位逆流而上、遗世独立的靖天王。陛下从来都是谁也不信任的，更别提如此宠爱哪个女人到了这种程度。这样一来，天都跟云沛，恐怕是永难交好了，最起码，陛下应该不会忘记，皇北霜现在还是那战的王后。

一旦三十天停战协议结束，大漠格局真不知会发展成怎样。不过，就算只有三十天，也能让这对天作之合好生缠绵一番吧！就这点来说，淼景真有种舒了口气的感觉。

巍峨的广寒宫，已经失去女主人整整一个月，此刻坐在怀月阁上的只剩那战一人。桌上放着一盏清酒，还有一盘棋，一盘总是输给同一个人的棋！

探报说，靖天王果真从若问手里带走了皇北霜，没有损一兵一卒，现在，应是美人在怀吧，那是多么得意的事情。想到这里，那战低头喝了口冷酒，他的棋，他的妻，他从未染指的女人，这一刻，是不是正和那个俊美的男人抵死风流？既没有丝毫抵抗，更不会有半分无情，和在广寒宫时全不一样？

那战起身走到亭柱边，俯瞰着关影宫，后院里那一片雪白的解马树依旧盛开，一眼望去十分明显。还记得飒满曾给他讲过，解马树的由来……

很久以前，有一个哑女，爱上了一位将军，可是那位将军总是骑着马，看不到站在路边痴望着他的少女。日复一日，这有口难言的爱情让那少女每晚以泪洗面。终于有一天，她的泪水落在土里，竟然长出一枝枝嫩芽来，这些可爱的树芽抚慰了少女孤独的心，于是少女开始细心地照料它们，风雨无阻。也不知过了多久，这些小树长到比一个普通成年男人高出不到半米后就再也不长了。一天，那位将军又经过了少女伫守的这条路，忽然间，灰黄色的花苞全部盛开，白色的花瓣美丽异常。将军一看，发现这些树太矮，如果骑在马上，便会被花簇拦截，可是见这些花儿如此美丽，他又不忍心将之砍伐，于是只好解鞍下马，顺着这条小路走，当他走到尽头的时候，便看到了和这些花儿一样美丽的少女。虽然她说不出话，但她的眼里，却刻着深深的爱。将军走过去，紧紧抱着那少女，在这一片白花的树下与她一夜风流。后来，那位将军上了战场，再也没有回来。少女得到的，只是那一晚的缠绵，然而，她却满足了，与那些为她留下心上人的白花树一起度过了一生。她给那些树起名为解马树！

那战看着下面五瓣花一样的白圈，又喝了口冷酒。

当然，他怎会相信有眼泪可以种树这种荒谬的事情？真正令他难以平静的，是皇北霜种解马树的原因，她希望谁为她解马？她从来，就没有把他放在眼里！

看着天上依旧皎洁的明月，那战冷笑起来，既然他从来没有选择过爱情，这一次，也决不退让。如果说靖天王可以为了他手中的一枚棋子退让，那么，下一次棋局，输的定然是他。穷尽一生所有，对他展王而言，只有云沛是唯一的坚持，永不改变！

冷雪泽被红尘事，霜过犹见碧寒松；
未已明了关中恨，欲上广寒听箫风。

不见嫦娥真倦怠，却思英雄抛酒盅；
几番豪情临城兵，道却来生无悔功。

幽冥锦旗

第十四章

人分九等，一等至尊，九等至卑；情分三种，亲情难断，爱情难收。

生命，便是这么复杂，不要问为什么，当你身陷其中，说起这短短几句话，也会是同样的淡然和无奈。

然而，在这片寂寥的大漠里，却还是有那么一个人，跳出了这个命运的小圈。

他至尊，也至卑；他废亲，也无爱。

他是谁？

但书二字，无人敢直呼其名，暗叹一声，是为"若问"！

土匪，本质是什么呢？视道德文化为粪土，以命相搏，只为满足一己之欲。这么说来，如果女人也是欲望的一部分，那么，便同样用不着付出什么所谓的爱，只要抢就行了，一如酒水宝珠。两腿之间，不过寻欢一场，所以，土匪不谈爱……

若问，一介土匪，却够狠毒、够残忍、够极端！所以，他不是任何人可以控制的，跟他睡觉的格心薇不行，被他追逐的皇北霜也不行，予他一耻的北靖天王不行，跟他毫不相干的展王更加不行！

蒙上格心薇的眼睛，若问完全可以把她蹂躏到死，因为她是那么像皇北霜，像得几可乱真，可是为什么就是不满足？他的心没有再次狂跳，上面像结了一块冰，冷冷的，无动于衷的，空空荡荡的。

若问躺在床上，不知几天了，房间里只有浓重甚至有些难闻的欢爱后的味道，地上，若岚、绯问不知昏迷了多久。他看着面前一片狼藉，越来越生气，猛地穿起裤子，就这么打赤膊推门出去，也不反手关门，随便里面的女人春光乍泄。

阳光很刺眼，空气很冷，若问站在院子里，只是看着天空良久……

"陛下！"格心薇被突然的光线照醒，穿了衣服走出来，站在他身边，也抬头看着天空，"陛下，心情好了吗？"

若问闻言一笑，讥道："有个公主这么卖力地伺候着，心情怎会不好？"

格心薇低下头，露在外面的肌肤四处还可见青紫的瘀痕。"这世界上谁活着是不卖力的？拼了命是为了讨好谁？我想讨好陛下，做到了吗？"话说到这里，她只得一阵苦笑，"当然做到了，很简单嘛，只要蒙上眼睛就可以了！"

那一日，她曾说过的话，无人放在心上，她不是谁的代替品吗？那只是自欺欺人的挣扎罢了，只要若问觉得是，那她就是。

"格心薇，你知道吗？我不需成为什么国王！"若问回过头，说得淡然。他大步走到水井旁边，捞起一桶水便往身上泼，那水，带着些昏黄的细沙，在他精壮的肌肉上，分成几道淌下，在这寒冷的冬季，他站在那里，宛如一团冥火。

格心薇痴迷地看着他，她所爱的，就是这种永无可比的自我，那是谁都做不到的事。因为人，不可以太随心所欲，那样就会失心，可是一个不能随心所欲的人，活着，又未免可悲。这是很困难的事情，没有人能在这之间取得平衡，除了若问。

此刻，他古铜色的肌肤散发着几乎可以看见的幽光，高大挺拔的身躯已然占领了她的一切。可他只是伫立在水井边，像看一个东西那样看着她，"我不需要子民，也不需要玉玺，不需要治国，更不需要你！"他说得冷酷，毫无留恋，"所以，我要把你留在汾天！"

格心薇听到这里心头一惊："陛下？"

若问甩了甩头上的水，看着惊慌的格心薇，冷笑道："希望我去打云沛，是吧？哼！如你所愿了，明天我就要离开汾天，什么镇国军、南伐军，都给你！全是废物！我不要！你给我记着，去打云沛，不是因为那女人，而是因为我是土匪，这世界上最好的东西，都在云沛，所以我就要它变成我的！就是这么简单！"

格心薇听得面如白纸，既不明白他到底作何打算，也不了解他心中究竟怎样衡量。不要国家？不要霸权？那要什么？

若问一把抓了抓头，浸过水的黑色短发顿时像刺猬一般，紫色的瞳孔映着一切邪恶。他走到格心薇旁边，粗暴地抬起她的下巴，笑道："你要是敢在汾天捣什么乱……我就会回来，回来干掉你！记着！"说完，便转身走出这干冷的宅院，好像这里从来就不是他停留的地方……

汾天和烟宫，大校场。

黄天狂兵团立时整顿，骄阳寒风之下，个个气势如虹地站在操练场上，目光如炬，看着训示台上的首领。

若问已然穿戴整齐，同以前一样，沙黄色的披风，土灰色的紧身衣，腰间佩着刀枪剑。他站在那里，整整一个时辰，既不说话，也不移动，冷眼看够，才厉声喊道："喜欢汾天这地方吗？"众将领毫不犹豫，齐呼："喜欢！"

若问一哼，问道："满足了吗？还想继续走下去吗？"

此话一出，台下尽是沉静一片。没人回答，或许是不想回答，或许是不知怎么回答。虽然他们沉默着，但无一人四处回头探风，只是整齐地看着若问，眼神毫无疑惑。

若问看着他们，一手扬起马鞭指着南边的天空，大喊："我不满足，所以我要继续！"他的声音高昂中带着无可比拟的魔力，震撼着每一个人的心。小顿了一会儿，他又忽然如雷大吼："你们还要跟着我吗？"

校场上，静得只有这句话反复回荡着。他们仰着头，看着台上那个难以言明的狂人，他视这世界一切规则如粪土，似乎终有一天将会毁天灭地。

没一会儿，台下一片爆鸣，杂乱的回应层层不歇。

"首领！咱们这一辈子，什么都不好奇了，可就一件事情例外，那就是，咱们就想知道，能跟着首领走到什么地步！而这好奇，不到玩掉这条命，绝不改变！"

"就是！他妈的老子这辈子干的事儿多得记不清，就是要遭天打雷劈也得是在首领身边才行！"

"首领！还问什么？你满足了，咱们才会觉得够了！你到哪，咱就跟到哪！"

"呸！首领！你就发话吧！"

这些连骂带瘩的脏话在若问听来，真是十分怀念，没有了格心薇文绉绉的酸气，他看着这些同他出生入死的兄弟，瞬间，那澎湃的激情，苏醒了。

往前一步，他锐利的眼光一一扫过下面四千人，大声吼道："听着！明天早上，黄天狂兵团拔营离境！不想走的，最好现在就想好怎么逃命！"

此话余音殆尽，台下，便是一片遮天盖地的呼喊。

三百三十二年，开春。

黄天狂兵团离开汾天，留守者仅余一女，雨九公主格心薇。此后汾天换血，法制建国，设立讲学院。格心薇裂土分封，吸纳原麻随降将重归雨族麾下，瞬见其兴！同时，狂兵解缰，四千人南下，洗劫绿洲三座，见人必杀，无稽、无止亦无良。难民两度联合抗击，完败，近六千人无一生还，坐在尸骨堆上寻欢的，是一群目中无人的疯子。

不七日，大漠上已有落魄诗人游唱狂血。歌一首，肝肠寸断！

若问弯刀横，弑父血凝尘；
若问利剑出，葬母无情处；
若问长枪鸣，夺妻笑痴心！

天地本无良，红尘亦无美，
若及谁敢与之对，问遍神鬼俱不追！
踏断宝椅，白骨尽弃，无以为敌！
…………

莲花，真的没有了，温和的右手臂上，一片洁白如玉，擎云看着皇北霜的胳膊……她还在睡，睡得已经是昼夜不分。不过，只要在他怀里就好了，这一刻，他忽然觉得，就算再伟大的国王，躺在了这样一张温暖的床上，又怎么舍得离开？只是想一想都觉得难受。

擎云像个孩子一样盯着那个从前有着三瓣水芙蓉的地方，又在心里说了一遍，莲花，真的没有了，他是真的得到了想要的女人。

"你笑什么？"忽然，皇北霜说话了，眼睛还闭着，声音依旧疲惫。

擎云坐起来，咳了两下才回道："眼睛都没睁，你怎么知道我在笑？我没笑！"

"哦！"皇北霜没理，只是咕哝一下，便拉了被子继续睡，真的好暖和，还是春寒吧，怎么会这么暖和？想着，她嘴角不自觉地一笑。

擎云坐在一边，看着她每一个表情变化。突然之间，他有种家的感觉，那么心有灵犀，相濡以沫，那么简单又真挚……想着，他为她盖好被子，轻手轻脚下了床。

他喜欢穿黑色的衣服，喜欢衣服上绣着龙的图腾，他喜欢长剑，还有和他一样顶天立地的白马飞踏……这么久以来，从不曾有哪个女人能站在他身边，与他平起平坐，所以每当他转过头，旁边总是空空荡荡，只有回声缭绕。

擎云坐在桌子边，喝了一口酒，霸酒，却少见地呛了一下，烧心的火，不知为何再难平复。只有在不安的情况下，他才会这样！为什么呢？明明得了心，也得了身，那个女人已经是他的了，却为何比以往更加令他不安？是因为她的难以掌握，还是因为他的过度渴望？他从来就不知道，身为一个男人，竟也会如此痴缠。

不知这么坐在一边沉思了多久，要知道，这是擎云这辈子第一次如此沉迷于思考儿女情长之事，总觉得有些幸福，幸福得像中了毒，想要永远就这么思考下去……

"陛下！您起来了！"淼景站在外面，察觉到屋子里有动静，探头一看，原来国王已经起床了。擎云扭过头，食指一伸，做了个噤声的手势，披着衣服就走了出来。

"几天了？"他坐在大堂椅子上，看着守得有些憔悴的淼景。

淼景点点头，回道："七天了，陛下！"

"时间过得真快！"擎云往后一靠，带了点儿抱怨。

"淼景，给你个任务！"他仰头看着宫殿的柱顶，只有那处雕花无比精致华丽。淼景往地上一跪："陛下请吩咐！"

擎云沉默了稍许，两手交握，才道："派莽流的人四处装作走漏消息，就说云沛关影王后被土匪袭击，重伤不治，已经香消玉殒！"

淼景闻言，不做丝毫询问，赶紧点头应"是"。

"十天以后，再向广寒宫正式修书，表达对展王丧后的遗憾！"擎云说着，回过头看着跪在旁边的淼景，冷道，"另外，安排辽震将军入宫商议军情！逐次召回甲士兵！我要在正式离境前大阅兵！"

"关于死兵队……"淼景逐一点头，最后才又询道，"死兵队十四人，陛下要召见吗？"

擎云站起身，笑道："不见！他们全由你安排，要多用些心引导，这种非常时期，每个国家都有可能进行刺杀行动，我们也不用留着这手不用！先诛那战再杀若问，成则报，败了嘛，你就看着办吧！"

淼景叩了个头，起身退下。陛下的思路总是很清晰，就算在这般沉迷女色之时，也依然不会忘了自己，而只有不会忘了自己的人，所走的路，才是朗朗大道！他一直都这么认为。

一夜起火，这似乎是若问的专长。

说他没有心计，似乎过于小看，他带着四千人沉沦，走过的路怨声载道，喝过的水血红一片。白色皇冠，黄色大旗，无论在哪个地方飘起，那地方就会夜夜鬼哭神泣直到破晓。

那一夜，蛮狐在瓜洲放了场大火，烧红了天空，引得驻守在弱水的天都扎营兵速往救援，却让若问乘虚而入，瞬间拿下势单力薄的弱水。若问这一手，乍一看，好像有点蠢，弱水只是区区一个落城，正南边是云沛，两边邻近的雪原和瓜洲属于天都，他进驻弱水，既犯了靖天王的界，又踢了展王的门。无论黄天狂兵团的人怎么个不怕死，要以四千人同时挑衅两个独霸一方的国王，简直就是天方夜谭。

但是他，偏偏做了！

"首领！这帮人吵死了，干吗不杀光了事？"狼头坐在一个狗头铡上，那是一种用来杀头的刑具，这是他们第一次见到这种玩意，兴奋了好一阵子。那铡口上的血肉腥臭难闻，却从来无人清理，他们越来越迷恋这种味道，越来越喜欢这种感觉。

却只有若问，十分厌恶，他杀人，但不喜欢尸臭；他嗜酒，但不至烂醉如泥。皱起眉毛，他冷冷地看了一眼狼头，狼道："喜欢就搬到你房里去，给我清理干净。还有，从现在起，谁也不许再杀一个弱水城的人。把他们聚集起来，关在城中心！"若问坐在一边，话只说一遍，诚象便已会意，他是这么多兄弟中，唯一比较爱动脑筋的人，若问一说，他便明白了过来，赶紧照做。

这弱水城大约有八万人，狂血破城后，还剩五万多，除去老弱妇孺，壮丁不过一万。

弱水一直以来，除了自身经贸往来繁盛，更是受到云沛的支持和接济，也算是个富都。从某种程度上来说，它与云沛有着切割不了的关系。虽然，擎云在两国一战时，将其按协议收揽，但实际上，他也是想将来可以利用弱水与云沛边城的密切关系。而现在，显然不是只有他一个人看到了这根露在外面的肋骨！

就是这样一个富都，整个城市周围已被遍插黄天狂兵团的大旗，显示着这地盘如今的主人是谁。

那一天晚上，生计司诚象，正式以若问之名发布通牒于四方——鹄劲、云沛、弥赞，以及汾天，而那篇冷酷无道的牒文一直到很久以后，仍令许多说事人记忆深刻，毕生难忘！那些短暂铿锵的字句，好似刮骨的大刀霍霍而鸣：

幽冥锦旗，圈地为界，脱逃者斩，擅入者死！黄天狂兵，于此休憩，生不惧死，亡不惧耻！故以此通牒四方，如稍有逞强毁我之兵，一动，则屠城！绝无余地！

短短几句话，天都不能动，云沛亦不能动，一直忙于重新建国的汾天更不能动！

这就是现在的若问，与擎云，与那战，与皇北霜，甚至与格心薇的际遇，逐渐让他明白了什么是国王！什么是政治！而当他明白了以后，却觉得十分无趣，这世上从来就没有他不敢做的事！杀就杀，即使有报应也不过是一死，死有什么可怕的，对他而言，最可怕的是无聊，是没有欲望，是空白！除此之外，神哪！还能拿什么来惩罚他？什么都不行！

可是，换作是擎云，换作是那战，治国者屠城，国必亡，他们怎敢这么做？还不如他这土匪，嚣狂到死不变！谁也威胁不了他，更别提想拿他当儿戏。

若是生于黑暗，渴望便是那把烈火，焚烧堕落！
若是生于光明，渴望便是那滴鲜血，玷污纯洁！
这一世，唯有锦旗知我意，
这一生，但以幽冥解我心！
终生不知悔！永远不后退！

云沛封关以来，第一次大开城门，迎回了为它征战沙场十多年的一员骁将——大将军巫季海！这次回国，他们未损一兵，依旧是那么一条长长的队伍，穿越了沙漠，抬着华丽而空无一人的轿辇归来。轿辇旁边，竟是有十一人戴枷而行，那便是廉幻、夜佩等人。

巫季海这一路给他们骂得狗血淋头，可又怕他们轻生，只好一一铐上，强行带回了国。他欠王后太多，最起码不能让她的人死得那样不值。

那战坐在广寒宫大殿上，看着平安归来的巫季海，内心澎湃不已，有些震惊，又有些感激。他的王后，不只是没有让他失望，她做了更多，甚至为他保留下一员震慑四方的大将，在这硝烟四起的时刻，依然没有辜负他半分！

"大将军！"那战看着巫季海，心中五味杂陈。

"陛下！王后她……"巫季海一脸悔恨，半晌硬是说不出后话。

那战往后一靠，看着被锁在一边，皇北霜的陪嫁十一人，不知在斟酌什么。过了好一会儿，他淡道："广照韵！把今早收到的天都来函念给他们听！"

广照韵往前一站，逐字道来：

"致云沛广寒宫主：世界分土而治，北领靖天王，南领展王，立翘楚之地，竞则平起，和则平坐！故彼丧后之事，吾国陛下心怀怜悯，深以为憾，痛哭三天以为展王知己，仍不能平，命吾修书一封，予句三慰：失不复得，枉然牵挂，为政勿追！愿贵国国王陛下了知吾君真意，祝，龙体祥和，寿疆无边！"

他念得字字清晰，尤其念到"丧后"二字时，夜佩、廉幻等几乎惊倒。

"娜袖！"而廉幻此时的愤怒，已是无法控制，两手一挣，硬是挣脱枷锁，长剑出鞘，直指国王那战，"都是你，以娜袖为饵！"过度的愠火燃烧了这十一人的心，他们的眼睛好像已经失去理想一般空洞无神。就连巫季海这一刻也呆住了，什么也反应不了。

"大胆！"广照韵一声吼叫，数名侍卫冲上来，将之一一拿下。

那战坐在宝座上，俯视着这十一人。据他猜测，估计还不止这十一人吧，不知那步步为营的皇北霜，还在哪里安插了暗人。

"我听说在厄娜泣，地位最高的应是厄袖吧！不过，你们似乎更加忠于娜袖！哼！连我都不放在眼里！"那战看着他们，低声一笑。

廉幻虽被拿下，却依旧手握长剑，十一人，无一吭声，全然一副舍生忘死的神情。

那战看着他们良久，淡道："算了，免你们死罪！我将以德报怨，派你们十一人在此休战之时出使天都，迎回关影王后之玉体，安葬于我国创天建国冢！你们愿意吗？"

廉幻等人一听，互看一眼，齐齐下跪回道："谢陛下！"

那战一笑，换了个坐姿，眼神透着莫测的幽暗："不过，万一……我的王后有幸度劫，依旧活在这世上，我希望，你们能为我将她带回！"

这话，很明显，他根本就不相信皇北霜死了，所以，他要唤回她的忠诚。那战说着，从怀里拿出一个锦囊，那是皇北霜和亲之日献给他的故乡的土。他着使女将锦囊递给夜佩，平和地说道："去见她吧！带着这锦囊！"

十一人躬了躬身，算是行了个礼，终是平静地退了下去。

关影宫，每日勤学苦读的人只剩飒满，他坐在院子里，听到一阵嘈杂的声音，回头一看，夜佩等人乱步归来。"姐姐回来了！"他兴奋不已，赶紧跑了过去，一手抓着道秋的手，大叫，"关影娘娘呢？关影娘娘呢？快些看！她的解马树开花了，开了好久都还没谢呢。风一吹，好像雪一样漂亮！"

夜佩抬起头，呆呆看着云霓缤纷的解马树，忽然泪流满面……

"待到花开时节，卿等自会知道！"

…………

想着，她哭得更加凄伤，其他人看着她，好像有些懂，又好像不太懂。

"我不知该不该去！"哭了一会儿，夜佩终是好了一些，一边带着点哽咽，一边走到一棵解马树下，摸着那灰黄色的树干，断续说道，"如果娜袖真的在天都，那该如愿以偿，与擎爷在一起了不是吗？我们就当她死了吧！"

"夜佩！"廉幻闻言猛惊，上前抱住她，大声喝道，"说什么傻话？娜袖儿的脾气，你还不知道吗？就算你要当她死了，她也不会的！"

"可是……"夜佩低下头，"女人……在爱人身边是多么幸福的事，你知道吗？去接她，去接她回到这片寂寞的解马树下吗？去接她回来继续在怀月阁上吹奏凉箫吗？娜袖的逞强自伤，你还看得不够？"她说得哀恸，细拳如雨，依旧宣泄不了心中的不满。

廉幻看着她，这一刻，就连他这粗野莽夫也无法平静，他紧紧地抱着夜佩，十一人站在解马树下，一片寂寥。

许久，廉幻开口了，像是有了主意："召回将雷、允再，我们去见娜袖，回不回来，由她决定！"说完，他摘下一朵解马树的白花，插在夜佩头上，一笑，"男人，不像女人以为的那样简单；女人，也不如男人以为的那样柔弱。明明知道，却装作不知道，这绝对不是娜袖的性情。她会选择，而我们，只需要跟随，明天早上就起程，伤心的事，不要再做了。"

白花树下，寒风吹动，飞瓣如雪，一点一点，唤回了曾经许下的誓言……

十一人抬头看着天空，再也没有迷惑，有的，只是执着！

天都怀柔，冰刺宫，后山。

"我说要晒太阳，没说要来这么偏僻的地方！"皇北霜坐在草丛里，看着正在喂马的擎云。见她身体好些了，擎云就拉她出来遛马，而且还故意跑到这么偏僻的地方来。

擎云一笑，拍拍马屁股，放了飞踏自己去玩，才走过来看着她："在这里给你盖个别业，以后，只有我能来看你，如何？"

"行啊！"皇北霜一哼，"你就和我一起住在这里，你在这里待多久，我就待多久，你走了，我也走！如何？"

擎云闻言脸黑了下来，重重搂住她，带点怒气地说："不能像一个普通的女人一样，只想着我，只等着我吗？"

皇北霜看着他："你不是一个普通的男人，会爱上普通的女人吗？"

被她这话一堵，擎云倒是笑了起来，撩起她一缕青丝放在唇边淡嗅："身体还好吗？"

皇北霜点点头，灰色的眼睛看他，单薄娇小的肩紧紧贴在他的胸口："可以的！"

擎云眼神略微一暗，拉下披风垫在草地上，伸手解开她的衣服，一件一件放在手边，寒冷的空气，走不进他们之间，只有吻，反复呼唤着永无止境的贪恋。

他们在一起，从不提及外面的世事变迁，因为他们都知道，那只是对这甜蜜时光的一次浪费，他们都舍不得那样做，一刻也舍不得……

在你面前，我的心，允许你所想的一切！

落城弱水。

出乎靖天王的意料，若问不但没有直接纠缠云沛，反而是生生抢走了本是他手上的一颗棋子。更绝的是，若问远离汾天，却依旧随时可以号令国军，尽管那是被他抛弃的东西，却仍是不能自拔地向着他，好像那便是它唯一的方向。

在弱水城府，若问每晚都有一段时间，会独自一人坐在没有灯火的房间里，不许任何人叨扰。那房间里除了一张床，什么也没有，连窗户都封死了，门一关，便是黑暗一片。

他就那样，不说话，一动不动地坐在床上，陷入伸手不见五指的漆黑当中，只以沉重的呼吸，令空气中混荡起异样的热度，那是属于他的，连他自己也控制不了的东西，只有在黑暗中，他才能彻底感受到。

当！当！当！

金属互搏，睁眼全看不见，所以不知是他用刀敲着剑，还是用剑敲着刀，再或者，是那把有一道箍痕的枪，敲打着他的心……

总之，黑暗里，听得到声音，却不知来自哪里。

"首领！"

出奇地，在这个时候蛮狐站在门外叫他，声音听上去紧张无比，似乎是壮了不小的胆子来吵他作息，站在门边，不时还咳了几下。

"什么事？"漆黑的房间里，也不知若问的声音从哪传来。

"落……落鹰有消息来报！"蛮狐贴在门上，支吾地回道，"皇北霜……好像死了！"

哐！门打开了，月光射进那黑暗的房间，门影之下，只照到若问的脚，他站在门里，一如厉鬼。

"看到尸体了吗？"若问看着蛮狐。

"没。只是有这一说！"蛮狐搔了搔头，看不清楚若问的表情，一脸的惊恐，"要不要……把尸体弄来？"

若问闻言往前一步，整个身体陡然显现在月光下，一脸冰冷，"我要尸体做什么？给我找到她！"

"那……死了还怎么找？"蛮狐呆问。

若问大笑起来："她命比我还硬，哪有那么容易死掉？找到她！"

蛮狐点点头："那可是落鹰的事了，首领就歇着吧！今晚要不要……"

闻言，若问刮了刮一头短发，淡道："叫若岚、绯问来！"

直到现在，他抛弃过连同格心薇在内的无数女人，却至今没有抛弃若岚、绯问二女。说起男人的心思，有时候当真也只是一种简单的本能罢了。对他而言，这两个女人就像是马鞍，谈不上怜惜，却在习惯之后，有种说不出的需要，尤其在他欲求不满的时候，尽管，她们只能暂时熄灭他的激情。可是，那就够了，足够令他不弃。

大漠的孤寂，在绿洲的衬托下更加明显，曾经悦耳的铜铃，再也没有响起，有的，只是狂躁的马蹄，有的，只是铿锵的锣鼓，三声之后，带出莽莽大军，对阵而敌，为国，为家，为己，却在其后，湮灭了更多的土地，枉死了更多的生命。

擎云带着皇北霜回到了从前厄娜泣的故土，如今，那地方正生养着另一个奴隶民族。

站在风里，她看着一望无际的干涸土地，兀自沉湎，记忆里一瞬闪过，那些曾经在这里举行过无数次的祭祀，那日她出嫁前拾起的黄土，还有母亲说的话，还有兄长的告诫……

如今走了这么大一圈，那时候的她，怎么也不会想到会有一天，当她再度回来，厄娜泣却已毅然将之抛弃！

人哪！为何永不满足？

擎云从后面紧紧搂着她，薄唇贴在她脸上，像是为了分给她冰冷的肌肤一点温暖，却意外地，尝到了咸咸的泪水。他转过她的身体，目光充满爱怜："觉得辛苦吗？"

皇北霜摇摇头："不辛苦！觉得傻！"

擎云笑起来："天大的事有多大？等我得胜的那一天，就会告诉你！然后，你所有的愿望，我都将实现！"

皇北霜淡笑："在厄娜泣，每一个女孩结婚的那天，都要向天许愿，为夫君歌唱……所以，很多女孩子在遇到心上人的时候，就开始准备合婚歌了！"

擎云点头道："你呢？会唱吗？"

"贪心！我的夫君可是云沛国王那战！"皇北霜回道。

"哦？那你唱给他听了？"擎云眉头一皱，有点不快。

皇北霜摇摇头："他没有听过我唱歌！"

说完，她转过身，背贴在擎云怀里，看着面前不再是故乡的故乡，带着难以捉摸的忧愁，唱起了属于她的情歌，很短，很短，但是很真，像一个普通女人那么真……

花好月明笑情郎，
对天三拜许三愿：
一愿夫君寿绵长，
二愿夫君知我情，
三愿只待燕双飞，
与君共把辛酸饮！

梦陨潮汐

第十五章

月儿弯弯到九天，留给人间白凉影……

凄冷的大漠，沙舞如绸，即使人们有再多的爱，在这里，也不过是风花一场。黄土之上，刻不下痴缠的脚印，随着岁月变迁，它终会抹掉一切，留给人间的，永远只会是一望无垠的沙丘荒凉，永远是无止无休的瀚海波涛。

这话说起来虽然悲哀，却偏又是那样不可抗拒……

然而，人区别于其他生灵最大的特点是什么？

除去本能，会做梦的，皆是人。

跪在擎云面前的，是曾有几面之缘的廉幻、夜佩十三人，而他只是坐在宝座上低头看着他们。冰刺宫大殿内，诸侯将相一片沉默，心中揣测迭起。

没一会儿，廉幻抬起头，逐字重申："无论生死，还请陛下让我们见娜袖一面！"

如今这十三个人面容憔悴，风尘仆仆，看来也是连日赶来的，风餐露宿，不曾好生打理。他们在他面前用了娜袖这个称呼，而非关影王后，其用心可想而知。

"她死了！"擎云冷冷回道，心中却思忖着那战果然来了这招。

廉幻闻言，乌唇抿了抿，才道："那么，请陛下交还关影王后遗体！不见棺身，吾等绝不死心！"说完，十三人以俯地大礼叩首，表其意志决绝。

擎云想了一会儿，扭头对站在一边的淼景使了个眼色。淼景点点头，转身去办差。

"三十天休战协议就快过去了，贵国展王……还有闲心来寻往世人？"擎云不无讥讽，淡笑道，"泱泱大国，了无他事了吗？"

这时的廉幻等人，心思哪里还在殿上，个个耳朵竖起，仔细听着殿外的脚步声，没一会儿，果然等来了答案。黑胡桃木质行棺，让四个人抬了进来，阴森地放在了这寂静的大殿正中央。淼景站在一边，对廉幻点头，说道："带走吧！"

廉幻和夜佩互看一眼，两人手紧了一紧，便颤抖地伸向木棺边缘，或许是心中仍有余悸，犹豫良久，才终于轻轻地推开一角，往里一看……

"空的！"夜佩又惊又喜，"娜袖呢？"问话脱口而出，难免失礼。

擎云看着他们，只道："你们可以回去复命了，带着这棺木。"这话说得亦毫无余地，像是恨不得这十三人立刻消失。毕竟他们是皇北霜拿命与若问博回来的，很难说会给他带来怎样的麻烦。

本以为要轰走他们须得花上一番工夫，却见廉幻意外地点了点头，十三人齐声叩谢之后，便乖乖抬了那棺木出去，没有再做挣扎追问，一行身影就这么渐行渐远。

大堂上，寂静一片，顿时有些诡异……

是夜，冰刺宫最深处，依旧可见月儿出云。

北靖天王坐在桌边，面前是一盘棋，棋盘对面是一个美丽的女人。只见她秀眉蹙起，神色懊恼。擎云一笑，逗弄似的说道："说你聪明嘛，可你的棋真是没看头。你瞧，都让你七个子儿了，居然还能弄成这样。"他的语气带着宠爱，说着，又解下两子让路。

皇北霜叹口气，笑道："我虽不善弈，倒也绝对不是个生手，却没想到，这一逢上国王做对手竟是盘盘惨败哩，你可不许再笑我了！"

擎云眉毛一挑："输那战了？"

皇北霜点点头，脸微红。

擎云哈哈大笑起来："那有什么？那战的棋太拘谨了，赢多少次也不会觉得过瘾。"

皇北霜抬头看了他一眼，又把目光移在了棋盘上："我听说……你曾被他扔棋子？"

擎云闻言嗤笑，拈了桌边一块糕点，边吃边道："嗯！他那人太多顾虑，是个输不起的德行！那时候我年纪还小，差点儿就跟他动手！"

"呵呵！"皇北霜淡淡笑起来，星眸冰肌，别样动人，自从与他有了肌肤之亲，她就像破茧而出的蝴蝶一般，常常善睐之间，收他魂魄。擎云唇一抿，走到她身后大手一搂，玉冷的薄唇贴在她的耳根上，嘶哑地说道："快点认输好不好……"

皇北霜仰头咯咯直笑："国王陛下日理万机，床笫之事，不宜太过操劳！"

擎云手一收，顺手拉下了她的外套，转过她身体来，见她温顺模样，哪里还乐意诸多闲扯，抱了她便上床榻，复行鱼水之欢。

"擎云，你知不知道，我很会驯养极乐鸟，"皇北霜却贴在他的耳边，忽轻声道，"而且，我驯养的极乐鸟，很特别，能飞很远，大漠里绝对没有第二只。"

擎云听出她言语之中还有暗指，便停下动作，俯身看着她。

皇北霜已是衣衫零乱，咫尺之间与他回道："只是十三个人，能在你面前玩出什么花样？让我见他们吧！"

闻言，擎云似有些不乐意，两手用力一扯，瞬间令她不着寸缕，蜷缩在他怀里，仿如初生的婴儿。随即是他的吻，带着少有的粗暴，显示着他的愠怒和压抑，直到听到她吃痛嘤咛，他才猛然放开了。

"或许……"空气中，他只道，"我该把你关起来！"

皇北霜一笑，雪一般的肌肤像寻找温暖似的贴上他的身体，又低声问道："好不好？"

擎云沉默半晌，捉了她两手扣在枕边，见她亦不再多说，只是等着他的答案，心情即好了很多，便回道："只准明天一天，我会让索匝拿跟着你。"

皇北霜这才松了口气，一时巧笑倩兮。

床边碧帘之间，轻舞将歇，布幕之后，便只余春光一片……

极乐鸟，色彩绚丽，体态华美，尾羽细长，鸣叫动听，是一种十分名贵的野生沙漠鸟，而其中最为特别的，便是国王极乐鸟。国王极乐鸟性情孤僻，不喜群聚，每逢迁徙，却会主动领飞。

它一生只会有一个伴侣，一旦伴侣死去，就会绝食随亡，丝毫不眷恋人世。

皇北霜自懂事以来就十分喜欢驯养这种鸟。皇北霜所饲养的国王极乐鸟，名叫"宏"。一般说来，像这种身形比较娇小的鸟是很少远飞的，但宏十分与众不同，不但可以连飞三天不落地，见到主人，还能鸣叫出婴儿啼哭一样的声音。在这大漠，绝无第二只。

所以，当她在冰刺宫上空看到宏的时候，就知道夜佩来找她了。

所以，既然来了，她就要见。

翌日。

一直守候在冰刺宫外的廉幻、夜佩十三人在百名侍卫的监视下再度入宫，穿过了幽长的走道和错综复杂的殿宇，他们终于在最深处的那座宫殿里，见到了二十一棵解马树的主人。

她坐在凉亭木椅上，穿着粉橘色的绸衣，披着一件雪狐毛裘，依旧盈盈动人，空气里，还带了几分醉意，只听轻笑一声，刹那间便觉铜铃响起，叮叮咚咚好不惬意。

他们呆呆看着她，不敢开口，生怕只是好梦一场。

皇北霜朝着他们点点头，只道："就知道你们会来找我，都过来坐吧！"

"娜袖！"夜佩三人毕竟是女儿心，终于忍不住心酸，三步并了两步跑过去，本想拥抱，却又想着自己只是奴婢，而面前的主子，无论在哪儿都是主子，这么一想，三个丫头便和身后十个侍卫一道跪在了地上。

"好了，好了！"皇北霜拍拍他们的背，笑道，"我不是没事吗？哭什么，也别跪了，都坐下来说话吧。"

十三人坐下，目不转睛地看着她，只觉得精神抖擞，再无靡靡无望之感。

皇北霜将这十三人一一看了看，瞧他们虽风尘仆仆，身上倒无重创，这才放了心，莞然道："将雷和允再也来了！"

两人起身行礼。

"那……占别出关了？"思忖了会儿，她又问。

将雷摇摇头："占别仇火愈炙，一心出关，颇有暗杀之意。可终究绕不过属下，无法出关，后来只得参军，现已加入云沛护国军麾下。娜袖须得谨慎，不定他擅自离开战场，前来行刺。"

闻言，皇北霜心中一冷，想起占别背上那把玄弓，甚觉不安。想了一会儿，她又问道："是陛下让你们来找我的？"

十三人点点头，廉幻回道："擎爷说您已经不在这世上了，可是陛下不信，说活要见人，死要见尸，现在，连关后陵都修了！"

"哈哈！"皇北霜大笑，"真是他的作风！"

夜佩几人对看一眼，问道："娜袖，您同擎爷，是不是已经……"

皇北霜点点头，没多做解释，又道："陛下有没有向厄袖哥哥带话？"

廉幻摇摇头："没有，厄袖都不知道您的事儿，不过……"说着，他向夜佩使了个眼色。夜佩拿出那小锦囊递了过去，她这一路一直揣在怀里，到现在，还温热不已。

皇北霜接了过来，放在手里轻轻揉动了好一会儿，目光幽远，不由得喃喃道："故乡的土啊……"说着，神色迷离，使人看不出她在想什么。

十三人沉默地等着她的答案，没一人吭声相劝。

许久，皇北霜讪笑起来："你们怎么都不说话？不赶紧劝我回去吗？"

十三人齐往地上一跪，回道："全凭娜袖决定！"

皇北霜叹了口气，缓缓站起身，伸出一手，忽然一只七色鸟飞来，落在她手指上，展开华羽长尾，鸣叫不休。这大概就是她驯养的国王极乐鸟吧！

"宏……想我了吧，对不起，把你丢在广寒宫。"皇北霜对它笑道，"回到北漠了，是不是觉得特别开心？"

皇北霜自说自的，十三人就这么跪在地上看着。

过了好一会儿，许是打定了主意，皇北霜回头对廉幻等人道："走吧！我们出去转转！"

在北漠。

最大的政权国家是天都，锁国十年，壁垒繁多，不轻易为外人得见，了解甚难。

十年来，生活在天都周围的其他弱小游走民族、奴隶民族，只得争相与其他的政权国家和亲求好，寻得庇护。在鸪劲、麻随、弥赞、云沛之间，首选云沛。原因很简单，虽然它很远，但它地广物丰，富庶强大，政治稳定，一旦得其支持，那便是天降洪福，最好的情况下，还可能得到一块优渥土地，正如现在的厄娜泣一般。

自厄娜泣七千多人迁离以来，北漠古尔哈奇绿洲上，已是片刻不息地住上了另一个奴隶民族。而现在，住在这土地上的人们，一如既往，时有乱斗发生，仍是为着活命水粮拼死不休。

皇北霜站在一个小沙丘上，逆光远眺，面上浅笑似有若无。她站在十三人面前，伸出手打开那小小的锦囊，轻轻一倒，里面的细沙随之流出，经风而散。

"这已经不是故乡的土了，就让它从哪来，回哪去吧。"

她看着晚霞如血的天空，身影沁红，像要没入这一片沙海一样。

十将三婢看着她，直到她终于回头。皇北霜嫣然一笑，神情温和，信步走了一会儿，约有两三丈远，才淡道："已经被吃掉的棋子，如何可以反复使用？我已经不欠陛下的了！所以不会再回云沛！"

廉幻闻言，点点头，又振声问道："如此，娜袖要我们抬着空棺回去复命吗？"

皇北霜转身，正对着他们，摇摇头："你们也不回去！"

十三人一愣，疑惑不解。

"回去就等于正面告诉他，我活着，并且在天都。所以，你们也不用回去了。这样一来，就算他知道我还活着，只要没有我的消息，那我就是一手死棋。"说着，她又斟酌了一会儿，接着道，"压抑已久的混战已经濒临爆发，怎会是一个女人阻止得了的？更何况，陛下似乎忘了，厄娜泣族已经在云沛生了根，现在是云沛的子民了，受他的统治，也必然受他的保护！他又怎么可以拿自己的子民来威胁我？不可以了……"

廉幻等人互看一眼，终于明白过来，点点头，才问："那不走了？"

皇北霜听这一问，却是哀笑几声："那战除非断了我这条线，不然不会罢休的，能用则尽力用，所以……我也不能留在天都。"

夜佩几人神情微暗，轻道："娜袖有何打算？天都戒备森严，要走须得擎爷同意。可是看他昨天的态度，恐怕……"

皇北霜闻言，抬头看着血红的天空，脑海闪过擎云那双锐利的眼。许久，她沉默下来，只是紧紧拉上裘衣寻找温暖。

擎云……

太多人，这一生都在寻找一个安稳的地方，过着日出而作，日落而息的日子。

然而，就是这样简单的事情，却偏不能长久。

不知是因为人心静不下来，还是因为这世上根本就没有那么一个地方——

总是安稳的，也总是宁静的……

三百三十二年，春分。

天都大阅兵，甲胄浩瀚，蹄灰如雾。各路将领齐集怀柔，聚兵二十万，意气风发。北靖天王登高一呼，回应之声如潮汐涌动。擎云号令三军，胜则一统天下，败则穴葬沙场。巫祭师魂冉三卦一卜，吉日大定，与云沛一战，绝无延迟，违令者视为逃兵，军法处置！

皇北霜站在阅兵场最高处，带着十三人一起，俯瞰着这些热血男儿，对他们，既觉得钦佩，又觉得可悲……

她本是一个很容易满足的女人，正如她嫁给那战，却丝毫不在意他的宠幸，只要惠及族人，完成使命就行；正如她爱上擎云，却全不在乎是何名分，只要真心相爱，心有良辰即可。这样说来，或许只能证明她不过是沧海一粟，但凭随波逐流度过一生！

然而，现在不一样了，命运给了她机会，给了她一个成为观棋人的机会。

而她，应该抓住，想着，她眼神一凝，终是有了打算。

"你在做什么？"

理政会一结束，擎云就立刻回到寝宫，下面的人报说她今天一直带着十将三婢到处逛，也回到以前的厄娜泣走了一遭，而且还撒掉了那战命人送来的土，这让他很高兴。

皇北霜正在烧酒，那是一种和霸酒完全不同的味道，带着些酸涩，也带着些馨香。她坐在桌边一笑，招手道："你回来了，过来尝尝！"

擎云坐在一边，接过她递上来的酒杯，没有半点犹豫就一饮而尽。

"酸！回味还不错，只是太少了。"喝完，他轻道。

这一幕，在普通家庭或许很正常，但是在冰刺宫，淼景看在眼里，却是心惊肉跳。十一年了，陛下从无一次喝过霸酒以外的酒。就是这习惯，让人害怕，也让人臣服，因为素饮霸酒，下毒无用。而这十一年的习惯，竟在关影王后面前不堪一击。

"陛下！"淼景忍不住提醒，擎云却手一挥："下去！"

皇北霜抬头笑了笑："淼大人不必太多顾虑，下去休息吧，我想与陛下单独相处！"

　　淼景闻言只好行个礼，徐徐退了出去。

　　见他走了，擎云端起面前的金紫砂壶看了看，问道："这什么酒？"

　　皇北霜淡笑，接过壶又倒了一杯，依然只到杯身一半容量："好喝吗？"

　　擎云接过来，一口抿尽。"不能多倒些？这么喝很累的！"说完又顿了顿，转头看着她道，"说实话，不怎么好喝！"

　　皇北霜扑哧一笑："这个叫同归酒，也是厄娜泣的习俗！"

　　"同归？"擎云眉毛一挑，"同归于尽？"

　　"胡扯！"皇北霜捏了一下他的脸，"'缘定三生，殊途同归！'的意思。"

　　"哦！"这话似乎让擎云很满意，抓起她一只手放在嘴边蹭，轻道，"是不是跟那个合婚歌一个道理？"

　　皇北霜点点头："同归酒，入口酸涩，回味酥甜，在洞房之夜，由一对新人交杯而尽。这是我们祖先的智慧，意思是说，人生虽然要经历各种劫难，生老病死，聚散别离，但是随着时光流逝，但凡能依旧遵守自己诺言的人，到了最后，终究会品尝到生命的甜美！无论如何相悖的两个人，最后也会走到一起！"

　　"所以就叫同归酒！"听她这么一说，擎云笑起来，似乎也开始觉得这酒有点味儿了。

　　"不过，为什么一次只倒半杯？"

　　"那是要告诉你，人生才走了一半！"说着，皇北霜又倒上两杯，然后持杯的那只手与擎云的交错，"干！"

　　擎云一笑，两人交杯而尽。

　　夜深了，不知几更天，他和她就这么一杯接一杯地喝酒，直到云深遮月。

　　然后，和平时一样，在那墨绿色的帘帐后紧紧拥抱。

然而这一刻，擎云俯在她身上，却露出一反常态的阴冷，他自嘲地笑了笑，忽然问道："还不说吗？这次你又打算怎么对我了？"

　　皇北霜一愣，看着他依旧明亮的眼，有些意外。

　　"喝了十三年霸酒，我吐过多少血，你不知道吧？我的舌头已经尝不出辛辣了。"擎云紧紧扣着她，道，"即使是在酒菜里下毒，我也不会有事。何况……只是这样区区几杯小酒！能奈我何？皇北霜，你太让我失望了，你以为我永远都不会生气吗？"

　　说完，他的手扣住她的下巴，怒火，瞬间勃发："说吧！你要怎么对我？"

　　皇北霜在酒里下了毒，应该说，那不是毒，而是迷药，只会让人昏睡几个时辰。她赌了一把，赌他会喝她递的酒。然后，她赢了，看着他杯杯入肠，她赢得心痛。可是，还来不及平复内心的焦灼，她又输了，输得彻头彻尾。

　　"你知道，我最恨有毒的酒！"擎云狠狠地压着她，气得双唇微颤，"皇北霜，你记住，在我们之间，你赢了，不是因为你聪明，不是因为你机关算尽，而是因为，我喜欢你，我爱你，只要是你想做的事，我全都愿意接受。可是……"说到这里，他捏住她下巴的手，几乎嵌进她的肉里，"可是，我错了，放任你就是伤害我自己，也许我该学学若问，管你想什么，只要强取豪夺便是。"

　　他气得两眼充血，一把拉开她的衣，再不压抑心中莫名的恨与不安……

　　爱你爱到不明所以，要你要到永不停息，
　　想你想到一心一意，恨你恨到魂不附体！
　　为何全都是你，为何永远是你！
　　…………

　　汾天。
　　同一个时间，同一个世界，同一张脸，却有着不同的故事。

例如在若问的默许下，已经在汾天重建雨族政权的格心薇与远在天都冰刺宫的皇北霜两人，她们尽管容貌相似，生命的轨迹却如此不同。

现在的格心薇，再也不是什么低贱庶出的九公主了，而是堂堂正正独掌汾天的女王，一个……独守空闺的女王。她的房间里，没有妆台，没有屏风，没有茶几，没有桌椅，也没有字画饰品，只有一张床，一张唯一与若问有回忆的床。

她躺在床上，看着窗边的月亮，脑海里却忽然闪现出若岚、绯问沉迷激情时的脸，自嘲地一笑。她现在连若岚、绯问都比不上了，自贬到这种程度，依旧留不住他。

惨笑一声，她低头看着手中那没有丝毫温情的信，泪水泉涌而下。

"无趣！"

一张纸上，只有这么两个字，写得龙飞凤舞。

七日前，她发现自己怀有身孕，毋庸置疑父亲是若问，她高兴得无法形容，当天鸣炮和烟宫，宴客一整夜。然后，她差人到弱水告诉若问。七天后，信使回来了，仅仅带回一张纸，上面只有两个字，两个冷酷无情的字。

格心薇想到这里，喉咙一紧，坚强的她，在墓火焚尸的时候都没有哭过，却在这张床上，泪如雨下，一双宝蓝色的眼睛，寂寞地望着窗外……

神哪，为何连个梦，也要带走？

她哭得撕心裂肺，不明白若问就算不爱她，难道也不爱自己的亲骨肉吗？连看都不来看她一眼，他究竟是怎样做到这般冷血的？

其实，出生于政权贵族的她，怎么会知道土匪圈里一直流传着这么一段话：

"如果生了女儿，那就是我的耻辱，因为她终有一天会让人奸污；如果生了儿子，那就是我的敌人，因为他终有一天会与我竞争。所以什么也别生，就算生了也别认，这样到了那一天，敌人就是敌人，女人就是女人，我还依旧是我，我还依旧是我！"

所以说平常人认为的幸福，在他们这些疯狂的土匪看来就是麻烦，甚至是个陷阱。他们根本不会费心在这上面，他们并不渴望长命百岁，也无所谓国泰民安，从不把"报应"二字放在眼里，说他们单纯，那是因为他们愿意以此为交换。

个人幸福个人收，个人痛苦个人愁。

这样的决心，格心薇怕是一生也无法明白的。

梦，在日出时陨落；潮汐，在破晓时袭来……

擎云的寝室，此刻是少见的凌乱不堪，地上散落着破烂的衣裳，酒气满盈。激情过后，他的怒缓下少许，低头在皇北霜汗湿的背上落下几吻，才终于开了口："你到底要怎样？"皇北霜全身酸痛，趴在床边，用力地呼吸以换取平静。

"相信我一次好吗？离开天都，我绝对不会回到云沛！"她闭上眼应道，"擎云，不管我走到哪里，最后都会回到你身边的。"

"明早，天都就要出兵，我要带上你！"擎云眼一冷，两手死死抓着她。

"我会妨碍你的！"她睁开眼，看着他，"听我这一次！好不好？"

闻言，擎云坐起身，手还抚在她的背上，而她露在外面的肌肤，已经开始发冷了。拉上被子，他的表情有些复杂。

皇北霜咬牙忍着疲乏，也起了身，她仔细地看着他，他握着拳头，一脸烦闷地坐在那里，他，就是在怒气中也没有真正伤害她，这让她更加后悔自己刚才所做之事。

"对不起，我也不想用这种方法离开你，但是，如果好好跟你说，你一定不会同意！"她一边说，一边挪到他身边，伸出两手抱着他，他的头靠在她的胸口上，听着她平和的心跳，"擎云，我若继续在你身边，那战势必不会罢休，一旦消息走漏，你们在战争中的平衡立场就会打破，这是其一。其二，若问……现下亦是不可小觑。擎云，天下最想留在你身边的人，舍我其谁？但是事到如今，天下最不利于你的人，亦是我呀！"她的双手轻轻抚摸着他，手指在他的脸上流连着，描绘着他的五官。

许久，擎云的眼闭了闭，终于回道："这一仗，打赢了，你就来找我。打输了，你就回那战身边吧！"

皇北霜听了，一笑，手指点上他的唇："你答应了？"

擎云转过头，看着她的眼睛，缓缓地，不舍地点点头："让你单独留在天都也很危险，带你打仗，恐怕那战又要老调重弹……你可以走，但要避战，在我得胜的一天，就去接你！"

他说完，皇北霜转身走到窗边，两手推开窗叶，对着院子喊了一声："宏！"

七色极乐鸟应声而来，歇在她的手指上。

"这是宏，我的国王极乐鸟！"她把它递到擎云面前，"你看，它的尾羽有三种颜色，胸口和翅膀的颜色也不同……"

擎云沉默地看着，等她继续说下去。

皇北霜手一振，宏便立刻又飞走，她回头一笑："擎云，我为你唱过合婚歌，也与你喝过同归酒，所以，无论我要做什么事情，都绝不伤害你的利益。无论我走到哪里，无论你胜，还是你败，无论你是否会来接我，我都会回来，然后，再也不离开，我发誓！"

擎云闻言，心中甚是高兴，可是他的脾气，又不愿表露太多，便落下一副似笑非笑的模样，那样子落在皇北霜的眼里，是那样地打动她。她紧紧揽着他的背："在梦里，我一刻也没有离开你，当晨曦如潮而来，叫醒我的美梦时，我总是很庆幸，睁开眼，你仍在我身边……"她贴着他的脸，轻柔的嗓音，诉说着她内心深处沉溺的幸福。

擎云两手稍一用力，就将她拽倒在怀，她似一颗珍珠，绽放着迷人的光彩，他轻轻覆唇下去，好比誓言一样的吻，又温柔，又甜蜜，沉迷而无法自拔。

"我爱你，我会去接你！"他抱着她，承诺着。

极乐鸟，一生只爱一次，便已是生死相许。

相信不相信，已是问得太多余……

广寒宫的解马树终于开始凋谢，落满一院子的白色花瓣，逐渐与黄土融合，萧条的关影宫，再也不复那日册封大典时的生机。可是就是这样一个地方，少年飒满依旧如在梦里。他每日勤学苦读，文武兼修，意外的是，他的这一股劲儿，竟也引来不少小王子的崇拜，三天两头便寻到关影宫闹腾。

然而，从解马树花全部凋零殆尽的那一天起，广寒宫的主人那战，再也没有来过关影宫。

三十天停战协议就快到期了，黄天狂兵团驻守在弱水虎视眈眈，天都数十万大军也即将压境，到了这一步，即使那战再如何不愿意，也无法令这一切停息。

还有五天，便是决战。

派出那十将三婢到天都已经第七天，依旧杳无音信。派暗人查探，答案是天都已无佳人踪影，十三名使者全部失踪。

好一个皇北霜，眨眼间，脱离了他的控制。

想到这里，那战苦笑起来，能踏上这历史舞台的，又有哪一个是泛泛之辈？

碧水岸边细草徇，一缕幽梦潮汐改！

她再不是，他手上的棋，
她依旧是，他名义上的妻，
血战将起，她却凭空消失，
当真，放弃了这一片美丽的解马树……
而树下，皆是谜语！

七色极乐鸟划过天空，艳丽的色彩，毫不逊于缤纷霞云。

廉幻十三人骑马跟在皇北霜后面，一直跑到下一个山丘上，才稍做休息，迎着霞光，眺望身后的天都。

"娜袖，决定往哪走了吗？"夜佩好奇地问。

皇北霜看着远处已成一片细长黑影的天都外城，笑道："早就想好了，我们去汾天！"

"汾天？"道秋几乎从马上摔下，双眼猛睁，以为自己听错了。

"嗯！"皇北霜重重点了点头，"在这种情况下，恐怕除了擎云，谁都想不到我会到汾天去，我要在那里想法子牵制若问！"

十三人闻言大惊，疑云重重。

皇北霜回头看了看他们，笑道："还跟着我吗？"

十三人互看一眼，全都大笑起来。

皇北霜也笑了笑，便一齐开始往汾天策马奔驰。

无论是天都，还是云沛，都不会再对厄娜泣出手了，谁赢谁输，对厄娜泣而言没什么差别，唯一令人不安的，便是驻守弱水的狂血王若问。一旦血骑入关，厄娜泣必受残害。

当然，这只是皇北霜自私一些的想法，不过实际上，如是真能成功，对整个大漠世界来说，无疑摈除一害。虽然她不知自己能不能做到，但起码，可以一试。

三百三十二年，春分，寅广日。

北靖天王出兵，由北至南，辗转驻扎于其臣国鸪劲，布阵三日，夜夜击鼓励志。其时，南领展王亦同，分兵三处而守，日日检阅备战。唯一动向不明者，是为狂血王若问，此如针扎其间，意图难辨。既令天都忌惮，又让云沛警惕。

于此一探，旱世大漠已然濒临崩溃。

擎云飞踏大漠横，北霜朝歌狂沙埂。

若问照云喋血骑，那战今生不相抵。

舞台之上，他们之间，谁输谁赢，何去何从，是否即将揭晓？

玉指风云

第十六章

若问的铁骑离开了汾天，这是好事，因为无论是哪个国家，无论是哪个民族，都不可能全由强者组成。人会生老病死，弱小的人长大，长大的人衰老……然后，在时光推移中，反复经历如此的生命循环，倘若仅仅遵守弱肉强食的准则，那这世界终将完蛋。

这一点上，最显而易见的一例，就是从黄天狂兵团灭掉麻随以来，在这片领土上生活的人口数量快速减少，人们不用习文学字，也不用辛勤劳作，宰相也好，农民也好，人与人之间的关系只有抢与被抢，杀与被杀，这是多么简单的事情，一如动物。于是，千万人剩下百万人，百万人剩下十万人，十万人剩下万人。然后，寂寞了，萧条了，便终于后悔了，后悔不该抛弃爱，后悔不该抛弃怜悯，更后悔不该抛弃尊严。他们终于明白，这些看似无用的东西，其实是神赋予人间的恩惠，如果将之抛弃，留下的，将只是骨肉皮囊一堆，人不像人，鬼不像鬼。

而如今，就像是盘桓许久的恶灵终于不再于此纠缠，若问的离开，给了格心薇重整朝政人伦的机会，一切，皆可重写。于是在这乱世之下，格心薇选择了一个最有效也最危险的方法重建汾天，那就是——"裂土分封"。

说它有效，是因为这条政策轻易地挽回了人们那些已被若问踩得稀烂的名利心，一时间，汾天二十四亲王体系人所周知，推恩而下，朝纲大振。

说它危险，是因为当人们尝到了甜头以后，就会渴望更多，这受封而起的二十四位亲王便很有可能造反。

不过直到现在，应该说格心薇成功了，最起码目前汾天接下来的发展不会是国家灭亡。就只说这一点，她也算是个不简单的女子。

汾天一共有十个边城，呈弧形排列，其中有一城名为"兆淮"，这个地方正对着云沛方向，两者相隔一百里，其间必经要塞是一座落城，名"弱水"。

兆淮的主人是受格心薇分封的一位亲王，叫作及汉，此人年至古稀，好大喜功，手握私养士兵九千余人，一直受和烟政权忌惮。及汉有妻妾二十二人，却是老年得子，且是龙凤双生，颇有苍茫半生、老来得意的味道。

三百三十二年春分，某日，兆淮城最有名的客栈里，住进了一位神秘客人。这位客人是一名少见的绮丽女子，她身穿淡绿色的锦衣，暖裘加身，头上戴着一顶广边帽，帽缘垂下的薄纱隐约遮去这女子半边容貌，但依旧能看得出七八分轮廓。这名女子气质高雅，不怒自威，身边奴婢三人和护卫十人如影随形，且这十三役随看上去个个出类拔萃，引人侧目，可想而知，他们的主人，该会是何种出身。

"娜袖！及汉似乎还没动静！"来的当然是皇北霜，此时问话的是夜佩。

皇北霜坐在可以俯视大街的朝西的一处栏杆边，四楼的高度，足以令她望到十里开外的城主府。她淡淡一笑："及汉是个疑心很重的人，他肯定会沉不住气的！"

正说着，轮守在门外的将雷进来了，目光带着些讪笑，朝皇北霜点点头："鱼儿上钩了！"

真是说谁，谁应！

皇北霜徐徐起身，戴上遮颜纱帽，走到桌子边坐下，手轻轻一挥，笑道："那就请鱼儿进来吧！"

不一会儿，兆淮城主及汉竟跟在护卫后面毕恭毕敬地走了进来。他抬头看了看皇北霜，一双老眼瞪得铜铃般大，眨眨眼，又看一下，便嗖地往地上一跪。

"老臣该死，不知女王陛下微服到此，还请恕罪！"

皇北霜扑哧一笑，汾天分封的二十四个亲王个个都见过格心薇，在薄纱隐约遮去她瞳孔颜色的情况下，认错人是很正常的事。

"及王爷，你如何断定我就是女王！"她坐在一边，似笑非笑地看着他。

及汗一呆，心中暗忖：这女子分明就是那日和烟大殿上裂土封侯的女王，不知是不是得了消息，知道他在兆淮干的事，竟然亲临查看。

"及王爷！"皇北霜调整了一下坐姿，"听闻您这回扩军又招进不少人！每位士兵的饷银都不少，看来您的家底不是一般的深厚啊！"

及汗猛怔，之前探报说女王怀孕，由于忧郁过度，一直都在深宫疗养，少见出门，怎么这次一下就到边城来了？

"女王陛下见笑了，这都是为了保护吾国边境安全！"

皇北霜讥笑一声，便没再说话。夜佩在一边点点头，上前接道："及王爷，若问狗贼一走，您就想拥兵自立，脱离汾天控制，我家主人对您的这番气度十分尊敬哩，只是……像您这么硬来，恐怕不会那么容易！"

及汉一听这丫头把若问称作狗贼，忽然觉得不太对劲，眼神顿生迷惑。

夜佩又道："及王爷，一旦混战结束，若问还是会回来的，那时候您搞什么把戏都没用了，和烟政权的裂土分封会失效，您现在拥有的一切，都将灰飞烟灭。"

闻言，及汉抬起头，却是一脸阴冷，一手猛指着皇北霜喝道："你是什么人？为何冒充女王引我来见！"

他一动，廉幻、将雷等人已是长剑联挡："退开些！"

及汉一惊，不自觉往后退了几步。皇北霜转过头看着他，玉指小拨，拿下遮颜纱帽，露出一张绝世容颜，那是一张与汾天女王相似到极致的脸，只是，有个最迥异的差别，那就是她的眼珠是灰色的，而格心薇是湛蓝色。

"及王爷，从现在起，您说我是女王，我就是；您说我不是女王，那我就不是！"皇北霜站起身，走到栏杆边看着外面的大街，"您的风光是短暂的，一旦若问回来，一切都会改变！所以，是否接受我的襄助，您可以考虑一下！我会在这里住上一段时间，但如果您久久没有诚意，我也就不再厚颜逗留了！"说完，她微微躬了躬身，神态祥和，引得及汉也不自觉地躬身回礼。他站在一边，已经有些下陷的两眼深深看着皇北霜良久，似乎略有妥协，没一会儿，便转身走了。

见他真走了，道秋在一边终于忍不住问道："娜袖，他会不会直接派人来抓我们？这样就可以讨好格心薇！"

皇北霜坐在一边淡道："概率不大，这几个亲王哪一个不是心怀鬼胎？要知道，他们明明和格氏没有任何亲缘关系，却得了亲王头衔，现在看来，是格心薇在讨好他们呀！何况……"说到这里，皇北霜一笑，"擎云安排了莽流的人照应，要是他真的做什么手脚，恐怕他两个心肝宝贝会出问题！不过……像这种见不得光的事，咱们自己不要沾手就是了！"

夜佩和廉幻互看一眼，点点头，赞道："娜袖，您总是让属下钦佩到骨子里！"

皇北霜闻言，却是苦笑两下，玉手一指，那方向正飘起不知谁家生火煮饭的炊烟，光是看着，就令她闻到菜香一阵。

"这世上有权力的人总是少数，可惜，偏就是这么少数几个人，能够决定那些炊烟升起多少！"

三百三十二年，春分，大漠混战一触即发。却在此时，一直支持若问的汾天，开始出现不明动向。其边塞十二城，均以女王格心薇之名聚兵封城，瞬间隔绝了和烟王宫与落城弱水的联系。和烟政权开始派人清查，出行官员全是有去无回。三天之内，此边塞十二城以兆淮为中心，兵分六组，两两配合，一支向内，拦截和烟出行兵，一支对外，阻挡外来入侵者。一时间，其气势盖过汾天中央政权，格心薇被困死，裂土分封的不良后果陡现。

玉手翻云覆雨，谁为上天入地，不过一场炊烟！
细指绕转乾坤，谁为呼风唤雨，不过一眼流连！

此时鹄劾。

"这种极乐鸟真是少见，好长的尾羽啊！"焱景站在桌边看着一只歇在木杆台上的七色极乐鸟，一脸惊讶，想来以他的身份地位，什么稀奇玩意没见过，要说极乐鸟，他家几位夫人也养了不少，没想到今天所见的这只竟这么艳丽。

这会儿，擎云两脚搭在桌子上，一身黑色锦衣，样态轻佻，他没有抬头搭理旁边这少见多怪的部下，只是神情带着些难得的柔和看看手中的短信：

吾郎擎云，大战在即，依旧难挨相思，不知彼安好否？此已于汾天兆淮定下防线，可守七日，内外均不破，勿念！

看着看着，他一笑，没做多想，便将信纸递到烛灯边烧掉，然后拿出一张白纸，提笔回信。他的女人，永远让他激动，即使在这样的状况下，她的光芒，依旧不逊于他的。

皇北霜目前住在及汉府中，另辟一处作为政机会议中心。

是夜，皇北霜望着窗外星雪，那月如九霄勾弦，伴奏天籁。望着这样美好的景色，她忍不住取出怀中玉箫，贴唇轻吹……曾在广寒宫吹过无数次的曲子，曾让擎云搂着一夜吹不停的曲子，曾与那战败棋无奈吹起的曲子，这一刻，往事如风亦如水，水如明镜照心怀。

什么都想起来了，也什么都过去了，将来会怎样，她忽然觉得已是那么无所谓，一生有过如此经历，结局的好与坏，当真不再重要了。

正思绪万千时，忽闻一声尖锐的鸣叫，皇北霜抬头一看，玉手朝窗外伸出："宏！"

宏的腿上系着一封回信，皇北霜忍不住笑起来，一手取下，便小跑回内屋，打开一看：

不出七日，定去接你！

仅仅八个字，令她情不自禁地将信贴在胸口。鹄劾与汾天上千里的距离，这一刻好像全然消失，而按在她心口上的，是他那双温暖粗糙的手。虽然她心里知道，在这种危机四伏、草木皆兵的情况下，写信只为悱恻缠绵，实然可做愚蠢之说，然而，当两个尝尽情色滋味，灵魂互相嵌合的人这般分隔两地，又如何能够平静呢？

真希望，七日如风，无痕即过。

女人，心软，当然会做梦，皇北霜笑望七日如风，那又怎么可能实现？

当第一天的烈日当头狂烧，大漠中部地区已风声鹤唳，兵涌如潮，天都首列五万先锋于前，对面不过几里处，云沛七万兵阵待发。不知是否巧合，初战两国竟采用了同样的策略，擎云与那战看来在这个想法上是一致的，他们在赌若问会先找对方的麻烦。他先找谁，谁便落得夹击之下场，大势顿失一半。

听到鼓锣三响，敲碎战前最后的犹豫，只见两军黑压压一片，如浪对冲，战场上，厮杀遍野，落日前，谁都无法停下……

云沛边城，广平。

展王那战与巫季海等一干骁将围在地图边。巫季海一手指着地图上一个点，说道："陛下，北靖天王初战故意少派两万人，看来有意引我军上前！"说着，点图的手指往前一移，然后画了个圈，道，"像这样的阵势在沙漠里互相炮轰是很危险的，看来他有意牺牲掉尖都和雪原两座落城，一旦我们压境，必会受到炮击！"

那战看着地图道："可是不向前推进，长期让敌兵围逼也不行！"

广照韵点点头："驻守在弱水的若问，似乎还在看好戏的样子，到现在也查不出他的出兵倾向！"

那战听到这里，一笑："巫季海，信送到了吗？"

巫季海点头："陛下，昨晚就该到了！"

那战闻言，徐徐坐了下来："等着吧，他肯定会去扎天都的穴，一颗钉子能钉两把大刀！真是让我有些惊讶！"

几个将军看着一脸冷漠的国王，再无人接话。只有巫季海知道，陛下依旧暗地里派人寻找关影娘娘，他虽然不再去关影宫，却为关影王后修建了与国王陵墓相连的关后陵。尽管那十将三婢至今未有任何消息传回，但陛下仍不曾对她死心。

跟随陛下近十六年，巫季海从未像现在这样对他的心思揣测带着不安。自从他随皇北霜出使弥赞后，对于这位王后娘娘，既心有亏欠，又难掩仰慕。他这区区一个军人尚且如此，更遑论陛下是她名正言顺的丈夫，要死心，恐怕不太容易。

"什么时辰了？"

沉默许久，坐在一边的那战开口了，手里还拿着一面云沛的小旗子把玩。

"回陛下，已是午后了，两兵交战已经超过九个时辰！"广照韵回答。

"嗯！"那战仰起头，闭上眼，低声道，"广照韵，现在开始带主力军压前，不要急着冲到他们的炮阵去，要慢慢地迂回向前，直到……"说着，他嘴角扯开一个淡笑，"直到若问那把大刀也插过去！"

不夜落城弱水。

白天疯叫惊天，晚上幽火通明。这是一个不夜城，风是腥的，酒是红的，道路是白骨堆的，这就是若问的世界——一个从若问黑暗的心中走出来的世界。

此时，若问赤身裸体地倚靠在床边，一边享受红蓝舞姬的殷勤服侍，任她们在他身上点燃欲火，一边目光叵测地听着站在旁边的诚象如实汇报。

"首领，那边打起来了，灰沙满天的，刚才落鹰派出去的人回报说，那战没做休息，已经开始把主力军推上去了！"

若问闻言一讥："老奸巨猾，连夜派人送信来告诉我皇北霜在霍擎云手里，不过就是想拉个伴儿吧。堂堂七尺男儿，动不动拿女人出来做幌子，真没意思！"

诚象点点头："那咱们还要不要去云沛了？那边已经有三座边城私下受咱们控制，只要那战大军出巢，要冲进去就是小菜一碟！"

听他这么一说，若问没回话，倒是一边的蛮狐忍不住插嘴："云沛有什么好玩的？咱们现在要什么没有？要老子说，乘着天都与云沛开战，那个狗屁霍擎云分身乏术，干脆咱们也上去捅他一刀，把首领的女人抢来才够意思！"

"就是！蛮狐，这回老子我跟你一条线，这样才带劲！"说这话的人是狼头，他手往蛮狐背上一搭，一副吊儿郎当的样子。

若问这会儿似乎还在考虑，在天都与云沛之间，选择谁来祭刀。

"首领！"不知过了多久，落鹰冲了进来，气喘吁吁。

"见鬼！吵什么？"蛮狐对着落鹰的头猛敲几下。落鹰一看，首领正在风流，赶紧退到一边。

"说！"没料若问竟开口了。或许他的选择，还需要更多的信息辅助。

"那……"落鹰猛吞了几下口水，才回道，"首领，稀奇了，汾天……就是咱们以前那个窝，现在出了两个女王！"

"什么意思？"若问眼一冷，"格心薇让人弄下来了？真没用！"

"不是……"落鹰猛摇头，"就是……那两个女王都是格心薇，暗人说汾天的人已经分成两派,一个拥护和烟,一个听从兆淮,谁也闹不清哪边是真的。"

"哦——?"

听完落鹰急躁的回答,若问这一声长长的疑叹竟是带着明显的兴趣,似乎这条消息助长了他的兴趣,手使劲掐住若岚的细腰,惹来一阵吟叫。

"诚象,你说说!"他的言辞带着恶意的期待。

诚象点点头,疑道:"难道是皇北霜跑汾天去了?怪不得到处找不到人!"

"哼!"若问笑起来,"她果然是在霍擎云手里,这回偷偷跑到汾天捣乱,恐怕也是为了那个俊俏的情郎吧,好一对善男信女!"

那战没有骗他,看来皇北霜与霍擎云两人动情已久。他三番五次出现救她,似乎并不是巧合。想着,若问一笑,皇北霜,这回是你自投罗网。

"诚象,给你黄天狂兵团三千骑兵,夜袭北靖天王,拿下他狗头回来孝敬!"若问推开身边的女人,起身穿衣,"落鹰,剩下的一千人由你指挥,留守照应诚象,别让兄弟们死得不快活!"说着,他已穿戴整齐,走到墙边拿下刀枪剑佩于腰间。

"首领?"诚象不解。

若问猛将衣衫一拽,威风凛凛地走到他们前,顿时,眉宇如虹,幽深清冷的紫色瞳孔里散发出阴戾邪恶的光芒,他轻轻一哼,道:"蛮狐、狼头,你们两个跟我潜入汾天,都进了咱们裤兜的东西,不拿白不拿!"

"首领?你就带他们两个去?"诚象一惊,"那怎么行?"

若问重重地拍了拍诚象肩膀,笑道:"你没看出来吗?皇北霜这一招是跟咱们学的!"

诚象一听,顿然醒悟,两手一拍:"对了,咱们守在弱水,就是等着天都和云沛大动干戈,皇北霜扎在兆淮那地方,同样也是等着咱们出兵。如此一来,无论咱们对谁动手,她都可以螳螂捕蝉,黄雀在后！"

"没错！"若问大笑，"所以我要你带兵伏击霍擎云，引她相信我出兵了！记着，不是要你去帮助云沛攻打天都，纵使不杀一人，只要给我砍下北靖天王的脑袋就行！也用不着硬拼，见着不对劲儿就跑，知道了吗？"

诚象点点头，又立刻道："可是，首领就这样独自入城，这是否太……"

他话还没说完，一边的蛮狐似乎十分不满，肥壮的胳臂上去就是一肘，吼道："啐！不是有我跟狼头吗？你小子操什么心？要是没了首领，你他妈的就成废物了！"

"给老子滚一边去，烦不烦？"诚象这会儿也上了脾气。论及武力，首领当然是最强的，可是再强就这么只身进入兆淮，是否太危险了？虽然他这么想，不过看若问的样子，他也实在不敢往下说。

若问这时回头看了一眼趴在床上休息的若岚和绯问，冷道："她们也留在弱水！"说完，便带着蛮狐两人踏了出去。

皇北霜，这一回，就算你当真有双翻云覆雨手，也别想抓住我这把嗜血斩骨刀。

知道吗？我已经听到了，你樱红柔软的唇，发出勾人心神的声声呼唤。

你在呼唤我！我已经听到了……

三百三十二年，春浓，混战起，硝烟弥，尘埃如雾，刀剑如林。

北靖天王获得先机，拉进云沛主力军于两座落城之间，炮轰七个时辰。那战使用迂回行进，损失将领不如天都所愿，其后又出兵七万，折往天都大军西边据守地，落城尖都，战区顿时移动。北靖天王大喜，乘其东面无首，力量薄弱，遂聚兵攻打。不料，遇袭！

"娜袖，您别急，很快就会有消息的！"
夜佩几人站在一边，看着心急如焚的皇北霜，轮流安慰，奈何她怎样也冷静不下来。今晨莽流有人来报，擎云遭若问突袭，因对方采游击之策，神出鬼没，鼠影难寻，天都东面阵营硬是给打乱了，致使擎云不得不把身边警卫增加三倍。

这个若问，越来越难琢磨，不声不响出兵，在她察觉之前，已经开到了天都军营东面。乍听这消息，她真吓了一跳，直是懊恼自己迟钝。

没一会儿，极乐鸟飞了回来，皇北霜上前拿下短信，急急打开，见上面依旧是他行云流水的字迹，心里顿时安然不少。

只是皇北霜看完后，却气得将信揉成一团："什么'无碍！自己小心！'就不能多说一点他的情况吗？如此惜字如金，真真不在乎我担心他？"她坐在一边，兀自念叨许久。

少见娜袖女儿娇憨，夜佩几人看着都掩嘴一笑。

"廉幻！"少时，皇北霜气完了，振声道，"传令给及汉，出兵三万，分三路往东，追击若问！一旦成功，兆淮政权拱手相让！"

她一说完，廉幻赶紧点头，带着三人退下办差。毕竟他们在兆淮这么久，就是在等这一天，虽然有些意外，不过基本上没有太大变动。封锁汾天，杜绝若问策动大军，然后煽动边城政变，待若问一出弱水，便可夹击，这样一来，他便是天都、云沛都犯上了。就算一时无法将其全部剿灭，只要能拖到战争结束，也总有人会来与他收拾了。

交代完毕，皇北霜无力地坐在桌边，一手托着极乐鸟，一手为它梳理尾羽，心中却万分不安。不知擎云伤势如何，只希望无论烽火连天，生死瞬变，最终都随着似箭光阴，归于平静。

翌日，破晓。

汾天边城出兵，边关几至无防。在皇北霜看来，这种时候，是不可能有其他军队攻打汾天的，所以留在兆淮等十二城的兵力只要能挡住中心政权格心薇就行，虽然她知道挡不了太久，但起码，只要在格心薇破围脱困之前剿灭若问，那就是最大的胜利。

这一点，看来很快就会实现了。

"夜佩，叫廉幻他们进来吧！"早上，用完膳，皇北霜笑道，"咱们该讨论一下如何脱身了！"看来她心情似乎不错。

夜佩三人扑哧一笑："娜袖着急了吧？及汉王爷才刚率兵出关哩！"

皇北霜点点头，回道："及汉当然不会是若问的对手，不过……他带了三万人，总不至于两手空空地回来吧？"

道秋也笑起来："及汉自己也曾受若问统治，怎会不知道那狗贼的狠毒？看来是为了名利，连命都顾不上了。"

"娜袖坐一会儿吧，我去叫廉幻！"再萍端来水为她洗了洗手，顺便接了话，又端着盆子走了出去。几人相视一笑，有些窝心即出的温暖。想来若问一直是他们心中的痛，如今此痛将歇，难怪会轻松许多。

然而，过了很久，再萍却没有回来，廉幻也没有出现，道秋朝门看了一看，觉得不太对，于是向夜佩点点头，便推门出去查看。

夜佩警戒地站在皇北霜身边，手持长剑，低声说道："娜袖，有点不对劲！"

皇北霜一惊，两人紧张地看着门口。

没一会儿，嘎吱一声，门开了，进来的是再萍和道秋，两人面无血色，惊恐地看着皇北霜，然后身体往两边一侧。昏暗里，露出一双邪恶兴奋的眼。

砰！皇北霜吓得立刻站起来，一手碰翻了桌上的茶杯。

"若问！"

神哪！皇北霜本能地用手按住胸口，两眼带着狂奔的恐惧。

当真是他，他怎么会在这里？

"你的表现总是出乎我的意料！"

若问手握长剑，剑上血红遍染，他大步往前一走，就可闻到一阵腥气，可见他方才杀了不少人。

在看到他的那一刻，皇北霜再也找不回丝毫的镇定，千算万算，没算到他也会使声东击西之策。这个人，已经不是从前那个能让人一眼看穿的单纯土匪了。

"别后退嘛，我还没有好好奖赏你呢！"若问一笑，将剑斜抵在桌子上，猛力一抽，以华丽的桌布擦下了剑上浑浊的血。他兴奋地看着她的眼睛，这是第一次，她的害怕毫无遮掩，她的慌乱显而易见。

看着她这样子，若问陡然心潮澎湃，一剑抵上夜佩的脖子，对着皇北霜笑道："别怕，过来，不然我的剑可是会割下去的！"

皇北霜两手止不住发抖，惊恐的眼睛看着已经濒临崩溃的夜佩，吞了吞口水，试图冷静下来，问道："其……其他人呢？你杀了他们？"

若问冷笑："你过来，我就告诉你！"抵在夜佩脖子上的剑已经割破皮肤，再次饮血。

皇北霜皱了皱眉头，一步一步朝他走过去。

如果说和擎云在一起，是因为爱情让她脑海一片空白，那么与若问在一起，则全然是被一种毫无生机的黑暗震慑，脑海一片空白。这就像是两个极端，让她全无分寸。

待她走近了，若问收回剑，一手搂起她，一手抚上她红唇，眼光忽而撩动，"呼唤我的……"他看着她，喃喃一声，便急不可待地落下重重一吻。那一瞬间，他的心，再次狂跳起来。

皇北霜这一生，与两个男人有过唇舌之事，一个是她喜爱的擎云，一个是她害怕的若问；一个珍惜她，一个蹂躏她；一个宠爱她，一个羞辱她……而现在，紧紧抓住她的，便是这个随时可以将她撕碎的若问。

直到皇北霜呼吸有些困难，若问终于松开一点，一只手猝然握住她的胸口，力道之大惹来一声惊呼。他凌厉的眼死死盯住她，只道："你的心，跳得很快，就算是害怕，也是因为我！"话毕便横抱起她，往内屋走去。

"首领！"却在这时，狼头进来了，"首领，那帮杂碎快不行了！"

若问闻言，讥笑起来，一把将皇北霜扔在床上，说道："想见你的人吗？"

皇北霜猛点头。

"带进来！"若问走过去，坐在床边。

不一会儿，狼头推着被绑住的廉幻等十个侍卫进来了。十人显然是被下了毒，萎靡不振的样子。

"你该感谢我，如不是为了避免打草惊蛇，我早杀了他们！"

"他们中了……双果树的毒？"皇北霜一见十人萎靡的神情，惊讶万分。

若问大笑起来："没错！你也曾经尝过那滋味，觉得如何？"

皇北霜咬紧牙关，心中暗想：这人果然是个流氓，竟然将双果树汁随身携带，可想而知平日会是怎样无耻。

"你是怎么做到的？"皇北霜问，她明明叮嘱过注意饮食。

"方法多得是，这不是你关心的问题！"若问回道。

"你想怎样？"她又问。

若问转过头，看着她："这句话，你问过不止一次了！"

皇北霜一缩，冷汗直冒。

这时狼头站在一边，看看窗外，似乎是蛮狐打了暗号，表示外面有动静。于是低声询问道："首领！外面有情况，咱们还是先回弱水吧！"

若问闻言，看了她半晌，冷道："如果你乖乖地跟我走，这十三个人，我就放条生路，如果你不听话，我大可也给你来一杯有双果树汁液的茶，听到没？"他说出的每一个字，都带着无情的警告。

皇北霜点点头，一句话也说不出来，直到现在，她还无法如常思考。

若问满意一笑，对狼头示意，拽起皇北霜就往外走。狼头便是一脚一个，朝着十三人的脑袋重踹，见该是全昏死了，便跟着出去了。

四人跑得很快，瞬间不见踪影。待到有士兵巡来，已是人去楼空。

来人是及汉的一员亲信，一见屋内狼藉，顿时发现大事不妙，赶紧吼道："立刻封锁内府消息，千万不要四处张扬！"

要知道，这位"女王陛下"可是及汉王爷号令边塞十二城的王牌，一朝之间，王爷才刚出城她就被人掳走，看来大有可能是其他亲王干的，这下得火速通知及汉王爷回来。否则，不定落个为他人作嫁衣裳的下场。

皇北霜与若问共乘一骑，三骑身影在大漠上奔驰。若问紧抓着她的手，直接伸进了她的衣服里，箍在她的胸口上。粗糙的掌茧摩擦着她的肌肤，令她疼痛，似是时刻提醒着她，这一切，再也无力改变。想到这里，皇北霜眼一闭，心中懊悔无比。

她太小看若问了，而这已能致命。

擎云，这次离开，已是不知能否回到你身边。

还记得，你曾说过，会恨我的，可我希望你不会。

因为真到了那一天，我的灵魂定会回来，相信我吧。

庙宇高楼，古木雕龙！

等待花开花落，生生世世，聚聚散散……

殿阙烟云，珠光宝鼎！

笑看潮起潮落，浮浮沉沉，孤孤单单……

谁明白，谁又明白？

地老天荒

————

第十七章

太阳升到了当空正中，散发着恶意的灼热，烧得黄沙发烫，烧得生灵悲叹。就是在这片蒸腾的热气中，大漠上，一边是血战不止，烽火连天，另一边却是马蹄如飞，伤心欲绝。

皇北霜与若问共乘一骑，在他怀里已是目光呆滞，如果不曾与擎云有过那样一段快乐的时光，那到了今天这一步，或许她还可以忍受。在若问身边，待他厌倦之日，自有出路。可是现在，她做不到了，对于将来，竟是连想都不敢再想。

人的欲望是难以一一道尽的，一如帝王霸业，一如声色酒欢，一如山水纵情，一如游历万里……然而像若问这般执着到有些可怕的人，他的欲望纵使单纯，却也难以满足。对付他，既不可能动之以情，更不可能晓之以理，至于以武力相迫，那简直就是好梦一场，即使是擎云与他两人对峙，最后弯刀饮血的那个，恐怕也只会是若问。

"呜！"随着一阵颠簸，皇北霜不小心咬伤了舌，拿手一探，遍指鲜血，她再也难以忍受这种精神上的压抑，一阵呕，两手猛拍若问的胸口，"放开我，我要吐了！"

若问皱皱眉，停下马，将她扔到沙地上。这是一片新月丘地，一望无际，只有黄沙入眼，半棵植物也不见。这种季节，就连跳鼠也少，要逃掉是绝不可能的事。

"再跑半天就到了，你拖延时间也没用！"他坐在马上，看着往一边蹒跚走去的皇北霜。丘峰上，她猛地往地上一跪，呕吐起来。

蛮狐见了，嘲讽道："吐干净些，别一会儿弄到首领身上咯！"

说着，还和狼头两人讥笑相和。而若问却只是坐在马背上，面无表情地看着在一边呕吐不止的女人。似乎每多见到她一次，她就变得更弱小一些，从第一次相见她生死无畏，到后来在浮萍走一步算一步，再到现在，她看上去如此惊慌绝望。是因为他已强得出乎她的意料，还是因为她自身对生命的期待越来越多？带着些玩味的思考，若问慢慢策马过去，居高临下地瞧着她。

这已不是他第一次看到她失态的一面。现在的她，像是失去了色彩一般，灰暗，无力。若问紧紧地攥住马绳，迷惑的神情一闪而过，换了是格心薇，要是敢让他见到这副模样，定会被打得鼻青脸肿，休想再上他的床。可是，明明是差不多的一张脸，皇北霜的虚弱，却能在他心中燃起一把无名火，令他不知自己究竟想要做什么……

想着，他跳下马，一步一步走过，站在皇北霜的身后，就这么看着她微颤不止的肩，兀自沉默。

皇北霜断断续续吐了好一会儿，才喘着气调整自己的呼吸，然后回过头看着逆光站在一边的若问。

若问笑了起来，声音尖锐颤抖，几乎有点儿失心："对你，我总好像有很多事情想做！"

皇北霜转过头，俯瞰着沙丘下方，若问的话只会让她心更冷。她呆坐在黄土上，两手垂在腿边，大脑却逐渐清醒。"土？"忽然，她发觉两手摸到些不对劲的东西，她抓起一把沙砾一看，"这是浮沙！"那么说这里很可能是……想着，她嗖地站起来，四处探看，只见脚下沙丘与对面的沙丘中间，有一处明显凹陷的痕迹。

"吐完了就走吧！"若问似乎还没发现异样，转身就走。

皇北霜站在原处，看着若问的背影，一脸悲怆。"若问……"想了很久，她叫住他。

若问回过头："还站在那干吗？走！"

皇北霜眼冷下来，竟是呢喃梦呓般地问道："你会怎么处置我？"

若问停了下来，看着她那双清澄冰冷的眼睛，毫不犹豫地回道：

"上我的床，让我玩够！"

"玩够了会怎样？"她又问。

"给兄弟们玩！"他回答。

"兄弟们玩够了呢？"

"卖掉，或者杀掉！"

"哈哈……"皇北霜大笑起来，"我没有更好的结局了吗？"她几近自言自语。

若问瞧她这样子，手一紧："你的结局由我决定！"

"若问！"皇北霜抬起头，"你知不知道，爱情是让人害怕的东西。"说着，她一步一步往后退，道，"因为你没有爱情，所以你能冷酷到这一步，可是我有，我不能接受这样的结局！上天入地，只有一个人可以碰我……"

若问紧握马鞭，眼光狠毒地看着她，一步一步跟过去："霍擎云吗？哼，如果他知道你成了我的女人，还会不会来救你？我倒真有些好奇！"

皇北霜笑起来，感觉到脚下的沙滑动得越来越快，唇一抿："是啊！怎么办呢？老是给他找麻烦，我真怕他终有一天会不喜欢我了，怎么办？"

若问走到沙丘一半处，忽然觉得不对劲，目光往她脚下一凝："流沙！"他猛地往后退了好几步，抽出长剑刺进沙地里保持平衡，再抬起头，离他不到五六步的皇北霜已经陷至膝盖处了。

"混账！"若问赶紧解下长枪，将另一头递到她手边，"抓住它！"

皇北霜看着递到面前的枪头，牙一咬，硬是没有伸出手，流沙掩埋的速度逐渐开始变快。她呆呆一笑，抬头看着天空，命如蝼蚁，七日如风，擎云，你会在何处等待？

"皇北霜！"眼见她已经半身入土，若问大乱，"皇北霜！"除了这样疯狂叫着她的名字，他脑海里再没有别的东西。

沙丘上，蛮狐两人一看不对，赶紧大叫："首领！不可以再往前了！”

“抓住它，听到没？”若问松开抓剑的手，又往前挪了两步，“皇北霜！”

无奈他再怎么叫唤，皇北霜始终闭着眼睛，一脸平和。这时，若问双眼猛地一冷，怒道：“是你逼我的，不要怪我！”说着，他狠狠一枪，刺穿了她的肩膀，看来是打算强行将她拽出来，鲜红的血顺着她的胸口淌下。皇北霜睁开眼，两手嗖地抓住贯穿身体的金枪，双眸如火，看着若问。

“对了，抓好！”若问吼道，“我立刻拉你上来！”

却见皇北霜一声冷哼，眼中全是决绝：“若问，黄泉太寂寞，不如你来陪我吧！”

若问闻言心里顿时一颤，还没反应过来，忽然觉得手里长枪猛抽，皇北霜不知哪来的力气，借着顺力一把将他拽了下去。

“首领！”蛮狐两人大惊失措，赶紧追过去，站在流沙坑不远处乱喊。马绳不够长，这时狼头想也没想就往地上一伏，大喊：“蛮狐，你抓住我的脚，我过去抓住首领！你小心些！”说着，他便急急往若问那里爬过去。

“若问……”这是第一次，皇北霜紧紧抱着他，不停地叫着他的名字，“来陪我吧！”

“首领！”狼头艰难地爬了过去，向若问伸出手，“首领！”

然而，一切都已经来不及了，就连狼头上半身都几乎陷入了黄沙之中，蛮狐咬咬牙，猛力一抽，两人倒在一边，不可置信地看着面前已无人影的黄沙。

“首领！”嘶竭的叫喊，惊开了天上浮云。

地老天荒是何时，河水干，雷声竭；
至死不渝是何时，山峨摇，青松倒。

万里黄沙飞，千古奇情累，

一叶孤舟渡幻海，何时再轮回。

魂到九霄离恨处，一缕清风吹不散。
问君试剑，一夜箫欢，
却见花开，细语喃喃……

雪原。

擎云正在营帐里休息，他手里还抱着剑，竟是睡得满头大汗。淼景守在一边。

"啊！"忽然间，擎云一声大叫，猛地从床上坐起，眼神涣散纷乱。

"陛下？"淼景被他吓了一跳，立刻挨过去，"陛下怎么了？"

"莽流！莽流的人回来没？"擎云粗气喘喘，顿时觉得心跳不止，好像有什么东西咬了他一口，却又立刻消失一般，他说话很快，透着难以克制的不安，"立刻派人再去汾天！"

淼景一愣："陛下，昨晚上莽流的人还回来给娘娘报平安，您是不是多心了？"

擎云摇摇头，从床上下来，走到桌子边倒了一杯酒，刚一入口，就呛得他全吐了出来："你不懂！你不懂！去找她，听到没？立刻去找她！你也去！"他的声音带着血气。

"是！属下这就去！"淼景第一次见国王这种模样，连忙点点头。出去时，他对着站在门边的辽震和机华两位将军道："我去汾天找娘娘，可是现下，若问的骑兵突袭还没歇，陛下身边，烦请二位加倍小心！"

辽震两人点点头："放心吧！"淼景一笑，知道这些都是一起出生入死的兄弟，话无须太多，便赶紧去办差。

这段时间，雪原战场已是天都大军独掌乾坤，却因为若问那几千不要命的人动辄跑来捣乱，造成军心不稳。可是这帮人似乎并不在意能不能拉住天都大军，只是一个劲儿地伏击擎云，好几次差点儿让他们得手。

"辽震！"擎云坐在桌边，两眼阴鸷地看着地图，一掌重重拍在上面，"尖都那边怎样了？"语气依旧烦躁。

"陛下！看来是撑不了太久！"辽震回道。

"不能太久是多久？"擎云边说，边将手按在胸口，为什么心跳这么快？"给我撑下去，一旦包围圈形成，这场战争就是我们说了算！"

"是！"辽震点头。

没一会儿，一个小前锋冲了进来，忙往地上一跪，一脸兴奋："好消息，陛下，黄天狂兵团被围了！"

"什么？"机华大喜，"怎么回事？"

"不清楚，好像是汾天的兆淮联兵，有不少人呢！他们兵分三路围剿狂兵，再加上咱们这一头儿，可算是围得滴水不漏！"那小兵答得流畅，想来这段时间受袭不少，这回总算出了口气。

机华这回算是领会了过来，转头对擎云道："陛下可以放心了，这一定是娘娘的手笔！"说着，忍不住叹道："自古女子多柔情，想不到这位娘娘却不比一般！"

擎云眼光冷下来，手还重重揉动胸口，总觉得那里是一片空，斟酌了一会儿，他道："传令，拨出三个小分队配合兆淮人马，捉拿若问！"说完，似乎觉得还不够，又补道，"一定要抓到他！"

说完，便再不搭理谁，握紧宝剑，独自坐在一边聚息平气，可是，他的内心里一直有一个声音在鼓动，似是这种无奈的惊惶不安只有若问才能回答！

沙漠，火红一片。钻沙是飞在空中的泪，晶莹的光芒好似一首悲歌，与太阳的炙热起舞，与月亮的冷酷交杯。旅人啊，当你游走在这里，一定要戴上柔软的头巾，不要让细沙吹进你的眼睛与口鼻，否则你将坠入永远的黑暗！所以，当你看着这一片迷离，千万不要停留，因为，孤寂……会将你带进深渊，从此再也找不到回家的路。

"首领——"

呼喊，得不到回应，两个已如蝼蚁般的身影，就在这片火红中叫喊直至嘶竭也不愿放弃。狼头身体比较瘦，嗓子已然喊破，呛出一口血，他倒在沙土上，一边望着天空红霞，一边继续以已经听不清楚的声音叫喊着首领。

然而，寂静中，一片冷。

沙漠，是不会有回音的，有的，只是呼啸的狂风还有神秘莫测的黄沙。

"我不相信！"蛮狐在那片吞噬了两个人的沙土上来回奔跑着，全身是汗，眼神几乎已无焦距，他耐不住心慌，以同样已经嘶哑的声音对天大喊起来，"我不相信！首领！首领！"喊够了，终于体力不支倒地。

两人倒在沙土上，望着天上红云，再也说不出半个字。

一世狠绝，三生无悔，
若问，被她抓住的那一瞬间，
你在想什么？
是什么让你挣扎得那样无力，
黄沙之下，你可曾明白？

"你们已经跑不掉了！投降吧！"

这里是雪原边境，兆淮的及汉王爷，一把年纪，却是不减威风地坐在马背上。与天都的合围十分成功，被圈在中间无所遁形的，便是那曾令人闻风丧胆的黄天狂兵团。

这时，诚象站在一群兄弟前面，满脸讥讽："兄弟们，选一个吧！是干掉这老王爷冲出去呢，还是干掉后面那小兔崽子冲出去？"

兄弟们一阵笑，三千人全站了起来，再不做埋伏状："诚象，首领要咱们听你的！就直接发话吧！"

"就是！还问什么？你往哪冲咱们跟着就是了！"

诚象扭过头，堵在他们另一边的是天都的三支先锋队，首领吩咐过他不要来硬的，看来，还是选择突围这老家伙比较好。想好了，他举起大刀，喝道："兄弟们，咱们这次就当回好人，送这老家伙一程怎么样？"

"哦！哦！哦！"三声应和如浪似海。

及汉闻言一惊，赶紧退到先锋兵的后方，力持镇定地笑道："哼！诚象，你们只有这么点儿人！不要自寻死路！"

诚象大笑起来："哈哈，及汉，您老别急，老子就是死也得找够了伴儿！寂寞不着您的！"

及汉满头大汗，不禁又往后退了几步。

"若问何在？"

却在这时，一直沉默的天都先锋队队长索匣拿开口了，声音洪亮。

诚象回过头，讥道："你小子算个屁，给老子闭嘴！"

索匣拿闻言手一举，霎时万箭上弦，风声顿消，他虽年轻，却是一直受北靖天王直接提拔的悍将，沙场之上，全然不若及汉那般狐假。只见他面无表情地又问了一遍："若问何在？"

诚象一瞧这人气势，便心知不妙，于是不动声色地回道："首领怎会亲自来？听着，要干就干，怕死老子也走不到今天，何况，就算一个不小心真让你小子干掉了，首领也会用你们的血来祭咱们！划算得很！"

"若问不在？"索匣拿目光唰地暗下，侧过身对着旁边的副将低声道，"你立刻去通知陛下！"副将点点头，策马奔去。

"诚象是吧？"交代完，索匣拿又回头看着被围住的三千人，道，"我知道，你们都是些不要命的队伍，要是真打起来，恐怕两败俱伤。可是，我们也是军人，上面下了死命令，我们就必须遵守。不过……"他说到这，骑马往前了几步，"我想还有个办法，可以避免大家拼这一场，你要不要听听？"

诚象看着他，不作声。

索匝拿一笑："只要若问肯交出弱水城民，我们就放你们走！"

诚象闻言，狂笑起来："你当咱们是傻瓜？交人！死得更惨！"

"傻不傻由若问决定。希望你们老实一点，起码，谁都不想死得不值！"索匝拿的声音很平和，却带着不容置疑的狠毒，身经百战的他显然不会轻易被这些狂兵吓到。

靖天王此刻正在中区战场后方指挥兵向，上阵者机华，当前形势大好。

"陛下！淼景回来了！"

擎云猛地从椅子上站起来，见到淼景入帐，不待他行礼便一把抓住他的肩膀问道："怎样？人呢？"

淼景面带菜色，摇摇头："及汉府封锁了消息，我带人潜进去搜查！可是……"

"说！"擎云握在剑上的手一紧。

"只找到了娘娘的那十三役随，他们说……若问劫走了人！"

闻言，擎云陡然一阵晕，一整天心神不宁难以平复，果然是出事了。

"陛下，索匝拿副将求见！"就在这时，门外急报。

擎云眯起眼，薄唇抿了抿，终于又坐了下来，散发出肃杀之气。"叫他进来！"他道。

"陛下！大将着我来报！"那副将一入帐便赶紧跪地回话，"我们已经成功包围黄天狂兵团，但是对方只有三千人，且其首领若问并不在其中！是剿灭还是拿下，请陛下定夺！"

擎云一哼："拿下！"

淼景上前一躬，问道："要用他们来交换娘娘吗？"

"若问！"擎云这时已经听不进任何话，握拳的手青筋暴起，少时，他才转身喝道，"辽震，加快中区包围！明天日落之前，一定要把那战封锁在西边战场！"

辽震应。

"淼景，你去拿下黄天狂兵团那群疯子，然后立刻到弱水与若问换人！一刻也不许延迟！"

淼景应。

说完了，擎云手一挥："出去！"

众人对看一眼，赶紧退出营帐。

皇北霜……

无论你在哪里，都不要彷徨，只要你活着，踏遍天涯海角，我也会找到你。

无论你受到怎样的伤害，都不要绝望，只要你活着，倾毕生之所有，我终会治愈你。

因为，只有你才是我生命里唯一的光芒。

声声吟，问伊人在何方，水边唱，行舟独往；

两情悦，许诺永不相负，剑光闪，破空而出。

爱与恨，何时歇；天与地，何时老。

荒世苍凉，待到再相逢，

便是亘古痴心主，再无别离伤心处！

昏暗中，光线虽然稀薄，但依旧隐约能看到周围灰色残破的墙壁上雕龙刻凤，约十丈深的墙涧中间，不停地有细沙落下，沙沙作响。

"娘的！"

随着一声咒骂，往那暗涧一看，竟然是满脸灰尘的若问，他手里还抱着皇北霜，两人就这么靠着一支长枪，危险地嵌在两堵墙之间，黑暗里无法准确地计算离底下尚有多远，若是直接这么摔了下去，九成大凶。

"这什么鬼地方？"若问一边咒骂，一边往墙坑上挪，抱着已经不明生死的皇北霜，不知爬了多久，他的掌心不断被墙棱划破，血汩汩沿着胳膊往袖子里淌。终于，在他这条手臂报废之前，两人总算着了地。

他将皇北霜放在地上，便四处看了看。

长这么大，他从来没有见过这样的地方，虽然很黑暗，却不知哪来的光线，透着柔和的红晕散在每一个角落。这应该是一座宫殿，墙壁非常高，虽然多处已经倒塌，但依旧有令人惊叹的华丽和恢宏。墙门边，风不知从哪儿来，推着破碎的纱绸轻轻飘动。

　　这座破旧的宫殿给人的感觉太荒凉，仿佛带着说不完的秘密，道不完的忧愁，让人寒从心生。四处查看好一会儿，找不到一点儿人气，若问唇一抿，回身抱起皇北霜，他的手臂此刻刺痛得如同尖刀刻骨。他咬咬牙，却趔趔趄趄地硬是将她抱到了这宫殿一块正墙下的床上，往上一扔，顿时黄灰飞动。"喀！"他被猛呛了一下，赶紧坐在床边狠狠拍着皇北霜的脸。可是，在沙里待了太长时间，又曾受他一枪贯穿，皇北霜肺里吸入了太多灰尘，此刻几乎已是呼吸全无。若问看着她毫无血色的唇，在拍了很久依旧得不到回应的情况下，他的眼神终于暗了下来，带血的手指轻轻抚上了她的脸，似乎想以血为妆，重新润色她的风采。

　　若问轻轻地勾勒着她的唇线，忽然觉得喉间一阵哽，转过头，看着仍然插在她肩上的长枪，眼一冷，大手紧紧握上枪柄猛地一抽，长枪离身，和着热血被远远抛在了一边。"啊！"就在那一瞬间，皇北霜嗖地睁开了眼睛，看来是剧烈的疼痛将她最后一丝幽魂唤了回来，"喀喀！"嘶哑的咳嗽声，表示她的喉间依旧吸附着许多的灰尘。

　　"没死？"见她醒来，若问有些惊讶，两手赶紧扯下衣服，撕成几条绑在她的肩上止血。皇北霜眼睑只能半开，看着若问，气若游丝地喘气，喉管里的干沙灼得她意识不清，断续喃喃道："水……水……"

　　若问呆呆看着她，忽然大笑起来。

　　她的命果然够硬，比谁都硬！

　　"这个地方叫废都！"

　　不知过了多久，皇北霜靠在床上，手里还端着一个晶莹剔透的琉璃盏，盏里盛着清澄的凉水。喝了几口水，她总算好了点，抬头环顾四周，竟是露出一脸无比惊讶的神情。

"看来，我们遇到的不是流沙！"

"不是流沙？"若问蹲在一边，不知从哪里找到了打火石，架上个水壶，正在烧水。

"这叫落涧！"皇北霜道，"按照《大漠集卷》上说的，这应该是一千年前的天朝遗址。掩盖在黄沙之下，每当一个柱梁倒下，便会有一角崩塌，沙子就会往下落，造成落涧。若问！你的命真大，这样都弄不死你！"说着，她无趣地一笑。

若问猛地站起来，提着烧好的水，神情阴肃地走过来，看了她半天，什么话也没说，一把就撕开她的衣服，吓得皇北霜往后一倒："你干什么？"

"哼！"若问没理，就着她的衣服放到水盆里，拧了拧，以温热的湿布为她擦拭伤口，受这么重的伤，如果不好好处理，随时可能没命。擦完了，他重新给她包扎好，没看她一眼，又坐到一边，拾起地上的长枪，兀自沉默。

皇北霜像看着另一个人一样不可思议地看着若问，许久，终于忍不住探道："你为什么要救我？"

若问抬起头，舔了舔枪上的血，笑道："要我陪你？皇北霜，你真够胆，这一次，我看你还怎么跑！"

"还跑什么？我连走路的力气都没有了！"皇北霜靠在床上惨笑起来，"这里只有水，没有食物，梁柱又一根接一根倒下，饿死之前就会给活埋了！"

"我们不会饿死！"若问待她说完，却是肯定地答道，"这里有蛇！而且很多！"

皇北霜一呆："你怎么知道？"

若问冷冷一笑："看看你后面！"

皇北霜闻言，顿时冷汗直冒。她没有回头，只是竖起两耳，听着身后声声交错的蛇吐芯的声音，然后，两眼直直地看着若问，一动不动。

若问看着她，他就喜欢看着这样的她，害怕，无助，眼里映着他的影子。若问啐了一口口水在地上，走过去，一枪刺上，只听叽的一声，再抽回来时，上面已经穿着三条灰色的蛇。就着这个姿势，他压住呆掉的皇北霜，笑声里带着讥诮："怎样？喜欢哪条，粗一点的，还是细一点的？"下流的气氛，顿时蔓延。

"滚开！"皇北霜回过神，本能地往后挪。

"呵呵！"若问看她一脸凶样，倒是觉得无比开心，讪笑的声音越来越大。然后，他拎起那三条蛇，到一边忙活，乍一看，还真有些伙夫的调调。

她坐在床上看着他，忽然想起了擎云，约了七日后再相见，现在却连外面是昼是夜都不知道。死了还一了百了，现在这样反而是场折磨。想着，她缩成一团，看着若问在那不亦乐乎地煮蛇汤，竟不自主地问道："你怎么这么轻松？一点也不怕吗？"

若问背对着她道："怕什么？死了就死了，没死就好好活着，饿了就找东西吃，困了就睡觉，死了以后是怎样的我是不知道，起码我知道活着的时候想要做什么。"

皇北霜听着他的话，忍不住扑哧笑了起来："那你都想做什么？"

若问回头看着她："玩女人，喝好酒，吃好肉，看见谁不爽就干掉他！就是这样！"

皇北霜闻言一愣，别过头，两手紧紧抱住膝盖，再没有看他。

"冷吗？"若问看着她。她摇摇头。

若问是残忍的，可他也是单纯的，
若问的欲望，每一个人都有。
若问是错误的，可他也是正确的，
若问的爱恨，比所有人都清楚。
对着这样一个人，你还能说什么？

废都，纵使已是泥墟一片，却只从那些残留的壁雕，依旧能让人想象出过去的漠上天朝该是怎样一番繁华。然而，为何繁华总如梦？为何锦瑟总似空？皇北霜蜷缩在床上，环视着这个她曾经幻想过无数次的殿宇，心中不禁深深感慨，千年前的世界，多少人的智慧铸就这一切；千年后的今天，留在这世上的，竟然只是这空荡荡的一处废址，没有人灵栖息。

她苦涩地一笑，不知再过几百年，那天都冰刺宫是如何？云沛广寒宫又如何？这莽莽大漠终是如何？展王那战的理想是重现漠上天朝，可是，她兀自摇摇头，这世上，真的有天朝吗？

那天她吃的蛇汤很恶心，没有味道，腥气很重。若问挖了完整的蛇胆逼她吞下，然后，爬上床，紧紧抱着她，打断了她的思绪。

"放开我！"她低吼，尽管她已全身冷得像一块冰。

"别紧张，我只是想让你暖和些。"若问一笑，按住她就是重重一吻，两个人的嘴里都是蛇肉的腥气，唇舌之间，瞬间纠缠成结。皇北霜被迫逐渐倒在床上，毫无抵抗之力。

…………

擎云的吻，总是徐徐诱惑，令她情不自禁地放开自己，令她难耐地渴望更多。

若问的吻，却相反，他总是粗暴的，如果她没有反应，就算让她受伤也无所谓，非要让她张嘴回应不可才会罢休。

"皇北霜……"细语喃喃，竟是来自若问。紧紧抱着她，他一手伸进她的衣服，带着些虚汗的手掌，死死握住她的胸，掌下，是她狂跳的心。

"你的心跳，很重！"他流连地嗅着她脖子间的馨香好一会儿，才抬头俯视着怀里的女人，她一脸潮红和惊慌，好像上了妆一般明媚动人。

"对你，我有很多事情想做，这是其中一件！"他一边说着，一边紧紧按住她，令她清楚地感觉到身下的躁动。

皇北霜吓得一动也不敢动，灰色的眼看着他，噙满泪水。和擎云那近一个月的相处，她深深地了解男人的欲望是一种怎样的波澜。

若问看着她的眼睛一片汪洋，不由得皱起眉头。她有伤，如果勉强挣扎一定会扯动伤口，会死掉。可是，他真的好想要，想得连开口说话，都觉得那是别人的声音。

若问烦躁地斟酌了好一会儿，忽然抱着她坐起来，嘶哑地说道："在你伤好之前，我不碰你！"

皇北霜闻言一愣，以为自己听错了。

"不过，与之交换的，你必须吻我！任何时候，只要我想，你就要吻我！"若问看着她的眼睛，一点一点将唇凑过去，低语着，"现在开始！"

皇北霜看着他，紧紧握拳，眼里的泪水终于夺眶而出，再受不了任何压抑，随着颤抖的手轻轻捧起若问的脸，她的唇带着咸咸的泪贴上他的，从那一瞬间起，她的哭泣再不是抽噎，再不是嘤咛，而是撕心裂肺的痛哭，伴着这个若问喊"停"才能停下的吻一起，淹没了她心里最后一块绿洲……

黑暗中，若问的手紧紧圈住她的腰，尝到的泪水似乎依旧无法止住他的干渴。她一直在哭，泪如雨下。而他一直闭着眼，狠狠地，反复地说着："不许停……"

…………

森森夜欲如暗海，
卿卿美人似锦绸，
缠绵一刻，耗尽一生！
即使来世，也无法忘记，
此时你柔软的唇，
此时你刻毒的血，
爱人，你可知道？
只消一吻……
我便会记忆世世生生！

汉风吟

这个世界上有很多种算计，虽然说被算计的那个人总要吃大亏，可是，如果他从不曾有过那样一个引人利用的纰漏，又怎会遭人算计呢？然而，人无完人。"完"字怎讲？纵使用尽全力，也不可能成为这世上无可攻克的一人。

一生丰功伟绩，于这万世时光，也不过是白驹过隙的一瞬罢了！

大漠萧条，如今荒战一片，位于北领的天都，国军九成倾巢而出，欲与云沛决一死战。

对于为何挑起这场令绿洲覆灭、生灵涂炭的战争，靖天王的理由很多，其中，最重要的两点就是：一、天都已经具备挑战云沛的军事实力，在优渥资源可以一战而得的情况下，当然要搏上一搏。至于二嘛，就要从为什么天都的军事实力增长如此之快上来说了，天都冰刺政权混乱，历来多党争，为人共知的刺杀事件从不停息，内斗成灾。所以，从靖天王的角度来看，最好的解决办法就是找一个共同的敌人，一个一旦击败便能让在位者都得到好处的敌人，那就是云沛，那就是一统大漠、天下唯尊的地位。而事实上，这一招确实奏效了，天都从未像现在这般万众一心。

只不过，从政治上来说，任何一件事情或任何一个决定都可能成为双刃剑，一个不小心，便会毁人灭己，得不偿失。

如今整个大漠战场西移，表面上看，好像是天都迫围云沛，但实际上，展王以此打破战场平衡，为的却是等待一个时机，那个时机就是——冰刺宫政变！

从开战伊始，那战就已派人潜入冰刺宫，与留守天都的赵氏相党多番密谈，授意支持相党拥立靖天王之弟，年仅十二岁的霍擎岭为傀儡国王，另辟政权。一旦成立，天都大军便立刻变成无名之师。这一步纵使危险，但是对赵氏来说，无疑是千载难逢的大好机会。只要展王旗开得胜，赵氏，就能成为天都冰刺宫的主人。

而这一步杀机暗藏的棋，竟是在擎云调动所有莽流的人寻找皇北霜的情况下，走得顺利无比。

三百三十二年，天都冰刺宫一夜之间新王立，尊号小同，当朝一相赵瑞大权在握，排除异己，收押在朝官员一百零九名，并对外发布公文，宣称北靖天王已废，乃不义之师，人人得而诛之。仅仅四天，却然大乱天都军心，上万士兵盲走，云沛于此大势顿收！

一战悲歌唱计谋，在其位者，谋其事。人心何妨生灵叹，但把乾坤一手揽。

此时废都。

若问的复原能力很好，饱饱睡上一觉，醒来已是精神抖擞。他低头再看睡在一边的皇北霜，摸了摸她的额头，果然又开始发烧。

啪啪，几个不轻不重的巴掌打下去，总算把她拍醒了。皇北霜看着他，布满血丝的眼里还有些泪光。

"睡够了就快起来，我们得离开这里！"若问坐在一边，重新包扎自己的手臂。

"怎么离开？"她看着头顶，只见一片黑。

"不找找看怎么知道离不开？"说着，若问已经包好伤口，转身就一把抱起她。

"干什么？"

"别动不动就问我干什么，你走得动？"若问近距离看着她的眼睛，说话的口气有些烦躁。

"……"的确，她根本就走不动。

在一个地下皇宫，若想出去，首先考虑的办法，当然就是沿水道走——若问抱着皇北霜顺着水道走，那是条很清澈的水道，水很干净，且一直处于流动状态。他们走了好一会儿，最后却发现这水渠已被人工截断了，一堵厚得敲不出回音的高墙死死地挡住了去路。两人看着那处墙壁发呆，不免失望，看来靠水道不是办法。

"你有没有什么建议？"若问叹口气，抬头问道。

皇北霜四处看了半天，才道："我不知道怎么找出口，但是……你有没有发现，虽然很暗淡，但这里还是有光线的！"

"继续说！"若问抱着她一边走，一边开始观察这个宫殿。

皇北霜道："这些光线来自废都还没有倒下的一些萤玉墙，你看，那边就有一堵墙还没完全倒下，有没有发现，那墙上面镶嵌了很多萤玉？"

"嗯！"若问走过去，摸了摸墙面，"就是这东西发光？"

"萤玉可以聚光，没想到这么多年了，居然还没完全失效！"皇北霜点点头，一只手搭在若问的脖子上保持平衡，一只手也在墙壁上摸来摸去，"可是，你看，很多玉已经没光了，说明它们受光强度不一样，也就是说……"

若问听到这里便马上明白过来："也就是说，顺着比较亮的萤玉走，很有可能找到出口？"

"只是可能而已！"皇北霜点点头，皱眉道，"可能走进迷宫也不一定！"

若问换了个角度把她颠了一下，抱好后问道："还有别的建议吗？"

"想不出来！"皇北霜摇头。

若问一哼："那就走吧！"

尖都。

在心神不宁的情况下，擎云决定速战速决。已是第七天了，冰刺宫政变给他带来的重创只有在击败那战以后才能解决。他怎么也想不到，一个几近无兵的朝臣竟然也能政变，这或许就是那启达一字天机的本质所在——每一方领土都有自己的统治者，一旦统治者离开，剩下的人随时都有可能封关自立。看来这一道黄沙，断然能隔开他握在手里的权力。

那战在打什么主意擎云不是不知道，区区一个文臣政变，又无兵可用，根本就不是左右这场战争的关键，展王不过想借此胁迫，令他停战妥协，而赵瑞则铤而走险，赌他不会妥协。政治，很多时候便是如此，牵扯，制衡，一击成功，或者树倒猢狲散，这就是他们生来就要面对的世界，多么冰冷又可笑。

战场上，白马如名，健步如飞，驮着身着铠甲的擎云冲在乱阵之中，只见剑光交错。这段时间他有太多淤积于心的烦躁，只有借着与那战这一场决战来发泄。杀红了眼，他的心，越跳越快，胯下的飞踏频频立身而起，嘶鸣冲天。

"陛下！不可太深入了！"守在一边的机华赶紧上前拦截。这是西边战场上第三次开战，双方人马都很焦躁，再加上什么天都小同王新政，搞得他们一团糟。那战这一招确实狠，令他们军心大乱，最后不得已还斩杀了三名叛逃将领。

"陛下！"然而，机华的劝阻并没有收到效果，没几刻，飞踏已经没入人海。机华吓得一身汗，赶紧追上。

就在那一瞬间，沙壕边黑影一闪而过，那头丘地上，出现一个虎背熊腰的云沛士兵，他手持一把近人身长的玄弓，细弦弹动，黑色利箭已经赫然射出。

那样的弓，普通人是拉不动的，一旦拉开，黑箭离弦，定将穿肠无数。"陛下！"机华大惊，猛地冲上去，挡住擎云。却不料，那飞箭穿过了一个士兵，又穿过了机华的肩膀，却依旧不肯停下，不偏不倚，射在了擎云右背上。时间，一瞬间停止，血，泉涌而出……

那手持玄弓之人，不是别人，正是已经受天都控制的臣国——鸹劾使者占别，走投无路之下，他只得参加云沛大军，如今，却然真是给他抓到机会，当弓一射，为他的母亲，为他的祖国报仇雪恨，何其幸哉!

占别站在最高处,威风凛凛,激昂澎湃,再次拉开玄弓,狂笑起来。此王横霸天下,谁人莫敌,可是今日,就要命丧他手。想到这,他眼一冷,健壮的臂膀狠狠拉开弓,利箭,再次飞射出去。

可是这箭,却让机华硬生生以自己的身体接下。他纵身一跳,当箭入肉之时双手抓住半截箭杆,人往后退了好几步,末了,吐出一口血来。占别一惊,顿时怔住。

机华的行为彻底激起了天都士兵勤王护主的忠诚,只见附近天都士兵纷纷集结,全数把刀箭弓弦对准了占别。

"出箭!"

射到了国王陛下这还了得?受重伤的机华咬牙绝不倒下,在一旁高声一喝,随之而来的亲卫兵皆上箭杀敌!无数支箭射向了站在沙丘高处的占别。在他因为自己射中了仇人而激动不止的时候,回敬他的,是如天网一般的利箭。

占别只是一个小人物,纵使他有心创一番功绩,却偏没有那个命。为了娶一位鸹劲贵族的女儿,他拼了命想出人头地,可是一而再再而三地努力,却偏不能将他一个小小的愿望实现。他的国家,他的母亲,他的爱人……如今,伴着生命的消逝,不知还有没有再次相遇的来世。英雄是何物?当他逐渐倒下,仰望天空的那一刻,是否了然于心……

二战悲歌唱英雄,命里有时终须有,奈何天地不容情,强求功绩无命抵!

擎云肩背中箭,好在这箭经过了两人联挡,戾气几已殆尽,只是浅浅扎在他的背上。擎云一手按住伤口,一手还紧握宝剑,抬起头,却已无心思去看是何人竟能一箭至此。因为,右前方,意外地,出现了同样深入战场的那战。这么久以来,他们第一次以国王的身份在战场上如此近距离对峙。

他，依旧是红衣裹身，鲜艳深沉；他，依旧是黑装劲甲，霸道狂莽。

许多年来，这是他们第一次，战场上百步相迎。论剑！已是蠢蠢欲动……

"你们都退下！"那战看着擎云，握紧宝剑。

"你也退下！机华！"擎云看着那战，亦握紧宝剑。

然后，他们一步一步靠近，剑，如惊雷，在空中怒斗。

擎云虽然有伤，却依然没有折损他浑然天成的气魄和精湛的剑术，随着铿锵入耳，他越来越顺，嗖的一下，电光石火间便还了那战破骨一剑。那战吐出一口血，以剑为杖，硬是没有倒地，按住胸口血痕，不甘地看着擎云。

"平时不练剑吧！"擎云看着他冷冷一笑，"研究阴谋诡计花了不少时间。"

"哼！"那战擦掉嘴边鲜血，抽剑一指，"起码云沛在我治下从未出现过贵国尽人皆知的丑事！你年少轻狂，为君十年，把时间都花在习武上，也难怪弱根不治！"

他一说完，两人互相看着对方，待血风一停，又对冲而上，擎云的剑快过那战，剑剑划破他血肉，却也剑剑无法取其性命。在这战场中央，他们斗得红绸如衣，周围，是双方亲卫兵劈开的空地，他们站成一圈，看着这场龙争虎斗。热血，在这一刻凝结。

他们是两种截然不同的人，政治风格不同，性格不同，对自我的肯定亦不同。一个，对自己不压抑，任何事情都要力取；一个，却十分信任自己的克制力，绝不剑走偏锋。而他们唯一相同之处，就是命——号令天下，莫敢不从的君主命。他们对，则惠及国民；他们错，则伤及国民。他们兼修文治武功，励精图治，都是那一个命运圈里，不得不行的棋，不得不走的路。而这些，无论他们做得好还是不好，在旁人看来，都是理所当然之事。

似乎，无关他们的爱与恨，血与泪。

三战悲歌唱帝王，豪情平地起，万丈声名显，谁人知，文武皆是家国恨，唯见清风黄泉间！

　　打仗的是士兵，不打仗的是贫民，自从西边硝烟滚滚，从尖都雪原逃难的人如潮渐退，多数都想逃往远在东边的弥赞，但那里实在太远，常是未见丝毫希望，便落个葬身荒地的下场。于是，躲在小绿洲上的人越来越多，他们几十或几百人结队自保，防止被抢劫或被杀，凡是落单者都很难活下去。

　　"走了多久了？"

　　昏黄的光线下，若问抱着皇北霜不知走了多久，他的手臂已经有些发紫，听到皇北霜问话，他抬头看着她道："怎么？终于睡醒了？"

　　皇北霜一愣，才发现自己竟然睡着了，就算受了伤，自己也不该如此没有戒心。她懊恼地咬咬牙，没再吭声。

　　"有两条路！"忽然，若问低声道，"走哪边？"

　　皇北霜抬头一看，两个通道看上去差不多，很难判断，顿时蛾眉纠结，脑海里开始回忆《大漠集卷》的内容，希望能找出蛛丝马迹。

　　若问见她烦恼的神情却是一声笑："别想了，我知道走哪边！"

　　"你知道？"皇北霜闻言大惊，"你怎么知道？"

　　若问手一松，缓缓地放下她，一直抱着她走路，两条手臂已经酸得麻木。他边甩甩手，边走到在两个通道口处转了转，才又走回来抱起她，看着她干枯的唇好一会儿，紫色的瞳孔散发着幽光。

　　他的眼神越来越让人无法理解，尤其是他不说话的时候。皇北霜别过头，不愿再看着他。却在走进通道口的那一刻，若问唇一抿，再度欺吻而上，那是少见的，温柔的吻，像是在给予她滋润一般，轻轻地，带着些酸酸的舔动。皇北霜此时也不敢反抗，只好忍气吞声，两只手搭在若问的肩上，几乎掐进了他的肉里。然而，他却没有在意。

　　许久，他终于放开她，淡道："走吧！"

　　这条通道很奇妙，蛇形盘桓，似乎是为了让那些有序排列的萤玉墙互相辉照，聚集光线，而且，最重要的一点，若问似乎真的没有走错，因为这些萤玉越来越亮。

"你怎么知道要走这条路？"皇北霜看着越来越亮的墙面，心情激动难平。

"……"若问却没回答她，只是脚下的步伐越来越快，到最后，已是飞奔。

尽管路坡越来越陡，若问的逆奔却不见丝毫减慢。终于，跑到高处，他们看到了一道如月牙一样的裂口，裂口外面，是一片蓝天白云！

"我的天！"皇北霜惊讶得大喊，"这是……"

若问放下皇北霜，抽出腰上的刀与枪，架成一个十字形，嵌在月牙口，然后蓄足了力气猛地一脚，只听"砰"的一声，这一道还无法让人通过的月牙缝隙瞬间开出一道更大的口子，而若问的弑父刀……断成了三截，与黄土飞沙一起掉落。

皇北霜这会儿已经彻底呆掉了，没想到他力气这么大，本以为挖洞得花上一点时间，竟然被他一脚达成。

若问拽着皇北霜爬了出去，外面，依旧是记忆里的一片黄沙。

皇北霜坐在沙地上深深地吸了口气，望着皑皑白云，忍不住哽咽起来。她真的以为自己会死在落涧，没想到竟有机会逃出生天。不知是不是死过一次的人，会更加怜惜生命。她不觉泪流满面，心中一阵抑制不住的窃喜。

然而，同是刚从深渊里爬出，若问的反应却大不相同，他阴霾着脸，杀气腾腾。皇北霜一愣，扭头见他抓着手里唯一的武器——长枪夺妻，压低身体飞快往前方奔去。皇北霜顺着他的方向一看，原来是一队二十多人的难民，多是媚孺，男丁甚少，似是正扎营休息。她瞧那里还有些炊烟，听得到有妇人苍然的歌声传出……

满天灰，满天坠，

驼铃响，马蹄飞！

星光不照水，月儿不笑泪！

夫郎！夫郎！如何还未回？

儿郎！儿郎！如何还未归？

…………

皇北霜当下一惊，不好，于是赶紧扯开嗓子大喊："快跑！快跑！"

妇人们停下歌声，循声望来，才发现不远处拿着长枪奔来的若问。

"啊！"随着尖叫，她们聚集在一起，队里仅有的七八个男丁拿着大刀拦住若问。

"你是谁？"他们大吼，粗朴的握刀的手被若问的戾气震得发抖。

然而，持枪冲过去的若问，犹如恶魔重生，见人就杀，动辄双人连毙，顿时号啕声此起彼伏。那些男人，那些女人，甚至那些孩子，还不知道发生了什么事，还没来得及吃下最后一口残粮，二十多人，全灭。踩在若问脚下的，已是尸骨一片。

皇北霜简直不敢相信自己的眼睛，这几天在废都与若问相处，几乎忘记了他原是这样一个凶暴的人。此时风已成腥，若问站在那里，讥讽的眼里无情到底，他把枪在一个死人身上蹭了蹭，算是擦血，然后，提起那片尸体里唯一一小袋粮食，一步一步走回来。

走到皇北霜身边，他扔下袋子，冷道："吃吧！"

"抢了粮食就够了，为什么还要杀了他们？"皇北霜看着那袋染血的米粮，愤恨地问。

"天真！"若问一哼，坐下来开始吃东西，"放他们一命，只会给他们机会回来干掉你！人只有死掉才会罢休！"

"你不是人！"皇北霜看着若问，只能想到这一句话。

"呵呵！"若问却笑了起来，拿着饼狠狠咬上一口才道，"为什么我知道走哪条路？是因为，我嗅到了……猎物的味道！懂吗？"

"猎物……"皇北霜无力地重复着这个词，"在你的眼里，这个世界究竟是什么？"

若问看着她，久久说出两个字："地狱！"

地狱，强者生，弱者死。不要祈祷，不要天真，不要同情，不要怜悯，要活下去，要满足自己，就要强大，如果倒转过来，你的下场其实一样。

皇北霜也是大漠儿女，她当然知道这个道理，可是，可是那些女人呢？她们做错了什么？嫁与人妇，相夫教子，她们做错了什么，为何依旧没有一条活路？皇北霜也是女人，见了此情此景，终是忍不住，埋头痛哭。

四战悲歌唱妇人，几度花开红妆落，春风已散路重重。沙场硝烟功名悔，寂寞帐下皆是泪。谁能了……红颜常忧思，老去不心碎。

西漠。

仗打得再久，终也会偃旗息鼓。可是，在擎云与那战中有一人先倒下来之前，这阵硝烟便是怎样也无法停下。天意何解，这一南一北的两个人，竟能有如此多的矛盾，理想、霸业还有女人……全都是矛盾。

擎云脱下身上碍事的甲胄，一手抹掉沾脸污泥，看着对面已是浑身浴血的那战。只要杀了他，天都便能定鼎天下，进驻云沛富庶之地；只要杀了他，皇北霜就可以成为他名正言顺的妻！再也没有比这更好的时机，可以光明正大地杀掉他了。

想着，他握剑更紧，眼神一冷，没待那战喘够气，又是一剑刺上，这一剑，仿佛穿越了岁月一般，耗上他所有的力气，快，而且执着，狠，而且利落。然而，尽管剑风扑面，那战却森森一笑，似乎等这最后一击已久，剑将刎的那一瞬间，他避开了要害，擎云的剑仅仅刺中了他的腹部，而那战的剑，却乘机夺势，顺下一击，中的！

这就是打斗了这么久，那战始终不愿意脱下那重重红衣铠甲的原因，同样是中剑，那战只是猛地退后几步，而擎云，却吐出一口血，缓缓地，倒在地上。

他的视野逐渐由黑压压的人群变成蔚蓝的天空，躺在地上，他的眼睛看着皑皑白云……

神，从来都是眷顾他的，给了他万人之上的宿命，赐予他一身胆魄豪情，让他在茫茫人海遇到真心相爱的女人……

然而，神，也是遗弃他的，让他生在了寒冷的冰刺宫，让他从小就对自己的血亲恐惧，让他的女人不是他的妻……

神哪……究竟是何考虑？

安静，顿时打破，机华惊得两步并一步冲了过去，身后的亲卫兵立刻围成一个保护圈。当然，巫季海也不落后，陛下险胜已经十分不容易，这会儿得了手，已令士气大振，他赶紧上前拉回就快站不住的国王，退回自家阵地。

而北靖天王，躺在那里，依旧看着天空……

天空是蓝色的，浮云是白色的，万里无涯，大概，不曾有人在战场上如此欣赏美丽的天空吧，疲累了，是不是就可以休息了？而休息的地方，在何处？那一处，可有你？皇北霜！

思及此，这个名字好比灵芝，擎云顿时从疲惫的浮想中回神，猛地转头看了看正在为他紧急包扎的机华，又看了看围成一圈的士兵，忽然，嘴角扯起一抹笑，自嘲的、寂寞的、轻轻的笑。然后，便是犹如梦中喃喃的一句话："我会去接你！"

"机华！"擎云躺在地上，没有立刻起来，他的伤，虽然重，倒还不至于丧命。就着这个姿势，他一字一字对机华道："那战刺我这一剑，已令士气大振，你立刻率兵撤退十里再做二次包围！"

机华一愣，以为国王已经昏了过去，没想到却字字清晰。他自己亦受了重伤，却是重重点头："遵命！"

擎云一笑，拍拍他的肩膀道："辛苦你了！"

机华顿时眼睛红了红："不，陛下！辛苦的是您！"说着，就和其他士兵扶着擎云起来，在亲卫兵的保护下回撤。

"机华，问你个问题！"擎云一边走，一边说，嘴边还带着些淡笑。

"陛下您说！"

"中箭的时候，你在想什么？"他问。

"属下在想，说什么也要保住陛下，这是我的责任！"

"还有呢？"

"没有了，情势危急，只想到这些！"

"呵呵！"擎云笑了一下，"机华，你家中有三位夫人吧？"

机华点点头："一位是儿时指腹，一位是陛下赏赐，一位，是臣的红颜之交！"

"那么，刚才那瞬，就没有想到她们？"

机华沉默了一下，才回道："惭愧，陛下，臣虽有三妻两子，却并无太多留恋，尚不及我立下宏图，为您披甲杀敌之意志。"

"好兄弟！"擎云看着他，却是十分感动。

"陛下！"机华没有回视，低头瞧着前面，轻道，"陛下那瞬，在想什么？"

擎云紧握宝剑，忽然大声一吼："我的女人！"

五战悲歌唱痴心，是怨，是悲，是想，是追，一生相伴，到死相随！

在强势的男人面前，再聪明的女人也强势不起来，

可是，在没有爱的情况下，冷静，便可能达成一切，

甚至令百炼钢化绕指柔。

七色飞鸟，国王极乐。它以无比高傲的姿势划过天际，惊开纠缠的云圈，穿过了风与沙的狂舞，引啸长空！

"宏！"

皇北霜在看到它的一刻，惊喜得脱口低喃。

"什么？"若问也抬起头，"哦！极乐鸟？"

皇北霜被他吓了一跳，生怕宏被他猎了当食物填肚："没什么。"

若问看着她逐渐沉静下来的眼神。

总是很短暂，她在他身边，无所适从的神态总是很短暂，一如现在，刚从废都出来，即使看到他杀人，她的惊慌总是在很短的时间内平复。

"你又在算计什么？"若问低声道，刚杀过人，他的暴戾余息难平。他一手紧紧抓着长枪夺妻，一手猛地扳起她的下巴，紫色的眼眸再度幽暗。

"不要惹我生气！"

"你说过在我伤好前，不会碰我！"皇北霜回道。

若问闻言，浑然扯起一抹轻浮的笑，一手还紧握长枪，一手扎住她的腰，忽然像扛猎物一样把她扛在肩上。当然，她本来就是猎物，这一点，从来没有改变。

"去哪儿？"习惯了他这种粗暴的行为，皇北霜知道反抗只会更糟糕，就着这别扭的姿势，她逐字问道。

若问淡道："风的味道不对劲，我们得在日落前找到歇脚的地方，不然遇到风暴就完了。"

风沙果真越来越呛鼻，也不知道走了多久，却在日落之前，真让他们找到了一个小绿洲。不过，情况有些出乎若问的意料。林地里，到处都是三五成群聚集在一起的难民，上百双眼睛，虎视眈眈地看着这两个外来者，大有随时扑上来强取豪夺一番的架势。

若问眉毛一挑，放下皇北霜，从怀里摸出剩下的粮食扔到地上。难民们一个个满脸漆黑，伤痕遍体，只有那如动物般的眼睛带着不顾一切也要活命的光芒，他们盯着扔到面前的小袋子，瞬间安静下来。

若问哼了一声，冷道："这是我们所有的食物，都给你们，别来找麻烦！"说着，他长枪入土，狠狠地在地上画出一道分界线，"互相尊重，大家都可以活命，懂吗？"

难民们看了看若问，又看了看地上的小袋子，大概是知道这不是个好招惹的人，犹豫了片刻，终于有一个瘸脚的中年男人走了出来，战战兢兢地拿起袋子就飞快跑了回去，难民们一见果真没事，便赶紧围过去，再也没有人把注意力放在若问身上。

若问冷冷一笑，坐在一边开始生火，以便取暖。

皇北霜看着他，淡道："想不到，你还知道什么叫互相尊重！"

若问头也不回地哼道："这么多人，杀起来没完没了！更何况现在我们只是需要休息的地方，如果真饿了，杀了他们充饥未尝不可。"

皇北霜被这话吓得脸色发白，愣愣坐在一边，看着那把插在土里、手柄上还带血的枪，忍不住问道："你从不后悔杀戮吗？"

若问生好了火，往地上一躺，笑道："我一生有两个字不会写，爱和悔！"说完，他跷起一腿，搭在皇北霜的肩上，带点轻浮地问道，"你呢？"

皇北霜摇摇头："我没有会念不会写的字！"

"哈哈哈！"闻言，若问大笑起来，声音高亢，好像笑得很开心一样，一手还搭在肚子上。皇北霜扭过头，不明白自己说了什么这么好笑，看着他，待他终于笑够了，才有点局促地说道："呃……我想喝水！"

若问坐起来，看了看她，大概是自己也有些渴，什么也没说，便起身拔出长枪往林子里走。皇北霜看着若问的身影完全没入树林，再也看不见了，才赶紧回头对着天空喊道："宏！"

只听一声尖锐的鸣啼，七色极乐鸟应声而来。皇北霜一见大喜，顺手就撕下片袖襟，然后从篝火里抽出一块焦木，速速写下几句话便将布块搓成一根细条，系在宏的腿上，然后低声道："去找他！"

极乐鸟对着她鸣叫了几声，便再度展翅。当它飞起来的那一刻，林子里的难民全都疯狂地向它猛丢石头，大概是饿急了，想猎下来当食物，这情形吓得皇北霜一身汗。好在宏机警，好一会儿，硬是飞出了这小小的绿洲。

只要信一到擎云手里，在这大漠上，就再也不会有黄天狂兵团这群疯子了。想着，皇北霜眼神一冷，她要活着，就算与若问在一起，她也要活下去。漫天硝烟，乱世烽火，相遇本是奇迹，她绝不要就此放弃。

尖都，太阳即将西伏，士兵们正坐在原地休息。

只见王帐之外，擎云伸出一手，宏便俯冲而下，歇在他手肘上。擎云激动地取下宏脚上的布条，不知是否太过紧张，打开的时候险些掉到地上。可是，当他看完了，却是一阵狂放的笑声，机华几人相看一眼，不知上面写了什么，即时令陛下心情大好。擎云笑完了，便把布条丢给机华，然后大步流星地往外走。机华托着布条定睛一看，上面以焦炭潦草地写着几行字：

若问落涧初逃，狂兵尚不知其生死，群龙无首之际，速剿！

看完，机华也忍不住大笑，征战沙场这么多年来，他见过不少巾帼不让须眉的女子，可是这位，着实令人佩服，就是这种节骨眼上，也常能走出至关重要的一步。

擎云骑上白马飞踏，看着依旧在营帐上空盘旋的七色极乐鸟，嘴角带着这段时日来少见的淡笑，然后扭头对一边的辽震、机华令道："左右将军听令，此战佯败，明日日出之时，放弃尖都，将那三千被俘的黄天狂兵团一同留下，全军退守雪原。"

辽震一愣，老实地问道："陛下，为何不直接将这些人处斩？虽然我军现在稍有劣势，但也用不着退兵啊！"

闻言，机华一笑："辽将军真是直肠子，别忘了，弱水城还有几万城民在狂兵手里，万一他们当真屠城，天都可担负不起这遗臭万年的骂名！陛下这么做是想把这烫手山芋丢给那战。"

辽震听了这话才回神。确实，若问那四方通牒是众所周知的，万一真发生什么纰漏，可不是小事一件。想到这，他重重点点头，对着机华道："除了森景那小子，就是左将军你最懂陛下心思呀！"

机华摇摇头，算是会心一笑，两人一左一右奔出了营地。

如此，不过轻轻一退。

当红色的骑兵冲进这曾是天都驻扎地的时候，这里只剩一片狼烟滚滚，黑色斑驳的焦地衔接着一坡又一坡黄沙土地。呼啸中，那战伫立在中间，身后，是云沛大军，身前，是令他头疼不已的三千黄天狂兵团。

"陛下，这……"巫季海当然也知道，这会是多么大的麻烦。

那战黑着一张脸，许久也说不出话来，杀掉这些人，恐怕麻烦不小；不杀，依旧无法向世人交代。早知道北靖天王这么容易就交出尖都，定会给他留下坑，却没想到会是如此棘手。

"要不要立刻封锁消息？"巫季海低声问道。

那战苦笑一声，转身往营帐走，边走边回道："有莽流在，这消息怎么可能封锁得了？"

巫季海点点头："可是陛下，狂兵杀人无数，不计老弱妇孺，如不将他们剿灭，将来我云沛恐怕怨声载道啊！"

说着，两人已经走进了营帐里，那战坐在一边，什么也没再说。只是深锁着眉头，不时叹口气。

"陛下！"这时，广照韵忙跃了进来，"陛下，弱水来的文书！"说完，递上手里的牒本。

那战接过来，打开一看，淡道："我们前脚拿下尖都，弱水的文书后脚就送到了，靖天王果然早就算计好了，事先散布俘兵在云沛手上的消息。"说完，他将文书丢给巫季海。

巫季海打开本子一看：以弱水城三万平民交换被俘之三千狂兵，明朝日出前，回来一个狂兵，我处便释放十个弱水平民。落鹰！

"不是若问的印鉴？"巫季海顿生疑云。

那战坐在椅子上，眼睛却似乎看着营帐顶子，那里只是一片幽暗，棱角交错的黑影印在上面。许久，他呼出一口气："同意交换！你去安排吧！"

巫季海闻言一怔："陛下真要放了他们？"

那战苦笑："退下红衣骑兵，明天日出前七万卫国军必须包围弱水。只要三万平民一出来，就立刻剿灭。"

说完，那战闭上眼睛，心中苦涩无比，他用了最不想用的方法来面对靖天王留下的难题，放人再剿灭，结局就是两败俱伤，可是，他不得不这么做。

日落，如血之挽歌，唱尽天下忧思，任凭锣鼓声鸣，任凭风啸声起，那一夜山雨欲来前的平静，在这一片狼烟四起的黄壤上悠然回荡着。云沛的士兵个个和着冰冷的甲胄而眠，就是在睡梦中，也是竖着耳朵，仔细聆听着若有若无似真似幻的马蹄声。不知那是来自白天血战连连后的回荡，还是来自心中保家卫国的豪情，总之，他们都是须眉紧皱而眠。

六战悲歌唱天命，枉生，枉死，枉悲，枉幸，不为谁来，却为谁去！

弱水城一片萧瑟，若问的房间自他离去后便一直紧闭着，门口，两个容颜憔悴的女人呆呆守着，台阶下，横七竖八躺着落鹰还有失魂落魄回来的蛮狐和狼头，就着月色，空气中，荡漾着一阵冰蓝的鬼魅之冷。没有生气，也没有激情。

蛮狐和狼头至今还无法相信首领真的就那样让流沙吞噬了，可是，偏偏那是他们亲眼看到的。被流沙吃下去的没有一个能吐出来，他们都是凭一身贱胆同首领闯到今天，所以深知天真的祈祷是无用的。首领不在了，这座曾经华如天宫的弱水城也失去了光彩，那些被关在市中心的平民，顿时成了他们脚下的蝼蚁，如果用这群蝼蚁能换回自己的兄弟，那么，他们绝不犹豫。

"落鹰！"没一会儿，蛮狐开口了，他无神的眼睛里光点一闪而过，"明早你带着年轻的兄弟就走吧，用不着跟着去送死！"

落鹰仰头看着那弯昏黄的月亮，哼哼一笑，说道："我已经把所有城门都打开了，从今晚起，想走的兄弟都可以走，不用打招呼，收拾收拾，自己离开就行！我不勉强谁留下来，也不勉强谁离开！"

蛮狐听了一笑："让你小子整了整几个暗人，说话就开始有板有眼的！行啊！"

"去你的！"落鹰尖声骂道，然后，又低声问了句，"首领最后说了什么没？"

蛮狐看了看坐在一边一直没吭声的狼头道："首领眼里没咱们了，还会说什么？啥也没说，半个字也没说。"

"哈哈！"没想到他一说完，狼头倒是尖声笑了笑。

三个人躺在地上，一下看着若问房间的大门，一下又看着天上那弯朦胧的月亮，偶尔会聊起以前在北大漠劫掠之事，不时还笑声迭起，完全不似若岚、绯问二女那般呆滞。

他们都爱着若问，他们也都以不同的方式朝若问走去。

若问，你可知道，纵使天抛弃了你，纵使爱遗弃了你，却还有一帮人，被你遗弃了，也无法不想着你，当有一天，在另一个世界，你见到了他们，是否还会想着那个可望而不可即的女人？是否那时你才会发现，自己的执着竟是这样的毫无理由？毫无理由，又不得不做的执着。

若问，现在的你，是否感觉到"幸福"两个字？

旭日，在这一天尤为可怕，破晓，仿佛癫狂的钟声，炸开一片迷离。弱水城门口，巫季海看着对面一群义无反顾的土匪，心中不由得一冷，吞了吞口水，他高声道："我等遵从协议，同意交换人质。"说着，手一挥，第一排两百个狂兵俘虏被推了出来，两百人站出来的一刻，却是同时向后面的云沛士兵吐了口口水，嘴里骂上好几句，像大爷们一样回到了弱水。然后，第一批交换的两千个弱水平民走出来，一个个如惊弓之鸟，前顾后盼，胆战心惊地走到了云沛大军的后面。

这次换人，出乎意料地平静，如上反复，一直到日上三竿，烈日高照的时候，终于完成交换。

换完了人，两边人马都知道接下来就是厮杀。他们看着对方，眼里全是决绝。

许久，猛地一阵狂风吹来，蛮狐看着诚象、狼头还有落鹰等人，互相点点头，便同时对天握拳，蛮狐高声喊道："兄弟们，首领不在了，这帮杂碎就以为咱们好欺负，里三层外三层围了个水泄不通。如今，我蛮狐是豁出去了，只要到了阴曹地府，见了首领还抬得起头就够了。兄弟们，听着，往前，就跟老子一起冲，干掉这些龟孙子，黄泉路上相见，咱们的兄弟情谊都在。要是想后退，四大门都开着，爱往哪去往哪去，这辈子，咱们的情谊也就到此为止。"

说着，蛮狐就与狼头两人猛踢马肚子，头也不回地往前面冲去，接着后面跟过去的兄弟不少，直到诚象和落鹰也立马而起。只听诚象吼道："兄弟们，一人至少提十个脑袋去见首领，那才算脸上有光！"

说着，两千来人已然无一人后退，吁马声此起彼伏，刚被释放回来的三千狂兵也陆续拿上武器跟着冲了出来，那一刻，浩瀚的呐喊声震耳欲聋，五千狂兵好似猛兽出笼，再无一分人情。

那一战，弱水城门口，红血成河，遍染黄沙，没有了若问的黄天狂兵团依旧疯狂入骨，骨肉霍霍之声贴耳穿心，那是可以令普通人丧失神志的声音，在他们听来却如同美妙的伴奏，催促着极端的死亡，那是谁，在引导……

七战悲歌唱癫狂，无情道是真有情，无义且已真道义。

三百三十二年，春深，云沛卫国军七万人围剿黄天狂兵团五千余人，血战一昼夜，终令狂兵全军覆没，然而，云沛却损失了近五万士兵。那是历史上最惨烈的一页，小小的弱水城外，沙成血痂，风成腥雾，数万尸骨堆积成山。此后多少年，那一片沙地总是红得可怕，红得好像可以吞噬一切，仿佛有不祥的咒语笼罩。凡有世人途经那处红沙地，都会伏地三拜，以求邪气暂退，说事人便将其称为"恶灵冢"。

一朝春尽霞光去，频将热泪换冷酒，
七战悲歌唱不停，几番徘徊落日朽！
今朝笑，多少稠血破空矢，都随孽海流……

何苦梟雄

第十九章

急促的呼吸惊动了天上的星月，它们钻出单薄的灰云，以淡淡的光芒穿越参差的树间，斑驳优雅地落在地上，终于找到了那带着难受低喃的喘息声。

皇北霜满头大汗，嘴唇泛着鱼白，蛾眉紧紧揪起，不知是怎样的梦魇令她睡得这样不安，皓齿轻颤着，不断发出痛苦的呻吟。

"啊——！"

忽然，伴着一声恐惧的尖叫，皇北霜猛地睁开眼，冷汗积结而落，顺着脸颊滑到脖子上。这是第几次了，只要闭眼睡觉，她就会做噩梦。皇北霜重重地呼出一口气，低头看着那只肆无忌惮直接伸到她衣服里的大手，它紧紧钳住她的肌肤，无论她怎样推动，它都始终压在她的心口上，清晰地感觉着她的心跳，令她魔痒不休。

皇北霜皱着眉头移动了一下身体，大概是想减轻些手掌的压力。可是她稍微挣脱一点，便立刻被拉回来，回过头，咫尺之间，是若问深紫色的眼睛。他的手开始缓慢地摩挲着她的身体，从胸口到背，一点一点，拨开了她的衣服。

然后，他的目光紧盯着她肩上狰狞的创伤，未愈合，更未见好。

"这回梦见什么了？"说着，游走在她身上的手越来越重，范围也越来越大。

皇北霜刚从噩梦里醒来，现在又被他如此轻薄，眼神不由得一暗，玉牙紧了紧，执意不肯发出丁点儿声音。可是，过了很长时间，她才发现，若问那只在她背上搓动的手竟是在制造热度，在这样寒冷的夜，风沙纵使吹不进来，凛冽的空气也足以伤人肺腑，在她觉得自己冷得连梦都冻住的时候，背上火一般的热却一点一点渗出，缓缓地流到了她的心里。

忽然间，她有种别样的感觉！

"梦见什么了？"若问见她不搭理，一手掐住她的脊梁，带一点压迫地再次问道。

皇北霜唇抿了一下，却是叹了口气："我梦见了流沙！真正的流沙！"

若问闻言低笑了起来，手上使了使力，便将她扣在了身上，淡道："知道吗？看着你，我就睡不着！"说完，好像是印证自己的话一样，就着仰躺的姿势，看着这个冷淡的女人，"我有过很多女人，论及肉体的快乐，你尚且比不上若岚、绯问，可是……"

可是什么？若问说着说着就有种说不下去的感觉，抱着她，总有种怪异的沉迷感，好像闻到了一阵淡淡的馨香，而那馨香令空气都平静下来。

皇北霜逆着月光，美丽的脸仿佛被氤氲的雾气笼罩着，似是吹弹可破，而那眉宇间少有的祥和逐渐将他感染。她已经开始习惯了他的吻，她的甜美已是唾手可得。可是，那种令他的心潮起潮涌的快乐，总不是三言两语理得出来。

"若问，你娶过亲吧？"皇北霜尴尬地伏在他的身上，感觉到若问微妙的变化，顿时清醒了不少。她一手撑在地上，一手捋了捋垂在耳边的乱发，看着他，如同引导一个孩子般问道："你的妻子是怎样的女人？"

"不记得了，蛮狐弄来的！"若问回答得很无趣，似乎对那位曾经是他妻子的女人毫无挂念。

"那格心薇呢？她是真的爱你，你对她是怎样想的？"

听到这一问，若问一阵轻笑，抱着她坐起来，两手紧紧扎在她的腰上，讥道："女人就是用来寻开心的，还有什么别的用处？"

皇北霜闻言，眉毛一挑："你瞧不起女人，为何又离不开？"

若问冷道："人的欲望是天生的，何必要去忤逆？声色酒欢就是我要的一切！离不开女人，不代表有哪一个是必须存在的，厌倦了，就换！"

皇北霜看着他幽紫冥暗的眼睛，那里有一片可以容纳一切的黑，人的赤裸，都一一显现着。她眸子微动了一下，淡道："你有没有想过，或许会遇到一个永远也不会厌倦的女人？"

若问抬眼看着她，疑道："不厌倦就不厌倦，那就把她留在身边一辈子，反正一辈子也不过几十年！何须思考？"

"可是，如果她并不愿意留在你身边呢？"

"只要她强过我，就够本事离开！"若问笑道，说完，毫无预警地、重重地吻住她，重重的、粗糙的唇舌带着腥沙一次一次搜寻着她的甜美。他们的呼吸，深得几乎可以穿透灵魂，月光下，她几度昏厥，而他，永远笑得那么暧昧，那是一种霸道的风流，掺杂着无法言语的欲望和激情。他已成习惯地紧紧抚上她的胸口，掌下，是同样狂跳的心。

"皇北霜，你是我的猎物，如果我一辈子也不厌倦你，那你就得留在我身边一辈子，如果你想离开，就要比我更强，击败我，你就可以离开！"

皇北霜摇摇头："对，我跟了你，任你玩弄，如果你厌倦了，就丢给别人玩！如果你不厌倦，我就得没尊严地伺候你，而且最好是比你早死，这样下场才不至于太凄惨！而万一你先死了，被人害死、谋杀或者别的什么，那我还是落一个人尽可夫的下场！"

若问看着她，沉默不过一瞬，星空下，嚣狂的笑声几乎叫醒了这醉梦中的绿洲。

皇北霜不解地看着，他又笑了！

笑够了，若问冷道："皇北霜，说来说去，你就是想说一个女人过得好得靠她的男人，过得不好也都是那个男人的错！那她生下来是干吗的？你还想否认女人只有拿来寻乐这点用处吗？如果我死了，你马上就能被其他人占有，那就是你活该，皇北霜，别想说我爱你，爱生不带来，死不带走。爱是虚伪的，只是女人想要依附男人的一个冠冕堂皇的借口。我不需要！"说完，他看着她灰冷的眼睛，期待般，搜索着她的慌乱。

然而，她没有，她只是直直地回视着他，带着颠倒众生的优雅和淡定。

却在这个时候，天空开始破晓，金亮的红光在黄沙与苍穹相接之处泻出，渐渐地，赶走了冰冷黑暗的黎明。若问抱着皇北霜坐在地上，她的唇离他的不过毫厘，却就在那个距离里，看得见冉冉升起的太阳，一如火花绽放。

"若问，在你的人生里，恐怕不曾有为女人立下誓言！"

许久，皇北霜一笑，笑得轻蔑，甚至笑得高不可攀。

若问呆呆看着她，好一会儿，深紫的眼睛，悠然变成深红的，看上去犹如淌进了血一般。

"走！"

他猛然扛起她，快步往树林里走。阴郁的神情，浮现着焦急的迷惑，皇北霜一看这架势，当然知道接下来会发生什么事，只是，无论她怎么踢打，都无法阻止若问如钢铁一样的步伐，长枪紧紧握在手上他几乎咬牙切齿地喃喃自语着：

"让你知道吧！我究竟想对你做什么？"

天下多少爱恨，不过一眼一瞬，
世上几许花开，不过一梦一春。
乱相逢，执着玉人香；盈手握，爱欲终断肠！
遗世间，孤魂枯心长；情潮动，最是两相偿……

大漠黄沙滚，必是群马飞蹄动。人一多，远远看去，就好像一条缠地游动的龙，正在朝目标蹿动。

白马飞踏，不停地擂下深深的蹄印，向着前方飞奔，它永远都是最快的，跑在所有马儿的前面，载着他的主人，去他最想去的地方。

飞踏重重地吐着气，如玉的眼湿润氤氲，它奔跑的样子，就像是额头上抵着一把冰冷的刀，而它，一下比一下更渴望接触那把刀。

擎云重重地抓着马鞭，与若问同样幽暗却更加寂寞的眼，一瞬不眨地盯着前方，天空上，国王极乐鸟英姿飒爽，穿空长啸。国王极乐鸟天生就具有引路特性，如今，它就像飞踏一样，深知它那美丽的主人是多么渴望见到心爱的男人。那是一种连动物都能感觉到的羁绊，深深地，紧密地，连接着两颗几容天下的心。

这时，地平线上终于出现了一个小小的绿洲身影，擎云心猛跳，抬头看着宏发出十分喜悦的声音，便向着那处飞去。就是那里，擎云激动地扯起一抹笑，她在那里。

他吁住飞踏停下来，身后近两千骑兵也相继停下。

“淼景！”

淼景应声上前：“陛下！”

擎云鸷猛的目光，直直锁定那个孤单的小绿洲，灰唇一抿，令道：“让死兵队去刺杀若问。他太危险，这么多人一起贸然冲过去反倒坏事。趁这时间，先埋伏弓兵，堵住绿洲路口。”

淼景点点头，转身对着一排穿着白色劲衣的十四人令道：“此去一死，同携一人，黄泉路上，是为若问！”说完，便对天举起一手，喝道，“死兵队出列！拿下若问狗头！”

只见十四个彪汉飞身下马，对着擎云深深一跪。擎云依旧是一袭黑衣，坐在白马上，淡淡地看了一眼十四人，便扭过头继续望着那片小绿洲。

十四人行完礼，再没说什么，提起手中兵器，就以如飞的步伐向那头奔去，这路，一去不回，但世上就是有这样的人存在，杀人，不惧死亡，求的，无非身后料理。

狂风中，擎云的黑衣龙袍动辄翻动，却无法磨损他浩然气势。

多少年根深蒂固对人性的厌恶和空虚令他的心干涸得一如洪荒之地，不是汹涝没顶无法呼吸，就必是枯竭干裂烈火焚身。霸酒，曾经是最好的燃料，烧尽了他心里所有的桎梏和牵绊，推着他前进。

然而现在，在遇到皇北霜以后，他开始感受到生命的完整，他竟开始害怕过去的重现。她就像是一座空前的宝塔，轻而易举地收获了他，她在哪儿，他就想去哪儿，不管她会引导他走怎样的一条路，不管那路的尽头是怎样的光景，他都将甘之如饴，欣然而去！

　　对他来说，那一朵盛世莲花，那一段蚀骨恩爱，已经是他生命里不可分割的一部分。叫他放弃，绝无可能！

　　如今，不顾机华的反对，扔下几十万大军在雪原，他毫不犹豫亲自来寻找她，不就是源自心中那深深的悔恨？悔恨不该让她离开，悔恨该让她知道，只要留在他身边，她就可以什么也不用做，什么也不愁，而她的愿望，他都会一一实现。

　　记得有一夜，她曾如此说："一个不相干的人，却能让你心疼到无法忍受，那就是说，你开始爱了！"而那时候，他笑了，同看皎月，却是不同明媚，抱着她，他又怎会心疼？那是甜蜜的呀，好比银河在怀那样开心。

　　如果不曾得到过，那么再如何的芳华也无所谓岁月的蹉跎；但是如果已经得到了，再失去的一刻，却是集天下之美也无可比拟。

　　天命在左，爱怜在右，其间，却是他深如苍穹的心。得到天下，失去了可以再来；得到伴侣，瞬间的别离都是一去不回的失去，是一种永远令人懊恼的失去，让他再也不能忍受……

　　爱是一把万能的刀……

　　得到，便惶恐于失去；失去，便惶恐于永远。

　　而永远，太寂寞了。

　　若问扛着皇北霜走到了绿林深处，天刚亮，林间却是茂密的幽暗，他扛着她一直走到了有一湾静湖的地方。在这么个算得上美丽的地方，亲自为她宽衣解带，亲自为她清洗伤口。

　　这是一种暴风雨前的平静，好比一头野兽，在吃下猎物前，总会先舔上几口，蓄足本能。所以，若问碰触皇北霜的手越是轻柔，她就越是胆战心惊。

若问将脱下来的衣服一件一件铺在草地上，清理完她肩上的伤，瞧着她呆滞的模样好一会儿，眼神却忽然闪过几分不甘，然后，手一紧，开始脱自己的衣服。

平静，果真怪异，若问一边脱衣服，一边看着皇北霜，他知道她不会跑的，也跑不了，她更不会去死，因为已经死过一次。怪异的是他，和衣寻欢是他的家常便饭，可现在，却是如此排斥，想对她做的第一件事，是直接的肌肤相贴。

身体的真实，远远胜过情感的虚无，而真实的快乐，必然超过虚无的妄想。

这就是若问对她的想法。

皇北霜再也看不下去了，若问的身体，精壮黝黑，陈年的伤疤、交错的伤痕诉说着这身体的主人血光似海的一生。她不由自主地捂住了眼睛。

"不许遮！"若问欺身上前，强行地拿开了她的手。

红唇，因为惊慌而发白，她那百媚丛生的容颜，多少次午夜梦回，就连格心薇带给他的满足，都及不上此刻激情的一瞬。

女人就是一张床，他睡过那么多张，却没有一次像现在这样，满心的期待。

"或许……"若问搂住她，让她的心口贴在他身上，"你不是一张床，而是一场雨！"说完，他重重地压她倒下，吻，如雪缤落，"你是一场雨！"

这一刻，皇北霜闭上眼，紧紧咬着唇，不吭一声。

若问一笑，忽然有了开玩笑的心情，抓住她一只手放在他腰上的疤块上磨，轻道："吻我吧！"

皇北霜睁开眼，愤恨地看着他，讥道："来吧，你想做什么就做吧，可你休想我再吻你！就算你向我下跪也休想！休想！"

闻言，若问嘴一张，狠狠封住她的唇，她的舌如清泉。

"女人总是这样！"空隙间，他贴着她说话，"挣扎，然后假挣扎，然后享受，聪明一些的通常会这样，蠢一点的，会很痛苦，你要痛苦吗？向你下跪索吻？真可笑，难道你那位翩翩公子没有教你，有些欲望可以毁灭一切自尊？你很快，就会知道！"

怎样的干涸，再也不能忍受？怎样的饥渴，再也无法压抑？
怎样的男人，要的是一场雨？怎样的心，全都是一个人的名。

若问居高临下地看着她，她的泪从没有停下，此刻，她是多么的不甘心。
而他知道，她也只是不甘心罢了。
若问一笑，双手紧紧箍住她的脸："要哭就哭出来吧。"
可她没有理会他的话，面对若问，抵不抵制都没有意义。
她面无表情，清澄灰冷的眼睛不断流泪，泪顺着若问的手流下，她看着他，一瞬间，真的很想问他，对她的执着，何以至今不改？对她的占有，何以如此笃定？能不能放过她？不要在她的心里，扎下如此沉重的伤痛，从今以后，无论她活着还是死去，都无法做回那个潇洒的自己。

眼泪，是一种罪……
如果不小心让它流到了你的心里，它就会化成沼泽，一点一点地，将你吞噬，从那时起，便是你一生的罪，开始偿还……

若问一手撷着些温热的眼泪，探到嘴边，轻舔一下，又苦又咸，好像一个永远也解不开的谜。他从来不曾关心过一个女人的心竟是如何的感受，因为他不好奇，更加不关心。可是，这一次，却为何令他寂寞得这样无力，他知道她想着谁，事实上他也不在乎，无论那人如何俊杰非凡，只要是握在他手里的，就再也不会属于别人！

嗖嗖！

十四人，步如刀，似乎渴望着最后的脚印能否深得永难消去，而那杀气腾腾的觉悟，早已如铜铃般敲响了绿洲清晨的树叶。破风后，是一片沙沙摩挲，浅动摇曳。

十四个人训练有素地向林子深处冲了进来，如此决然，令这树林晨曦都变得灰冷可怕，零落的光芒也更加破碎。

若问忽然眼一冷，似乎察觉了什么。他低头看看皇北霜，稍稍迟疑一下，终还是重重抽回了手，猛地将她拉起来，胡乱给她套上几件衣服，便以破碎的布条把她缠绑在树干上。然后，他一口唾沫吐在手掌上，搓了搓手攥起长枪夺妻，深深看她一眼，淡道："在这待一会儿，我马上回来！"

说完，便是飞身一跃，瞬间消失在草丛里。

皇北霜不可置信地呆看着若问离去的方向，惨淡的脸色顿时染上些别样的色彩。她有些松了口气，又有些疑惑不解，不明白何事竟可以令他忽然打住！

却在这时，天空传来一声锐利的鸟鸣，皇北霜抬头一看，穿越茂密的层层树荫俯冲而下的，正是她的七色国王极乐鸟。

"宏！"她激动地喊出来。宏到这里来，也就是说，擎云来找她了。

若问的速度很快，他一嗅到不寻常的气息，狩猎和自卫的本能便立即觉醒。

那些人很危险，他心中暗暗忖道，气势如虹，不顾一切，光凭这感觉便可断定是经过脱胎换骨的训练，这样说来，应该就是冲着他来的。会是谁知道他在这里？不过，不管他是谁，如果以为弄几个不怕死的人来就能将他拿下，那可真是天大的笑话！

想着，若问蛰伏下来，盯着正分散开来四处搜索的白影，离他几步之遥，便已有一人正警戒地查看。那人一步再前，却嗖的一声，身影顿失！

若问的手紧紧盖住那人的嘴，长枪，已经穿膛而过，白衣人只得了一个咬破若问手的机会，便闷声不响地倒下了。

"废物！"若问舔了舔手上的血，抽出枪，又弯下身，飞快地闪入草丛中。

没一会儿，突兀地，不知哪儿传来一声惨叫，惊起了林子里的鸟，嘎嘎地和鸣着，好比凄绝的回声一样可怕。

若问的枪上，又像穿食物一样穿着一个白色的人影，在如雪白衣上，血，几是毒花丛生！通常被若问盯上的人，从无半点生机，因为他的生死一瞬，永远快过任何人。

而这一声惨叫，终是令穿白衣的死兵队发现了危险，站在中间的一个大个子手一招，散开的白影便开始向他聚过去。

"出来！"那大个子嘶哑地喊道，"出来！狗贼！"

他一说完，只见一片奇异的沉默，然后，忽然一阵强风吹过，拨开了深深的草丛，尽头，是双眼泛红、冷笑如刀的若问，他以弯腰的姿势，紧紧携着滴血的长枪，诡异的杀戮欲望，全数显映在那双鸷猛的眼里。低笑一声，他毫无预警地猛冲过去。

十二个人以半圆的阵形对着冲来的若问，十二把刀，刀刀举过了头顶，在极近的一刹，扑杀而上。

一时间，血光如虹！

擎云坐在马背上，看着那小绿洲里的难民一拨一拨都慌慌张张地跑了出来，料想死兵队与若问已经对上了。事实上，他也并没有想过死兵队的人当真能够杀死若问，况且若问是否会以皇北霜为人质也还是一个未知数。淼景早已对那十四人下令，拿不下他的人头起码也得引他独自出来！

只要他一出来，就再也别想逃得掉！

正想着，就见前面跑出来一个白衣死兵，他甚至没有伸手去捂自己肩上的伤，只是一个劲地往外跑，他跑着，直到彻底进入了弓兵队的包围圈，才缓缓停了下来，回过头，看了许久，一声大笑，笑完了，猛地倒地，再也没有起来！

阴风，带着血腥的味道，若问满脸森冷，杀红了眼，他一步一步从树林里走了出来，右手握着长枪，左手提着不知多少个人头，而身后，是一条血路。

早就守株待兔埋伏好的弓兵们一见这样的若问出来，全都吓了一跳，死死抓在长弓上的手，不自觉地颤抖着，他们都上过战场，他们都见过尸骨破碎的肉体，但从来没见过这样的情形，那怎是一个人能做得出来的事情？

风沙，停止在擎云与若问对视的目光中。

擎云看着若问，冷道："又见面了！"

若问也冷冷一笑，回道："从以前开始，你就碍我的事！"

"彼此彼此！"擎云眼中怒气一闪，却很快就被压下，"她呢？"

"她？"若问转了转手中的长枪，淡道，"她睡了，还没醒呢！"

然后是沉默，两人的沉默。那是女人带来的沉默，一个得到，一个得不到，而得到与得不到，那都是男人与男人的较量。

"那么，你也睡吧！"擎云眼神生冷，一字一顿道，"然后，永不再醒来！"

"哈哈！"若问大笑一声，"就凭你？"说完，一把将提在手里的人头扔了过去。

擎云见此讥诮，却并没有生气，反倒是轻轻地吁了吁马，淡淡地说道："不要以为你还可以用弱水城的平民来当挡箭牌……"说着，他唇边扬起一抹笑，"若问，你已经没有黄天狂兵团了，他们的头，足以垒成你的墓冢，你该休息了……若问！这世界根本容不下你！"

若问闻言，脸上不禁闪过一丝诧异。"什么意思？"他狠狠问道。

"他们在等你！"擎云笑道，"他们在地狱里等你！"

若问火红的眼顿时一淡，恢复成冰冷的紫色，他盯着擎云道："你干的？"

"我干的！"擎云笑道，"天意！我放你走到今天这一步，你却抢了我的女人，如今，你该还了！"

那大概是若问一生中最沉寂的一个瞬间，多少年土匪生涯一闪而过，曾与那么多兄弟一起金戈铁马，戎甲天涯。即使现在，若问已是擎云瓮中之鳖，但他并不害怕，土匪，都是一群离人，早早就明白死亡随时可能降临，只要在那之前活得随心所欲，那么就算到那一天，也定无怨无悔。

"下马！跟我较量一回吧！别老是阴着！"若问一枪指着擎云，高声喝道。被引出来的那一刻，他就知道，跑是跑不掉了，最少，他当真是想和这个从一开始就和他如同两极的男人较量一下。那么多次，他带走了她；那么多次，她呼唤着这个男人的名字；那么多次，他们针锋相对，却从不曾以命相搏。

淼景闻言一惊，赶紧扭头看了看擎云的神情，生怕他当真经不起挑拨，下马决斗，他的身上可还有那战留下的伤口。

孰料擎云一阵豪迈地笑，手一招，士兵们都立身起弓，狠毒地对着若问。那是上百支箭，箭箭锁定了敌人。

擎云没有下马，没有抽出宝剑，他的眼里，也毫无备战之意，只是淡淡说道："你该休息了，若问！"

说完，第一排弓兵箭离弦，三百多支箭齐射出去……

一支又一支箭插在若问的身上，一轮又一轮地离弦，一次又一次地上箭，却没能令他铿然倒地，他的血，汩汩流入了脚下的黄沙之中，好像一道落红斜阳，烧在了这片凄伤的土地上，死亡，伴着黑暗，不急不缓地来临……

每个人都会死，他不怕死！

一阵眩晕，若问低头看着自己胸前密密麻麻的箭羽，忽然狂笑起来，他一生杀人无数，却没想到自己也会落个万箭穿心的结局，却没想到杀死他的是一群无名小兵，却没想到他并不是死在奸淫掳掠的地方。越想他越觉得好笑，越笑那声音便越张狂。

弓兵们见他还没倒下，一身是血，竟还有力气对天大笑，全都不禁一震，整齐地回头看着淼景。淼景便看着擎云。

而擎云却是一再沉默着，似乎什么也不想说，又似乎想说的都已经说了。

"啊！"

却在这时，擎云和若问同时听到了一声叫喊，他们都神情一动，看向了绿洲的出口。

皇北霜不知何时解开了碎布的捆绑，正一身褴褛地跑了出来。

一出来，她所看到的，就是万箭穿心的若问和朝思暮想的擎云。那一刻，她真的被吓到了，一地的头颅，血染如残阳的黄土。

站在那里的若问，还有看着她的擎云……

这一切就像一场梦，一场让人无法相信的梦。

多少次，她曾在心里祈祷若问死无葬身之地，可是，当她真的看见这样一幕，却有一种酸楚的感觉。

若问转身看着她，不知想到了什么，忽然笑了一下，他艰难地一步一步向她走去。

"上箭！"淼景一见，赶紧令道。

"住手！"擎云却是立刻冷道，"会误伤她，都不要动！若问已经不行了！"

皇北霜站在那里，一动不动地看着越来越近的若问，他走得那样艰难，似乎随时都要跪倒一样。

风，又开始吹了，撩动着他单薄的衣襟，终会托飞而去一般。

终于，他走到了她的面前，紫色的眼睛闭上了又睁开，睁开了又闭上，果真是累了吧，直到他最后一次睁开眼睛。她看着若问，猜想他应是有话要说，于是不由得上前一步，正要扶他，若问却猛地一退，深深地看着她，一字一字说道："如果我跪倒了，你就吻我吧！我想做的……好像只是这个而已……"

说完，那天空，好像突然黑了一样，皇北霜心一跳，喉咙被什么东西哽住般痛苦。若问的眼珠逐渐失去了光彩，由紫而灰，却依旧是那样的嚣张狂妄，依旧是那样的危险。

他站在那里，直直看着她，好像永远一直看着她！

他站在那里，并没有倒下，好像永远也不会倒下！

他站在那里，宛如一尊石像……

而她，不会吻他，永远不会！

纵使曾为香泽醉，铁膝之下也无跪，红颜淡不去，到死入骨髓。

是枭雄，何苦枭雄，千般诉说，一场堕落。

血斜阳，狂血斜阳，万般爱恨，一点红尘。

晚霞的红光晕染了整个大地，长长的人影子扣在地上，一眼望去，只见一个全身插满羽箭的身影，立在那个地方，不见瞑目的眼，穿越了生命与轮回，抓住了一瞬的永远。

在一片惊诧的沉寂中，擎云跃下马，走到皇北霜的身边，而她一直看着若问，似乎在等他跪下的一刹那。

"你为何要哭？"擎云看着她，淡道，"守在这里一动不动，是等他倒下的一瞬间扶他，还是，吻他？"

皇北霜摇摇头，什么也没有说。她只是看着那样的若问，似乎连自己都开始迷惑。

"他不会跪下的！"擎云抱起她，"走吧！以后无论发生什么事，我再也不会让你离开了，那种寂寞，我如何可以忍受？若问在你心里留下的，无论是不是伤害，我终有一天会将它淡去！只要，你在我身边，我就会有片刻的安心，再也不觉得疲累！"

皇北霜靠在他的怀里，终于忍不住哭出了声音。

也许，我们一辈子也找不到一个安心的地方，但却仍无法熄灭这种执着的追寻。

然而，人与人之间实在太寂寞了，寂寞到疯狂，寂寞到绝望，寂寞到哭泣。

所以，我们总是很傻，我们总是疑惑，我们也总是在最后一刻痛哭出声！

我们总是在问：

我爱谁？谁爱我？爱多久？爱多深？

吾亲唯囚

第二十章

沙上马蹄，蹄下红印，印不下多少愁绪，印不下多少别离。

黑衣下是擎云宽厚的胸怀，他的气息，带着淡淡的忧伤，他的寂寞，带着无奈的懊恼。

他没有说话，只是看着前方，胸口，是她一片温热的泪水。

擎云拉过披风，将她掩盖在怀里，那里是片安静的天地，没有风沙，也没有声音。而她总是在这种时候说不出只言片语，只因为这样的沉迷，实在太甜蜜，太安心……

她不哭了。

一手环上他的腰，脸贴得更紧，轻轻地皱了皱鼻子，露出一副要睡着的神情。

他一笑，握绳更紧。

人们之所以会寂寞，常常是因为遇见，遇见得越深刻，便越寂寞。

人们之所以会不安，常常是因为爱怜，爱怜得越刻骨，便越不安。

然而，超乎物欲之上，这些都是太缥缈难以把握的东西，好比云烟，身在其中，手抓不住……

雪原。

天暗下来的时候，将军机华迎回了天都的国王陛下，一行人风尘仆仆，虽不见多少伤亡，但都一副憔悴的模样。

擎云抱着皇北霜进了自己的营帐后便再没出来。机华和淼景当然明白陛下的心情，两人守在外面，再没多嘴一句。

擎云坐在床边给皇北霜上药，那么多天了，虽然若问给她做过紧急处理，但仍是拦不住伤口的溃烂。

"恶心吗？"皇北霜问。

擎云摇摇头。

她身上有的不只是那一道重创，还有大大小小的青紫瘀痕，触目惊心。

"饿不饿？"擎云上完药，给她盖上被子。

"我冷！"她淡淡说道。

擎云宠溺地一笑，脱了衣服便钻进了被子里，轻轻搂她在怀，大手扣在她的腰上，问道："还冷不冷？"

"心冷！"她苦笑。

擎云的手抚上她的心口："还冷不冷？"

皇北霜却一惊，两手飞快地拉开他的手，眼神充满恐惧，呼吸也越来越重。

她呆呆地看着他，心口极其难受。

擎云见她这样的反应，忽然明白了什么。他眼一动，一只手再度抚上她的胸口，紧紧地，只是这回任她怎样拉也拉不开。

皇北霜习惯性的恐惧，习惯性的梦魇，在这一刻全数苏醒，若问留给她的，全都是噩梦，那只粗糙的手掌，像是永远扣在她的心口上一样无论如何都无法撼动。

"放手，你放手！"她的思绪混乱起来。

"不放！"他的手温柔得如同一汪泉水，顺应着她，抚慰着她。

"听我的，你能忘记，你能……"他贴她耳语，无法与人分享的亲昵，想一人独占。炙热的手掌，逐渐平复着她的心跳，湿润的吻，带着极度的压抑，缠上她的唇。

他们都是寂寞的人，他们出生的时候，都与星星一起陨落，于是，在人世间万丈光华中，他们只看得见彼此……

尽管只看得见彼此，也是一种寂寞。

烈日，烧空。火云，照地。

终于冲破兆淮围困的格心薇根本没有心思去处理及汗，她站在城头上，看着远方的地平线良久，忽然发出一声撕裂娇喉的呐喊。那声喊，肝肠寸断，那是一声挽留灵魂的呼喊，那也是一声什么也留不住的徒劳的呼喊。她穿着纯白的衣袍，沧桑的蜕变，洗不去她绝世容颜不变的执着，而她一生的痴迷，如今，只剩下空荡荡的寂静。

"陛下！"站在一边良久的女官慢步上前，"云沛发来了结盟书，请陛下定夺！"

格心薇没有回头，只是手一挥："不用再说了，汾天支持云沛。"

女官点点头，又道："可是，陛下，汾天内政不安，贸然参战恐有不妥！"

格心薇一哼："只是做做样子，帮着呼喝呼喝，谁说要真的派兵了？"

女官闻言，恍然大悟，赶紧回道："属下明白了！"说完，又想到什么，补上一句，"陛下多保重身体，陛下该明白，情感或许终会消逝，但生命，却可以延续。"

格心薇闻言一动，一手抚上小腹，那是若问遗弃的，连她一起遗弃的孩子。若问，你不在了，是否代表这孩子命中注定要降生在这世上；你不在了，他便不会是你的耻辱，也不会是你的敌人了，他是另一个你！

想着，她一笑，透着些淡淡的母性的祥和，深深看了一眼夕阳霞光，便拉起披在身上的裘衣，淡道："走吧！"说着，几个人鱼贯离开了城头。

那城头，经风一吹，更加凉寂，灰黄的土墙，吸附着晕红的光影，一深一浅，一高一低，好像正回忆着多少个曾站在那处欲揽天下的人，回忆着站在最高处，不胜寒淡的愁绪。

　　若问，虽然你是一场灾难，天不纳，地不容。
　　可是，可是……
　　黄泉路上你若回头，
　　是否明了，世上总有个人，献给你的，是她一世的灵魂！

　　正所谓世事无常，有人欢乐有人愁。皇北霜回了擎云身边，带回一身若问的鲜血。格心薇从此再无可能追随若问。没有了若问，整个大漠好似都安静下来，好似这一切都可以理智而平静地肃清了。

　　战火稍息时，尖都亦是萧条一片。

　　那战倚靠在床上，看着窗外明月，只觉得身心疲惫。

　　他不时轻笑，似是苦中作乐，偶尔凉光照面，他的眼神带着一瞬的淡泊。他又想到了她，只从怀里掏出玉箫，便就着月光以手指反复摩挲着，若有所思。

　　"神鬼是何人，且问宝殿侯将行！谁人无三跪，便是谁人为！"

　　还记得那日飒满在大殿上唱傻了一殿文臣武将的《劫歌》，那一日，笑的人，都不笑了，没有人敢抬头挺胸，除了她。

　　那战靠在床上，持起玉箫贴唇吹奏。其实他也是娴熟于笙笛箫埙的人，但自从听过她的曲子，他就再也没有碰过箫了。事到如今，无数个夜晚，嫦娥山上怀月阁中，再也没有那一抹温如春风的身影。他真想知道，如果他展王是这世上索命的神鬼，那么她的靖天王又是谁？她还会不会，以同样的眼神看着他？

　　一至明日破晓，云沛将最后一次对天都宣战，尖都与雪原存亡就在此一战。但无论如何，他都知道，天都不会轻败，即使冲不破云沛的边关防线，几十万的驻守大军，也足以燃起数十年的硝烟，那样，云沛不如前，天都不如前，一切都不如前了……

　　这不是他所期待看到的结局，战争从来养育不了天下生灵，战争养育的，从来只是位高权重的贵人，然而，贵人，又怎成得了天下？

生来就是凤凰的命，所以，他常思索着，哪一条路可以走得通？哪一个天下可以唱不响劫难的歌……

神鬼呵，我问，你为何笑？

翌日清晨，天边微亮，起了阵阵寒风。

皇北霜一觉醒来，却没见着擎云的身影。心头一冷，便合着被子坐了起来，环视着这个装饰得简朴而威严的营帐。

就在怔然间，忽然一缕阳光射入，皇北霜眼一眯，看不清来人。

"娜袖你醒了！"兴奋的声音几乎带了哭腔，帐帘再度合上，皇北霜这才看清，进来的是夜佩。夜佩端着水盆快步走了过来，眼泪落不停。

"擎爷接您回来的时候，我们都快高兴死了，一个晚上没睡，全都在帐外候着！"说着，她放下水盆，为她绾起零落的青丝，"奴婢为您收拾一下，好让廉幻他们进来见您！"

皇北霜点点头，走到桌边坐下，让夜佩为她梳洗，看着镜中的自己，她忽然自嘲地笑了笑："夜佩，我是不是变老了？"

夜佩一愣："怎么会？您永远都是最美丽的！"

皇北霜摇摇头："傻丫头，我不是在说皮相，我是说心啊，为何看到了阳光，看到了你，看到了自己，却还是淡如深渊的沉静？我是否失去了什么？"

夜佩愣了愣，才回道："娜袖什么也没有失去，千万不要想得太多！"

没一会儿，为她梳好头，穿上淡绿的外衣，夜佩看着她，心里一酸，娜袖真的变了，变得冷淡了，从前的她，眼神总是坚定的，而现在的她，眼神却是冷漠的，再没有丝毫如虹如梦的光彩，她更加艳丽了，却也更加遥远。

皇北霜微侧头看着夜佩，轻轻伸出一手撷下她眼角边的泪水，似知晓夜佩此时心情，便轻道："不要担心，我还是我，去叫他们都进来吧！"

夜佩点点头，转身到门帘边对着外面招了招手，另十二人立即进来。

"娜袖！"忘了跪，也不知再说些什么，他们愣愣地看着她。

"坐吧！你们同我之亲，早如兄弟姊妹！"她说。

十三人坐下。

"是莽流的人救了你们？"皇北霜问。

"是！"十三人点点头。

皇北霜一笑："没事就好！"

十三人看着她，廉幻道："娜袖现在有何打算？"

皇北霜端起桌上的茶，喝了一口，润泽了干燥的唇，才问道："天都和云沛现在是什么状况？"

廉幻赶紧回道："论阵前形势，天都还是势如破竹，可是现在汾天声援云沛，南方的难民也开始支持云沛，恐怕这仗不是一年两年打得完的！此外，天都的小同王，虽然没有兵力，但是据说封关了，时间一长，影响应该不小！"

闻言，皇北霜神色暗了暗，才道："陛下宣战了吗？"

廉幻一呆："哪……哪个陛下？"

皇北霜不由得失笑："展王！"

廉幻摇摇头："只闻兵鼓战锣响，却还未正式宣战，两军对峙已经不少时日，却一直是胶着状态。"

皇北霜点头道："是他的作风！"

夜佩三婢对看一眼，问道："娜袖的意思是？"

皇北霜道："陛下是个容天下不容自己的人，他本就不愿意打仗，一直都不愿意，布了这么多局，最后恐怕也只是逼擎云和谈。"

十三人沉默下来，没再说什么。

他们为的只是一个小小的不过七千多人的厄娜泣族，而如今，无论是哪边获胜，他们的现状都不会改变。所以，面对战争，他们总有些局外人的冷淡。这是没有办法的事情。世人多薄情，当伤害落不到自己的头上，人们便感觉不到疼痛，至多，只是对那被伤害的人，慰以深深的同情罢了。

"娘娘！"这时门外有人唤她，"老叟容龅，不知是否有幸，得娘娘一见？"

皇北霜闻这声音似觉耳熟，再听容龅之名，便是一笑："容老先生纳智天下，心如明镜，我等俗人，一身红尘，怎见得仙叟一面？当真是不堪一见呀！"

这言下之意就是不见，皇北霜在擎云身边那段时日，正逢这叟幽禁于鸪劾边城麦卡，为他演算物资调配，擎云对其评价很有意思：酸涩，却是真切；胆小如鼠，却是道尽风云。

皇北霜如此言语，其实也只是逗逗这老头儿，心知这类人，越是待他以礼让，他越是得寸进尺，越是待他以刁难，他则小收锋芒。

果然，容龅在门外一阵尴尬，早闻这位关影王后冰雪聪明，多少大漠豪杰于她裙下追逐，当下自是收起了酸性，回道："娘娘这是笑话老叟，容龅一生，笔握春秋，对娘娘这等奇人，怎敢冒犯？还请娘娘赐见，容龅不胜感激！"

皇北霜扑哧笑了起来："那就请先生进屋一叙吧！"

再萍站在门口，便轻轻掀开门帘，让容龅入内。

容龅不由得一阵紧张，咳嗽了两下，才一脚踏入，抬头一看——

皇北霜似笑非笑，眼神微波流转，仿能洞悉一切。青葱玉手，端着茶杯，刚刚抿上一口，便是淡淡一笑："人生就如这苦香茶，先尝到香甜者，其后必经苦涩；先尝到苦涩者，继而必知香甜，人人皆如此，却只容老先生您，如今是香苦同在，一口唉尽人生百态！"

容龅一下痴傻，站在门口不再挪进半步，脑海飞快闪过关于这玲珑女人的许多事情。

十三年前，宁都智叟容若，离开云沛，游走大漠，最后病逝于北部民族厄娜泣，他亲赠《大漠集卷》予一个年仅六岁的小女孩，竟是含笑而去。十二年后，女孩和亲，不过一年时光，获封为关影王后，名扬天下。是她，引得狂兵南下；是她，令天都半路收兵；也是她，分裂格心薇和烟政权，剿杀若问。她，不过一介女流；她，在这乱世天下，能算是红颜祸水吗？

她如此美丽淡定，坐在那里，只不过嫣嫣一笑，容齮便觉风和水香，一阵幽然。

"容老先生请坐！"

容齮闻言乍醒，带点不自察觉的踌躇，便在一边坐下了。

"容齮自落入公子手中以来，最好奇的莫过娘娘，如今一见，娘娘果然是人中龙凤，难怪得公子如此倾心，老叟当真折服了。"说着，喝上一口苦香茶。

"容老先生，早就听闻您是位倔强人，看来当真，您说您是'落入'陛下手中，却为何不说是陛下识人知用，给了您一个发挥所长的机会？这历史变迁，多少疑云重重，您可还看得尽兴？为陛下办事，三思而为，当是活下多少性命，您可还满意？这一切，难道不是陛下一番苦心？"皇北霜看着容齮，说话却不留多少薄面。

容齮其实早已臣服，但面对这番犀利言辞，却一阵笑："得妻若此，公子又夫复何求！"

"我不是他的妻！"这倒是一个痛处，说来两国尚在战事之中，皇北霜的身份确是微妙。

容齮道："娘娘，天都与云沛势如水火，不是说他们不容，而是说他们各自为政，牵扯着大漠两头，您该知道，这是动弹不得的制衡关系。一旦破坏，这世界将生活在尘埃当中！再者，天都小同王，乃公子亲兄弟，便是公子自己也知道，他一离去，王宫内乱岂是那些为了避祸而从小装疯卖傻的王亲能够压制住的？"

皇北霜沉默下来。

这时容齮倒是笑了："老夫这一生，最庆幸之事，莫过于遇到北靖天王，区区笔下春秋怎敌他精彩？如今又得幸见着了娘娘，当真是觉得这情这爱，不辱没于家国，不消殆于恩仇，是乃真幸福！老夫曾这样问过公子：'天下，红颜，公子择一取之！'公子回道：'皆取！'不久后，老夫又问：'天下，红颜，公子择一舍之！'公子笑道：'俱不舍！'"说到这里，容齮带着复杂的心情叹了口气，又继续道，"娘娘，狂莽大漠，只有至霸，却无帝王，这一点，老夫我确与展王陛下一致，无论展王还是公子，在老夫看来皆是英杰，是君命，且是名君命。但，纵使有天大的智慧，天却装不下这人心，如此松散的国土，根本是不可能统一的，娘娘，这一点，您是否也了然于心呢？"

皇北霜看着他，轻轻一笑，却不做回答。

就在一屋子人兀自沉默，闻茶香一度失神的时候，擎云却大步跨了进来，手里拿着一牒文书，身后跟着几个将军以及淼景。他径直走到皇北霜旁边坐下，一脸严肃。

"陛下！"廉幻十三人赶紧跪迎。

"起来吧！"擎云点点头，将文书丢在了桌子上，便不再作声，直到看到容豁才是一冷，"容老先生也在！"

容豁赶紧起身，点了点头。

皇北霜伸手为他脱下披身铠甲放置在一边，侧头看了看站在近旁的辽震和机华，暗自忖道：两个大将军都不在战场上，这文书是什么内容想来也不用看了。

她扭过头，倾向他："休战协议？"

擎云唇一抿，没吱声，旁边的淼景倒是猛点头。

"果然……那你答应了吗？"她问。

擎云眼瞥了一下桌上那牒文书，才道："哪有那么容易？"

"你不答应？"她又问。

擎云没回。

皇北霜往他身边靠上一些，询问道："他许了什么条件？"

这时淼景赶紧回道："回娘娘的话，那战承诺无偿停战，互不相欠，对于我军南伐以来占领各小国及鸪劾所得之物资永不追讨！"

皇北霜点点头："协议的结果是？"

淼景答道："疆土不变，恢复鸪劾王室，五十年绝不再战！"

皇北霜笑道："鸪劾已是名存实亡，不要也罢，以现在的状况，这条件很合理！"

擎云扭过头，微有怒气地说道："五十年！真是笑话！"

皇北霜看着他，才道："天都的小同王是你亲弟弟，现在受赵瑞摆布，就算不是自己的意志，也已经与你为敌，无论你取胜与否，都将回到天都，届时叛党全要斩首以正皇室，他才十二岁，你下得了这手吗？"

擎云眼一冷，烦躁地一掌落在桌子上："你们都出去！"

廉幻十三人及淼景几人赶紧鱼贯而出，没有丝毫逗留和回眸。他们的想法很简单：不管遇到什么事，靖天王已经不再是独自一人，即使心有困惑也有人相伴，她也一样。

直到只剩下他们两人，擎云才叹了口气，搂她在怀："见到容豁这酸老头儿，感觉如何？"

皇北霜笑道："容先生可夸赞你呢，你还不知好歹，骂人家酸！"

擎云两手抚在她的背上，十根指头绕上她柔顺的发丝："他可有夸你？"

皇北霜这下倒不好意思了，只道："净说些无用的话，我怎好告诉你？"

擎云大笑起来，不再多说，徐徐拉近他们的距离。他要的，只是甜美的吻，而她，任何时候都愿意给。

许久，他们云鬓厮磨，终是淡下胸中烦闷。

擎云叹口气，却道："岭儿向来与世无争，他与我更是一母所出，也是因为这样，才会成了赵瑞摆布的棋子，惹了这么个大麻烦！是我没有照顾好他！"

皇北霜知他现在是多么懊恼，一手贴上他纠结的眉宇，回道："你迟迟不肯派兵回国，正是为此吗？平乱本是小事一件，可是亲兄弟在赵瑞手上，那两人要死就势必得一起死了！"

擎云抓下她的手，一搋，让她坐上他的腿，他靠上她的胸口。

"告诉我你的想法。"他说。

皇北霜沉默了一会儿，回道："你爱我吗？"

"很爱！"

皇北霜笑了笑："你是否想答应那战的休战协议？"

擎云冷了一会儿，才道："是有些考虑！"

"那就答应吧！"皇北霜不待他说更多，便立即回道，"天都国王胞弟与云沛关影王后，以人质的身份交换，你把擎岭送到那战身边去！这样，他可以保住性命，也不必再受权臣左右。"说到这里她沉吟良久，才道，"而我……"

"而你，留在我身边！"擎云没等她说完便接了下去，"听起来不错，等战争平息了，我也可以用金银赎回岭儿，可是，这样一来，我就不能娶你为妻！"说着，他一手点上她的唇，"我听出来了，皇北霜，你不想做我的王后！"

皇北霜的唇上是他温热的手指，她往后微移了一下，才道："擎云，我是真的觉得很累，这莽莽狂沙之下，女人的地位几乎微不足道，这天下都是你们的，我又算什么？名分算什么？那是对爱情的亵渎。王后是何物？无论我如何渴望单纯的相处，事实都是无法真的做到，在那战身边做不到，在你身边也一样！因为你是国王，所以我不能做你的妻，只要没有这个名，我就不再具有什么政治价值。我也能快乐了，也能自由了，自由地爱你，自由地跟着你，为你看尽天下风雨，只以一双清净的眼睛，我不在你满朝的跪拜中，也不在你王后的寝宫中，但我在你身边，再不是任何人手中的棋！"

擎云听完她的话，两手一收，紧紧扣她在怀。

"嫁给我！我发誓永远爱你！"

她一怔，一双眼顿时蒙胧："我知道，我知道，擎云，可是，你懂的，不是吗？嫁与不嫁，早已无关爱与不爱了。嫁你，是爱你，只是会很累；不嫁，我又怎会不爱你？但我不会那么累！世上多少劳燕分飞，世上多少结发成灰？名分是管不住心的，我又何必为它所累？你懂的，不是吗，擎云？"

擎云看她良久，似有话又无法说出，唯有以吻封缄。

他的手，久久不知搁在何处；他的手，犹豫着，害怕对她的满足亦同是对她的失去。

"对我许下诺言吧，你永远不会离开！"

他说。

"我许诺，永不离开。"

她说。

擎云一封非正式的回信到了那战手中，那战舒了口气，尽管没有立刻撤下前线的军队，但多少脱去了些许连日对战以来的戾气。当烈日西沉，他同巫季海一行，一道铁骑去了汾天。

接待他们的，是汾天的女王格心薇。

"十分欢迎展王！"格心薇对他躬身行礼。

巫季海站在那战身后，纵使这已不是第一次见到格心薇，他仍是感到十分惊诧，除了那双湛蓝的眼，她，竟是那么像王后娘娘。由此亦可想而知，若问究竟执着到了什么地步。

那战坐到大殿正席上，看着格心薇笑道："早闻女王陛下有喜，没有及时前来道贺，实在失礼！"

格心薇淡淡一笑："陛下言重了，今日来访，所为何事？"

那战环视了一下大殿，才道："一来是祝贺女王陛下后继有人，二来……"说到这里他顿了顿，"敢问女王陛下是否已为若问修立陵寝？"

格心薇闻言，不禁神情暗淡下去："立不了，世人不能接受！如今，只为他立下了无碑冢！"

"哦！"那战点点头，"今日我来，只有一件事情相商，如果女王首肯，我想将是一件皆大欢喜的事情！"

格心薇看看他，以眼神询问。

那战一笑，说道："我云沛很愿意支持女王陛下复辟麻随，今后依旧由雨族格氏称王统治。汾天，就当随他而来，亦随之而去的一场噩梦吧！不知您意下如何？"

格心薇闻言一阵大笑，许久才停下："陛下，原谅我的失礼，我很明白，世人都不愿意承认他曾经存在，如今，更希望能够抹杀他的存在，他终究是一道那样深的伤痕！"

那战见她微有失态，却毫不忌讳这话题的本质，倒是对她有了几分欣赏，点了点头，他道："既然陛下都明白，是否愿意表个态？"

格心薇收住笑，冷道："当然可以，能够得到云沛的支持，毕竟是我麻随王室的荣幸。复辟之日，定将与贵国永修盟好！"

那战闻言十分满意，举起手边酒杯，对她一敬。

三百三十二年，夏至。

建国不足一年的汾天从历史上剔除，传统麻随贵族复辟格氏王朝。至尊者为九公主格心薇，单身女王，身怀有孕。其子父谁，无人敢提，说事人只道是天降种，地送子，久而久之，在那一段麻随历史上，终是成为一个众所周知却无人道破的秘密。

漠沙飞，这已是不知第几次，擎云与那战如顶天脊梁地相对，他总是黑衣，一派公子的淡雅，他总是红装，一身王公的深沉。他们的棋，输赢从未改变，他们的结局，却偏爱鲜艳的一边。而鲜艳的一边，总是离自己的幸福，有着如同鸿沟的一步之遥。

擎云坐在桌边，看着那战，两人手边已经摆好交换过的协议，盖下章，签下字，赢的人没有赢，输的人也没有输，尽管人生是不会和局的，但总会有个结果。好像现在，他们要认可这个结果，需要花上一眼相看的时间。

那战终于低下头，再次看着协议上，最为显眼的一排字：

作为交换人质，关影王后皇北霜，须得定居天都，否则一切免谈！

这是擎云开出的条件中最为基本的一条，那战看着这一条协定，笑了笑。

擎云将天都叛变的丞相赵瑞收押以后，第一件事，就是以人质交换，把他的弟弟擎岭送到了那战的帐下。而那战的王后，将在他签下协议后，彻底断绝与他的关系，五十年的和平，五十年不会相见的和平，只待他的印章盖下。

那一片解马树，再花开多少，都将落尽。

那战想了一下，拿出印章，狠狠盖下，然后看着擎云道："让她的族人为她送行吧！"

擎云一笑，抽起协议，也盖下了印章，回道："不必了，她的族人除了送行，也不曾给过她什么！"

那战看了远方一眼，淡道："我还是她的丈夫，难道也不该送送她？"

擎云闻言，莫名有股怒气，便一甩衣袖，回道："此名已弃，她没有丈夫！"

那战看着他，点点头，顿了一下，忽然伸出一只手。擎云一愣，半天没有回过神来，直到淼景在一边轻轻推了推他，他才站起来，伸手与之相握。

两人的手紧紧握住对方好一会儿，终于松开。

然后，鼓声响了，漫天地响。

一个士兵冲到两军中间，丢下手中的剑，激动地大喊："休战了，休战了——！"

反复对天的欢呼拉起了他高昂的情绪，两边的士兵闻言，先是静静沉默了好一段时间，然后，一片如海般的吼叫穿过了云霄，浩瀚的呐喊中，擎云和那战各自离开。

他们不是神鬼！就算曾经是……那也已经是曾经了。

他们生活着，不满足的，已经满足了。

或许生命的意义从来就不在于最后的得失，而是一段内心的起伏，而是一场灵魂的相遇。他们背道而驰，直到三军纠缠如一锅开水，他们才笑了，没有回头，只是策马而去。各自的选择，常赖一瞬的承诺。

承诺了，于是遵守了，遵守了，于是足够了。

…………

站在边城广平城头，那战看着远方越行越远的天都大军，那处一片灰飞。

直到最后，皇北霜也不肯见他一面，他送去的信，没有一封得到回应，她带着关影王后的身份离开了他，毫不留恋，毫不犹豫。

皇北霜……

那战眯起眼，看着那处华丽的鸾轿。从来就不知道，她对他来说，是一种怎样的存在；从来就没有答案，他对她来说，处在一个怎样的位置。

他这一生，拥有过许多女人，却没有一个能与他平起平坐。还记得小时候，太上王曾说，一个伟大的君王，不可能有女人与之齐肩。权力的巅峰，意味着孤独和忍受孤独，而女人带来的安慰，永远不能越过黑夜。每当黎明到来，缠绵结束，他能做的，只是走上大殿，受万人朝拜，然后踏在脚下的是国土，握在手中的是利剑，藏在心里的是霸业，留给来生的，则是爱情。

爱情，留给来生……

没有了皇北霜的广寒宫，只有一片寂寞的解马树，每逢花开时节，都有一位妃子伫立其间，那就是真渠幼佳。

只是不到两年，幼佳却抑郁离世，留下一子那仲，列王位第三继承人。她陪伴展王以来，把持三宫，从无纰漏，对国王无微不至的关怀和一心一意的爱戴终令她光芒万丈，于是朝臣商议再三，决定将其葬于展王陵边的关后陵，那本是为关影王后修建，最后却葬进了另一位绝色红颜。

只是，绝色的红颜又如何，她是他的爱，但不是他的最爱，她是他的女人，却到死才顶替了别人成为他的妻子；绝色的红颜又如何，为他在解马树下花开如雪中守候，却常只是自问能否永不介怀，这一段存在却又缥缈的情思如何能够散得开。

总想问，你是否爱过？如果爱过，那么她是谁？如果没有，那么你是谁？

而这些问题，都随一抔净土回荡在这孤寂的灵冢！幸福的，是谁？

夜临，梦清清，眼冰冰，倚斜影。笑，醉丁零，唇凄凄。

酒中现苍穹，雨蒙蒙，美人，浅月，私语稀稀，谁临幸。

三百三十二年，秋盛煦日，又是和亲时节。

天都冰刺宫历经动荡后，再次归于平和。朝堂上，独坐听政的北靖天王，淡笑着，算尽人心真假的眼神，转眼间闪过。

他是天都历史上亲政年龄最小，但时间相对较长的一位国王，至今十二年，持国有道，励精图治，令天都越见强盛。五十年停战协议的签订，意味着他再也不会把眼光放在侵略和扩张上，换言之，他开始以治心取代治疆，以治人取代治兵。

但天都依然保存着强大的军事实力，去年大战，洗劫鸮劾等国所带来的资源输入，实令天都受益不少，在这样的情况下，再有人想兴风作浪，恐怕也不是件容易事。

承平日久，冰刺宫理政殿上，大臣们总在每日议程的最后一刻提出同样的问题，那就是靖天王何时册立王后。时至今日，依旧还无妻无子的他，最需要的，莫过于一位真正的继承人。

每到这个时候，擎云总是深沉地一笑，眼神好像飘到了遥远的地方。

这日，下朝后。

擎云一身黑装，穿过冰刺宫漫长的走道，一直走到后山，看到山边一片新种的解马树下，那个素衣恬静的女人，对他轻轻招手。

他像回到了家一般，飞快地跑了过去。

皇北霜瞧他头上还沾着树叶，知晓定是急着来看她，都不曾留意缤纷落下的树叶。她淡淡一笑，为他拂去落叶，才道："又是和亲时节，陛下为何不接受各族各国和亲之好！"

擎云笑道："难道你希望我接受？"

皇北霜摇摇头，什么也没说，他毕竟是国王，她自己不愿意做王后，难道也得让他一辈子当一个没有王后的国王？

擎云望了望她身后刚见发芽的解马树，拍拍她的脸，又道："不要胡思乱想，皇北霜，你已被我囚在心中，世间再无女人能够关在这里。"

皇北霜笑了起来，牵着他的手，细数着他掌心上交错的命运线，线线与她相连。

擎云总是给她她想要的生活，他知她要的不多，无非一份淡泊和平，当他做到了，她也愿意为他付出更多。

无论白天还是黑夜，他们都尽量在一起，她听他在政治上的攻防策略，为他提出中肯的意见；他听她吹奏比月的幽曲，为她画下如月的柳眉。他们自由地相爱，尽管爱本是一种不自由，他们尽情地相守，尽管相守终会走到尽头。然而何妨，一生何妨！

心口里的人，是囚，是爱，是真。

普天之下，谁与吾亲？只此一囚，无再多情。

虽然不是他的妻，却为他生儿育女；虽然不是他的妻，却能与他白头到老。

次年初，皇北霜生下一对龙凤胎，女儿取名寂雪，赐姓皇；儿子取名擎风，承王姓霍氏。不三日，靖天王立擎风为太子，宣布永不立后。

同年，麻随，单身女王格心薇生下一子，紫瞳黑发，双唇紧闭，不见啼哭，婢女掌掴三下，方大哭。其声音嘹亮，震耳欲聋，竟唤出满天红光，一时间电闪雷鸣，全国为之骚动，巫祭师殷芳称其必是灭世创神，浴血凶灵降生。

女王闻言大喜，抛弃雨族王姓，为其取名：若问！

…………

那段日子，还有多少人刻骨铭心？那段历史，还多少人至死不忘？

至三百三十三年，史记叟容豁再度著书，历时一年，完成《漠国南北序》，此序分为两卷，上卷"天命"，概述五大政权民族——云沛、天都、鸪劲、弥赞、麻随之国策、国基、国风。下卷"战棋"，此卷行文自在，不若正史笔锋犀利，反倒是像茶楼说事人的闲话，主要记录三百三十一年至三百三十二年一年之间所发生的政治变动。

《漠国南北序》于三百三十五年流入民间，成为各国治学传说必考之文献，然而，如同皇北霜的《大漠集卷》没有最后一页，《漠国南北序》自天都冰刺宫流落后，便没有了下卷"战棋"。许多经历过那一年风云变幻的人，对此却并不稀奇，都道，此乃天意。

那一年，大国争霸，土匪横行。

那一年，找不出谁是正义。

总想着，那一年，是不是奇梦一场。

然而又有谁知道，动乱之后仍将动乱，恩仇之后，剩下的，不过是一首歌谣。

唯漠莽莽奔千里，
一望无垠是非替，
不问新君，
不寻旧帝！
几回文人苦寻觅，
匆匆不相理，
但凭风骚去！

汉风吟

那战·顺天命

————

番外一

那战第一次到广寒宫时才八岁，以为是梦，三天没有合眼，怕梦醒来。

十一年后，他坐在大殿上，受文武朝拜，那一个梦，便成为想醒也醒不来的存在！

…………

两百八十七年，云沛太子那景登位，年十九，尊为荣王。

荣王之父，太上王那启达却在其子登基大典之时褪下一身华服，仅带着两个随从，离开了广寒宫。没有人知道他去了哪里，会否回来。那一日，宁都巫祭师珐恬拖着长长白袍，对坐在宝座上恼怒的年轻国王叹道："王啊！这世界从来都是人能留住繁华，而繁华，留不住人。"

那景十分疑惑："父王还有何不满，竟能抛弃这红英天下？"

珐恬闻言三叩头，却是退到一边，观星不语。

那启达时年不过三十六岁，正值盛年，却为何急于卸下手中玉玺？临走时，他只留给儿子那景四个字："好自为之！"

好？这个"好"指什么？云沛第三十二代国王那启达，从来就不是一个好的君王，他纵使有着深邃的智慧，却无力用于治国，终因治国者须有三残——残心、残剑、残己。残心者，能痛下杀手，举措雷厉风行，威严以此为据；残剑者，斗狠斗武，身强体壮，杀敌不带怜悯；最后，残己，也是最重要的一条，那就是在国家面前，在大业面前，深谙人心，能自我克制，以民为重，顺理、顺章、顺大同。而这三残，那启达自问无法做到。

当然了，就是这个世界也不定有几个国王能够做得到。但不同的是，别人是做不到，也没有意识到，而他那启达虽做不到，却已意识到了。这种意识令他无力，甚至令他觉得羞耻。所以，那启达日夜思虑，越见消瘦，直到有一天，他的长子那景成年，他便毫不犹豫，脱下一身国王行头，翩然踏上了旅途。

因为他觉得，自己的成就不在于持国，而在于立史。

立史者心中，繁华如梦！

三百零七年，那启达、容若、容豁主仆三人，历经二十年寻旅，足迹遍布大小绿洲，沿途记载各路民族风土人情。二十年风雨兼程，他们不仅看尽了天下风光，也对大漠这块土地了如指掌。

就在那一年，云沛传出消息，国王那景病重，满朝大臣跪求册立太子，广寒宫寂寥十三日，那景坚持不允。闻讯，太上王那启达归国。

"拜见父亲！"

华丽的大床边跪着一个精瘦的男孩，看上去不过九岁，两眼炯炯有神，态度自若。

那景躺在床上，一脸冷漠，笑道："儿为何不称我为父王？"

男孩叩下一个响头："父与子，只享天伦宠孝；王与子，势必牵扯王位世袭，战儿有自知之明！"

那景听了，一阵高兴，笑道："好，好，这孩儿很聪明，父王让你认我做父，我也不能委屈了你，你全名叫什么？"

男孩回道："我本没有名字，在雪原遇到老爷子后，取了'战'字为名！"

那景沉吟片刻，便道："云沛乃我那氏天下，你既然做了我的儿子，今后就叫那战！"

男孩抬头看了看坐在一边的那启达，只见他点点头，示意男孩赶紧谢恩。

男孩再次叩头，"谢父王！"这一次，他唤他父王。

那是那战第一次进入广寒宫，见完那景，容豁便牵着他在一大队宫廷侍卫的保护下，来到创天建国冢，三叩九拜。

一个月后，荣王贴出诏告：吾儿那战，其母素妃，当年因犯大错流放，不知自己已有身孕，致第七王子流落民间，今多番寻访，是以天神庇佑，吾儿重回广寒，认祖归宗。特此诏告，赐住和光王府，册定继承权顺列第五。

而事实上，那战并不如诏文上所说是那景的儿子，他很清楚，自己不过是雪原上一个无名无姓的孤儿，根本没有王室血统，可是面对那篇诏文，他却从未开口询问。不疑虑，不在意，不多行，八岁的他，非常安静，只是独自观察着面前的一切。

那战在广寒宫中长大，但广寒宫却没有一个王子像他一样谦虚好学，而他也十分懂得收服人心，不到一年，和光王府竟成了各个小王子常常流连的地方。

五十七岁的太上王那启达十分宠爱那战，甚至亲自教授其文治历史，并邀请当朝第一武将传其剑术武功。

十年后，那战十八岁，在和光王府迎娶了生命里第一个妃子——好洁。

那启达在洞房前问他："你可有爱上这个女子？"

那战却是一笑："当然爱！"

那启达道："可爷爷听说，你更喜欢好浩！"

那战眉毛一挑："好浩同十二弟已有婚约！"

那启达不解："木未成舟，你为何如此轻易放弃？"

那战回他一笑："爷爷，良辰已到，孙儿已按捺不住，先行告退！"

三百一十七年，云沛十二王子那祟兵变，趁着狩猎日庆典，合围王室成员七十九名，却功败垂成。四王子、六王子、七王子以及十王子早已获得消息，联合出兵，仅七日，就大破那祟好梦。那祟王府上下全部斩首，唯一幸存者，乃十二王妃好浩，此女却于同年嫁给七王子那战。

那启达又在洞房前问他："你可有爱上这个女子？"

那战依旧一笑："当然爱！"

那启达道："为何你不一开始就迎娶她？"

那战回道："若没有她，十二弟怎会掉以轻心？"

那启达大笑起来，那夜，亲手将已修订完成的《大漠集卷》赠他做贺礼。

那战从没有想过要当国王，为那氏天下出生入死，扫灭一干贼臣，不过是为了报答老爷子养育教诲之恩。但他时常微服出访，对百姓生活十分忧心，因为他知道，在那广寒宫中，根本没有一个人，能挑得动这片繁华。

他的第一个孩子出生后，姓那，之后就好像是在这广寒宫生了根一样，他的第二个孩子，第三个孩子，也姓那。很奇怪，即使没有血统，父王依旧给了他们王族地位和王位继承权。这令他既感动又不解，而他把所有的精力都用在了襄助父王治国定乱之上。

然而，一年后，荣王猝死，竟没来得及下诏传位，整个广寒宫陷入争议，最后只得找太上王定论。那启达已经六十七岁，缠绵床榻已久，他用力睁着干涸的眼睛，仔细看着跪在面前的十七个王子及其母妃，看得一干人胆战心惊。

"惑儿，想当国王吗？"他问大王子。

大王子那惑，已经二十六岁。他回道："想。"

"为何？"

"称霸天下，谁人不想？"

"嗯！有志气。"那启达笑了笑，又问四王子，"谭儿，你想当国王吗？"

那谭二十四岁，回道："想！"

"为何？"

"万人跪拜，号令天下，谁人不想？"

闻言，那启达却没有笑，只是叹了口气，又看向七王子："战儿，你想当国王吗？"

那战很惊讶，却很快就恢复平静，斟酌一会儿便回道："想！"

那启达笑了笑，却没问他"为何"。他沉默了很久，闭着眼，像睡着了一样，吓得在一旁照应的太医赶紧伸手探他鼻息。这手刚一过去，那启达又醒了，接着问了其他几个王子同样的问题——"想当国王吗？""为何？"

最后，除了年仅四岁的十七王子那延兴还无法回答这问题外，其他王子全都回答想，他们的母妃跪在后面，一个个冷汗涔涔，安静的房间里，听得到此起彼伏的狂乱心跳声。

那启达看着他们，从枕下拿出一道锦卷，忽然大声喝道："七王子那战，天生英才，辅佐先王有功，今天命所归，吾授予你建国方略一卷，以作参考，愿你登基之后，唯命兴国，为民留说！"话毕，众人一片喧哗，那战自己亦很惊讶，当他的手接下那道锦卷后，那启达含笑而去。

老爷子，笑着留给了他一个天大的烂摊子，这就是那战当时的想法。

那战是个孤儿，从有记忆开始便在漠中雪原一带游荡，对父母没有实际的印象。他们那个镇子很乱，有时候谁家孩子死了爹娘，别家就捡回去养，有的孩子特别走运，会被比较宽裕的富户收养，从此丰衣足食。还有的就特别凄惨，他可能被好几户人家收养过，却反复地经历生离死别或者被人抛弃。

他们镇子的人，并不痛恨那些抛弃别人的人。因为抛弃，仅仅是一个人怜悯的休止和另一个人流浪的开始，那并不是罪，人人都在流浪，谁又救得了谁？但他们痛恨那些贵族，他们穿着绫罗绸缎，住的地方风香水暖，只管自己过着歌舞升平的日子，从来就没有把他们这些贫苦百姓放在眼里。

那战那时年纪还小，只知道见了达官贵人就跑，跑慢了，给人逮到少不了一阵好打。记得曾经有个孩子，很是不甘心，于是大声对一个小少爷道："我没有做错任何事，你凭什么打我？"当时这简直就是那战的心声，可是那个小少爷回道："我天生就是贵人，凡贫贱者，如我脚下一条狗，若你不服，就求求老天爷，让你来生也做个少爷如何？"说完这话，那个孩子就被人打成残废。那件事，那战在心里记了一辈子，却也一辈子都没有对别人说过。

他八岁进广寒宫，结束了流浪的生涯，十九岁称王，结束了局外人的平静。

为王，入网，他再难平静。

隆重的登基大典并不如想象中那样可怕或可喜。十九岁的那战，波澜不惊地坐在广寒大殿上，受巫祭师玞恬加冠，宁都智叟容氏兄弟分别为他撰写赦文和檄文。那一天很风光，但他却无来由地想起了那个被打得残废的孩子。

讥讽地一笑，他俊美的脸上，藏进了风云。

那战继位十四年，国业兴盛，后宫充实，对女人，他向来只有怜爱寻欢和缔结盟好之意。他的心，谈不上幸福不幸福，只能问，他满足不满足。十四年来，他一直都回答：满足！

直到他三十二岁，那是个阳光明媚的日子，他见到了皇北霜，一个比他小十二岁的女人。美丽、聪明，善于察言观色，像一潭沉渊，不争、不妒、不多言、不过激，很平静、很清冷，令他有些踌躇于是否靠近。

皇北霜很喜欢解马树，入宫后，她最热衷的莫过于此。

解马树，大漠奇树，曾有诗人这么描述它：一树温柔花，挽春宵，春宵却苦短，将军行。修得三生缘，却是匆匆去。有情泪，种解马，无情剑，斩乱麻。一树温柔花，花下缠绵，花有多香……

"有一个人，我不知是否该寻他，如果寻到了，我该不该去见他！"

一天夜里，他在怀月阁中同她月下对弈。她坐在对面，正蹙眉下棋，或许根本就没有听见他的问话。

那战失笑，瞧她在棋盘上落子，才又道："你棋思狭窄，只是见招拆招，没有半点儿戾气，这样如何能赢？"

她抬头，回了嫣然一笑："陛下胸中城府，岂是我能妄胜？只要不是输得太惨，不赢也罢！"

那战闻言却不再说话，只见棋面上他步步上前，招招争霸，不再像先前那般谦让，半盏茶的时间，他便令她惨败收场。只见，她眉宇间恼怒不甘一闪而过，他却笑了，竟忽然觉得心动。她是他唯一没有染指过的女人，也是他身边唯一不主动求欢的女人。她为何如此冷淡？

"你喜欢，欲迎还拒吗？"败棋后，她还上一曲箫音。那战一边听，一边问了这个问题，而她的目光却眺看着遥远的地方，好像又一次没有听见他的问话。

"回答我！"那战怒了，一掌拍在石桌上。

自在悠然的箫音戛然而止，她一脸惊慌，脸色苍白地看着他。

是不是想要她？是不是想要她？他顿时心潮澎湃。

"我只能回答您一个问题！"许久，她避开他的视线，轻轻地说。

那战嗤笑一声，站起身，从背后搂住她，唇贴在她的脖子上厮磨："说！"

"您问我有一个人，是否该去寻？寻到了以后见不见？您还问我，我是否在欲迎还拒？"

他停下动作，两手紧紧扣着她的腰："回答第一个问题！"

她笑了，舒出一口气："陛下，您问该不该寻，说明您正在寻他，只是您不知道该不该见。可是见一个人不足以使人犹豫，除非您同他之间尚有亏欠。您何不问问自己，是不是欠了他的！如果不欠，还有何惧？如果欠了……"

"如果欠了怎样？"

"这世上，没有国王不能偿还的东西！"

闻言，他猛地收紧手臂，扣得她生疼，一声低呼："陛下……"

想要她！

"现在回答第二个问题！"他俯在她的耳边说。

"我只回答一个！"

"第二个问题无论你怎么回答都不问罪！"他嘶哑地说。

可她却依旧没有回头，任他紧紧搂在怀里，嫦娥山上徘徊的夜风拂面而来，明月下只是一片寂静，他搂着她，一整夜。

很想问，你是否爱我？

美人儿，你若羞，我必更奔放，搂你细腰一夜收春浓；

美人儿，你若走，我必更难受，空床寂寞邀月问伤痛；

帝王寝，多少楼台烟雨花开为临幸？

深宫唱，怎知她来我往落红总是双双？

想来想去，只怕美人儿，

不羞不走不留不授不喜不哀不痛不猜！

那战一生，只有一件事，当真曾令他胆寒——

即位之时，满朝涌动，各自为政，迫得他大行整顿，却在赫然间，发现先帝那景九妃十七子，只有昙妃所生之小王子那延兴，为真龙血脉，剩下其他十五个王子，不算那战，全部都是妃嫔们为了保住自己地位防止亲王篡政，或领养，或借种得来的孩子。

这等王室丑闻，牵连之广足以翻天覆地。那时他真是吓出了一身冷汗，但他没有慌，用了七年的时间，逐个远调荣王十三个伪王子，并收揽其他兄弟子侄予以重用，七年，平定宫乱，悄然拔掉了那些不怀好意的烂根。本来他想着，就让这秘密永远地埋藏下去，却没有料到，长到十一岁的小王子那延兴及其母亲为了避祸，竟不声不响，一夜失踪。

那是老爷子的亲孙儿，也是荣王唯一的儿子。

该不该去找他？找到他以后要怎么做？

还政，他还不够资格；赐爵，他也算不得谋臣。那孩子在惊惶中长大，除了避世，什么也不会。就是给他天下，他也拿不起来。

可是，诚如皇北霜所说，没有国王不能偿还的东西，只要那孩子真有这个命，一身骨胆能受得起，还政归旗又有何不可？

皇北霜是个真红颜，十几年的结，叫她一言解……

那一年，冬天快到的时候，皇北霜与靖天王斩环决裂。他没有多想，立她为后，赐名关影，关，即是收服，影，即是真心。只可惜，这终只是个名……

"霜妃喜欢水树花的香味呢！"

站在华丽冰冷的雕花柱梁边，那战手里还拿着一只陶埙，本来兴致不小，想找她合奏一曲，却不料，她倒让他大吃一惊——

那池温水，白气氤氲，她沉浸其中，若隐若现，由得侍女们莺声燕语，在池水里撒下大把大把的水树花，一时间，整个浴室香气醉人。她的头发乌黑亮泽，肌肤湿润幼嫩，不知那时她想到了什么，忽然侧身一笑，媚惑丛生。

那战放下手中的陶埙，玩味地靠在一边，心想着，或许该召她侍寝了。

池水里的她，春光乍泄，却浑然不知，只是懒懒地伸出手臂，拿起池边玉箫，就唇吹奏。她的头发顺着她的臂膀落到胸口，映入那战眼里的，却是幽幽一朵三瓣莲花！

怒，无法压抑，那朵莲花是对他的羞辱！

那一瞬间，他什么也记不起，只是转身回到寝宫，令筑俊给她送去一件如纱透明的寝衣。

"娘娘，陛下召您侍寝！"

筑俊双手轻托寝衣，低着头恭候在门边。

刚刚沐浴完毕，皇北霜正靠着床头看书，听到这话，一阵蒙然。

"娘娘，陛下召您侍寝！"筑俊微抬起头，见她神色游离，于是又重复一遍。

皇北霜终于回神，却是哑然失笑，点了点头，侍女夜佩便接下了那件蝉翼般的寝衣。筑俊松了口气，赶紧低头退出去："奴才就在外面候着！"

皇北霜转头看着夜佩，轻笑不已。

"霜妃要去吗？"夜佩问。

"这么正式的召幸，不去是死罪！"她回道。

"那，真要穿上这个？"夜佩不禁脸色沁红，伸手摊开那件寝衣。透明得像一阵轻烟，无风亦可飘动，蛊惑而迷离。

皇北霜一手摸上那件寝衣，怅然吟道："穿着它，着上淡妆，走过长廊，沾着月光，入了谁房？是妃，是妾，都是他身下妩媚！"

"霜妃还有心情唱歌？莫不是……想开了？"夜佩瞧着她。

皇北霜大笑起来："你这丫头，去把我明日出行要穿的礼服拿来！"

夜佩和再萍相看一眼，轻轻地，将那件寝衣搁在了她的床上，窗外一阵风，将它卷动着。无人理……

走过长廊，沾着月光。皇北霜一身紫红华衣，长长的绣金披风拖在地上，发出沙沙的声音。筑俊走在前面，嘴里虽不说话，心中却思绪万千，这是他第二次领着皇北霜去云雨殿。上一次还有真渠幼佳，以后近半年，皇北霜却再也没有受过陛下点召。

而今夜，突如其来。

那战斜倚在床边，黄色的雾帘，遮去他半张脸。似乎也是沐浴过，他的胸口上，还有星星点点的水珠。他没有抬眼看她，只是专心地玩弄着手里的陶埙。

"为何不穿寝衣？"他问，声音里，带着淡淡的怒。

"明日出使弥赞，或许有去无回，想让陛下看看，说不定将是我留给您的最后一个印象！"

那战眼一冷，伸手拨开床帘，她半跪在一边，明媚鲜妍，一双灰冷的眼里，像是落着盘棋，走一步，是一步。

"上前一步！"他推开盖在腿上的被子，坐起身，凌乱的头发披在身后，面无表情地望着她。她上前一步。

那战似笑非笑，招招手："再上前一步！"

她又起身，再上前一步。

然后他看着她的裙摆，上面绣着百鸟凤凰，是刺金，在月色下十分魅动。

"一步，只要再上前一步，你就可以到我的怀里来！"

他拉下身上的睡衣，露出壮硕的身体，坐在床上，莫测地说。

皇北霜却站在原地，依旧半跪着，垂下脸，看不到她的神情。

她不上前。

窗外枯枝在墙边投下乱影，风过便一阵摇晃。

"十三岁，我拥有第一个女人的年纪！"那战坐在床上，闲淡地开口，"她现在是我的舒嫔，比我大五岁！"

皇北霜跪在地上没有说话。

"男人与女人，就是征服与被征服……呵呵！"他低沉地笑出了声，"譬如，她一次不臣服，我们就可以有第二次，她一夜不臣服，我们就有第二夜。她不让我欢愉，我就彻夜侵占，直到，她情难自禁……"

"可是您，已经遗弃了她！"皇北霜没有抬头，看着床下的暗影，她苦苦一笑，"舒嫔常来我宫中听箫，不为别的，只想在您来的时候偷着见一面！"

那战赤裸着身体站起来，离她仅一步之遥，视线下，见到她头上一支珠钗绾着青丝。他伸出手，将钗拔下，乌黑的头发如水泻开。

"抬起头来！"

她没有动。

"或许，我该以同样的方法来收服你。"

她笑了："那我也会还陛下一个同样的结局。非妻，非棋，非己。陛下，我必成为您云雨生涯里不复回首的一悸。"

他沉默了一下，然后伸出手，拉起睡袍穿上。

"你知道，这一步，你不上前，我就可以问你死罪？"那战坐下来，以手指钩起她的脸，轻佻，傲慢，"可是，我不能问你死罪，也不能给你第二次机会来践踏我的尊严！你说我该怎么做？"说着，他的手指惩罚性地按住她柔软的唇，忽然，他冷冷地说道，"皇北霜，你就跪在我的脚下吧，一整夜，忠诚地跪在我的脚下，直到明朝破晓！"

她就着他的手指，点点头，整个人跪了下来。

那战的手指，很慢，很慢，花去了很多时间，终于从她的唇上移下。他往床上挪了挪，摸到那个小小的陶埙，一手拿起，轻轻吹了起来。

埙的声音很寂寞，不似笛的空灵，不似箫的幽雅，像极了闷哼，在这华丽的云雨殿里抑扬起伏。皇北霜垂头聆听着，似觉看到了一片又一片黄沙正被风儿吹起，逐层逐层滚动，沙沙作响。末了，待人睁眼一看，一片新月丘痕蜿蜒而去。

云雨殿里没有云雨，缠绵床上却无缠绵。

冬夜里，他嘲笑自己，一生不知情欲饥渴是何滋味。而那个女人，美丽沉静，波澜不惊，在他脚下跪了整整一夜，誓不上前。那犹如鸿沟的一步之遥，像条冥河，彼岸，果真是她留给他的最后一个印象。

埙歌索索，一夜无眠，与她，总是无眠！

三百三十一年，寒冬来袭，桎梏生霜。大漠混战将起，皇北霜却领着条长长的队伍，离开了云沛，广平城关口上，她的族人为她送行，她却不曾回看一眼。

十日之内，她没有辜负他的期望，引离汾天大军，围堵浮萍。

那一天收到消息时，他坐在战马上，眺望着弥赞的方向。

皇北霜永远也不知道，他一直都想着，不管她落在谁的手里，只要最后胜利的是他，她就飞不出他的手心，就像当年的好浩一样。

而他有足够的耐心等着，再见她的一天。

…………

知是多少年后，关影宫中，二十一棵解马树，年年都会开花，缤纷如雨，或许这些俗世的花儿始终及不上漫天白雪那般纯白无瑕，可是谁又知道，雪儿就算飘摇千年，也永不曾有过那样的芬芳。

他总是站在无人的怀月阁，凝视那片美丽的解马树，不知多久以后，才忽然发现，人的寂寞，也不过就是一场花开前的等待，也不过就是一场花谢后的徘徊……

等待，徘徊；徘徊，等待……

而胜利，早成为一种平淡，再见她的一天，却从不曾到来。

风淡轻，水明静，长廊边，孤影寂！

老爷子，血不拦命，吾命，是幸，抑或不幸？

老爷子，许多年后，我依旧能够见到，你站在门边笑问："可有爱上这个女子？"

若问·刀剑枪

——

番外二

有一种命运，从来都是坎坷，
有一种路途，从来都是曲折。
有一种男人，从来都不寂寞，
有一种女人，从来都不坠落。
有一种歌谣，唱的，都是如果，
如果……

物资不毛之地，俨然难成德行鱼米之乡，于是北漠的土匪最多。
土匪是做什么的？烧杀淫掠，没有理由，即使他们并不饥饿，即使你
已经一无所有，只要你不属于他们，那么你不是猎物，就是敌人。

皇北霜以前并不明白这些异样的生命轨道，最起码，不曾这么深
刻地明白，而如今，每每在遭遇风暴季节的日子，她的脑海里总会无
端想起不该再想起的过去。似乎好久以前她也曾在心里讪笑过，这一
生，有两个男人碰触过她的身体，一个爱极，一个恨极；一个敬极，
一个惧极。

冰刺宫后山的宫门悄悄打开，宫门边石柱上的尘沙随着风儿一阵
阵卷动，待到落地，夜佩便为她燃起路照，十三人默默伴随身后，于
黄昏霞云深重时一道渐行渐远。

"娜袖，有人！"不知走了多久，夜佩忽然低声叫唤。

闻言，皇北霜却一笑，拉下披风，朗朗直视着站在前面的身影。

"我知道你会来的！"她轻轻走上前去。

那身影微转过身，一双幽蓝的眸子望进了她的眼，竟是格心薇。

"皇北霜！"她直唤了皇北霜的名字，然后又回过头去，怔然望着立在她与皇北霜中间，孤寂的无碑冢。

"你来祭拜他？"过了一会儿，格心薇淡问。

皇北霜顿了一下，方才回道："不，我来只为思痛！"

格心薇听此却回以两声讥笑："你已无痛，何须思痛？"说着，她伸手拨开额上被风吹乱的头发，眼神一瞬间却充满了悲怆，可她还是笑了，对皇北霜道，"皇北霜，你已经有了绚丽的一生，又哪来放不下的伤痛？最起码，你不曾像我这般痛过……你知道吗？我嫉妒你，很嫉妒。"

她说她嫉妒皇北霜，但，那再也不是因为她曾是皇北霜的替代品。此时霞光渐渐隐去，两张相似的容颜只在明媚转暗间忽然变得不同。这里是若问的无碑冢，她们不约而至只为痛定思痛，然而有些东西，早就随着记忆刻进了魂魄，再也无关伤与痛。

直到天空彻底暗下来，霞影换作了月影，格心薇才起身回程，回头望见皇北霜仍是站在冢边，不知道在想什么。格心薇怔怔然瞧了她一会儿，竟抛下一句话："我的儿子，会让若问的名字重生！"

她说得有些激动，声音里还带着某种克制不住的痴狂和不甘，她不知道自己为什么要说出这样的话来，或许只是这一瞬间很想要激乱皇北霜吧！可她又错了，皇北霜仍是站在那里，迎着冢风从怀里取出一支玉箫，徐徐吹起，风拂过，她的披风像被什么东西掀动一般，似怀抱似撩摸地拍打着她的身体，而她的眼神，若即若离。

箫声，穿越了风与沙，飘到了从前。

格心薇闭了闭眼，终于离去……

如果他们不曾相遇……

皇北霜望着面前的无碑冢，心中暗思浮动，如果他们不曾相遇，她的生命里，是否也就不会有擎云，不会有关影，不会有浮萍，更不会有，刀，枪，剑！

若问出生在一片狼藉里，四处都是金银珠宝和美酒佳酿，那些东西杂乱无章地堆了满地，周围来往寻欢的男人络绎不绝，直到淫靡喧哗中一阵嘹亮的哭喊叫醒了暗夜，人们才纷纷抬头张望，只见角落里，一个脸色惨白的女人浑身浴血，神情呆滞地看着身下呱呱落地的孩儿，少顷，竟狠心将他一脚踢开。女人缩成一团，嘴里断续地念着："为什么？是紫色的眼睛……"

　　为什么是紫色的眼睛？

　　就这么一个问题，注定了若问一出生便不受母亲的宠爱。

　　若问的母亲名叫若君，来自以造剑闻名的奴隶民族铁棘。若君十九岁生辰那日被选为狩猎祭典的巫女，穿着洁白的官衣站在圣台上，她诚心诚意向神祈祷，却在冥冥中偏逢风云变幻，回应她的是近两千匪骑一夕屠尽"笙歌告天，铸剑侍神"的铁棘。族里最后活下来的只是些芳龄少女，或被买卖交易于他方，或不堪忍受羞辱于人下，死伤流散，风雨凋零。若君也是其中之一，只因她有罕见美貌，土匪们不舍杀害，便一直留于营寨以供随时取乐。若君不知道自己究竟侍奉了多少个男人，十年里比妓不如。她自杀过许多次，却没有一次成功，她的这些行为不过是给土匪们提供了额外的乐趣罢了。若君生下第一个孩儿的瞬间，只望见了一双紫色的眼，那是不可置疑的首领的血统，仿佛再一次印证着她所遭遇的一切，她觉得自己已是从里到外都肮脏了，她肮脏得生下了一只鬼，一只厉鬼！

　　若问长到七岁，也没能碰过母亲一根手指甚至一寸衣襟，待他十岁时，他同父异母的妹妹庆纯便是八岁了。小孩儿若问没有打擂和参与抢劫的能力，他只能在其他人酒足饭饱后，一个碗一个盘子地捡残羹剩饭以充饥。而他的妹妹庆纯则总是躲在一边，面黄肌瘦，紫黑的眼睛一眨不眨地望着他。

　　"看什么看？"小时候的若问总是这么吼她。而庆纯经常饿得眼睛都陷下去了，却还是一边舔着嘴唇一边巴巴儿地望着他。若问被她望久了，老是觉得心里不舒服，整晚都失眠，比饿着肚子还难受，不知不觉他就开始隔一天便与庆纯分享食物。庆纯活了下来，没有饿死，感谢上天，他们都有健康的身体，也没有遭遇恶疾和瘟疫。

若问的父亲是首领，拥众两千，固守北漠以北，他的名字叫鲨。鲨喜欢美女，基本上每晚都唤来不同的女人作陪。但即使是美丽如若君者，鲨也只是留恋一夜而已。其后多少年过去，鲨四十八岁了，鬓发已经开始渐黄渐白。当他坐在擂堂大椅上，看着擂台上两连胜的少年，转身以一双与他相同的紫瞳傲视八方时，鲨在一瞬间恍惚如梦。

"你叫什么名字？"鲨不由得开了口。

"若问。"若问面无表情地回答，然后踢开脚下败将，跃下擂台走到他的面前，从容不迫地拿起两袋干粮。

鲨却忽然伸手按住布袋，血腥的眼沉沉睨着他。

若问挑起眉毛："我胜利了，这是我应得的！"

鲨一笑："你多大？"

"十五。"若问十五岁，没有一件兵器，他浑身是伤，肉搏取胜。

鲨点点头："下次干事，你也去！"

若问开始和土匪们一起外出活动，年轻一辈中，数他最为显眼，一是因着他强，二是因着他那双像极了首领的眼，紫光一闪，再入沉红后，必将尸骨遍野。

每当若问黄昏后策马回营，庆纯便会站在路边等待，直到他的黑马入栏，她便退在一边，轻轻唤一声"兄长"。若问从不搭理她，只是与她擦肩时，总会抛下些东西，有时是食物，有时是珠钗，冬天时，他还会扔给她棉衣，但他从不搭理她。

若问拥有的第一件兵器是剑，那是铁棘族巫女专用的剑，不曾开刃，斩不死人。最初是若问母亲带来的，她一直佩带在身上，但在若问的记忆里，那把剑曾是最让他感兴趣的东西。于是在一次打擂分赃时，他放弃了点选新掳来的美人儿，只一味要了母亲的剑。

这是件让人摸不着头脑的事，好奇心驱使鲨当场试剑，却连挥三下也没有斩断绕在土桩上的绳索。鲨将剑扔到地上，对若问道："无刃之剑，你要它做什么？"

若问拾起剑，少年轻狂的他，不知道在首领面前应适当收敛本领，竟是蓦地转身，一剑斩断了绕在擂台柱上的绳索，剑气之戾，激起一地飞灰，落在地上的绳索断口上，依稀还闪着些火星，令在场的人不由得唏嘘惊叹，大喊助兴。而若问则挑起一眉，对天举剑，笑道："我可以让它开刃，从今随我征程！"

那一天，那一剑，成了若问人生的一个转折点，他够狠够绝，他够强够胆，只凭这些已让年轻一辈饱受压抑的土匪本能地臣服。入夜后若问将母亲带到自己帐下，令她为宝剑开刃，若君看着这个从自己身体里分离出来，已然越来越像鲨的儿子，心中充满愤恨。于是她以血拭刃，咒歌一夜为剑开刃。仪式，尽管只有她一人主持，但那就像是一种信仰逐渐找到了方向，它召唤了新的领袖。自此许多人开始私下投诚若问，不出三年，若问十八岁，已经能带领自己的兄弟独立出行干事。

血缘是一种本能，凡抵制者，皆非常人，鲨便是如此。在土匪圈里，他们并不刻意阻止女人们生孩子，但凡孩儿诞生，他们也毫无怜爱教养之心，除非女人们愿意养，否则就是把孩子半途扔去，他们也不会皱一下眉头。上了年纪的鲨不再是战无不胜的，尽管他的影响力依旧不可动摇，但他对若问的限制，终于还是激发了两辈人的冲突。

若问手里的人并不多，仅仅两百来人，不如鲨握众两千。可每次干事，若问的收获总是最为丰盛，非他人可比。然而，每当他血骑踏漠，凯旋回营，却必须将战利品的三分之二赠送给鲨，剩下的三分之一，还要通过打擂赢得。鲨用这种方法压制着若问，时间一长，若问手下人自然不甘，很快以诚象为首的一干人等鼓动若问破旧，建立自己的领地。若问当即与之削衣起誓，计划破出。

要离开，未来不得而知，可若问从不犹豫，他该有属于自己的人马和领地。只是，望着不见星光的遥穹，呼啸的寒风拂过他的长剑，若问却偏偏不期然想到了两个女人，母亲若君，还有，妹妹庆纯……

"兄长！"

黑夜风冷刺骨，庆纯穿着黑色的毛裘站在若问背后，她知道，虽然他不理她，但如果此刻换了是别人站他身后，势必枉死剑下。这十几年来，她只对若问说过两个字——兄长，这两个字是母亲教给她的，可母亲只是告诉她何为兄长后便辱死红帐。失去了护佑的庆纯，很本能地在那么多小孩子中，只愿与若问亲近，因为他同她一样，有着一双紫色的眼。

若问没有回头，敢叫他兄长的人一直只有一个，让他在心里唤过妹妹的，也只这一个。见他仍是不搭理，庆纯上前一步，从背后轻轻抱住他："兄长送我的裘，连大爷都喜欢，他跟我要，我没有给。"

若问闻言，才忽然觉得不对，猛转身，一把将裘衣扯开，庆纯白嫩的肌肤顿时裸露在寒风中，上面遍布青疮紫痕。

"谁干的？"第一次，若问开口同她说话。

庆纯别过头，重新拉上裘衣："兄长，庆纯早就不纯洁了，庆纯让鲨爷身边的人都糟蹋过了。但庆纯很聪明，这些委屈不会白受，鲨爷一直对你想杀未杀，都是庆纯在大爷们的耳朵边上吹的枕边风。"

若问抓着她的手一紧，在他眼里，那个永远躲在一边叫他兄长的小女孩，他天真地以为只要她简简单单活着，他就能护她周全的女孩，竟然在岁月流离中，走过这样一条路。他曾经也疑虑过，总猜测着鲨会在何时与他动手，然而一年又一年过去了，却始终没有动静。

原来如此？原来如此！

庆纯望着若问淡笑起来，头微微缩到毛裘里，当作取暖，她的眼睛亮晶晶的，一如每一次若问所见的那样美丽："兄长是要走了吧，我……"

"我带你走！"不待她说完，也不管她要说什么，若问为她系紧了裘衣，清清楚楚地说道，"我要建立自己的营地，你和我一起走。我出去干事，你就在营地里打点，我凯旋，你就站在栏边迎接。你是我的妹妹，不需要侍奉任何你不喜欢的男人。谁再碰你，我就杀了谁。"

庆纯听得直落眼泪，这些年来，她何曾奢望过有朝一日兄长会说出这番话？

然而，若问瞧她掉着眼泪，虽眼睛眨都不眨，心中却泛起些从未有过的怜惜，干脆一把搂她入怀，用磨损不堪的披风为她遮住风沙。然后笑看黑夜，只道："庆纯，天有天道，鬼有鬼桥，偏这人世大道，是鲜血淌出来的！"

突围也是在一个夜晚，若问让庆纯回去收拾些东西。

那一晚风很大，呼呼地吹，好像一群骚动的冤魂在齐声痛哭。寨子里守备的人走来走去，总是莫名其妙觉得浑身发冷。直到夜入深沉时，鲨不知在想什么，忽然叫唤若君去他房中伺候，那时庆纯正好同若君一道，便给连拽着过去。两个女人，一老一小，坐在鲨的面前，鲨喝了很多酒，可他似乎是越喝越清醒，他将一个又一个酒坛砸到地上，然后让庆纯在大片的碎渣上跳舞。

"你真棒，我的美人。"鲨倚靠在炕上，看着满脚鲜血的庆纯，兴奋地狂笑。庆纯就要站不住了，她的脚没有了知觉，但她却一直望着若君，望着她，像在问，我们何时离去？

而若君只是冷冷地笑着，好像什么也没有看见。

不久，鲨的营寨起火，首先是擂台和围栏，引得大部分人都冲到前堂救火，若问让百来个弟兄混其中，趁慌乱时便先从大门跑走，一百人顷刻不见了踪迹。鲨见了外面火光冲天，竟镇定自若，随手套了件衣服走到外面，没一会儿便陆续聚集了不下六七百人待他号令。他皱着眉，首先就问："若问呢？"

众人向后一望，若问正站在那里，淡应了声："在！"

"哦！"鲨挑起一眉，"怎么回事？"

若问按剑的手不动声色地一紧，回道："天降火！"

天降火，那是白天里烈日高悬时常有的事，可现下这夜，黑冷无边，何来的天降火？

鲨闷哼一声，竟不计较，只环视四周："数人！"

众人一愣，鲨大吼："数人！"

一个半跛虬髯汉子赶紧应声而出，跑到人群最前面，开始数人。

若问神色如常，坦然直视着鲨。

没一会儿，那虬髯跑了回来，垂头道："首领，不见了百来个小崽子。"

闻言，鲨危险地眯起眼，盯着若问："你果真要分镳？"此话一出，一些还不知状况的土匪惊诧不已，连忙从若问身边退开，交头接耳开始谈论分镳者的下场。

若问不多说，飞快抽出腰上佩剑，噌一声，寒光闪过鲨的眼，鲨微一侧头，再回神时，若问身后已经聚集了百来人，鲨笑了起来："看来你们是预备分两拨出去，一开始就没打算硬闯！年纪不大，胆子不小！"

若问剑走长风，只道："我只走人，不分镳。"

鲨大笑："放你走我百害无一利，我该在这里杀了你祭鬼！"

若问拧起眉，一手拉下披风，瞳孔逐渐由深紫转为血红。只见他一动，他身后百来人也立刻刀剑出鞘，铮铮然对着鲨这边数十倍的人数，全都豁了出去。

不料，剑拔弩张中，鲨竟不为所动，只闲淡说道："很多女人都很蠢，很狭隘，喜欢耍小聪明，看不开。"

若问猝然不解，见鲨根本无一丝杀意，便收起剑锋，问道："什么意思？"

鲨弹了弹挂在腰上的弯刀，直道："你分镳是迟早的事，我并不意外，让我意外的是，有个傻女人，自己跑来告诉我，她的儿子要分镳，分镳者应该五马分尸。"

若问有点意外："母亲？"

鲨不答话，只继续道："愚蠢的女人，你知道她为什么这样做吗？"

若问挑眉等他后话，那是与鲨相同的习惯，鲨不禁笑了起来，一手摸了摸满脸的络腮胡："铁棘族素来信仰咒命，她曾诅咒你那开刃宝剑终有一天会饮我鲜血，削我骨肉，逼我弑杀亲子！"说到这里，他顿了一下，噌地抽出宝刀对着若问，"儿，我可以杀了你，完全可以，可我偏不杀你，偏不在今天杀你，等你有朝一日，剑下的冤魂与我一样多了，我就会来杀你。"

若问直问："你肯开道？"

鲨大刀一挥："没错，不过有个条件，只要你答应！"

"说！"

鲨击掌三下，人群里便吵吵嚷嚷推挤出两个女人，一个是若君，面如死灰，一个是庆纯，伤痕累累，跪倒在地。鲨伸手拎起若君，阴森冷道："我要你亲手杀了她！"

若问眼一冷，只回："如果我不呢？"

"那我就杀了你！"鲨相当干脆。

若问望向母亲，只见那双冰冷的眼里全无生气，蓦然间他竟觉得这个女人或许根本就不是他的母亲，她就是另一个鲨，冷酷恶毒，恨不得全天下人为她陪葬。可是，即使是这样，他也从来没有想过杀她。她与他是没有交集的，他一直这么想。

若君抬头看见若问长剑，忽然森冷长笑起来，她亲手开刃的剑，如今，要夺去她的生命，她这残败不堪、漫漫无望的生命。若君从未这样笑过，那尖锐的声音甚至撕裂长空，只让周围的男人们心凉无际。

若问就在这笑声中，握紧长剑，慢慢抵上若君的脖子，冰冷的白刃割裂了她的皮肤，渗出的鲜血顺着剑缘淌下，一滴滴落入黄土。众人不禁屏息以待，却只有若君自己丝毫没有惧意，依旧失心地笑着。

若问皱起眉，剑端移到她的胸口上，寻找着她的心脏，然后抬眼看了一眼若君，低声道："你自由了，母亲。"

说着，一剑穿心。若君的尖笑戛然而止，她低头望着刺入自己身体的利剑，仿佛在瞬间回到了铁棘，她还是狩猎日祭祀的巫女，她只是做了一个悠长的噩梦，终于在这一刻苏醒。刹那间，她的眼神不再冰冷，她就剑俯下身，在剑上落下虔诚的一吻。

那个情景，令在场所有的人都睁大了眼，不发一言。

若问面无表情地看着母亲倒在地上，人一旦死了，就代表其与周围的一切断绝了联系。

"你可以走了！"鲨说。

若问站在原地，深深看了一眼鲨，便上前两步抱起坐在地上的庆纯，然后带着百来人跃马离营。庆纯与若问共乘一骑，她靠在若问背上，偷偷回望着躺在鲨脚下若君的尸体，心里乍然作痛，她曾想问母亲，我们何时离去？而她，再也得不到答案。

若问一行不待回首，发狠地狂奔，怎料鲨竟猛地远远掷出大刀，刀身旋转而至，嗖一声正中庆纯后背。庆纯抱着若问的腰，咬牙只是闷叫一声，随即汩汩吐血，若问心中感觉不祥，正欲回头探看，却顿觉腰上一紧，庆纯低声道："兄长，我没事，别停下来。"

霎时若问只觉天地间风沙都已化作烈火，焚尽他五内，他失去了一切知觉，只除了策马狂奔时马蹄凿沙的嗒嗒声，只除了背上不断扩大的冰冷浸渍，他知道，那是庆纯的血。

鲨见若问连头都没有回，不消一刻已快奔出他视野，蓦地嚣吼起来："儿，这把刀老子送给你了，从今往后你我就算是分道扬镳，下次再见，便只论生死，休说前缘！"

鲨的话在空中回荡着，随即沉寂。营地外汇集起来的两百来人全随若问踏沙而去，一口气奔出几十里外，若问才看到地平线处露出一座小小的绿洲，他满脸灰沙，终于回头对庆纯一笑。

那是他第一次对她笑，他本来想对她说："再坚持一下，前面有绿洲。"

可她，只像睡着了般，已经坠入了永远的梦乡。当皓月出云，若问的马逐渐停了下来。腰上一松，只见庆纯搂着他的两只手，正如纠结解脱，缓缓地自他身上滑下。

若问没有说话，呼啦撕下一条衣布，将庆纯的身子与自己紧紧系在一起，策马奔向绿洲。最终，他是一无所有地到来，也一无所有地离开。

潮沙陷离魂，情长累儿女，
由来刀剑引，满身皆伶仃。

时光荏苒，狂沙依旧，铮铮两年过去，若问十九岁，已经是北漠上不容忽视的匪首。他的生活很简单，只有刀剑与兄弟。当然，也不是没有兄弟背叛他，可拼拼打打下来，总也有人来有人去。他倒是无所谓，留下的有福同享，有难同当；走掉的，要么带走灵魂，留下尸身，要么各凭本事，分镳破出。于他而言，人生不外这几种人，这几多事。

若问很喜欢女人，沉浸在女人的身体里对他是一种抚慰，从他十三岁开荤以来，他就没有断过云雨之欢。有时干成了大事，他还会特别兴奋，一夜叫十来个女人侍奉。但他从来没有特别怜惜或喜欢的对象，在他的心里，女人的身体并不值得留恋。

如果不是蛮狐，或许若问这辈子都不会娶妻。可是，意外地，在若问一生中，妻，竟是他第一个尊重的女人。他并不爱她，也不眷恋她，但，他尊重她。

妻的名字叫枘，长得很像庆纯，蛮狐在她大婚时掠走了她，只为了她的相貌，可以讨好若问。若问坐在宽长的椅子上，正是旖旎过后，衣衫不整，靡靡颓废的模样，见到枘一身新娘衣装，竟顿时起了玩心，只笑道："一觉醒来就多了个新娘子，干脆老子也来当回新郎官？"

枘啐了他一口，若问却脸色不变，淡道："吐我口水，有点胆子！"

枘咬牙："要杀快杀。"

若问蓦地大笑："小姑娘，咱们不杀女人，尤其是美丽的女人！"

枘见他邪恶的神情，毫不遮掩的痞气，心中乍然明白自己处在怎样的境地，只默不作声，静待着结局。然而，那结局却是她不能承受之痛。若问在一帮兄弟的挑唆下游戏般与她成亲，与她三拜，与她交杯，最后，在一阵又一阵叫声中，与她当众"同房"。十七岁未经人事的枘，承受着若问的折磨，不发一声，咬碎了牙，不接受他的吻。

然而，娶妻方才十日，若问便对她有些厌恶了。在他的床上，柄从来都没有反应，这让他觉得很不满足，令他不得不唤其他的女人来作陪，而柄就缩在一边，看着墙，或者看着窗。

其后，不知又是过了多久，狼头围到一队游民，便赶紧派人回了消息，那时正是隆冬，他们需要更丰富的物资，于是若问倾巢而出，只消半日时光，就已满载而归。

战利品像小山一般堆在大堂中央，土匪们的兵刃上还萦绕着挥不去的腥气，被掳来的女人们则全部裸绑在一边，等候挑选。若问黄昏时下令打擂，诚象便将战利品分为三份，一份直接归属若问，一份则为储备，剩下的，只由打擂分得。

战利品中有一条长长的金色锦带，上面绣着太阳和月亮，刺金，十分精细。蛮狐见着它竟特别兴奋，只道："日月披身是个好兆头。"于是便将它绕上了若问的腰间，若问很是得意。打擂后的前堂总是凌乱的，不过意外的是，那天晚上难得有个女人，站在门前，一直冷眼旁观。

她是柄。

柄第一次冷笑时，若问坐在大椅上，隔着淫靡的大堂，看着她。很奇妙地，他竟然自己起身，朝她走去。

柄从来不怕他，只是看到他腰上锦带，脸色骤然间发白，她猛伸手拽住带头，直直问他："杀光了？"

若问道："杀光了！"

她又问："一个不留？"

若问道："除了几个女人！"

她往后踉跄几步，手上却还紧抓着那锦带。若问立刻反应过来，司空见惯之事了，断是冤家路窄，死的正是她族人吧，区区几百罢了。

若问面无表情，瞧着她摇摇欲坠，只觉得浑身兴奋，他蓦地打横抱起她，直往卧房里去，在有床可用的情况下，他从不就地寻欢。

柄于清晨时制枪，藏于床下，日落时分，刺杀若问，未遂，仅致其疮疤。枘年约十九，新婚不越半年，云雨无欢，自问生死无颜，于床榻缱绻时自刺双眼，誓死不见仇人面。

若问出意外之举，为枘冠姓，匪类无不愕然，大漠匪首以毁容盲女为妻，三年不见下堂。春秋归去来，三年共一枪，枘刺杀若问从未成功，抑郁成疾，受病痛折磨，作茧自缚，终得若问穿胸一枪，了此余生。

若问这辈子，杀人如麻，手下亡灵不计其数。他饥饿则夺人之食；他寒冷则去人之衣；淫则云雨，怒则毁物，富则尽欢，险则搏命。若问从这样的人生中找不出真理，却找得出答案，能够继续存活下去的答案，能够为自己而战的答案！

他的刀，弑父；他的剑，葬母；他的枪，夺妻。

他的这条命，依附着他的心，从不迷惘，他不觉得这是冷酷的，相反，他对死于他手下的人们有着诉说不清的情感。

若问过二十五岁后才遇见皇北霜，一开始只是觉得她美丽，当然，还有些聪明。不过，那种美丽与聪明，似乎远不是他所能掌握的，若岚、绯问、格心薇，他的女人多的是，但说肉体之欢，他并不觉得自己饥渴。可是，女人，如果于他已无饥渴，那么，他不知道，究竟是什么能令他追至穷途末路却依然无悔。

皇北霜像一根火引，燃烧着向他蹿来，与她每一次的相遇，都成为一种绚烂。

还记得，那个绿洲真的很小，适逢若问与皇北霜初逃落涧，避风而往。小绿洲上人群杂乱不安，但绿洲外呼啸的风沙压制了一切，难民们互相拥抱着围成一圈。偏就若问与难民群划界而席，他背对着尘沙最猛的方向，将皇北霜搂在怀里，他的怀里没有风沙，只有起伏的心跳，一双暗紫色的眼瞳还机警地环视四周。

"小沙暴而已，很快就过去了。"

须臾，若问毫不在乎地说，两眼直直盯着她，而她此时只是脸色苍白，不堪愁绪的模样。只见她轻抬起头，眼神忽悠一闪，似是想要说话，却让若问以一指点住，他的脸靠下来一些，声音低沉沙哑："别说话，会吃沙！"然后，便狠狠地吻下来，肆无忌惮。他知道，她从来不敢拒绝他的吻，徒劳的抗拒只会弄巧成拙罢了，她或许不了解他的一切，但最少，她了解他的强势。只要他暂不做更深的索求，她总是会选择明哲保身。

风暴持续了多久若问并不知道，他的全身都只在感受怀里温香的女人。后来风暴变大了，他干脆搂她一起倒下，压着她，很久，直到风沙将他们都掩埋了，他才发现耳边的呼啸已不知何时停止，他像沙地里的跳鼠般，猛地从沙下钻出头来，只见尘灰飞动，细细黄沙从他的衣服上飘下。他向四周看了看，然后低下头，满意于她脸上没有沾上一粒尘埃，她依旧面容皎洁，清冷的眼睛，正微眯着，重新适应明亮的光线。

"你还不下去？"须臾，她果然恼火地低斥。

若问却笑了起来，偏就那么压着她，一动不动。

皇北霜见他不动，自己又无从抵抗，只好侧过脸，冷冷回道："算了，算了，不起来也罢，就让这黄沙土堆做你的坟头罢，从此通黄泉！"

若问的呼吸很重，他不肯起身，然而面对皇北霜这样刻毒的话，他竟觉得情趣盎然。

"知道吗？我很喜欢你这个样子！"他一边说一边摸她的脸，鼻子、眼睛、嘴巴、眉宇……她的神情在他看来永远都是鲜活的，就像黄土世界中，唯一一抹艳红。

"皇北霜！皇北霜！"他盯着她的眼，字字对她说，"阴曹地府我寂寞不了，可是，黄泉路上，我定是要你这曼妙的身躯相伴！陪我吧，这一生……"

这是若问第一次，也是最后一次，仿佛求救般的呢喃！

只不过命运从无万解，处处都是谜题，不能掌握的，不能满足的，不能得到的，对于若问而言，或许从来都只是一个女人！

一个女人，属于别人，抢不到，得不到，也……

毁不了……

刀!
月刃光寒，
浊酒共血染。

枪!
赤缨腥澜，
娇躯何相伴。

剑!
气冲荒滩，
乱冢通天山。

吾邪!
三兵入命，
生死谁人定。

汝邪!
红妆鲜衣，
引魂入痴迷。

上邪!
欲与共金银，
金银乃不期；
欲与共佳肴，
佳肴乃不及。

刀枪剑，鸣不停，

欲与共床第，
一寝万年冰！

问何以？
只道今生了，
他朝还一笑！

擎云·风之信

—————————

番外三

缱绻的黄沙，在地面上打着旋，没多久就弥漫了整个坞堡。

皇北霜站在坞堡城头眺望远方，视线被风沙吞噬，远处的胡杨已经看不清了，手里的提灯打着晃。从坞堡外往这边看，隔着风沙，只能看到一个光团在忽明忽灭。尽管她裹着披风、戴着兜帽，青丝鬓角依然沾满沙砾，就连她身边的婢女都有些站不住了，她却仿佛与风是一体的，一点也没有表现出对这些无孔不入的沙砾的厌恶。

直到有马蹄声传来，驿道尽头有一队骑兵仪仗若隐若现。

婢女在她身边惊喜地低呼："风沙这么大，陛下竟能找到这里来。"

黄沙后那双锐利的眼睛此刻想必也正看着她吧，像风一样拂来。

皇北霜似松了一口气，但眼底又浮着一丝懊恼，转身便下了城头。

这座了无人烟的坞堡一半是坍塌的废墟，还有一半保存完整，是昔日恩师容若游历过的一个古老要塞，就在天都东南边境。师父的笔记残录里曾经反复地提起这个地方，说这里有一道经他之手斩断的风信，是属于皇北霜的。

大漠子民生于黄沙，注定会被风儿偏爱，他们坚信有缘之人即便离散，也会被同一道风吹拂着，直到再次相遇。这就是风之信。

小时候，族里的祭师常跟他们讲这些关于风的神话故事，但是皇北霜跟着容若学习过地理和气候的知识，她能够理解人们对于未知力量的崇拜和充满依赖的想象，但她从不认为世上真有风信这种东西。

风，是无情的。

她理所当然地认为师父也绝不会信。

所以当她看到笔记残录时，内心非常震撼。笔记里记载的时间正好是她遇到师父并被收为徒弟后的第二年。那年族里生了瘟疫，父亲身为族长，依照惯例必须将自己的血脉献给风，以此祈求风神带走瘟疫。而他膝下只有两个孩子，八岁的皇北霜和她的哥哥。父亲那时的身体已经油尽灯枯，他必须留下儿子来继承族长的位置，便只好将八岁的小皇北霜绑在马鞍上。马儿被油布蒙着眼睛，父亲沉重的手掌狠狠一拍马屁股，马儿便拔蹄，带着背上的小女孩一起，朝着巨大的沙尘暴奔驰而去，生死由天。

这就是风祭。

愚昧的人们献出自己的孩子，将责任和希望寄托于所谓的天意。

这件事本该要了皇北霜的命，但那油布在马儿跑到一半时掉落，马被眼前的巨大风暴惊到了，疯狂乱窜，最后带着皇北霜几乎晕过去的幼小身躯，躲进了一处废弃的要塞里，大抵就是这座已经损毁了一半的坞堡。

皇北霜推测师父所说的那道风之信应该就是她七八岁时留下的。

可风之信究竟是什么呢？

七天前，她带着几个婢女和一队护卫来到这里，想要找出风之信，了却师父的遗憾，却始终没有头绪。正打算回宫时，又遇上了沙尘暴，被困在这座无人的坞堡里。这里没有水源，他们带的食物也只够维系三天。就在皇北霜考虑是否要趁着这沙尘暴尚未到达顶峰带着大家冒险穿越时，擎云专属的骑兵号角自远处响起。她万万没想到，他会亲自来寻她。

这对一国之君而言，无疑是莽撞的，更何况天都的宗室倾轧一直都很激烈。根据皇北霜在藏文阁里读过的天都史录，天都因为宗室斗争而死掉的王子、太子、乃至君王，数倍于他国。天都的宗亲血脉一代比一代稀薄，血腥的传承方式一直延续到擎云继位后，才终于有了转变。君在镇妖魔，君去如山倒，他的安危比什么都重要。

但他就这样穿越了沙尘暴，追到这废弃的坞堡来找她，即便有莽流的人在暗中滴水不漏地护着又如何呢？世上没有不透风的墙，一旦被人知道他在这里，后果一定不堪设想。

皇北霜一边想着一边放下提灯，脱下沾满沙砾的兜帽披风，快步穿过这坞堡的游廊残垣来到一片保存较为完整的院落里。此地已经有擎云的护卫森严守备着，皇北霜后怕地推开房门进去，原想斥他鲁莽行事，却被他先一步劈头盖脸地厉声呵斥，想来这世上也只有一个人敢这么呵斥她。

"知不知道这座坞堡为何会变成废墟？就是因为这片区域频有沙尘暴发生。"

皇北霜见他还披着厚重的皮毛大氅，大氅上满是沙砾，扑簌簌地往下掉着，可见他这一路艰辛。她一言不发上前去替他将大氅解开来，却被他抓住了手腕，他拧着眉心，明显还生着气，似乎想多骂几句，但见她好好的，人没事，又下意识松了口气。结果他就这么一只手还紧紧攥着她，另一只手无奈地揉了揉眉心。

"以后不许再这样，趁我巡察城防，擅自离宫。"

皇北霜脑海里忽然浮现父亲和兄长曾那般相信天意而毫不犹豫将她送入暴风里的绝情。与之相比，追着她穿越沙尘暴的国君此刻垂下的每一根凌乱的发丝都令她怜爱无比。

沾满沙砾的斗篷落在地上，激起一阵灰尘。皇北霜仰头在他唇边啄了一下，小声地说："没想惹出这么大的麻烦，以后再也不会了。"

可他才刚刚穿越沙暴，身心积压的惊恐焦虑此刻如洪水倾泻，看见她平安无事时的淡定更像是暴风雨的前奏，此刻被她这么轻啄一下，彻底爆发。他坚硬修长的手臂将她紧扣在怀，不等她反应过来，便低下头来衔住她的嘴唇深吻。房中还有其他部将和婢女，他也根本不管，任由这种夹杂着怒气和情欲的气息染红自己的眼角，亲吻的动作也愈发放纵。

皇北霜呼吸急促，未曾习武的身体对一个习武之人来说，纯粹就是猎物。一双骨节分明的手按在她的胸口，她费了好些力气才将他稍稍推开去。但他的气还没消，本不愿意就这么算了，无论如何都该让她长点教训，但他一垂眸，瞧见粉红柔软的嘴唇上因他的粗鲁行径而冒出一颗鲜红血珠，她一边喘着气一边下意识伸出一截舌尖来将那抹血珠勾舔去。鲜活又生动，堆积在他心底的阴郁之气顿时散尽。

皇北霜脸颊微红，嗔怒道："这种时候还乱来。你当这里是行宫吗，我的陛下？"

"你若真喜欢，将这无人坞堡改建成行宫也未尝不可。"

擎云说着，一边解开皮革束袖，一边走到房中间那张长桌前，看到桌上摆着拼接起来的容若笔记残本。束袖哐当一声被扔在桌上，擎云在桌前坐下来，一只手翻阅，一只手朝她招了一招，示意她过去。

"你来这里找风之信？这可不像你。"

皇北霜示意婢女带着那几个部将下去给大家分发食物补给。房中只剩她和擎云，她才顺势坐在他腿上，像普通夫妻一样亲密地靠在他胸前。

"我不是相信神话传闻，我只是相信我师父。他提到这风之信和我有关，临终前还耿耿于怀，我至少要知道原因。"

"那你找到线索了吗？"

皇北霜抿唇想了一下，将一页残缺的图腾翻出来，然后提笔在旁边将图腾补全。

"我在这废墟一块墙壁找到的完整图腾，和师父留下的这半片吻合。可惜我不认识这个图腾。等回去了再到藏文阁中找学士打听。"

擎云手指勾勒着图腾，皱了皱眉，淡淡回答道："不用找别人，我就可以告诉你，这是忍冬花。"

皇北霜诧异，抬眼望向他："你知道？"

擎云却默然不语，翻阅的神情更加严肃。当他看到这份容若写下这笔记的时间时，神情又变得微妙起来。

"天都的宗室子弟但凡经历过重大疫病存活下来的，会被视为天选之子，可拥有忍冬花图腾。但这个图腾在我继位之后便被废除了。"

"废除？为什么？"

擎云逐渐陷入回忆中。

"我十岁的时候，曾染上疫病，性命垂危，大祭司却说我命硬，留在宫中会冲撞父王的王运，父王信了大祭司的话，不许我治病，还让祭司根据星宿的位置将我送回我的降生之地。"

"你不是在王宫降生的吗？"

"当然，这不过是一种说辞，祭司的目的就是要让我自己病死。那时宗亲之间派系斗争激烈，也和这些祭司的挑唆不无瓜葛。"

皇北霜听着，神情暗沉下来。

"我父亲兄长愚昧，是因为我们生活贫瘠。我一直以为等到有朝一日，大家都能不愁吃不愁穿、不用拼命厮杀时，就不会有这种残忍的事。没想到……"

擎云笑了笑："没想到更残忍？这个世上若真有魔有神，那他们一定都是人的面孔。我自那一劫活下来后就明白了一个道理，顺应我心，可为魔为神。"

皇北霜看着擎云："那后来呢，你是怎么活下来的？"

擎云捏着她的手，仔细想了想："只怕还真是天意，我发着高烧在一个废墟里等死，谁知道有个会治病的小男孩为了躲避沙尘暴也困在那里。"

皇北霜听到这里，心中灵犀一闪，似有一阵风迎面拂来，她提高了声调，紧张地问："小男孩？多大的小男孩？"

"七八岁的样子，比一般的男孩娇小许多。"说着笑了起来，"他不怕疫病，却很怕黑，怕夜晚降临时废墟里的蛇蝎蜥蜴。"

皇北霜忽然站了起来。

"怎么了？"

皇北霜眉间有一丝惊讶的喜色，是他看不懂的，但是她来不及回答，一阵强风灌入房中，吹灭了烛台。

"我带你去个地方。"

残垣挡不住的风沙扑面而来，皇北霜带着他穿过一条长廊又没入一个转角，七拐八绕到了一片残破祭祀塔下。

一种熟悉的感觉传遍全身，视线跟着她来到一块只剩一半的石碑前，重点不是石碑上的字，而是上面被人用刀刻斧凿留下的图案——一朵忍冬花。

擎云神情变幻着，缓缓走到断碑前，用手指抚摸那朵凿刻得并不完美的忍冬花。

"是你吗？"皇北霜在他身后，轻轻地问。

当他转身，回头看向她时，风迎面吹来。

小哥哥，还记得我们的约定吗？

风暴席卷的世界里，依稀有这么一座无人的坞堡。小女孩骑着马冲进来，总算逃过一劫。最初她只是寻了一间完整的能够避风的屋子，缩在里面瑟瑟发抖。但很快，饥寒交迫的她意识到不会有人来救她了，于是壮着胆一间屋子一间屋子地寻找食物和水，以及有用的器皿道具。

白天时光线明亮，她还可以忍耐，可一到晚上，黑暗降临，风暴笼罩，动物吠叫和昆虫响尾的声音从四面八方传来，她就变得非常无助和害怕。不信神鬼传说的她跟着风的方向逃跑，不知不觉跑到了这块石碑下，看到有个穿着黑色锦衣的男孩脸色苍白，一动不动地躺在地上。

她以为那是具尸体，走上前却发现他还有微弱的呼吸。那时她已经生过疫病，一看就知道这个小哥哥到底是怎么回事。废墟里什么都没有，她能替小哥哥吊住性命的唯一办法是用自己的血来喂他，之后一切要看造化。

小哥哥的求生欲也很强，睁开眼的时候，眼中浮着金色的怒火，像极了师父讲过的地狱之火。不知他是好人还是坏人，救对了还是救错了，但无论如何，她不用再独自面对黑暗，小女孩只有这一个愿望。

"其实黑暗并不可怕。"小哥哥说，"黑暗只是一个影子，它没有欲念，也不会说话，更不会饿肚子，天一亮就会消失。"

真正可怕的是人心。

小哥哥说的话，师父也说过。

于是她将自己被父兄风祭的故事讲给他听，原来他们同病相怜。

两个孩子在巨大空寂的坞堡中互相陪伴得以生存，并满怀至纯真诚，额头抵着额头，约定暴风停止后如果他们还活着，他会报答她的救命之恩。

小哥哥诚心地问她想要什么，小女孩吃着皮革野果思考着。

他们已经像两个骷髅一样瘦脱了相，居然还能好好地活着。想到这里，他轻蔑地笑了笑，这怎么不是天意？然后她也想到了要什么，她要这世间没有天意，要大家都能明白，生命比天意重要。

"这就有意思了。"小哥哥说。小哥哥比她懂得更多。

"要让所有人都相信人定胜天，我做给你看。你跟着我就好。我保证永远不会像你父兄一样舍弃你。"

后来风暴停了，他们一起困在坞堡已经十多天，小哥哥的疫病虽然度过了，但他的身体因缺乏营养，根本动弹不得。小女孩便信誓旦旦地让他等着，她要出去找食物和水源。

结果她再也没有回来，他躺在那块石碑下，被她用血吊起来的一口气渐渐也快要散了。但是他心里始终不服气，捡起身边的一块石头在石碑上反复地凿，凿下了一朵忍冬花。他希望如果有一天她想起来约定又回去找他，至少能看见他留下的忍冬花。

然而回来的是容若。容若在戈壁上找到他的小徒弟时，她已经虚脱地倒在地上，看见师父的一刻她哭得昏天黑地，告诉师父坞堡里还有一个小哥哥，一定要救他。

容若回到坞堡看到徒弟口中的小哥哥，和他刻在石碑上的忍冬花，瞬间便看明白了他的来历和身份。

容若本就出身天都宗室，因厌倦血脉倾轧，游历天下，经历过多次王朝变迁，他很清楚忍冬花图腾的含义。这个少年今日大难不死，将来势必为王，摆在他面前的将是一条不死不休的血腥之路。容若当真舍不得他的小徒弟跟他走。

他们两个是有缘的，风已见证。

他亦看得出这孩子还固执地在等皇北霜回来，救赎一般使他相信世间还有值得相信之人。可凡事时机不对，便只会酿成悲剧。容若不仅不能让他带走皇北霜，更不能让皇北霜的父兄知道他的存在。过于天真和过于贪婪都是杀人诛心的毒药！

所以容若没有给他们机会让他们再见面，而是留下了食物和水，派人护送尚存一息的擎云回他该回去的地方。

后来皇北霜也随着族人迁徙，带着对小哥哥的挂念和未能守约的遗憾，离开了这片土地。

这段缘分无疑是深刻的，但是若容硬生生把它给切断了。

他认为自己没有错。

人活着要度过黑暗，战胜天意，这种念头就像一颗种子在两个孩子心里发芽。这样就够了。大漠子民相信有信仰的人会被风眷顾，真正有缘的人即使缘分断开，风也会指引他们再见。

石碑上刀刻斧凿的忍冬花，不会凋谢。

他说做给她看，她说等我回来。

这是约定，风会听见。

后　记

　　最开始写这个故事，是想写成一个漫画脚本，不会很长的那种。也许冥冥中自有天意，写着写着，我对它的态度，开始由无所谓变得珍惜。虽然这个故事写得并不是很严谨，但是它第一次使我感觉到，文字可以使人模拟一切情绪，爱憎悲欢，只要你开始写了第一个字，你就会写到最后一个字。

　　《漠风吟》是我写的第一个故事，写的时候一直是轻松的，从有第一个读者留言到现在，我常常感到不可思议。如果别人问我写这个故事使我得到了什么，我会回答，它使我得到不需见面也能真心祝福真心等候的朋友。

　　我以前不知道网上读者都喜欢叫作者某某大大、某某大人，我的笔名叫简暗，于是常被人叫简大、暗大。哈哈，刚开始的时候真是不适应，经常诚惶诚恐地对人说："请别叫我大大！"人家就回答说："别这么害羞啦！"然后要怎么叫还怎么叫。

　　最初和读者聊天的时候，读者都喜欢问我："擎云和若问你比较喜欢谁？"

　　我当时回答："都不喜欢。"这个答案叫人很不满意，于是读者又问我："你不喜欢还写他们做什么？"我就想，得，得，这问题真难回答，那我还是说喜欢吧。于是我赶紧说："非要比的话，那我喜欢擎云。"

　　后来有个读者留言说："我就不喜欢擎云，肉麻肉麻的。"

我当时就乐了，我想起曾有个人问我是不是莎士比亚迷，排比句写得一段一段的，还有很多诗歌插在里面。

我转念一想，还真是这样，不由得觉得自己挺好笑的。

这个故事本来是段很一般的三角恋，却因为第二男主角若问的出格，而显得有些不同，对我来说，这是意料之外的。

关于若问这个人，有些人说他真实，但我觉得恰恰相反，他忠于自己这点正好就是他的不真实，真实的人是无法做到这些的。他认定了强者凌弱是理所当然的，他也不为权力霸业迷惑，即使得到权力他也不想治国，他这样的人在思维上，比一般人要简单很多，也因此他才能既残忍，又执着。对他来说，能令他快乐的就是捕猎游戏，就是能令他一直追逐下去。

定稿以后，漠漠曾一本正经地问我："姐姐，你到底最喜欢擎云还是若问？"

这个问题一再被人问起，使我不由自主也开始问我自己，我到底是把谁作为男主角在写？想了很久，我仍然无法回答自己到底是喜欢谁的，只能说，一开始我侧重于写擎云，而到最后我的侧重点转移到了若问身上。有人说我对爱情抱着纯洁的幻想，我只能说这只是一个故事，按照我给它的定位发展，并非代表我自己的内心。

以前连载的时候，读者最关心皇北霜和若问究竟会不会有进一步的发展，但结局是若问到死也没有得到皇北霜。有人说这太绝了，我的好朋友甚至直接说我有严重的贞操情结。

我却很意外，按正常的逻辑，读者都应该希望有情人终成眷属，但大家实际上的愿望却是，皇北霜让若问得到一次后，再回到擎云身边。哈哈，可我只想说，安排了这样的结局，只是想说明一件事——无论你有多强势，有些东西，是你怎样也得不到的，得不到的原因有很多，或许你本身的迷惑也是其中之一。但是，那些不能得到的、不该得到的终究是不会得到的，这就是因果报应。

其实让若问得到皇北霜并不困难，但是这样结局，若问便不再是一个能让人体会的角色了，更不会让人反思。

最后，谢谢所有看这个故事的人，不管你是喜欢这个故事还是讨厌。

对我来说，写文和看文都是需要缘分的，写文的依然按着自己的乐趣去写，看文的也依然可以随着自己的感觉去评论。

一切随缘……